ORSON SCOTT CARD (1951) nació en Richland, Washington, y creció en California, Arizona y Utah. Vivió en Brasil dos años como misionero. Es licenciado por la Universidad Brigham Young en 1975 y por la Universidad de Utah en 1981. Actualmente vive en Greensboro, Carolina del Norte. Escritor prolífico, Orson Scott Card, es autor de numerosas novelas y diversas sagas que han obtenido abundantes premios.

www.hatrack.com

Saga de Ender
El juego de Ender
La voz de los muertos
Ender el xenocida
Hijos de la mente
Ender en el exilio

Saga Sombra de Ender
La sombra de Ender
La sombra del Hegemón
Marionetas de la sombra
La sombra del gigante
Sombras en fuga

Saga de Alvin Maker [El Hacedor]
El séptimo hijo
El profeta rojo
Alvin el aprendiz
Alvin el oficial

Papel certificado por el Forest Stewardship Council®

Título original: *Children of the Mind*

Primera edición en B de Bolsillo: enero de 2011
Primera edición con esta cubierta: marzo de 2019
Quinta reimpresión: noviembre de 2023

© 1996, Orson Scott Card
© c/o Barbara Bova Literary Agency and c/o Julio F. Yáñez Agencia Literaria, S. L.
© 1997, 2011, Penguin Random House Grupo Editorial, S. A. U.
Travessera de Gràcia, 47-49. 08021 Barcelona
© 1997, Rafael Marín Trechera, por la traducción
Diseño de cubierta: Inspirado en el diseño original de Katie Cragwall / Octavi Segarra
Fotografía de cubierta: Octavi Segarra

Printed in Spain – Impreso en España

ISBN: 978-84-9070-792-0
Depósito legal: B-2.167-2019

Impreso en QP Print

BB 0 7 9 2 C

Hijos de la mente

ORSON SCOTT CARD

Traducción de Rafael Marín Trechera

A Barbara Bova,
cuya perseverancia, sabiduría y empatía
hacen de ella una gran agente
y una amiga aún mejor.

Agradecimientos

Mi más sincero agradecimiento a:

Glenn Matitka, por el título, que ahora parece tan obvio, pero que nunca se me pasó por la cabeza hasta que él lo sugirió en un debate, en Río Hatrack, de America Online;

Van Gessel, por darme a conocer a Hikari y Kenzaburo Oe, y por su maravillosa traducción al inglés de *Río Profundo* de Shusako Endo;

Stephen Boulet y Sandi Golden, valiosos lectores, entre otros, de Río Hatrack, que pillaron errores tipográficos e inconsistencias del manuscrito;

Tom Doherty y Beth Meacham de Tor, que me permitieron dividir *Ender el Xenocida* en dos para que tuviera la oportunidad de desarrollar y escribir la segunda mitad de la historia adecuadamente;

Kathryn H. Kidd, mi amiga y compañera segadora en los viñedos de la literatura, por sus ánimos capítulo a capítulo; Kathleen Bellamy y Scott J. Allen por sus servicios de Sísifo; Kristine y Geoff por sus cuidadosas lecturas que me ayudaron a resolver contradicciones y detalles confusos; y a

Mi esposa, Kristine, y mis hijos, Geoffrey, Emily, Charlie Ben y Zina, por su paciencia con mi extraño horario y alejamiento durante el proceso de escritura, y por enseñarme por qué merece la pena contar historias.

Empecé esta novela en mi casa de Greensboro, Carolina del Norte, y la terminé camino de Xanadu II de Myrtle Beach, en el Hotel Panamá de San Rafael, y en Los Ángeles, en casa de mis queridos primos Mark y Margaret Park, a quienes agradezco su amistad y hospitalidad. Los capítulos fueron aportados en su forma no definitiva a la Reunión de la Ciudad de Río Hatrack de America Online, donde varias docenas de conciudadanos de esa comunidad virtual los bajaron de la red, los leyeron y los comentaron para beneficio mío y del propio libro.

1

«No soy yo mismo»

«Madre, padre, ¿he hecho bien?»

Últimas palabras de Han Qing-jao, de
Los susurros divinos de Han Qing-jao

Si Wang-mu avanzó un paso. El joven llamado Peter la cogió de la mano y la condujo a la nave espacial. La puerta se cerró tras ellos.

Wang-mu se sentó en uno de los asientos reclinables del interior de la pequeña habitación de puertas metálicas. Miró en derredor, esperando ver algo extraño y nuevo. A excepción de las paredes de metal, podría haber sido cualquier despacho del mundo de Sendero. Limpia, pero no de forma demasiado fastidiosa. Amueblada, de modo utilitario. Había visto holos de naves en vuelo: los estilizados cargueros y lanzaderas que entraban y salían de la atmósfera; las vastas estructuras redondeadas de las naves que aceleraban hasta una velocidad tan cercana a la de la luz como la materia podía conseguir. Por un lado, el agudo poder de una aguja; por otro, el enorme poder de un martillo pilón. Pero aquí, en esta sala, ningún poder en absoluto. Sólo era una habitación.

¿Dónde estaba el piloto? Debía de haber uno, pues el joven que estaba sentado frente a ella, murmurando a su ordenador, difícilmente podría controlar una nave capaz de lograr la hazaña de viajar más rápido que la luz.

Y sin embargo eso debía de ser exactamente lo que hacía, pues no había otras puertas que condujeran a otras cámaras. La nave le había parecido pequeña desde fuera; resultaba obvio que esta habitación ocupaba todo el espacio interior. Allá en el rincón estaban las baterías que almacenaban energía de los recolectores solares situados en lo alto de la nave. En aquel cofre, que parecía aislado como un refrigerador, tal vez hubiera comida y bebida. No había más cosas que permitieran soporte vital. ¿Dónde estaba entonces el atractivo del vuelo espacial, si esto era todo lo que hacía falta? Una simple habitación.

Sin otra cosa que mirar, contempló al joven que atendía el terminal. Peter Wiggin, había dicho llamarse. El nombre del antiguo Hegemón, el que unió por primera vez a la raza humana bajo su control cuando la gente vivía en un solo mundo, todas las naciones y razas y religiones y filosofías apiñadas codo con codo, sin ningún sitio adonde ir sino a las tierras de los otros, pues el cielo era entonces un límite, y el espacio un vasto abismo que no podía sortearse. Peter Wiggin, el hombre que gobernó la raza humana. No era él, por supuesto, y él mismo lo admitía. Andrew Wiggin lo enviaba; Wang-mu recordó, por las cosas que el Maestro Han le había dicho, que de algún modo Andrew Wiggin lo había creado. ¿Convertía eso en padre de Peter al gran Portavoz de los Muertos? ¿O era en cierto sentido el hermano de Ender, alguien que no sólo se llamaba igual sino que encarnaba al Hegemón muerto tres mil años antes?

Peter dejó de murmurar, se arrellanó en su asiento, y suspiró. Se frotó los ojos, luego se desperezó y gruñó. Era una falta de delicadeza hacer algo así estando acompañado; la acción que cabía esperar de un burdo campesino.

Él pareció percibir su desaprobación. O tal vez se había olvidado de ella y recordó de pronto que tenía compañía. Sin enderezarse en la silla, volvió la cabeza y la miró.

—Lo siento —dijo—. Había olvidado que no estaba solo.

Wang-mu anhelaba hablarle con atrevimiento, a pesar de toda una vida de abstenerse de hablar de esa manera. Después de todo, él le había hablado con descarado atrevimiento a ella, cuando su nave espacial apareció como una seta recién brotada en el jardín junto al río y emergió con un único frasco de un remedio que podría curar la enfermedad genética de su mundo natal, Sendero. No hacía ni quince minutos que la había mirado a los ojos y le había dicho:

—Ven conmigo y formarás parte de la historia. Harás historia.

Y a pesar de su temor, ella había dicho sí.

Había dicho sí, y ahora estaba sentada en un asiento giratorio viéndole comportarse con rudeza y desperezarse como un tigre delante de ella. ¿Era ésa su bestia-del-corazón, el tigre? Wang-mu había leído al Hegemón. Podía creer que hubiera un tigre en aquel hombre grande y terrible. ¿Pero en éste? ¿En este muchacho? Mayor que Wang-mu, pero ella no era demasiado joven para no reconocer la falta de madurez cuando la veía. ¡Iba a cambiar el curso de la historia! Limpiar la corrupción del Congreso. Detener la Flota Lusitania. Hacer a todos los planetas coloniales miembros con igual derecho de los Cien Mundos. Este muchacho que se desperezaba como un gato de la jungla.

—No tengo tu aprobación —dijo él. Parecía molesto y divertido a la vez. Pero tal vez ella no comprendiera bien los matices de su carácter. Desde luego, era difícil interpretar las muecas de un hombre con los ojos redondos. Tanto su cara como su rostro contenían lenguajes ocultos que ella no podía entender.

—Debes comprender —dijo—. No soy yo mismo.

Wang-mu hablaba el lenguaje común lo bastante bien para comprenderlo.

—¿No te encuentras bien hoy?

Pero supo incluso mientras lo decía que él no había usado la expresión en sentido literal.

—No soy yo mismo —le repitió—. No soy en realidad Peter Wiggin.

—Espero que no —dijo Wang-mu—. Leí acerca de su funeral en el colegio.

—Pero me parezco, ¿verdad? —Activó un holograma en el aire, sobre el terminal de su ordenador. El holograma giró para encarar a Wang-mu; Peter se enderezó y adoptó la misma pose, frente a ella.

—Hay cierto parecido.

—Naturalmente, soy más joven —dijo Peter—. Porque Ender no volvió a verme después de dejar la Tierra cuando tenía… ¿cuántos, cinco años? Un mocoso, en cualquier caso yo era todavía un muchacho. Eso es lo que recordó, cuando me hizo aparecer del aire.

—Del aire no —corrigió ella—. De la nada.

—De la nada tampoco. Me hizo aparecer, de todos modos. —Sonrió torvamente—. Puedo llamar a los espíritus de las vastas profundidades.

Esas palabras significaban algo para él, pero no para Wang-mu. En el mundo de Sendero tendría que haber sido sirvienta y por eso recibió muy poca educación. Más tarde, en la casa de Han Fei-tzu, sus habilidades fueron reconocidas, primero por su antigua ama, Han Qing-jao, y más tarde por el propio maestro. De ambos había adquirido retazos de educación, de manera irregular. Las enseñanzas fueron principalmente técnicas, y la literatura que aprendió era del Reino Medio, o del propio Sendero. Podría citar hasta la saciedad a la gran poetisa Li Qing-jao, de quien su antigua ama llevaba el nombre, pero nada sabía de la poetisa a quien citaba.

—Puedo llamar a los espíritus de las vastas profundidades —repitió él. Y luego, cambiando un poco su voz y sus modales, se respondió a sí mismo—: Vaya, y yo también, o cualquier hombre. ¿Pero vienen cuando los llamas?

—¿Shakespeare? —trató de adivinar ella.

Él sonrió. A Wang-mu le recordó la forma en que los gatos sonríen a las criaturas con las que juegan.

—Eso es lo que se dice siempre cuando un europeo cita a alguien.

—Es divertida —dijo ella—. Un hombre alardea de poder llamar a los muertos; pero el otro dice que el mérito no es llamarlos, sino hacer que vengan.

Él se rió.

—Veo que tienes sentido del humor.

—Esa cita significa algo para ti, porque Ender te llamó de entre los muertos.

Peter pareció sorprendido.

—¿Cómo lo sabías?

Ella sintió un escalofrío de temor. ¿Era posible?

—No lo sabía, estaba bromeando.

—Bueno, no es verdad. No literalmente. No resucitó a un muerto. Aunque sin duda cree que podría, si la necesidad fuera imperiosa. —Peter suspiró—. Estoy siendo desagradable. Las palabras acuden a mi mente. No las digo en serio, simplemente acuden.

—Es posible que las palabras acudan a la mente, y sin embargo abstenerse de decirlas en voz alta.

Él puso los ojos en blanco.

—No fui educado para servilismos, como tú.

De modo que ésa era la actitud de alguien que venía de un mundo de gente libre: despreciar a quien, sin culpa alguna, había sido un siervo.

—Me educaron para que guardara para mí, por cortesía, las palabras desagradables —dijo ella—. Pero quizá para ti eso sea sólo otra forma de servilismo.

—Como decía, Real Madre del Oeste, las inconveniencias acuden a mi boca sin que las invite.

—No soy la Real Madre —dijo Wang-mu—. El nombre era una broma cruel...

—Y sólo una persona muy desagradable se burlaría de ti por ello. —Peter hizo una mueca—. Pero a mí me llamaron como al Hegemón. Pensé que al llevar nombres rebuscados y ridículos podríamos tener algo en común.

Ella permaneció sentada en silencio, sopesando la posibilidad de que él hubiera intentado entablar amistad.

—Cobré vida hace muy poco —dijo él—. Cuestión de semanas. Creo que deberías saberlo.

Ella no lo comprendió.

—¿Sabes cómo funciona esta astronave?

Ahora saltaba de un tema a otro, poniéndola a prueba. Bien, ya había tenido pruebas de sobra.

—Al parecer una se sienta dentro y la examina un extranjero desagradable —dijo.

Él sonrió y asintió.

—Donde las dan las toman. Ender me dijo que no eras criada de nadie.

—Fui la fiel y leal sirviente de Qing-jao. Espero que Ender no te mintiera respecto a eso.

Él ignoró la puntualización.

—Una mente propia. —Otra vez sus ojos la midieron; otra vez ella se sintió completamente penetrada por su mirada, como se había sentido cuando la miró por primera vez junto al río—. Wang-mu, no hablo metafóricamente cuando te digo que acaban de crearme. Me hicieron, ¿comprendes? No nací. Y la forma en que me hicieron tiene mucho que ver con cómo funciona esta nave. No quiero aburrirte explicando cosas que ya comprendes, pero debes saber lo que soy, no quién soy, para comprender por qué te necesito conmigo. Así que vuelvo a preguntarte: ¿Sabes cómo funciona esta astronave?

Ella asintió.

—Creo que sí. Jane, el ser que habita en los ordenadores, tiene en su mente la imagen más perfecta que puede de la nave y de todos los que estamos dentro de ella. La gente también tiene una imagen de sí misma y de quién es y todo eso. Entonces ella se lo lleva todo desde el mundo real a un lugar de la nada, cosa que no requiere tiempo alguno, y lo devuelve a la realidad en el lugar que elija, cosa que tampoco lleva ningún tiempo. Las astronaves tardan años en llegar de un mundo a otro, pero de este modo todo sucede en un instante.

Peter asintió.

—Muy bien. Pero tienes que entender que durante el tiempo que la nave está en el Exterior no está rodeada por la nada, sino por incontables aiúas.

Ella apartó el rostro.

—¿No comprendes los aiúas?

—Decir que toda la gente ha existido siempre, que somos más viejos que los dioses más viejos…

—Bueno, más o menos —dijo Peter—. No se puede decir que los aiúas del Exterior existen, o al menos no con un tipo de existencia significativa. Sólo están… allí. Ni siquiera eso, porque no hay ninguna sensación de localización, no hay ningún lugar donde puedan estar. Sólo son. Hasta que alguna inteligencia los llama, les pone nombre, les da alguna especie de orden, les da hechura y forma.

—El barro puede convertirse en oso, pero no mientras descansa frío y húmedo en la orilla del río.

—Exactamente. Y fueron Ender Wiggin y algunas otras personas que, con suerte, nunca tendrás que conocer, quienes hicieron el primer viaje al Exterior. No iban a ninguna parte, en realidad. El objetivo de aquel primer viaje fue estar en el Exterior el tiempo suficiente para que uno de ellos, una genetista de extraordinario talento, pudiera crear una nueva molécula, extremadamente complicada, la imagen de la que tenía en la mente o más bien de las modificaciones que necesitaba hacer para que existiera… bueno, no podrías comprender su biología. De todas formas, ella hizo lo que se suponía que tenía que hacer: creó la nueva molécula, zis zas; lo malo es que no fue la única persona que creó algo ese día.

—¿La mente de Ender te creó? —preguntó Wang-mu.

—Sin darse cuenta. Digamos que fui un trágico accidente, un efecto secundario desafortunado. Digamos que todo el mundo allí, todo, creaba desaforadamente. Los aiúas del Exterior están frenéticos por ser convertidos en algo, ¿sabes? Había naves sombra creándose a nuestro alrededor. Todo tipo de estructuras débiles, fragmentadas, frágiles, efímeras, se alzaban y caían a cada instante. Sólo cuatro adquirieron solidez. Una fue la molécula genética que Elanora Ribeira había ido a crear.

—¿Otra fuiste tú?

—Me temo que la menos interesante. La menos amada y valorada. Una de las personas a bordo de la nave era un tipo llamado Miro, que por un trágico accidente sucedido años atrás quedó lisiado. Daños neurológicos: habla pastosa, torpe de manos, cojo. Tenía en la mente la poderosa imagen de sí mismo tal como era antes. Así que, con aquella perfecta autoimagen, un gran número de aiúas se convirtieron en una copia exacta, no de cómo era, sino de cómo fue antes y ansiaba volver a ser. Completo, con todos sus recuerdos... una réplica perfecta. Tan perfecta que sentía la misma repulsa total por su cuerpo lisiado. De modo que, el nuevo Miro mejorado... o más bien la copia del viejo Miro sin taras, lo que sea, se quedó allí como el rechazo definitivo del lisiado. Y ante sus mismos ojos, aquel viejo cuerpo rechazado se desmoronó en la nada.

Wang-mu se quedó boquiabierta al imaginarlo.

—¡Murió!

—No, ése es el tema, ¿no lo ves? Vivió. Era Miro. Su propio aiúa... no los trillones de aiúas que componían los átomos y moléculas de su cuerpo, sino el que los controlaba todos, el que era su yo, su voluntad... Su aiúa simplemente se mudó al cuerpo nuevo y perfecto. Ése era su auténtico yo. Y el viejo...

—No tenía ninguna utilidad.

—No tenía nada para darle forma. Verás, pienso que nuestros cuerpos se sostienen por el amor: el amor del aiúa maestro por el glorioso y poderoso cuerpo que le obedece, que le da al yo toda su experiencia de mundo. Incluso Miro, con todo lo que se odiaba cuando estaba lisiado, incluso él debió de amar el patético resto de su cuerpo que le quedaba. Hasta el momento en que tuvo uno nuevo.

—Y entonces se mudó.

—Sin saber siquiera que lo había hecho —dijo Peter—. Siguió a su amor.

Wang-mu escuchó aquel extraño relato y supo que debía de ser verdad, pues había oído mencionar a menudo a los aiúas en las conversaciones entre Han Fei-tzu y Jane, y ahora, con la historia de Peter Wiggin, tenía sentido. Tenía que ser cierto, aunque sólo fuera porque aquella nave espacial había aparecido surgida de la nada a la orilla del río tras la casa de Han Fei-tzu.

—Pero ahora debes preguntarte —dijo Peter—, cómo cobré yo vida si nadie me ama ni me amará.

—Ya lo has dicho. La mente de Ender.

—La imagen más intensa que guardaba Miro era la de su yo más joven, más sano, más fuerte. Pero en el caso de Ender, las imágenes que más le importaban en su mente eran las de su hermana Valentine y su hermano Peter. No tal como eran, pues su hermano real murió hace mucho tiempo, y Valentine... ha acompañado o seguido a Ender en todos sus saltos a través del espacio, así que todavía vive, aunque ha envejecido mientras él envejecía. Es madura. Una persona real. Sin embargo, en aquella nave, durante aquel instante en el Exterior, él conjuró una copia de su esencia juvenil. La joven Valentine. ¡Pobre Vieja Valentine! No sabía que era tan vieja hasta que vio a ese yo más joven, a ese ser perfecto, ese ángel que había habitado en la retorcida mente de Ender desde la infancia. Debo decir que ella es la víctima más atormentada de este pequeño drama. Saber que tu hermano tiene de ti tal imagen, en vez de amarte como realmente eres... bueno, al parecer la Vieja Valentine... lo odia, pero así es como todo el mundo la ve ahora, incluida, pobrecita, ella misma... a la Vieja Valentine se le está acabando la paciencia.

—Pero si la Valentine original sigue viva —dijo Wang-mu, aturdida—, ¿quién es entonces la joven Valentine? ¿Quién es realmente? Tú puedes ser Peter porque Peter está muerto y nadie utiliza su nombre, pero...

—Resulta bastante sorprendente, ¿no? Pero mi razonamiento es que, esté muerto o no, yo no soy Peter Wiggin. Como dije antes, no soy yo mismo.

Se acomodó en su asiento y miró al techo. El holograma que flotaba sobre el terminal se volvió para mirarlo. No había tocado los controles.

—Jane está con nosotros —dijo Wang-mu.

—Jane está siempre con nosotros —respondió Peter—. La espía de Ender.

El holograma habló.

—Ender no necesita ninguna espía. Necesita amigos, si puede conseguirlos. Aliados, por lo menos.

Peter extendió aburrido la mano hacia el terminal y lo apagó. El holograma desapareció.

Eso perturbó mucho a Wang-mu. Casi como si él hubiera abofeteado a un niño... o golpeado a una criada.

—Jane es una criatura muy noble y la tratas con una gran falta de respeto.

—Jane es un programa informático con un error en las rutinas de identificación.

Estaba de mal humor, este muchacho que había venido a llevársela en su nave y arrancarla del mundo de Sendero. Pero por sombrío que fuera su carácter, ahora comprendía, una vez desaparecido el holograma del terminal, lo que había visto.

—No es sólo que tú seas tan joven y los hologramas de Peter Wiggin el Hegemón sean de un hombre maduro —dijo Wang-mu.

—¿Qué? —preguntó él, impaciente—. ¿De qué hablas?

—De la diferencia física entre el Hegemón y tú.

—¿Qué es, entonces?

—Él parece... satisfecho.

—Conquistó el mundo —dijo Peter.

—Entonces, cuando tú hayas hecho lo mismo, ¿tendrás también ese aire de satisfacción?

—Supongo. Ése es el propósito de mi vida. Es la misión que me ha encomendado Ender.

—No me mientas —dijo Wang-mu—. En la orilla del río mencionaste las cosas terribles que hice por ambición. Lo admito... era ambiciosa, estaba desesperada por superar mi terrible condición de inferioridad. Sé a qué sabe, y a qué huele, y la huelo en ti; es como el olor del alquitrán en un día caluroso: apestas.

—¿La ambición tiene olor?

—Yo misma estoy ebria de ese olor.

Él sonrió.

Luego se tocó la joya de la oreja.

—Recuerda, Jane está escuchando, y se lo cuenta todo a Ender.

Wang-mu guardó silencio, pero no porque se sintiera cohibida. Simplemente no tenía nada que decir, y por tanto no dijo nada.

—Así que soy ambicioso. Porque así es como Ender me imaginó. Ambicioso y desagradable y cruel.

—Creía que no eras tú mismo —dijo ella.

Él la miró, desafiante.

—Eso es, no lo soy —apartó la mirada—. Lo siento, Gepetto, pero no puedo ser un niño de verdad. No tengo alma.

Ella no conocía el nombre que había pronunciado, pero sí la palabra alma.

—Toda mi infancia creí que era una sirvienta por naturaleza, que no tenía alma. Luego, un día, descubrieron que tenía una; hasta ahora no me ha hecho demasiado feliz.

—No estoy hablando de un concepto religioso. Estoy hablando del aiúa. Recuerda lo que le sucedió al cuerpo roto de Miro cuando su aiúa lo abandonó.

—Pero tú no te desmoronas, así que debes de tener un aiúa, después de todo.

—Yo no lo tengo, me tiene a mí. Sigo existiendo

porque el aiúa cuya irresistible llamada me hizo existir continúa imaginándome. Sigue necesitándome, controlándome, siendo mi voluntad.

—¿Ender Wiggin? —preguntó ella.

—Mi hermano, mi creador, mi torturador, mi dios, mi propia esencia.

—¿Y la joven Valentine? ¿Ella también?

—Ah, pero él la ama. Está orgulloso de ella. Se alegra de haberla creado. A mí me odia. Me odia, y sin embargo es su voluntad que haga y diga todas estas cosas desagradables. Cuando sea despreciable, recuerda que hago solamente lo que mi hermano quiere que haga.

—Oh, echarle la culpa de…

—No le estoy echando la culpa de nada, Wang-mu. Me limito a exponer los hechos. Su voluntad controla ahora tres cuerpos. El mío, el de mi angelical hermana y, por descontado el suyo propio, cansado y maduro. Cada aiúa de mi cuerpo recibe de él su orden y lugar. Soy, en todo lo esencial, Ender Wiggin; ahora bien, él me ha creado para ser el vehículo de todos los impulsos que en sí mismo odia y teme. Su ambición; sí, hueles su ambición cuando hueles la mía. Su agresividad. Su furia. Su crueldad. La suya, no la mía, porque yo estoy muerto, y de todas formas nunca fui así, nunca fui de la forma en que él me vio. ¡Esta persona que ves ante ti es un disfraz, una burla! Soy un recuerdo retorcido. Un sueño despreciable. Una pesadilla. Soy la criatura oculta bajo la cama. Me sacó del caos para que fuera el terror de su infancia.

—Entonces no las hagas —dijo Wang-mu—. Si no quieres ser esas cosas, no las hagas.

Él suspiró y cerró los ojos.

—Si eres tan inteligente, ¿por qué no has comprendido una sola palabra de lo que he dicho?

Pero ella lo comprendía.

—¿Qué es tu voluntad, de todas formas? Nadie puede verla. No la oyes pensar. Sólo sabes lo que persigue tu voluntad cuando examinas tu vida y ves lo que has hecho.

—Ésa es la broma más terrible que me ha gastado —dijo Peter en voz baja, los ojos todavía cerrados—. Examino mi vida y sólo veo los recuerdos que él ha imaginado para mí. Se lo llevaron de nuestra familia cuando sólo tenía cinco años. ¿Qué sabe de mí o de mi vida?

—Escribió *El Hegemón*.

—Ese libro. Sí, basado en los recuerdos de Valentine, tal como ella se los contó; y en los documentos públicos de mi deslumbrante carrera. Y, por supuesto, en las pocas comunicaciones ansible entre Ender y mi desaparecido yo antes de que yo… él, muriera. Sólo tengo unas cuantas semanas de edad, y sin embargo conozco una cita de *Enrique IV, Primera Parte*. Owen Glendower alardeando ante Hotspur. Henry Percy. ¿Cómo puedo saber eso? ¿Cuándo fui al colegio? ¿Cuánto tiempo permanecí despierto por la noche, leyendo viejas obras hasta aprender de memoria mil versos favoritos? ¿Inventó Ender de algún modo toda la educación de su hermano muerto, todos sus pensamientos íntimos? Ender sólo conoció al Peter Wiggin real durante cinco años. No tengo los recuerdos de una persona de verdad. Son los recuerdos que Ender piensa que debería tener.

—¿Él piensa que deberías conocer a Shakespeare y por eso lo conoces? —preguntó ella, dubitativa.

—Si sólo se tratara de Shakespeare… de los grandes escritores o de los grandes filósofos; si esos fueran los únicos recuerdos que tengo…

Ella esperaba que mencionara los malos recuerdos, pero Peter se estremeció y guardó silencio.

—Entonces, si de verdad Ender te controla, entonces… eres él. Eso eres. Eres Andrew Wiggin. Tienes un aiúa.

—Soy la pesadilla de Andrew Wiggin —dijo Peter—. Soy la autorrepulsa de Andrew Wiggin. Soy todo lo que teme y odia de sí mismo. Ése es el guión que me han dado. Eso es lo que tengo que hacer.

Cerró el puño, luego lo abrió en parte, los dedos todavía crispados. Una zarpa. Otra vez el tigre. Y por un instante Wang-mu tuvo miedo. Pero sólo por un instante. Él relajó las manos. El instante pasó.

—¿Qué papel tengo en tu guión?

—No lo sé —dijo Peter—. Eres muy lista. Más lista que yo, espero. Aunque naturalmente soy tan vanidoso que no creo que haya nadie más listo que yo. Lo que significa que necesito con urgencia buenos consejos, ya que estoy convencido de no necesitar ninguno.

—Hablas en círculos.

—Lo hago por crueldad; para atormentarte con mi conversación. Pero tal vez tenga que ir más allá. Tal vez se supone que he de torturarte y matarte de la forma que tan claramente recuerdo haber hecho con las ardillas. Tal vez se supone que he de llevarte al bosque, clavar tus extremidades a las raíces de los árboles, y luego diseccionarte paso a paso para ver en qué punto las moscas empiezan a venir a depositar sus huevos en la carne viva.

Ella retrocedió ante la imagen.

—He leído el libro. ¡Sé que el Hegemón no fue un monstruo!

—No fue el Portavoz de los Muertos quien me creó en el Exterior. Fue Ender, el niñito asustado. No soy el Peter Wiggin que tan sabiamente comprendió en su libro. Soy el Peter Wiggin sobre el que tenía pesadillas. El que masacraba ardillas.

—¿Te vio hacerlo?

—A mí no —dijo él, molesto—. Y no, ni siquiera se lo vio hacer a él. Valentine se lo contó. Encontró el cuerpo de la ardilla en el bosque, cerca de su casa en Greensboro, Carolina del Norte, en el continente de Norteamérica, allá en la Tierra. Pero la imagen encajaba tan perfectamente en sus pesadillas que la tomó prestada y la compartió conmigo. Con ese recuerdo vivo. Imagino que el verdadero Peter Wiggin no era nada cruel. Aprendía y estudiaba. No sintió compasión por la ardilla porque no tenía para él valor sentimental. Era simplemente un animal, no más importante que una lechuga. Abrirla le parecía un acto tan inmoral como preparar una ensalada. Pero no es así como Ender lo imaginó, y no es así como yo lo recuerdo.

—¿Cómo lo recuerdas?

—Como recuerdo todos mis supuestos episodios pasados: desde fuera. Me veo a mí mismo terriblemente fascinado mientras siento un maligno placer en la crueldad. En todos mis recuerdos anteriores al momento en que cobré vida en el viajecito de Ender al Exterior, en todos ellos me veo a través de los ojos de otra persona. Es una sensación muy extraña, te lo aseguro.

—¿Pero ahora?

—Ahora no me veo en absoluto. Porque no tengo esencia ninguna. No soy yo mismo.

—Pero recuerdas. Esta conversación ya la recuerdas, y haberme mirado. Eso es indudable.

—Sí —dijo él—. Te recuerdo. Y recuerdo estar aquí y verte. Pero no hay ningún yo tras mis ojos. Me siento cansado y estúpido incluso cuando soy agudo y brillante.

Esbozó una sonrisa encantadora y Wang-mu apreció de nuevo la auténtica diferencia entre Peter y el holograma del Hegemón.

Era como él decía: incluso en su momento de mayor autodesprecio, este Peter Wiggin tenía los ojos encendidos de furia. Era peligroso. Se notaba nada más verlo.

Cuando te miraba a los ojos, podías imaginarlo planeando cómo y cuándo morirías.

—No soy yo mismo —dijo Peter.

—Dices eso para controlarte —respondió Wangmu. Aunque era una suposición, estaba segura de que tenía razón—. Te encanta impedirte hacer lo que deseas.

Peter suspiró, se inclinó hacia delante y apoyó la cabeza sobre el terminal, la oreja apretada contra la fría superficie de plástico.

—¿Qué deseas? —dijo ella, temerosa de la respuesta.

—Márchate.

—¿Adónde puedo ir? Esta gran nave tuya sólo tiene una estancia.

—Abre la puerta y sal.

—¿Pretendes matarme? ¿Arrojarme al espacio donde me congelaré antes incluso de asfixiarme?

Él se incorporó y la miró, desconcertado.

—¿Espacio?

Su confusión la confundió.

¿Dónde estaban sino en el espacio? Allí era adonde iban las astronaves, al espacio.

Excepto ésta, por supuesto.

Cuando él vio que Wang-mu comprendía, se echó a reír.

—¡Oh, sí, tú eres la inteligente, han rehecho todo el mundo de Sendero para tener tu genio!

Ella se negó a ofenderse.

—Pensaba que habría alguna sensación de movimiento, algo. ¿Hemos viajado, entonces? ¿Ya estamos allí?

—En un abrir y cerrar de ojos. Estuvimos en el Exterior y volvimos al Interior en otro lugar, todo tan rápido que sólo un ordenador podría detectar la duración de nuestro viaje. Jane lo hizo antes de que terminara de hablar con ella. Antes de que hablara contigo.

—¿Entonces dónde estamos? ¿Qué hay al otro lado de la puerta?

—Estamos sentados en un bosque del planeta Viento Divino. El aire es respirable. No te congelarás. Es verano ahí fuera.

Ella se acercó a la puerta, tiró de la manivela y soltó el sello presurizado. La puerta se abrió con facilidad. La luz del sol entró en el habitáculo.

—Viento Divino —dijo—. He leído al respecto... fue fundado como un mundo shinto, igual que Sendero se suponía que era taoísta. La pureza de la antigua cultura japonesa. Pero no creo que sea muy pura últimamente.

—Para ser más concretos, es el mundo donde Andrew y Jane y yo sentimos (si se puede decir que yo tengo sentimientos aparte de los del propio Ender) que podríamos hallar el centro de poder en los mundos gobernados por el Congreso. Los que de verdad toman decisiones. El poder detrás del trono.

—¿Para así poder subvertirlos y apoderarte de la raza humana?

—Para poder detener a la Flota Lusitania. Apoderarme de la raza humana es un placer posterior. Lo de la Flota Lusitania es una emergencia. Sólo tenemos unas semanas para detenerla antes de que llegue y use el Pequeño Doctor, el Artefacto D. M., para hacer pedacitos Lusitania. Mientras tanto, como Ender y todos los demás esperan que yo fracase, están construyendo estas pequeñas naves de hojalata lo más rápido posible y transportando a tantos lusitanos como pueden, humanos, cerdis e insectores, a otros planetas habitables pero todavía desiertos. Mi querida hermana Valentine (la joven), se ha marchado con Miro (en su nuevo cuerpo, simpático chaval), buscando nuevos mundos tan rápido como su pequeña astronave puede llevarlos. Todo un proyecto. Todos apuestan por mí… o nuestro fracaso. Vamos a decepcionarlos, ¿eh?

—¿Decepcionarlos?

—Teniendo éxito. Vamos a tener éxito. Encontremos el centro de poder de la humanidad, y consigamos que detengan la flota antes de que destruya innecesariamente un mundo.

Wang-mu lo miró, dubitativa. ¿Persuadirlos para detener la flota? ¿Este muchacho desagradable y cruel? ¿Cómo podría persuadir a nadie para hacer nada?

Como si pudiera oír sus pensamientos, él respondió a sus dudas no formuladas.

—Ya ves por qué te invité a venir conmigo. Cuando Ender me inventó, se olvidó del hecho de que no me conoció durante la época de mi vida en que persuadía a la gente y los unía en alianzas cambiantes y todas esas tonterías. Así que el Peter Wiggin que creó es demasiado desagradable, demasiado ambicioso y cruel para persuadir a un hombre con picor rectal para que se rasque el culo.

Ella volvió a apartar la mirada.

—¿Ves? —dijo él—. Te ofendo una y otra vez. Mírame. ¿Ves mi dilema? El verdadero Peter, el original, podría haber hecho el trabajo que me han encomendado. Podría haberlo hecho dormido. Ya tendría un plan. Podría vencer a la gente, tranquilizarla, influir en sus consejos. ¡Ese Peter Wiggin puede convencer a las abejas para que renuncien a su aguijón! ¿Pero yo? Lo dudo. ¿Sabes?, no soy yo mismo.

Se levantó de la silla, se abrió paso bruscamente y salió al prado que rodeaba la pequeña cabaña de metal que les había llevado de un mundo a otro. Wang-mu se quedó en el umbral, observándole mientras se alejaba de la nave; se marchó, pero no demasiado lejos.

Sé algo de cómo se siente, pensó. Sé algo de tener que sumergir tu voluntad en la de otra persona. Vivir por ellos, como si fueran la estrella de la historia de tu vida, y tú simplemente un actor secundario. He sido esclava. Pero al menos en todo ese tiempo conocía mis sentimientos. Sabía lo que pensaba de verdad incluso mientras hacía lo que ellos querían, lo que hiciera falta para conseguir lo que quería de ellos. Sin embargo, Peter Wiggin no tiene ni idea de lo que quiere realmente, porque ni su resentimiento ni su falta de libertad son suyas. Incluso eso procede de Andrew Wiggin. Incluso su autodesprecio es el autodesprecio de Andrew, y...

Y así una y otra vez, en círculos, como el sendero sin rumbo que Peter seguía a través del prado.

Wang-mu pensó en su ama... no, su antigua ama, Qing-jao. También ella seguía extrañas pautas. Era lo que los dioses la obligaban a hacer. No, ésa era la antigua forma de pensar. Era lo que la obligaba a hacer su desorden obsesivo-compulsivo: arrodillarse en el suelo y seguir las vetas de la madera de cada tablón, seguir cada una por el suelo hasta donde llegara, veta tras veta. Nunca significaba nada, y sin embargo tenía que hacerlo porque sólo con aquella absurda obediencia aturdidora podía ganar una brizna de libertad a los impulsos que la controlaban. Qing-jao fue siempre la esclava, y no yo. Pues el amo que la gobernaba a ella la controlaba desde dentro de su propia mente, mientras que yo podría siempre ver a mi ama ante mí; así que mi yo más íntimo permanecía intacto.

Peter Wiggin sabe que lo gobiernan los temores y pasiones inconscientes de un hombre complicado que se encuentra a muchos años-luz de distancia. Pero claro, Qing-jao creía que sus obsesiones venían de los dioses. ¿Qué importa si te dices que eso que te controla procede de fuera, si de hecho sólo lo experimentas dentro de tu propio corazón? ¿Adónde puedes ir para huir de ello? ¿Cómo puedes esconderte? Qing-jao debe de ser libre ya, gracias al virus portador que Peter trajo consigo a Sendero y puso en manos de Han Fei-tzu. Pero Peter... ¿qué libertad puede haber para él?

Y sin embargo debía vivir como si fuera libre. Debía seguir luchando por la libertad aunque la lucha misma fuera sólo un síntoma más de su esclavitud. Hay una parte de él que ansía ser él mismo. No, no ser él mismo: tener un yo.

¿Entonces cuál es mi participación en todo esto? ¿Se supone que he de obrar un milagro, y darle un aiúa? No tengo poder para eso.

Y sin embargo, tengo poder, pensó.

Ella debía de tener poder. ¿Por qué si no le hablaba él tan abiertamente? Aunque era una total desconocida, él le había abierto su corazón de inmediato. ¿Por qué? Porque conocía los secretos, pero también algo más.

Ah, por supuesto. Él podía hablarle libremente porque ella nunca había conocido a Andrew Wiggin. Tal vez Peter no era más que un aspecto de la naturaleza de Ender, todo lo que Ender temía y despreciaba de sí mismo. Pero ella nunca podría compararlos a los dos. Fuera lo que fuese Peter, no importaba quién lo controlase, ella era su confidente.

Y eso la convertía, una vez más, en la sirvienta de alguien. También había sido confidente de Qing-jao.

Se estremeció, como para desprenderse de aquella triste comparación. No, se dijo. No es lo mismo. Porque ese joven que deambula sin rumbo entre las flores silvestres no tiene ningún poder sobre mí, excepto el de hablarme de su dolor con la esperanza de que lo comprenda. Lo que yo le dé se lo daré libremente.

Cerró los ojos y apoyó la cabeza en el marco de la puerta. Daré libremente, sí. Pero ¿qué planeo darle? Bueno, exactamente lo que quiere: mi lealtad, mi devoción, mi ayuda en todo lo que emprenda. Sumergirme en él. ¿Y por qué planeo hacer todo esto? Porque, por mucho que dude de sí mismo, tiene el poder de ganarse a la gente para su causa.

Abrió de nuevo los ojos y salió al prado a su encuentro. Peter la vio y esperó sin decir nada mientras se acercaba. Las abejas zumbaron a su alrededor; las mariposas revoloteaban por el aire, evitándola de algún modo en su vuelo caótico. En el último momento, ella extendió una mano y cogió a una abeja de una flor, cerró el puño y luego, rápidamente, antes de que la abeja pudiera picarla, la lanzó a la cara de Peter.

Extrañado, sorprendido, Peter espantó a la furiosa abeja, se agachó, la esquivó, y finalmente echó a correr unos cuantos pasos antes de que el insecto continuara su camino entre las flores. Sólo entonces se volvió hacia ella, airado.

—¿A qué ha venido eso?

Ella se rió, no pudo evitarlo. ¡Había puesto una cara tan graciosa!

—Oh, bueno, ríete. Ya veo que vas a ser una magnífica compañía.

—Enfádate, no me importa —dijo Wang-mu—. Pero te diré una cosa. ¿Crees que allá en Lusitania, el aiúa de Ender ha pensado de pronto «¡Ay, una abeja!» y te ha hecho espantarla y esquivarla como si fueras un payaso?

Él puso los ojos en blanco.

—Ya salió la lista. ¡Vaya, Real Madre del Oeste, has resuelto todos mis problemas! ¡Ya veo que nunca he sido otra cosa que un niño! ¡Y esos zapatos de rubí, mira tú, siempre han tenido el poder de devolverme a Kansas!

—¿Qué es Kansas? —le preguntó ella, mirándose los zapatos, que no eran rojos.

—Sólo otro recuerdo que Ender ha compartido amablemente conmigo.

Se quedó allí, con las manos en los bolsillos, contemplándola.

Ella permaneció también en silencio, las manos unidas, observándolo a su vez.

—¿Así que estás conmigo? —preguntó él por fin.

—Debes intentar no ser desagradable conmigo.

—Pídeselo a Ender.

—No me importa de quién sea el aiúa que te controla. Sigues teniendo tus propios pensamientos, que son diferentes de los suyos: la abeja te ha dado miedo, y él ni siquiera pensaba en una abeja, y lo sabes. Así que, no importa la parte de ti que él controle o quienquiera que sea el «tú» real, justo en la cara tienes la boca que va a hablarme, y te digo que si he de trabajar contigo será mejor que seas amable.

—¿Significa esto que no habrá más peleas de abejas?

—Sí.

—Muy bien. Con mi suerte, seguro que Ender me ha dado un cuerpo alérgico a las picaduras de abejas.

—Tampoco es demasiado saludable para las abejas —dijo ella.

Él le sonrió.

—Creo que me gustas —dijo—. Odio esa sensación.

Se dirigió hacia la nave.

—¡Vamos! —la llamó—. Veamos qué información puede darnos Jane sobre este mundo que tenemos que tomar al asalto.

2

«No crees en Dios»

«Cuando sigo el sendero de los dioses a través de
la madera
mis ojos siguen cada quiebro de las vetas.
Pero mi cuerpo se mueve en línea recta
para que quienes me miran vean que el sendero de
los dioses es recto,
mientras que yo habito en un mundo sin rectitud.»

de *Los susurros divinos de Han Qing-jao*

Novinha no quería verlo. Cuando se lo dijo a Ender,
la amable y anciana maestra parecía realmente preocupada.

—No estaba enfadada —explicó la vieja maestra—.
Me dijo que...

Ender asintió; comprendía que la maestra se hallaba
dividida entre la compasión y la sinceridad.

—Puedes decírmelo con sus palabras. Es mi esposa,
así que lo soportaré.

La vieja maestra puso los ojos en blanco.

—Yo también estoy casada, lo sabes.

Por supuesto que lo sabía. Todos los miembros de
la Orden de los Hijos de la Mente de Cristo (Os Filhos
da Mente de Cristo) estaban casados. Era una de sus
normas.

—Estoy casada, así que sé perfectamente que tu esposa es la única persona que sabe todas las palabras que tú no soportas oír.

—Entonces deja que me corrija —dijo Ender suavemente—. Es mi esposa, y estoy decidido a escucharla, pueda soportarlo o no.

—Dice que tiene que terminar de desherbar, así que no tiene tiempo para escaramuzas.

Sí, eso era propio de Novinha. Podía autoconvencerse de que había tomado sobre sus hombros el manto de Cristo pero, si así era, se trataba del Cristo que denunció a los fariseos, el Cristo que decía todas aquellas cosas crueles y sarcásticas a amigos y enemigos por igual, no el ser amable de paciencia infinita.

Con todo, Ender no era de los que se arredran simplemente porque sus sentimientos resultaran heridos.

—Entonces ¿a qué estamos esperando? —preguntó—. Muéstrame dónde puedo encontrar una azada.

La vieja maestra le contempló un buen rato; luego sonrió y lo acompañó a los jardines.

Al cabo de un momento, con guantes de trabajo y una azada en la mano, Ender se plantó al final de la hilera en la que Novinha trabajaba inclinada al sol, con los ojos fijos en el suelo mientras cortaba la raíz de una mala hierba tras otra, arrancándolas para que se secaran al calor abrasador. Se acercó a él.

Ender se dirigió hacia la fila sin desbrozar contigua a aquella donde Novinha trabajaba, y empezó a emplear la azada. No se encontrarían, pero pasarían uno al lado de la otra. Ella repararía en él o no. Le hablaría o no. Todavía lo amaba y lo necesitaba. O no. Pero no importaba, al final del día él habría trabajado en el mismo campo que su esposa, le habría facilitado el trabajo; y por tanto seguiría siendo su marido, por poco que ella lo quisiera.

La primera vez que se cruzaron Novinha ni siquiera alzó la cabeza. No le hacía falta. Sabría sin necesidad de mirar que el hombre que la acompañaba justo después de haberse negado a ser su marido tenía que ser él mismo. Ender sabía que ella lo sabría, y también que era demasiado orgullosa para mirarlo y demostrar que quería volver a verlo. Estudiaría las malas hierbas hasta quedarse medio ciega, porque Novinha no era de las que se doblegan ante la voluntad de nadie.

Excepto, por supuesto, ante la voluntad de Jesús. Ése era el mensaje que le había enviado, el mensaje que le había traído aquí, decidido a hablar con ella. Una breve nota en el lenguaje de la Iglesia. Se separaba de él para servir a Cristo entre los Filhos. Se sentía llamada a esta obra. Ender tenía que considerar que ya no tenía ninguna responsabilidad hacia ella, y no debía esperar de ella sino lo que con gusto daría a cualquier hijo de Dios. Era un mensaje frío, pese a la amabilidad de su redacción.

Tampoco Ender era de los que se doblegaban fácilmente a la voluntad de nadie. En vez de obedecer el mensaje, se presentaba decidido a hacer justo lo contrario de lo que le habían pedido. ¿Y por qué no? Novinha tenía un historial terrible en cuanto a la toma de decisiones. Cada vez que decidía hacer algo por el bien de alguien, acababa destruyéndolo sin querer. Como en el caso de Libo, su amigo de la infancia y amante secreto, el padre de todos sus hijos durante su matrimonio con aquel otro hombre violento y estéril que fue su marido hasta que murió. Temiendo que muriera a manos de los pequeninos, como su padre, Novinha le ocultó los vitales descubrimientos que había hecho sobre la biología del planeta Lusitania, por miedo a que ese conocimiento lo matara. En cambio, fue la ignorancia de esa misma información la que lo llevó a la muerte. Lo hizo por su bien y sin querer lo mató.

Sería de suponer que aprendió algo de eso, pensó Ender. Pero sigue haciendo lo mismo. Tomando decisiones que deforman las vidas de los demás, sin consultar con ellos, sin concebir siquiera que tal vez no quieren que los salve de las supuestas tristezas de las que quiere salvarlos.

Si ella se hubiera casado simplemente con Libo en primer lugar y le hubiera contado todo lo que sabía, él probablemente seguiría vivo y Ender nunca se habría casado con su viuda ni la habría ayudado a educar a sus hijos más jóvenes. Era la única familia que Ender había tenido y que podía esperar tener. Por equivocadas que fueran las decisiones de Novinha, la época más feliz de su vida había sido consecuencia de uno de sus más terribles errores.

Al cruzarse por segunda vez, Ender vio que ella seguía, tozudamente, dispuesta a no hablarle, así que, como siempre, él cedió primero y rompió el silencio entre ambos.

—Los Filhos están casados, lo sabes. Es una orden de matrimonios. No puedes convertirte en miembro pleno sin mí.

Ella dejó de trabajar. La hoja de la azada reposó sobre el suelo intacto, el mango en sus dedos enguantados.

—Puedo desherbar la remolacha sin ti —dijo finalmente.

El corazón de Ender saltó de alivio: había penetrado su velo de silencio.

—No, no puedes —dijo—. Porque estoy aquí.

—Eso son patatas. No puedo impedirte que me eches una mano con las patatas.

A su pesar, los dos se echaron a reír; con un gruñido

ella se enderezó, dejó que el mango de la azada cayera al suelo, y cogió las manos de Ender entre las suyas, un contacto que le provocó un escalofrío a pesar de las dos capas de guante grueso que había entre sus palmas y dedos.

—Si profano con mi contacto... —empezó a decir Ender.

—Nada de Shakespeare. Nada de «dos labios sonrojando a prestos peregrinos».

—Te echo de menos —dijo él.

—Supéralo.

—No tengo por qué. Si tú te unes a los Filhos, yo también.

Ella se rió.

Ender no tuvo en cuenta su desdén.

—Si un xenobiólogo puede retirarse de este mundo de sufrimiento sin sentido, ¿por qué no puede hacerlo un viejo portavoz de los muertos jubilado?

—Andrew —dijo ella—. No estoy aquí porque haya renunciado a la vida. Estoy aquí porque he vuelto realmente mi corazón al Redentor. Tú nunca podrías hacerlo. No perteneces a esto.

—Pertenezco si tú perteneces. Hicimos un voto. Un voto sagrado que la Santa Iglesia no nos permitirá ignorar. Por si se te ha olvidado.

Ella suspiró y contempló el cielo por encima del muro del monasterio. Más allá del muro, atravesando prados, una verja, subiendo una colina, tras entrar en los bosques... allí había ido el gran amor de su vida, Libo, y allí había muerto. En el lugar donde Pipo, su padre, que era también como un padre para ella, había ido antes para morir igualmente. Su hijo Estevão había ido a otro bosque, y también había muerto, pero Ender supo, al observarla, que cuando veía el mundo más allá de aquellos

— 39 —

muros, eran todas aquellas muertes lo que veía. Dos de ellas habían tenido lugar antes de que Ender llegara a Lusitania. Pero la muerte de Estevão... ella le había suplicado a Ender que le impidiera ir al peligroso lugar donde los pequeninos hablaban de guerra, de matar a los humanos. Sabía tan bien como Ender que detener a Estevão habría sido igual que destruirlo, pues no se había hecho sacerdote para estar a salvo, sino para intentar llevar el mensaje de Cristo a aquella gente. Fuera cual fuese la alegría de los primeros mártires cristianos, sin duda había acudido a Estevão mientras moría lentamente en el abrazo de un árbol asesino. Fuera cual fuese el consuelo que Dios les enviaba en su hora de supremo sacrificio. Pero Novinha no había sentido esa alegría. Al parecer, Dios no hacía extensivo su consuelo a los parientes. Y en su pena y su furia, ella echaba la culpa a Ender. ¿Por qué se había casado con él, si no para ponerse a salvo de aquellos desastres?

Él nunca le había dicho lo más obvio: si había alguien a quien echar la culpa, era a Dios, no a él. Después de todo, era Dios quien había convertido en santos (bueno, casi santos) a sus padres, fallecidos mientras descubrían el antídoto para el virus de la descolada cuando ella era sólo una niña. Sin duda fue Dios quien condujo a Estevão a predicar entre los más peligrosos pequeninos. Sin embargo, en su pena era a Dios a quien recurría, y se apartaba de Ender, que sólo había pretendido lo mejor para ella.

Nunca lo había dicho porque sabía que ella no le escucharía. Y también se abstuvo de decirlo porque sabía que veía las cosas de otro modo. Si Dios se llevó a sus padres, a Pipo, a Libo, y finalmente a Estevão, era porque Dios era justo y la castigaba por sus pecados. Pero cuando Ender no consiguió que Estevão renunciara a su misión suicida entre los pequeninos, fue porque era ciego, obstinado, testarudo y rebelde, y porque no la amaba lo suficiente.

Pero él la amaba. De todo corazón, la amaba.

¿De todo corazón?

Tanto como sabía. Y sin embargo, cuando sus más profundos secretos se revelaron en aquel primer viaje al Exterior, no fue a Novinha a quien su corazón conjuró. Así que al parecer había alguien que le importaba todavía más.

Bueno, no podía evitar lo que sucedía en su subconsciente, como tampoco podía Novinha. Lo único que controlaba era lo que hacía realmente, y lo que ahora hacía era demostrarle a Novinha que a pesar de que intentaba mantenerlo apartado, no lo conseguiría. Tanto daba si Novinha creía que prefería a Jane y su relación con los grandes asuntos de la raza humana. No era cierto, ella le importaba más que nada. Renunciaría a todo por ella. Desaparecería por ella tras los muros de un monasterio. Desbrozaría hilera tras hilera de plantas bajo el cálido sol. Por ella.

Pero ni siquiera eso era suficiente. Novinha insistía en que lo hiciera no por ella, sino por Cristo. Bueno, era una lástima. No estaba casado con Cristo, ni ella tampoco. Con todo, a Dios no podía desagradarle que un marido y una esposa se lo dieran todo mutuamente. Sin duda eso era parte de lo que Dios esperaba de los seres humanos.

—Sabes que no te echo la culpa de la muerte de Quim —dijo ella, empleando el viejo apodo familiar de Estevão.

—No lo sabía, pero me alegro.

—Lo hice al principio, aunque siempre supe que era irracional. Él fue porque quiso, y era demasiado mayor para que un padre molesto lo detuviera. Si yo no pude, ¿cómo podrías haberlo hecho tú?

—Ni siquiera quise detenerlo —dijo Ender—. Quería que fuera. Era la culminación de la ambición de su vida.

—Ahora lo sé. Es verdad. Fue bueno que fuera, incluso fue bueno que muriese, porque su muerte significó algo, ¿verdad?

—Salvó a Lusitania de un holocausto.

—Y llevó a muchos a Cristo. —Se echó a reír, la vieja risa, la risa irónica que él había llegado a apreciar tanto por ser tan rara—. Árboles por Jesús. ¿Quién lo habría imaginado?

—Ya lo llaman San Esteban de los Árboles.

—Es prematuro. Hace falta tiempo. Primero debe ser beatificado. Ante su tumba tendrán que producirse milagros de curación. Créeme, conozco el proceso.

—Los mártires no abundan últimamente —dijo Ender—. Será beatificado. Será canonizado. La gente rezará para que interceda ante Jesús por ellos, y funcionará, porque si alguien se ha ganado el derecho a que Cristo le oiga es tu hijo Estevão.

Las lágrimas corrieron por las mejillas de Novinha, aunque volvió a reírse.

—Mis padres fueron mártires y serán santos; también mi hijo. La piedad se saltó una generación.

—Oh, sí. La tuya fue la generación del hedonismo egoísta.

Finalmente se volvió, las mejillas sucias de lágrimas, con aquel rostro sonriente y esos ojos cuya mirada penetraba en su corazón. La mujer que amaba.

—No lamento mi adulterio —dijo—. ¿Cómo puede perdonarme Cristo si no me arrepiento? Si no me hubiera acostado con Libo, mis hijos no habrían existido. Sin duda Dios no desaprobará eso.

—Creo que lo que Jesús dijo fue: «Yo, el Señor, perdonaré a quien perdone. Pero a vosotros se os exige que perdonéis a todos los hombres.»

—Más o menos —dijo ella—. No soy una experta en las Escrituras. —Extendió la mano y le acarició la mejilla—. Eres tan fuerte, Ender. Pero pareces cansado. ¿Cómo puedes cansarte? El universo de los seres humanos todavía depende de ti. Si no toda la humanidad, al menos este mundo. Tienes que salvar este mundo. Pero estás cansado.

—Lo estoy, hasta la médula —dijo él—. Y tú me has quitado el último aliento que me quedaba.

—Qué extraño. Pensaba que lo que te había quitado era el cáncer de tu vida.

—No eres muy buena decidiendo lo que las demás personas quieren y necesitan oír de ti, Novinha. Nadie lo es. Es muy probable que todos hagamos daño en vez de ayudar.

—Por eso vine aquí, Ender. He renunciado a tomar decisiones. Deposité mi confianza en mi propio juicio. Luego la deposité en ti. La deposité en Libo, en Pipo, en mis padres, en Quim, y todos me decepcionaron y se marcharon o... no, sé que tú no te marchaste, y sé que no fuiste tú quien... Pero óyeme, Andrew, óyeme. El problema no estaba en la gente en quien confiaba, el problema fue que confiaba en ella cuando ningún ser humano podría darme lo que necesitaba. Necesitaba liberación. Necesitaba, necesito, redención. Y no está en tus manos dármela... tus manos abiertas, que me dan más incluso de lo que tienes, Andrew, pero sigues sin tener lo que necesito. Sólo mi Redentor, sólo el Ungido, sólo Él puede dármelo. ¿Ves? La única manera que tengo de hacer que mi vida merezca la pena es ofrecérsela a él. Por eso estoy aquí.

—Desbrozando.

—Separando el trigo de la paja, creo. La gente tendrá más patatas, y mejores, porque yo habré arrancado las malas hierbas. No tengo que ser una eminencia ni hacerme notar para sentirme bien. Pero tú, vienes aquí y me recuerdas que, aunque sea feliz, estoy haciendo daño a alguien.

—Pero no es así —dijo Ender—. Porque voy a quedarme contigo. Voy a unirme a los Filhos también. Son una orden de matrimonios, y nosotros somos una pareja casada. Sin mí, no puedes unirte a ellos, y necesitas hacerlo. Conmigo, puedes. ¿Qué podría ser más simple?

—¿Más simple? —Ella sacudió la cabeza—. No crees en Dios, ¿qué tal eso para empezar?

—Sí que creo en Dios —dijo Ender, molesto.

—Oh, estás dispuesto a aceptar la existencia de Dios, pero no me refería a eso. Me refiero a creer en él como lo entiende una madre cuando le dice a su hijo: creo en ti. No le está diciendo que cree que existe, ¿qué sentido tiene eso? Le dice que cree en su futuro, que confía en que hará todo el bien que hay en él. Pone el futuro en sus manos, así es como cree en él. Tú no crees en Cristo de esa forma, Andrew. Sigues creyendo en ti mismo. En los demás. Enviaste a tus pequeños delegados, a esos hijos que conjuraste durante tu visita al infierno… Puede que ahora mismo estés aquí, detrás de estos muros, pero tu corazón está ahí fuera, explorando planetas y tratando de detener la flota. No le dejas nada a Dios. No crees en él.

—Discúlpame, pero si Dios quería hacerlo todo por sí mismo, ¿para qué nos creó?

—Sí, bueno, creo recordar que uno de tus padres era un hereje, y sin duda de ahí proceden tus extrañas ideas.

—Era un viejo chiste entre ambos, pero esta vez ninguno de los dos se rió.

—Creo en ti —dijo Ender.

—Pero consultas con Jane.

Él se metió la mano en el bolsillo, y luego la sacó para mostrarle lo que contenía: era una joya, con varios cables muy finos conectados; como un organismo brillante arrancado de su delicado lugar entre la frondosa vegetación de las profundidades marinas. Ella la contempló un momento, sin comprender; luego advirtió lo que era y le miró la oreja donde, desde que lo conocía, había llevado la joya que lo conectaba con Jane, el programa de ordenador que había cobrado vida, con Jane, su amiga más antigua, más querida, más digna de confianza.

—Andrew, no, no por mí.

—No podré decir honradamente que estos muros me aíslan, mientras Jane sea capaz de susurrarme cosas al oído —dijo—. Lo he hablado con ella. Se lo expliqué. Lo comprende. Seguimos siendo amigos. Pero no compañeros.

—Oh, Andrew —dijo Novinha. Ahora lloraba abiertamente, y se abrazó a él—. Si lo hubieras hecho hace años, o por lo menos meses...

—Tal vez no crea en Cristo como tú crees. ¿Pero no es suficiente que crea en ti, y tú creas en él?

—No perteneces a este lugar, Andrew.

—Pertenezco a este lugar más que a ningún otro, si es aquí donde tú vives. No estoy tan cansado del mundo, Novinha, como cansado de decidir. Estoy cansado de tratar de resolver las cosas.

—Aquí tratamos de resolver las cosas —dijo ella, apartándose.

—Pero aquí podemos ser, no la mente, sino los hijos de la mente. Podemos ser las manos y los pies, los labios y la lengua. Podemos realizar y no decidir. —Se agachó, se arrodilló, se sentó en el suelo, entre las jóvenes plantas. Se llevó las manos sucias a la cara y se frotó la frente con ellas, sabiendo que sólo estaba cubriendo de tierra su suciedad.

—Oh, casi me lo he creído, Andrew, ¡eres tan convincente! —dijo Novinha—. ¿Qué, has decidido dejar de ser el héroe de tu propia saga? ¿O es sólo un truco? ¿Ser servidor de todos, para poder ser el más grande entre nosotros?

—Sabes que nunca he pretendido la grandeza, ni la he conseguido, tampoco.

—Oh, Andrew, narras tan bien las historias que te crees tus propias fábulas.

Ender la miró.

—Por favor, Novinha, déjame vivir aquí contigo. Eres mi esposa. Mi vida no tiene sentido si te he perdido.

—Aquí vivimos como marido y mujer, pero no... sabes que no...

—Sé que los Filhos prohíben las relaciones sexuales —dijo Ender—. Soy tu marido. Mientras no practique el sexo con nadie, bien puede ser contigo con quien no lo practique. —Sonrió amargamente.

La sonrisa de ella fue sólo triste y compasiva.

—Novinha, ya no me interesa mi propia vida. ¿Comprendes? La única vida que me importa en este mundo es la tuya. Si te pierdo, ¿qué me retendrá aquí?

No estaba completamente seguro de lo que quería decir. Las palabras habían acudido libremente a sus labios. Pero supo, mientras las pronunciaba, que no eran fruto de la autocompasión, sino más bien una sincera admisión de la verdad. No era que pensara en el suicidio, o el exilio o cualquier otra solución melodramática. Se sentía desvanecerse. Perdía su asidero. Lusitania le parecía cada vez menos real. Valentine seguía allí, su querida hermana y amiga, y era como una roca; su vida era bien real, pero no para él, porque no le necesitaba. Plikt, su discípula no deseada, podía necesitar a Ender, pero no su realidad, sólo la idea que tenía de él. ¿Y quién más había? Los hijos de Novinha y Libo, los hijos que había criado como propios y amado como tales. No los amaba menos ahora, pero eran adultos y no le necesitaban. Jane, que una vez había estado a punto de ser destruida por no haberle prestado atención durante una hora, ya no le necesitaba tampoco, pues estaba en la joya de la oreja de Miro, y en otra joya en la oreja de Peter...

Peter. La joven Valentine. ¿De dónde habían venido? Habían robado su alma y se la habían llevado consigo cuando se marcharon. Ejecutaban las acciones que él mismo habría realizado en otra época. Y mientras esperaba aquí, en Lusitania, y... se desvanecía. Eso era lo que había querido decir. Si perdía a Novinha, ¿qué le ataría a este cuerpo que había llevado por el universo a lo largo de todos aquellos milenios?

—No es decisión mía —dijo Novinha.

—Es decisión tuya —contestó Ender— que me quieras contigo, como uno de Os Filhos da Mente de Cristo. Si lo haces, entonces creo que podré superar todos los demás obstáculos.

Ella se rió de un modo desagradable.

—¿Obstáculos? Los hombres como tú no encuentran obstáculos. Sólo pasaderas.

—¿Los hombres como yo?

—Sí, los hombres como tú —dijo Novinha—. Sólo porque nunca haya conocido a otro igual, sólo porque no importa cuánto amara a Libo, nunca estuvo para mí tan vivo como tú lo estás cada minuto... Sólo porque me encontré amándote como mujer adulta por primera vez cuando te conocí... Sólo porque te he echado más de menos de lo que echo de menos a mis propios hijos, incluso a mis padres, incluso a los seres queridos perdidos de mi vida... Sólo porque no pueda soñar en nadie más que en ti, eso no significa que no haya alguien más como tú en otra parte. El universo es un lugar grande. No puedes ser tan especial, ¿no?

Él pasó la mano entre las hojas de patata y la apoyó amablemente sobre su muslo.

—¿Me amas todavía, entonces? —preguntó.

—Oh, ¿para eso has venido? ¿Para averiguar si te amo?

Él asintió.

—En parte.

—Sí —dijo ella.

—¿Entonces puedo quedarme?

Ella se echó a llorar. Con fuerza. Se derrumbó en el suelo; él se echó sobre las plantas para abrazarla, para sostenerla, ajeno a las hojas que aplastaban. Al cabo de un rato, ella dejó de llorar y se volvió y lo abrazó con tanta fuerza como él la había abrazado.

—Oh, Andrew —susurró, con la voz rota y jadeante después de haber llorado—. ¿Me ama Dios lo suficiente para traerte a mí de nuevo, cuando te necesito tanto?

—Hasta que me muera —dijo Ender.

—Me conozco esa parte —dijo ella—. Pero le rezo a Dios para que me deje morir a mí primero esta vez.

3

«Somos demasiados»

«Dejadme que os cuente la historia más hermosa que co-
nozco.
A un hombre le regalaron un perro, al que quería mucho.
El perro iba con él a todas partes,
pero el hombre no pudo enseñarle a hacer nada útil.
El perro no recogía cosas ni rastreaba,
no corría, ni protegía, ni montaba guardia.
Se sentaba a su lado y le miraba,
siempre con la misma expresión inescrutable.
"Eso no es un perro, es un lobo", dijo la esposa del hombre.
"Sólo me es fiel a mí", respondió él,
y su esposa nunca volvió a discutir con él.
Un día el hombre se llevó al perro con él en su avión privado
y mientras volaban sobre cumbres nevadas
los motores fallaron
y el avión se hizo pedazos entre los árboles.
El hombre yacía sangrante
con el vientre abierto por esquirlas de metal;
el vapor brotaba de su cuerpo en el aire frío,
pero en lo único que podía pensar era en su perro fiel.
¿Estaba vivo? ¿Estaba herido?
Imaginad su alivio cuando el perro apareció chapoteando
y lo observó con la mirada fija de siempre.
Al cabo de una hora, el perro olisqueó el abdomen abierto
        del hombre
y luego empezó a sacarle los intestinos y el bazo y el hígado
y a comérselos

— 49 —

sin dejar de estudiar la cara del hombre.

"Gracias a Dios", dijo el hombre.

"Al menos uno de nosotros no morirá de hambre."»

de *Los susurros divinos de Han Qing-jao*

De todas las naves más veloces que la luz que corrían al Exterior y volvían al Interior siguiendo órdenes de Jane, sólo la de Miro se parecía a una nave espacial normal, por el buen motivo de que no era sino la lanzadera que antaño llevaba pasajeros y carga entre las grandes astronaves que orbitaban Lusitania. Ahora que las nuevas naves podían ir instantáneamente de la superficie de un planeta a la de otro, no había necesidad de sistemas de apoyo vital ni de combustible, y como Jane tenía que albergar toda la estructura de cada aparato en su memoria, las más simples eran las mejores. De hecho, apenas podían ser consideradas vehículos. Ahora eran simples cabinas, sin ventanas, casi sin muebles, peladas como un aula de otros tiempos. La gente de Lusitania se refería ahora al viaje espacial como *encaixarse*, que quería decir en portugués «meterse en la caja» o, más literalmente, «encajarse».

Miro, sin embargo, estaba explorando, buscando nuevos planetas capaces de albergar las tres especies de vida inteligente: humanos, pequeninos y reinas colmena. Para esto necesitaba una nave más tradicional, pues aunque iba de planeta en planeta siguiendo el desvío instantáneo de Jane a través del Exterior, no siempre llegaba a un mundo cuyo aire fuera respirable. En realidad, Jane siempre lo situaba en órbita sobre cada nuevo planeta, para que pudiera observar, medir, analizar, y sólo aterrizara en los más prometedores para tomar la decisión final de que el mundo era utilizable.

No viajaba solo. Habría sido demasiado trabajo para una sola persona, y necesitaba que todo cuanto hacía fuera comprobado doblemente. De todos los trabajos de Lusitania, éste era el más peligroso, pues nunca sabía al abrir la puerta de su nave si habría alguna amenaza imprevisible en el nuevo mundo. Miro había considerado durante mucho tiempo que su vida podía ser sacrificada; en los largos años pasados atrapado en un cuerpo lisiado había anhelado la muerte.

Luego, desde que su primer viaje al Exterior le permitió recrear su cuerpo con la perfección de la juventud, consideraba todo momento, toda hora, todo día de su vida como un regalo no merecido. No la desperdiciaría, pero no dejaría de ponerla en peligro por el bien de los demás. Pero ¿quién más podría compartir su tranquila despreocupación?

Parecía que la Joven Valentine estaba hecha para mandar, en todos los sentidos. Miro la había visto cobrar existencia al mismo tiempo que su propio cuerpo nuevo. Ella no tenía pasado, ni parientes, ni enlace alguno con ningún mundo excepto a través de Ender, cuya mente la había creado, y de Peter, su igual. Oh, y quizá pudiera considerarse relacionada con la Valentine original, «la Valentine real», como la llamaba la Joven Val; pero no era ningún secreto que la Vieja Valentine no tenía la más mínima intención de pasar ni siquiera un instante en compañía de esta joven belleza cuya existencia era en sí un escarnio. Además, la Joven Val fue creada como la imagen de Ender de la perfecta virtud. No sólo no tenía conexiones, sino que era una altruista dispuesta a sacrificarse por el bien de los demás. Así que cada vez que Miro entraba en la lanzadera tenía a la Joven Val como compañera, una ayudante de fiar, un apoyo constante.

Pero no una amiga. Pues Miro sabía perfectamente

bien quién era realmente Val: Ender disfrazado. No una mujer. Y su amor y lealtad hacia él eran el amor y la lealtad de Ender, a menudo puestos a prueba, pero de Ender, no de ella. Ella no tenía nada propio. Así que, aunque Miro se había acostumbrado a su compañía, y reía y bromeaba con ella más fácilmente de lo que había hecho con nadie en toda su vida, no confiaba en ella, no se permitía sentir por ella un afecto más profundo que la camaradería. Si Val advertía la falta de conexión entre ambos no decía nada; si eso la hería, nunca dejaba ver el dolor. Manifestaba su alegría por los éxitos e insistía en que se esforzaran aún más.

—No tenemos que pasar un día entero en ningún mundo —dijo desde el principio, y lo demostraba ciñéndose a un programa que les permitía hacer tres viajes al día. Regresaban a casa cada tres viajes, a una Lusitania silenciosa ya por el sueño; dormían en la nave y hablaban con los demás sólo para advertirles de los problemas concretos que los colonos encontrarían probablemente en cualquiera de los nuevos mundos descubiertos ese día. Y el plan de tres viajes era sólo en los días en que se ocupaban de planetas probables. Cuando Jane los llevaba a mundos que eran claramente inadecuados (acuáticos, por ejemplo, o sin examinar biológicamente) continuaban viaje rápidamente para comprobar el siguiente mundo candidato, y el siguiente, a veces cinco o seis en esos días aciagos en los que nada parecía funcionar. La Joven Val los empujaba a ambos al límite de su resistencia, día tras día, y Miro aceptaba su liderato en este aspecto del viaje porque sabía que era necesario.

Su amiga, sin embargo, no tenía forma humana. Para él, habitaba en la joya de su oreja. Jane, un susurro en su mente cuando despertó por primera vez; la amiga que oía todo lo que subvocalizaba, que conocía sus necesidades antes de que él mismo las advirtiera. Jane, que compartía todos sus pensamientos y sueños, que le había acompañado en los peores momentos de su vida de lisiado, que le había llevado al Exterior, donde pudo renovarse. Jane, su amiga más sincera, que pronto moriría.

Ése era su verdadero límite. Cuando Jane muriera los vuelos estelares instantáneos se acabarían, pues no había ningún otro ser con el poder mental de sacar nada más complicado que una pelota de goma al Exterior y devolverlo al Interior. Y la muerte de Jane se produciría no por una causa natural, sino porque el Congreso Estelar, tras haber descubierto la existencia de un programa subversivo capaz de controlar o al menos de acceder a todos sus ordenadores, estaba cerrando, desconectando sistemáticamente todas sus redes. Jane sentía ya la herida de aquellos sistemas que habían sido apartados del conjunto para que no pudiera acceder a ellos. Pronto transmitirían los códigos que la borrarían por completo, de golpe. Y cuando ella muriera, todos los que no hubieran sido evacuados de la superficie de Lusitania y trasladados a otro mundo estarían atrapados, esperando la llegada de la Flota Lusitania, que se acercaba cada vez más, decidida a destruirlos a todos.

Era un trabajo sombrío, pues a pesar de todos los esfuerzos de Miro, su querida amiga moriría. Era en parte por eso, lo sabía bien, que evitaba entablar una verdadera amistad con la Joven Val: porque habría sido una deslealtad hacia Jane sentir afecto por otra persona durante las últimas semanas o días de su vida.

Así, la existencia de Miro era una interminable rutina de trabajo, de concentración mental: estudiaba los hallazgos de los instrumentos de la lanzadera, analizaba fotografías aéreas, pilotaba la lanzadera hasta peligrosas zonas de aterrizaje nunca exploradas para por fin (con muy poca frecuencia) tener la posibilidad de abrir la puerta y respirar un aire extraño. Y al final de cada viaje tampoco había tiempo de quejarse o alegrarse, ni siquiera había tiempo para descansar: cerraba la puerta y a una orden suya Jane los llevaba de vuelta a Lusitania, para empezar de nuevo.

Esta vez hubo algo diferente. Miro abrió la puerta de la lanzadera y encontró no a su padre adoptivo, Ender, ni a los pequeninos que preparaban la comida para él y la Joven Val, ni a los líderes normales de la colina que esperaban sus informes, sino a sus hermanos Olhado y Grego, y a su hermana Elanora, y a Valentine, la hermana de Ender. ¿La Vieja Valentine había acudido a un lugar donde sin duda iba a encontrarse con su joven gemela? Miro vio de inmediato cómo se observaban la Joven Val y la Vieja Valentine, evitando que sus ojos se encontraran, y luego desviaban la mirada para no verse. ¿O era que la Joven Val no miraba a la otra porque quería evitar ofender a la mujer mayor? Sin duda, la Joven Val habría desaparecido gustosamente antes que causar a la Vieja Valentine un instante de dolor. Ya que desaparecer no le era posible, hacía lo que sí estaba en su mano: permanecer apartada cuando la Vieja Valentine estaba presente.

—¿A qué viene esta reunión? —preguntó Miro—. ¿Está enferma madre?

—No, todo el mundo goza de buena salud —dijo Olhado.

—Excepto mental —añadió Grego—. Madre está loca como una cabra, y ahora Ender está loco también.

Miro asintió, hizo una mueca.

—Dejadme adivinar. Se ha unido a ella con los Filhos.

Inmediatamente, Grego y Olhado miraron la joya que Miro llevaba en la oreja.

—No, Jane no me lo ha dicho. Es que conozco a Ender —dijo Miro—. Se toma su matrimonio muy en serio.

—Sí, bueno, ha dejado algo así como un vacío de poder por aquí —contestó Olhado—. Y no es que todo el mundo haga mal su trabajo. Quiero decir que el sistema funciona y todo eso. Pero era a Ender a quien todos acudíamos para que nos dijera qué hacer cuando el sistema dejaba de funcionar. ¿Sabes a qué me refiero?

—Lo sé —dijo Miro—. Y puedes hablar de eso delante de Jane. Sabe que va a ser desconectada en cuanto el Congreso Estelar culmine su plan.

—Es más complicado que eso —respondió Grego—. La mayoría de la gente no conoce el peligro que corre Jane... de hecho, la mayoría ni siquiera sabe que existe. Pero saben sumar dos y dos y se dan cuenta de que, incluso a plena carga, no hay manera de sacar a todos los humanos de Lusitania antes de que llegue la flota. Mucho menos a los pequeninos. Por lo tanto, saben que, a menos que se detenga a la flota, alguien tendrá que quedarse aquí a morir. Ya hay quienes dicen que hemos malgastado suficiente espacio en las naves para árboles e insectos.

Al decir «árboles» se refería, naturalmente, a los pequeninos, quienes de hecho no estaban transportando a padres y madres-árbol; al decir «insectos» se refería a la Reina Colmena, que tampoco estaba desperdiciando espacio enviando muchas obreras. Pero en cada mundo que estaban colonizando había un buen número de pequeninos y al menos una reina colmena y un puñado de obreras para ayudarla a empezar. No importaba que fuera la Reina Colmena de cada mundo la que produjera rápidamente obreras que hacían el grueso del trabajo para iniciar la agricultura; no importaba que, por no llevar árboles consigo, al menos un macho y una hembra de cada grupo de pequeninos tuvieran que ser «plantados»: morir lenta y dolorosamente para que un padre-árbol y una madre-árbol echaran raíces y mantuvieran el ciclo de vida pequenina. Todos sabían (Grego mejor que nadie, pues recientemente había estado metido en el meollo del asunto) que bajo la tranquila superficie subyacía una corriente de competencia entre las especies.

Y no era sólo cosa de los humanos. Mientras que en Lusitania los pequeninos seguían superando a los hombres en gran número, en las nuevas colonias los humanos predominaban. «Es vuestra flota la que viene a destruir Lusitania —decía Humano, el actual líder de los padres-árbol—. Y aunque todos los humanos de Lusitania murieran, la raza humana continuaría, mientras que para la Reina Colmena y nosotros está en juego nada menos que la supervivencia de nuestras especies. Y, sin embargo, comprendemos que debemos dejar a los humanos dominar durante un tiempo estos nuevos mundos, dado vuestro conocimiento de habilidades y tecnologías que nosotros aún no dominamos, dada vuestra práctica en someter nuevos mundos, y porque seguís teniendo el poder de prender fuego a nuestros bosques.» Humano lo decía de un modo muy razonable, su resentimiento oculto por un lenguaje amable, pero muchos otros pequeninos y padres-árbol lo decían más apasionadamente: «¿Por qué deberíamos dejar a los invasores humanos, que nos trajeron todo este mal, salvar a casi toda su población mientras que la mayoría de nosotros muere?»

—El resentimiento entre las especies no es nada nuevo —dijo Miro.

—Pero hasta ahora teníamos a Ender para contenerlo —repuso Grego—. Los pequeninos, la Reina Colmena y la mayoría de la población humana veían a Ender como un interlocutor justo, alguien en quien confiar.

Sabían que mientras estuviera a cargo de las cosas, mientras su voz se dejara oír, sus intereses estarían protegidos.

—Ender no es la única buena persona que dirige este éxodo —dijo Miro.

—Es una cuestión de confianza, no de virtud —intervino Valentine—. Los no-humanos saben que Ender es el Portavoz de los Muertos. Ningún otro humano ha hablado jamás en favor de otra especie de esa forma. Y sin embargo los humanos saben que Ender es el Xenocida, que cuando la raza humana recibió la amenaza de un enemigo hace incontables generaciones, fue él quien actuó para detenerlo y salvar a la humanidad de la aniquilación. No hay exactamente un candidato con cualificaciones similares dispuesto a ocupar el puesto de Ender.

—¿Y qué tiene eso que ver conmigo? —preguntó Miro bruscamente—. Nadie me hace caso. No tengo contactos. Desde luego, no puedo ocupar el lugar de Ender, y ahora mismo estoy cansado y necesito dormir. Mirad a la Joven Val, está medio muerta de cansancio también.

Era cierto; apenas podía tenerse en pie. Miro extendió de inmediato la mano para sujetarla; agradecida, ella se apoyó en su hombro.

—No queremos que ocupes el lugar de Ender —dijo Olhado—. No queremos que nadie ocupe su puesto. Queremos que él lo haga.

Miro se echó a reír.

—¿Piensas que puedo persuadirlo? ¡Tenéis a su hermana aquí mismo! ¡Enviadla a ella!

La Vieja Valentine hizo una mueca.

—Miro, no quiere verme.

—¿Y qué te hace pensar que querrá verme a mí?

—A ti no, Miro. A Jane. La joya de tu oreja.

Miro los miró, desconcertado.

—¿Quieres decir que Ender se ha quitado la suya?

Pudo oír a Jane decirle al oído:

—He estado ocupada. No me pareció importante mencionártelo.

Pero Miro sabía cómo había devastado aquello a Jane antes, cuando Ender la desconectó. Ahora ella tenía otros amigos, sí, pero eso no significaba que no le resultara doloroso.

La Vieja Valentine continuó:

—Si puedes verle y convencerle de que hable con Jane…

Miro sacudió la cabeza.

—Se quitó la joya… ¿no os dais cuenta de que eso es definitivo? Se ha comprometido a seguir a Madre en el exilio. Ender nunca renuncia a sus compromisos.

Todos sabían que era verdad. Sabían, de hecho, que no habían acudido a Miro con la esperanza real de que consiguiera lo que necesitaban, sino como un último acto de desesperación.

—Así que dejamos que las cosas sigan su curso —dijo Grego—. Nos dejamos hundir en el caos. Y luego, acosados por la guerra entre especies, moriremos en el oprobio cuando llegue la flota. Jane tiene suerte; ya habrá muerto cuando eso suceda.

—Dile que gracias —comunicó Jane a Miro.

—Jane dice que gracias —informó Miro—. Tienes mucho tacto, Grego.

Grego se ruborizó, pero no retiró lo dicho.

—Ender no es Dios —dijo Miro—. Lo haremos lo mejor que sepamos sin él. Pero ahora mismo lo mejor que podemos hacer es…

—Dormir, lo sabemos —intervino la Vieja Valentine—. Pero no en la nave esta vez. Por favor. Nos duele el corazón de ver lo cansados que estáis los dos. Jakt ha traído el taxi. Venid a casa y dormid en una cama.

Miro se volvió hacia la Joven Val, que seguía apoyada en su hombro, adormilada.

—Los dos, por supuesto —dijo la Vieja Valentine—. No me perturba tanto su existencia como todos parecéis pensar.

—Por supuesto que no —dijo la Joven Val. Extendió un brazo agotado, y las dos mujeres que llevaban el mismo nombre se cogieron de la mano. Miro vio cómo la Joven Val se separaba de él para apoyarse en el brazo de la Vieja Valentine. Sus propios sentimientos le sorprendieron. En vez de sentir alivio porque hubiera menos tensión entre ellas de lo que pensaba, estaba furioso. Furioso de celos, eso era. «Ella se estaba apoyando en mí», quiso decirle. ¿Qué clase de respuesta infantil era ésa?

Y entonces, mientras las miraba marcharse, vio lo que no debería haber visto: Valentine se estremeció. ¿Fue un escalofrío súbito? La noche era fría, en efecto. Pero no, Miro estaba seguro de que era el contacto con su joven gemela, y no el aire nocturno, lo que hizo temblar a la Vieja Valentine.

—Vamos, Miro —dijo Olhado—. Te llevaremos en el hovercar a casa de Valentine.

—¿Nos detendremos a comer por el camino?

—También es la casa de Jakt —dijo Elanora—. Siempre hay comida.

Mientras el hovercar los llevaba a través de Milagro, el poblado humano, pasaron cerca de algunas de las docenas de naves que estaban en servicio. El trabajo de emigración no cesaba de noche. Los estibadores (muchos de ellos pequeninos) cargaban suministros y equipo para su transporte. Las familias hacían cola para llenar el espacio que pudiera haber en las cabinas. Jane no descansaría esa noche mientras llevaba caja tras caja al Exterior y de nuevo al Interior. En otros mundos se alzaban nuevas casas, se araban nuevos campos. ¿Era de día o de noche en aquellos otros lugares? No importaba. En cierto modo ya habían tenido éxito: se estaban colonizando nuevos mundos y, gustara o no, cada mundo tenía su colmena, su nuevo bosque pequenino y su aldea humana.

Si Jane muriera hoy, pensó Miro, si la flota llegara mañana y nos redujera a todos a cenizas, ¿qué importaría en el gran esquema de las cosas? Las semillas han sido esparcidas al viento; algunas, al menos, echarán raíces. Y si el viaje más rápido que la luz muere con Jane, incluso eso podría ser para bien, pues obligará a cada uno de esos mundos a luchar por sí mismo. Algunas colonias fracasarán y morirán, sin duda. En algunas de ellas estallará la guerra, y tal vez una especie u otra sea aniquilada. Pero no será la misma especie la que muera en cada mundo, o la misma especie la que viva; y en algunos mundos, al menos, encontraremos un modo de vivir en paz. Y lo que nos queda son los detalles. El que este o aquel individuo viva o muera importa, por supuesto, pero no tanto como la supervivencia de las especies.

Debía de haber estado subvocalizando algunos de sus pensamientos, porque Jane le contestó.

—¿No tiene un programa de ordenador ojos y oídos? ¿No tengo corazón o cerebro? Cuando me haces cosquillas, ¿no me río?

—Francamente, no —dijo Miro en silencio, moviendo los labios y la lengua y los dientes para dar forma a palabras que sólo ella podía oír.

—Pero cuando yo muera, todos los seres de mi especie morirán también —dijo ella—. Perdóname si considero que esto tiene significado cósmico. No soy tan abnegada como tú, Miro. No considero estar viviendo un tiempo prestado. Era mi firme intención vivir eternamente, así que cualquier cosa menor es una decepción.

—Dime qué puedo hacer y lo haré. Moriría por salvarte, si eso es lo que hace falta.

—Afortunadamente, morirás tarde o temprano, no importa lo que suceda —dijo Jane—. Ése es mi único consuelo, que al morir no hago más que enfrentarme al mismo destino que el resto de las criaturas vivas. Incluso esos árboles que viven tanto. Incluso esas reinas de colmena que transmiten sus recuerdos de generación en generación. Pero yo, ay, no tendré hijos. ¿Cómo podría tenerlos? Sólo soy una criatura de mente. Nadie ha pensado en apareamientos mentales.

—Es una lástima, porque apuesto a que serías magnífica en el catre virtual.

—La mejor.

Guardaron silencio un rato.

Sólo cuando se acercaban a casa de Jakt, un edificio nuevo de las afueras de Milagro, Jane volvió a hablar.

—Recuerda, Miro, que haga lo que haga Ender con su propio yo, cuando la Joven Valentine habla sigue siendo el aiúa de Ender quien habla.

—Lo mismo sucede con Peter —dijo Miro—. Ahí hay una pega. Digamos que la Joven Val, por dulce que sea, no representa exactamente una visión equilibrada de nada. Ender puede controlarla, pero ella no es Ender.

—Hay demasiados Ender, ¿verdad? Y, al parecer, yo también sobro, al menos en opinión del Congreso Estelar.

—Somos demasiados —dijo Miro—. Pero nunca suficientes.

Llegaron. Miro y la Joven Val entraron. Comieron rápidamente; se quedaron dormidos nada más acostarse. Miro fue consciente de oír voces en la lejanía esa noche, pues no durmió bien, sino que despertó varias veces, incómodo en aquel colchón tan blando, y tal vez incómodo por hallarse apartado de su deber, como un soldado que se siente culpable por haber abandonado su puesto.

A pesar de su cansancio, Miro no durmió hasta tarde. De hecho, el cielo estaba todavía oscuro cuando se despertó poco antes del amanecer y, como era su costumbre, se levantó inmediatamente de la cama, temblando adormilado mientras los últimos restos del sueño huían de su cuerpo. Se vistió y salió al salón para buscar el cuarto de baño y orinar. Al hacerlo, oyó voces en la cocina. O bien la conversación de la noche anterior continuaba, o algún otro madrugador neurótico había rechazado la soledad matutina y charlaba como si el amanecer no fuera la oscura hora de la desesperación.

Se detuvo ante su puerta abierta, dispuesto a entrar y dejar fuera aquellas voces. Entonces advirtió que una de ellas pertenecía a la Joven Val. Comprendió que la otra era la de la Vieja Valentine. De inmediato se dio la vuelta y se acercó a la cocina, y de nuevo vaciló en el umbral.

Cierto, las dos Valentines estaban sentadas a la mesa, una frente a la otra, pero sin mirarse. Miraban por la ventana mientras se tomaban uno de los zumos de fruta y verduras de la Vieja Valentine.

—¿Te apetece uno, Miro? —preguntó la Vieja Valentine, sin alzar la cabeza.

—Ni en mi lecho de muerte —dijo Miro—. No pretendía interrumpiros.

—Bien —dijo la Vieja Valentine.

La Joven Valentine continuó sin decir nada.

Miro entró en la cocina, se acercó al fregadero y se sirvió un vaso de agua, que bebió de un largo trago.

—Te dije que era Miro quien estaba en el cuarto de

baño —dijo la Vieja Valentine—. Nadie procesa tanta agua al día como este querido muchacho.

Miro se echó a reír, pero no oyó reírse a la Joven Val.

—Estoy interrumpiendo vuestra conversación —dijo—. Me voy.

—Quédate —pidió la Vieja Valentine.

—Por favor —dijo la Joven Val.

—¿Para complacer a cuál? —preguntó Miro. Se volvió hacia ella y sonrió.

Val le acercó una silla con el pie.

—Siéntate. La señora y yo estábamos hablando sobre nuestra condición de gemelas.

—Decidimos que tengo la responsabilidad de morir primero —dijo la Vieja Valentine.

—Al contrario —repuso la Joven Val—, decidimos que Gepetto no creó a Pinocho porque quisiera un niño de verdad. Siempre quiso una marioneta. Toda la historia del niño de verdad fue sólo a causa de la pereza de Gepetto. Quería que la marioneta bailara... pero no quería tomarse la molestia de tirar de los hilos.

—Tú eres Pinocho —dijo Miro—. Y Ender...

—Mi hermano no intentó hacerte —dijo la Vieja Valentine—. Y tampoco quiere controlarte.

—Lo sé —susurró la Joven Val. Y de repente hubo lágrimas en sus ojos.

Miro extendió una mano para colocarla sobre la suya en la mesa, pero de inmediato ella la retiró. No, no estaba evitando su contacto, simplemente alzó la mano para secarse las molestas lágrimas de los ojos.

—Sé que él cortaría los hilos si pudiera —dijo la Joven Val—. Como Miro cortó los hilos de su antiguo cuerpo roto.

Miro lo recordaba clarísimamente. En un instante estaba sentado en la astronave, contemplando aquella imagen perfecta de sí mismo, fuerte y joven y sano; y al siguiente era aquella imagen, había sido siempre aquella imagen, y lo que contemplaba era la versión lisiada, rota, con el cerebro dañado, de sí mismo. Y mientras observaba, aquel cuerpo no amado, no querido, se hizo polvo y desapareció.

—No creo que te odie como yo odiaba a mi antiguo yo —dijo Miro.

—No tiene que odiarme. No fue el odio lo que mató a tu antiguo cuerpo. —La Joven Val no le miró a los ojos. En todas sus horas juntos explorando mundos, nunca habían hablado sobre nada tan personal. Ella nunca se había atrevido a discutir con él acerca del momento en que ambos habían sido creados—. Tú odiabas tu antiguo cuerpo mientras estabas dentro de él pero, en cuanto volviste al cuerpo adecuado, simplemente dejaste de prestar atención al antiguo. Ya no era parte de ti. Tu aiúa ya no tenía ninguna responsabilidad hacia él. Y sin nada que sirviera de sostén… se escabulló la liebre.

—Muñeco de madera —le dijo Miro—. Ahora liebre. ¿Qué más soy?

La Vieja Valentine ignoró su intento de bromear.

—Así que estás diciendo que Ender no te encuentra interesante.

—Me admira —dijo la Joven Val—. Pero me encuentra aburrida.

—Sí, bueno, a mí también —repuso la Vieja Valentine.

—Eso es absurdo —dijo Miro.

—¿Lo es? —preguntó la Vieja Valentine—. Él nunca me siguió a ninguna parte; fui yo la que siempre le siguió a él. Creo que Ender buscaba una misión en la vida, alguna gran acción que realizar para redimir el terrible acto que acabó con su infancia. Pensó que escribir

La Reina Colmena serviría. Y luego, con mi ayuda para prepararlo, escribió *El Hegemón* y pensó que eso sería suficiente, pero no lo fue. Siguió buscando algo que ocupara toda su atención y casi lo encontró, o encontró algo que lo hizo durante una semana o un mes. Pero una cosa es segura: eso que ocupaba su atención nunca fui yo, aunque viajé con él miles de millones de kilómetros durante tres mil años. Esas historias que escribí... no fue por amor a la historia, sino porque le ayudaba en su trabajo con mis escritos. Y cuando terminaba cada uno, entonces, durante unas cuantas horas de lectura y discusión, tenía su atención. Sólo que cada vez me resultaba menos satisfactorio porque no era yo quien mantenía su atención, sino la historia que había escrito. Hasta que por fin encontré a un hombre que me entregó su corazón, y me quedé con él mientras mi hermano adolescente continuaba sin mí y encontraba una familia que ocupó todo su corazón; y allí estábamos, a planetas de distancia, pero finalmente más felices separados de lo que lo habíamos sido juntos.

—Entonces, ¿por qué volviste con él? —preguntó Miro.

—No vine por él. Vine por ti. —La Vieja Valentine sonrió—. Vine por un mundo en peligro de destrucción. Pero me alegré de ver a Ender, aunque sabía que nunca me pertenecería.

—Esto puede ser una descripción adecuada de cómo te sentías tú —dijo la Joven Val—. Pero debiste de tener su atención, a algún nivel. Yo existo porque tú siempre estuviste en su corazón.

—Una fantasía de su infancia, tal vez. No yo.

—Mírame —dijo la Joven Val—. ¿Es éste el cuerpo que tenías cuando él contaba cinco años y se lo llevaron de su casa para enviarlo a la Escuela de Batalla? ¿Es siquiera el de la adolescente que conoció ese verano junto al lago en Carolina del Norte? Debió de prestarte atención incluso mientras crecías, porque su imagen de ti cambió para convertirse en mí.

—Eres lo que yo fui cuando trabajábamos juntos en *El Hegemón* —contestó la Vieja Valentine tristemente.

—¿Estabas tan cansada? —preguntó la Joven Val.

—Yo lo estoy —dijo Miro.

—No, no lo estás —dijo la Vieja Valentine—. Eres la viva imagen del vigor. Sigues celebrando la llegada de tu precioso cuerpo nuevo. Mi gemela está agotada hasta el fondo del corazón.

—La atención de Ender siempre ha estado dividida —dijo la Joven Val—. Veréis, estoy llena de sus recuerdos... o más bien de los recuerdos que inconscientemente pensó que debería tener pero que naturalmente suelen consistir en cosas que él recuerda sobre aquí mi amiga —indicó a la Vieja Valentine—, lo que significa que todo lo que yo recuerdo es mi vida con Ender. Y él siempre tuvo a Jane en la oreja, y a las personas de cuyas muertes era Portavoz, y a sus estudiantes, y a la Reina Colmena en su crisálida, y todo lo demás. Pero todas sus relaciones eran adolescentes. Hasta que llegó aquí y finalmente se entregó de pleno a alguien más. A ti y a tu familia, Miro. A Novinha. Por primera vez dio a otras personas el poder de herirlo emocionalmente; fue a la vez magnífico y doloroso. Pero incluso eso podía sobrellevarlo, pues es un hombre fuerte, y los hombres fuertes tienen una gran resistencia. Ahora, sin embargo, el asunto es distinto. Peter y yo no tenemos vida aparte de la suya. Decir que él es uno con Novinha es metafórico; con Peter y conmigo es literal. Él es nosotros. Y su aiúa no es lo bastante grande, no es lo bastante fuerte o copioso, no puede prestar atención por igual a las tres vidas que dependen de él. Me di cuenta de eso en cuanto... ¿cómo lo llamamos? ¿Me creó? ¿Me fabricó?

—En cuanto naciste —dijo la Vieja Valentine.

—Fuiste un sueño hecho realidad —dijo Miro, con sólo un deje de ironía.

—No puede mantenernos a los tres: Ender, Peter, yo. Uno de nosotros va a tener que desvanecerse. Uno de nosotros al menos va a tener que morir. Y soy yo. Lo supe desde el principio. Yo soy la que va a morir.

Miro trató de tranquilizarla. Pero ¿cómo se tranquiliza a alguien, excepto haciéndole recordar situaciones que terminaron bien? No había situaciones similares que sacar a colación.

—El problema es que, sea cual fuere la parte del aiúa de Ender que sigo teniendo dentro de mí, está absolutamente decidido a vivir. No quiero morir. Por eso sé que aún me presta cierta atención, porque no quiero morir.

—Entonces ve a verlo —dijo la Vieja Valentine—. Habla con él.

La Joven Val soltó una amarga carcajada y apartó la mirada.

—Por favor, papá, déjame vivir —dijo, remedando la voz de una niña—. Ya que no es algo que él controle conscientemente, ¿qué podría hacer al respecto, excepto sufrir la culpa? ¿Y por qué debería sentirse culpable? Si dejo de existir, es porque mi propio yo no me valora. Él es yo. ¿Se sienten mal las puntas muertas de las uñas cuando te las cortas?

—Pero tú estás llamando su atención —dijo Miro.

—Esperaba que la búsqueda de mundos habitables le intrigara. Me volqué en ella, tratando de encontrarla excitante. Pero, la verdad, es algo muy rutinario. Importante, pero rutinario.

Miro asintió.

—Cierto. Jane encuentra los mundos. Nosotros sólo los procesamos.

—Y ya hay suficientes mundos. Suficientes colonias. Dos docenas... los pequeninos y las reinas colmena ya no van a morir, aunque Lusitania sea destruida. El atasco no está en el número de mundos, sino en el número de naves. Así que nuestro trabajo ya no llama la atención de Ender. Mi cuerpo sabe que no es necesario.

Se cogió con la mano un gran mechón de cabellos y tiró, no con fuerza, sino suavemente, y el cabello se desprendió fácilmente. Un gran puñado de pelo, sin signo alguno de dolor. Dejó que cayera sobre la mesa. Quedó allí, como un miembro cercenado, grotesco, imposible.

—Creo que si no tengo cuidado, podría hacer lo mismo con los dedos —susurró ella—. Es más lento, pero gradualmente me convertiré en polvo igual que tu antiguo cuerpo, Miro. Porque él no está interesado en mí. Peter resuelve misterios y libra guerras políticas en algún mundo lejano. Ender lucha por conservar a la mujer que ama. Pero yo...

En ese momento, mientras el pelo arrancado revelaba la profundidad de su tristeza, su soledad, su autorrechazo, Miro se dio cuenta de algo en lo que no se había permitido pensar hasta entonces: durante las semanas que habían viajado juntos de mundo en mundo había llegado a amarla, y su infelicidad lo hería como si fuera propia. Y quizá lo era, quizás era el recuerdo de su propia autorrepulsa. Pero fuera cual fuese el motivo, seguía pareciéndole algo más profundo que la simple compasión. Era una especie de deseo. Sí, era una clase de amor. Si esta hermosa joven, esta joven sabia, inteligente y lista era rechazada por su propio corazón, entonces el corazón de Miro tendría espacio suficiente para aceptarla. Si Ender no quiere ser tú, deja que yo lo sea, gimió en silencio, sabiendo mientras formulaba el pensamiento por primera vez que sentía así sin advertirlo desde hacía días, semanas, y sabiendo al mismo tiempo que no podía ser para ella lo que era Ender.

Sin embargo, ¿haría su amor por la Joven Val lo que hacía el propio Ender? ¿Llamaría lo suficiente su atención para mantenerla viva, para reforzarla?

Miro extendió la mano y recogió el mechón de pelo, lo enroscó en sus dedos y luego se guardó los rizos en el bolsillo de la túnica.

—No quiero que te desvanezcas —dijo. Palabras atrevidas para él.

La Joven Val lo miró con extrañeza.

—Pensaba que Ouanda era el gran amor de tu vida.

—Ahora es una mujer de mediana edad —dijo Miro—. Casada y feliz, con una familia. Sería triste que el gran amor de mi vida fuera una mujer que ya no existe y, aunque lo fuera, ella no me querría.

—Eres muy amable. Pero no creo que podamos engañar a Ender y hacer que se preocupe por mi vida fingiendo enamorarnos.

Sus palabras fueron una puñalada para el corazón de Miro, porque ella había visto fácilmente cuánto de lo que decía se debía a la piedad. Sin embargo, no todo era así; la mayor parte se rebullía en el subconsciente esperando su oportunidad para salir.

—No era mi intención engañar a nadie —dijo. Excepto a mí mismo, pensó. Porque la Joven Val no podría amarme. Después de todo, no es una mujer de verdad. Es Ender.

Pero eso era absurdo. Su cuerpo era de mujer. ¿Y de dónde procedían las elecciones del amor, sino del cuerpo? ¿Había algo masculino y femenino en el aiúa? Antes de gobernar un cuerpo de carne y hueso, ¿era macho o hembra? Y si era así, ¿significaba eso que los aiúas que componían átomos y moléculas, rocas y estrellas y luz y viento eran claramente chicos o chicas? Tonterías. El aiúa de Ender podía ser una mujer, podía amar como una mujer tan fácilmente como ahora amaba en un cuerpo de hombre y a la manera de un hombre, a la madre del propio Miro. No era fallo de la Joven Val; si lo miraba con tanta piedad, el fallo era suyo. Incluso con su cuerpo renovado, no era un hombre a quien una mujer (o al menos esta mujer, en este momento la más deseable de todas las mujeres) pudiera amar, o deseara amar, o esperara conquistar.

—No tendría que haber venido —murmuró. Se apartó de la mesa y salió de la habitación en dos zancadas. Recorrió el pasillo y una vez más se plantó ante su puerta abierta. Oyó sus voces.

—No, no vayas con él —dijo la Vieja Valentine. Luego añadió algo, más bajo. Y a continuación—: Puede que tenga un cuerpo nuevo, pero el odio que siente hacia sí mismo no se ha curado.

Un murmullo por parte de la Joven Val.

—Miro hablaba desde el fondo de su corazón —le aseguró la Vieja Valentine—. Ha sido muy valiente al decirlo.

Una vez más, la Joven Val habló demasiado bajo para que Miro la oyera.

—¿Cómo puedes saberlo? —dijo la Vieja Valentine—. Lo que tienes que entender es que hicimos un largo viaje juntos, no hace mucho, y creo que se enamoró un poco de mí durante ese vuelo.

Probablemente era cierto. Era decididamente cierto. Miro tenía que admitirlo: algunos de sus sentimientos hacia la Joven Val eran realmente sus sentimientos hacia la Vieja Valentine, transferidos de una mujer que estaba permanentemente fuera de su alcance a esta joven que podía serle accesible, o al menos eso había esperado.

Las dos voces hablaban ahora en un tono tan bajo que Miro ni siquiera distinguía las palabras. Pero siguió esperando, las manos apretadas contra el marco de la puerta, escuchando el sonido de aquellas dos voces tan parecidas pero tan claramente diferenciables. Era una música que había escuchado eternamente.

—Si hay alguien que se parezca a Ender en todo este universo —la Vieja Valentine subió el tono de voz—, ése es Miro. Se lisió intentando salvar a los inocentes de la destrucción. Todavía no se ha curado.

Quería que yo lo oyera, advirtió Miro. Lo ha dicho en voz alta sabiendo que yo estaba aquí, que estaba escuchando. La vieja bruja estaba atenta al sonido de mi puerta y como no la ha oído cerrarse, sabe que puedo oírlas; intenta ofrecerme un modo de verme a mí mismo. Pero no soy Ender. Apenas soy Miro, y si me dice cosas así es la prueba justa de que no sabe quién soy.

Una voz le habló al oído.

—Oh, si vas a engañarte a ti mismo cierra el pico.

Por supuesto, Jane lo había oído todo. Incluso sus pensamientos, porque, como de costumbre, reflejaba sus pensamientos conscientes con labios, lengua y dientes. Ni siquiera era capaz de pensar sin mover la boca. Con Jane conectada a su oído, se pasaba las horas de vigilia en un confesionario que nunca cerraba.

—Así que amas a la chica —dijo Jane—. ¿Por qué no? Así que tus motivos se complican por tus sentimientos hacia Ender y Valentine y a Ouanda y a ti mismo. ¿Y qué? ¿Qué amor ha sido siempre puro, qué amante ha estado jamás libre de complicaciones? Piensa en ella como en un súcubo. La amarás, y se desmoronará en tus brazos.

La burla de Jane le enfurecía y le divertía al mismo tiempo. Entró en la habitación y cerró con cuidado la puerta. Entonces, le susurró:

—Eres una vieja perra celosa, Jane. Me quieres sólo para ti.

—Estoy segura de que tienes razón. Si Ender me hubiera amado alguna vez, habría creado mi cuerpo humano cuando se sintió tan fértil allá en el Exterior. Entonces podría ser tu pareja.

—Ya tienes todo mi corazón —dijo Miro—. Enterito.

—Eres un mentiroso. Sólo soy una calculadora-agenda parlante, y lo sabes.

—Pero eres muy muy rica —dijo Miro—. Me casaré contigo por tu dinero.

—Ah. Ella se equivoca en una cosa, por cierto.

—¿En qué? —preguntó Miro, sin saber a quién se refería Jane.

—No habéis acabado de explorar mundos. Esté o no esté Ender interesado en el tema (y creo que lo está, porque ella no se ha convertido en polvo todavía), el trabajo no se termina sólo porque haya suficientes planetas habitables para salvar a los cerdis y los insectores.

Jane usaba con frecuencia los diminutivos y términos peyorativos. Miro a menudo se preguntaba, pero nunca se había atrevido a plantearlo, si tenía algún peyorativo para los humanos. Pero le parecía saber cuál sería su respuesta de todas formas: «La palabra "humano" es un peyorativo.»

—¿Entonces qué estamos buscando? —preguntó Miro.

—Todos los mundos que seamos capaces de encontrar antes de que yo muera —respondió Jane.

Miro pensó en eso mientras yacía tendido en la

cama. Pensó mientras se revolvía y se agitaba un par de veces. Luego se levantó, se vistió y salió a la calle para mezclarse con los otros madrugadores, que atendían sus propios asuntos, pocos de los cuales lo conocían o eran conscientes siquiera de su existencia. Por ser miembro de la extraña familia Ribeira no había tenido muchos amigos escolares; por ser a la vez inteligente y tímido había tenido aún menos amistades adolescentes.

Su única amiga había sido Ouanda, hasta que penetrar en el perímetro sellado de la colonia humana le dejó con lesiones cerebrales y se negó incluso a verla. Luego, su viaje en busca de Valentine había cortado los pocos y frágiles lazos que le unían con su mundo natal. Para él sólo pasaron unos cuantos meses en una astronave, pero cuando volvió habían transcurrido años, y ahora era el hijo más joven de su madre, el único cuya vida no había comenzado todavía. Los niños que antes había cuidado eran adultos que lo trataban como un tierno recuerdo de su juventud. Sólo Ender no había cambiado. No importaba cuántos años pasaran. No importaba lo que sucediera. Ender era el mismo.

¿Seguía siendo cierto? ¿Seguía siendo el mismo hombre incluso ahora, que se encerraba en un momento de crisis, oculto en un monasterio sólo porque Madre había renunciado por fin a la vida? Miro conocía muy por encima la vida de Ender. Lo apartaron de su familia a la corta edad de cinco años. Lo llevaron a la Escuela de Batalla en órbita, de donde salió siendo la última esperanza de la humanidad en su guerra contra la implacable invasión de los insectores. Luego lo llevaron al mando de la flota en Eros, donde le dijeron que sería sometido a entrenamiento avanzado, aunque sin que él lo supiera comandó las flotas de verdad, situadas a años-luz de distancia, pues sus órdenes eran transmitidas por ansible.

Ganó brillantemente esa guerra y, al final, cometió el acto completamente inconsciente de destruir el mundo natal de los insectores. Pensaba que era un juego.

Pensaba que era un juego, pero al mismo tiempo sabía que el juego era una simulación de la realidad.

En el juego había decidido hacer lo inimaginable; eso significó, al menos para Ender, que no estaba libre de culpa cuando el juego resultó ser real. Aunque la última Reina Colmena le había perdonado y se había puesto a su cuidado, dentro de su crisálida, no pudo librarse de ese sentimiento. Era sólo un niño, hacía lo que los adultos le impulsaban a hacer; pero en el fondo sabía que incluso un niño es una persona de verdad, que los actos de un niño son actos reales, que incluso un juego infantil no carece de contexto moral.

Así que, antes de que saliera el sol, Miro se encontró ante Ender, los dos sentados en un banco de piedra del jardín que pronto estaría soleado, pero que ahora estaba húmedo de rocío; y lo que Miro se encontró diciendo a este hombre inalterado, inalterable, fue:

—¿Qué es toda esta historia del monasterio, Ender, sino una forma cobarde y ciega de autocrucificarte?

—Yo también te he echado de menos, Miro —dijo Ender—. Pero pareces cansado. Necesitas dormir más.

Miro suspiró y sacudió la cabeza.

—No es eso lo que pretendía decirte. Intento comprenderte, de verdad. Valentine dice que soy como tú.

—¿Te refieres a la Valentine real?

—Las dos son reales.

—Bueno, si soy como tú, entonces estúdiate a ti mismo y dime lo que encuentras.

Miro se preguntó, al mirarlo, si Ender hablaba en serio.

Ender palmeó la rodilla de Miro.

—La verdad es que ahora mismo no soy necesario ahí fuera.

—No crees eso ni por un segundo —dijo Miro.

—Pero creo que lo creo —dijo Ender—, y para mí eso es suficiente. Por favor, no me desilusiones. No he desayunado todavía.

—No, te aprovechas de que estás dividido en tres. Esta parte de ti, el hombre de mediana edad, puede permitirse el lujo de dedicarse por completo a su esposa... pero sólo porque tiene dos jóvenes marionetas que salen y hacen el trabajo que realmente le interesa.

—Pero no me interesa —dijo Ender—. No me importa.

—No te importa como Ender porque como Peter y Valentine ya te encargas de todo. Sólo que Valentine no está bien. No te preocupas lo suficiente por lo que ella hace. Lo que le sucedió a mi antiguo cuerpo lisiado le está sucediendo a ella. Más despacio, pero es lo mismo. Ella lo cree así, piensa que es posible. Y yo también. Y Jane.

—Dale a Jane mi amor. La echo de menos.

—Le doy a Jane mi amor, Ender.

Ender sonrió al notar su resistencia.

—Si estuvieran a punto de fusilarnos, Miro, insistirías en beber un montón de agua para que tuvieran que manejar un cadáver cubierto de orina una vez muerto.

—Valentine no es un sueño ni una ilusión, Ender —dijo Miro, negándose a ser conducido a una discusión sobre su propia terquedad—. Es real, y la estás matando.

—Una forma terriblemente dramática de expresarlo.

—Si la hubieras visto arrancarse mechones de pelo esta mañana...

—¿Entonces es bastante histriónica? Bueno, a ti

siempre te han gustado los gestos teatrales. No me sorprende que os llevéis bien.

—Andrew, te estoy diciendo que tienes que…

De repente Ender se puso serio y su voz se impuso a la de Miro aunque no hablaba alto.

—Usa la cabeza, Miro. ¿Fue una decisión consciente saltar de tu antiguo cuerpo a este modelo más nuevo? ¿Lo pensaste y dijiste: «Bueno, dejaré que este cuerpo viejo se desmorone en moléculas porque este cuerpo nuevo es un lugar mejor que habitar»?

Miro comprendió de inmediato. Ender no podía controlar conscientemente dónde centraba su atención. Su aiúa, aunque era su yo más profundo, no se dejaba mandar.

—Descubrí lo que realmente quiero viendo lo que hago —dijo Ender—. Eso es lo que todos hacemos, si somos sinceros. Tenemos nuestros sentimientos, tomamos nuestras decisiones, pero al final examinamos nuestras vidas y vemos cómo a veces ignoramos nuestros sentimientos, mientras que la mayoría de nuestras decisiones fueron realmente racionalizaciones porque ya habíamos decidido en el fondo de nuestro corazón antes de reconocerlo conscientemente. No puedo evitarlo si la parte de mí que controla a esa muchacha cuya compañía compartes no es tan importante para mi voluntad subconsciente como te gustaría. Como ella necesita. No puedo hacer nada.

Miro inclinó la cabeza.

El sol se alzó sobre los árboles. De repente el banco se iluminó, y Miro alzó la cabeza para ver cómo la luz creaba un halo alrededor del cabello despeinado de Ender.

—¿Acicalarse va en contra de la regla monástica? —preguntó.

—Te sientes atraído por ella, ¿verdad? —dijo Ender, sin plantear realmente una pregunta—. Y te sientes un poco incómodo porque ella es realmente yo.

Miro se encogió de hombros.

—Es una raíz en el camino. Pero creo que puedo pasar por encima.

—Pero ¿qué hay si yo no me siento atraído hacia ti? —preguntó Ender alegremente.

Miro extendió los brazos y se puso de perfil.

—Impensable.

—Eres guapo como un cachorrito —dijo Ender—. Estoy seguro de que la joven Valentine sueña contigo. No sé. Yo sólo sueño en planetas que estallan y en la muerte de todos los que amo.

—Sé que no has olvidado este mundo, Andrew —lo dijo a modo de disculpa, pero Ender la rechazó.

—No puedo olvidarlo, pero puedo ignorarlo. Estoy ignorando el mundo, Miro. Te estoy ignorando a ti, a esas dos psiques ambulantes mías. En este momento, estoy intentando ignorar a todo el mundo menos a tu madre.

—Y a Dios. No debes olvidar a Dios.

—Ni por un solo instante. De hecho, no puedo olvidar nada ni a nadie. Pero sí, estoy ignorando a Dios, excepto en lo en que Novinha me necesita para reparar en Él. Estoy tomando la forma del marido que necesita.

—¿Por qué, Andrew? Sabes que Madre está más loca que una cabra.

—Nada de eso —reprochó Ender—. Pero aunque fuera cierto… bueno, razón de más.

—Lo que Dios ha unido, que no lo separe el hombre. Lo apruebo, filosóficamente, pero no sabes cómo….

El cansancio barrió entonces a Miro. No encontraba las palabras necesarias para decir lo que quería. Sabía que se debía a que trataba de decirle a Ender cómo era, en este momento, ser Miro Ribeira; y Miro no era capaz siquiera de identificar sus propios sentimientos, mucho menos de expresarlos en voz alta.

—*Desculpa* —murmuró, pasando al portugués porque era el idioma de su infancia, el idioma de sus emociones. Tuvo que secarse las lágrimas de las mejillas—. *Se não mudar nem você, não há nada que possa nada.*

Si ni siquiera puedo hacer que actúes, que cambies, entonces no hay nada que pueda hacer.

—*Nem eu?* —repitió Ender—. En todo el universo, Miro, no hay nadie más difícil de cambiar que yo.

—Madre lo hizo. Te cambió.

—No, no lo hizo. Sólo me permitió ser lo que necesitaba y quería ser. Como ahora, Miro. No puedo hacer feliz a todo el mundo. No puedo hacerme feliz a mí mismo, no hago gran cosa por ti, y en cuanto a los grandes problemas, tampoco valgo para eso. Pero tal vez pueda hacer feliz a tu madre, o al menos algo más feliz, por algún tiempo, o puedo intentarlo.

Tomó las manos de Miro en las suyas, las acercó a su propio rostro, y cuando las retiró no estaban secas.

Miro vio cómo Ender se levantaba del banco e iba hacia el huerto soleado. Sin duda este aspecto habría tenido Adán, pensó, si nunca hubiera comido el fruto prohibido; si se hubiera quedado eternamente en el jardín. Durante tres mil años Ender había rozado la superficie de la vida. Finalmente se aferró a mi madre. Me pasé toda la infancia tratando de librarme de ella, y él viene y decide unirse a ella y...

¿Y a qué estoy unido yo sino a él? A él en forma de mujer. A él con un mechón de pelo sobre la mesa de la cocina.

Se levantaba ya del banco cuando Ender se volvió de

pronto a mirarlo y agitó la mano para atraer su atención. Miro empezó a avanzar hacia él, pero Ender no esperó. Se llevó las manos a la boca y gritó:

—¡Díselo a Jane! ¡A ver si se le ocurre cómo hacerlo! ¡Puede tener ese cuerpo!

Miro tardó un momento en comprender que hablaba de la Joven Val.

No es sólo un cuerpo, viejo destructor de planetas egocéntrico. No es sólo un traje viejo que regalar porque ya no te sienta bien o porque la moda ha cambiado.

Pero entonces su furia desapareció, pues se dio cuenta de que él mismo había hecho exactamente eso con su antiguo cuerpo.

Lo había tirado sin mirar atrás.

Y la idea le intrigó. Jane. ¿Era posible? Si su aiúa pudiera residir en la Joven Val, ¿podría un cuerpo humano sostener lo suficiente de la mente de Jane para permitirla sobrevivir cuando el Congreso Estelar trataba de desconectarla?

—Sois demasiado lentos —murmuró Jane en su oído—. He estado hablando con la Reina Colmena y Humano y tratando de averiguar cómo se hace… asignar un aiúa a un cuerpo. La Reina Colmena lo hizo una vez, al crearme. Pero no escogieron exactamente un aiúa concreto. Tomaron lo que había. Lo que apareció. Soy un poco más difícil.

Miro no dijo nada mientras se dirigía hacia la puerta del monasterio.

—Oh, sí, y luego está el pequeño asunto de tus sentimientos hacia la Joven Val. Odias el hecho de que amarla sea, en cierto modo, amar a Ender. Pero si yo me hiciera cargo, si yo fuera la voluntad dentro de la vida de la Joven Val, ¿seguiría siendo la mujer que amas? ¿Sobreviviría algo de ella? ¿Sería un asesinato?

—Oh, calla —dijo Miro en voz alta.

La portera del monasterio le miró sorprendida.

—Usted no —dijo Miro—. Pero eso no significa que no sea una buena idea.

Miro notó los ojos de la mujer sobre la espalda hasta que salió del monasterio y se encontró en el camino que bajaba hacia Milagro. Hora de volver a la nave. Val me estará esperando. Sea quien sea.

Ender es con Madre tan leal, tan paciente... ¿es así lo que siento por Val? O no, no se trata de sentir, ¿verdad? Es un acto de voluntad. Es una decisión irrevocable. ¿Sería capaz de tomarla por alguna mujer, por cualquier persona? ¿Podría entregarme para siempre?

Recordó entonces a Ouanda, y caminó hasta la nave con el recuerdo de la amarga pérdida.

4

«¡Soy un hombre
de perfecta sencillez!»

> «Cuando era niña, pensaba
> que un dios se decepcionaba
> cada vez que alguna distracción
> interrumpía mi seguimiento de las líneas
> marcadas en las vetas de la madera.
> Ahora sé que los dioses esperan esas interrupciones,
> pues conocen nuestra fragilidad.
> Lo que les sorprende es que concluyamos nuestros
> actos.»
>
> de *Los susurros divinos de Han Qing-jao*

Al segundo día, Peter y Wang-mu se aventuraron en el mundo de Viento Divino. No tuvieron que preocuparse por aprender un idioma. Viento Divino era un mundo antiguo, de la primera oleada de los colonizados tras la emigración inicial de la Tierra. Era originalmente tan reaccionario como Sendero, aferrado a viejas costumbres. Pero las costumbres de Viento Divino eran japonesas, y por eso cabía la posibilidad de un cambio radical. Con apenas trescientos años de historia propia, el mundo se transformó y dejó de ser el aislado feudo de un shogunato ritualizado para convertirse en un centro cosmopolita de comercio, industria y filosofía. Los japoneses de Viento

Divino se enorgullecían de ser anfitriones de visitantes de todos los mundos, y había aún muchos lugares donde los niños crecían hablando sólo japonés hasta el momento de ingresar en el colegio. Pero, llegados a la edad adulta, todos los habitantes de Viento Divino hablaban stark con fluidez, y los mejores con elegancia, con gracia, con sorprendente economía; Mil Fiorelli decía, en su libro más famoso, *Observaciones a simple vista de mundos distantes*, que el stark era un idioma que no tenía hablantes nativos hasta que se susurraba en Viento Divino.

Y así, cuando Peter y Wang-mu atravesaron los bosques de la gran reserva natural donde había aterrizado su nave para llegar a una aldea de leñadores, riéndose del tiempo que habían estado «perdidos» en el bosque, nadie se fijó dos veces en los rasgos chinos y el acento de Wang-mu, ni en la piel blanca de Peter y en su falta de pliegue epicántico. Dijeron que habían perdido sus documentos, pero una consulta al ordenador reveló que tenían permiso de conducir automóviles en la ciudad de Nagoya, y aunque al parecer Peter tenía un par de multas de tráfico allí, por lo demás no había cometido ningún acto ilegal. Como profesión de Peter constaba «maestro independiente de física»; Wang-mu constaba como «filósofa itinerante». Ambas posiciones eran bastante respetables, dada su juventud y su carencia de lazos familiares. Cuando les hicieron preguntas informales («Tengo un primo que enseña gramática progenerativa en la Universidad Komatsu de Nagoya»), Jane apuntó a Peter los comentarios adecuados:

—Yo nunca voy más allá del Edificio Oe. Los lingüistas no se hablan con los físicos. Piensan que sólo sabemos de matemáticas. Según Wang-mu, el único idioma que hablamos los físicos es la gramática de los sueños.

Wang-mu no tenía una apuntadora tan amistosa en el oído, pero se suponía que una filósofa itinerante era gnómica en su discurso y mántica de pensamiento. Así que pudo contestar al comentario de Peter diciendo:

—Digo que es la única gramática que hablas. No hay ninguna que puedas comprender.

Esto empujó a Peter a hacerle cosquillas; Wang-mu se rió y le retorció la muñeca hasta que paró. Así demostraron a los leñadores que eran exactamente lo que sus documentos decían: jóvenes brillantes atontados por el amor... o por la juventud, como si hubiera alguna diferencia.

Los llevaron en un flotador del Gobierno de vuelta a terreno civilizado, donde (gracias a la manipulación que hizo Jane de las redes informáticas), encontraron un apartamento que hasta el día anterior había estado vacío y sin amueblar, pero que ahora estaba lleno de una ecléctica mezcla de muebles y arte que reflejaba una encantadora combinación de pobreza y gusto exquisito.

—Muy bonito —dijo Peter.

Wang-mu, familiarizada sólo con el gusto de un mundo, y en realidad con el de un único hombre de ese mundo, apenas podía evaluar las decisiones de Jane. Había lugares donde sentarse, tanto sillas occidentales, que doblaban a la gente en ángulos rectos y nunca le resultaban cómodas a Wang-mu, como esteras orientales, que animaban a la gente a retorcerse en círculos con la armonía de la tierra. El dormitorio, con su colchón occidental levantado del suelo (aunque no había ratas ni cucarachas), era obviamente para Peter; Wang-mu sabía que la misma esterilla que la invitaba a sentarse en la habitación principal del apartamento sería también el lugar donde dormiría de noche.

Ofreció a Peter el primer baño; sin embargo, él no

parecía tener prisa por lavarse, aunque olía a sudor después del paseo y las horas transcurridas en el flotador. Así que Wang-mu acabó disfrutando del baño, con los ojos cerrados, y meditó hasta que se sintió restaurada. Cuando abrió los ojos ya no se encontró extraña. Era ella misma, y los objetos y espacios que la rodeaban podían relacionarse con ella sin dañar su sentido del yo. Era una capacidad que había adquirido de pequeña, cuando no tenía poder ni siquiera sobre su propio cuerpo y debía obedecer en todo. Era lo que la preservaba. Su vida tenía muchas cosas desagradables prendidas como rémoras en un tiburón, pero ninguna cambiaba quién era bajo la piel, en la fría oscuridad de su soledad con los ojos cerrados y la mente en paz.

Cuando salió del baño, encontró a Peter comiendo ausente un plato de uvas mientras contemplaba una holobra en la que actores japoneses enmascarados se gritaban y daban grandes y torpes zancadas ruidosas como si interpretaran a personajes dos veces más grandes que ellos.

—¿Has aprendido japonés? —preguntó Wang-mu.

—Jane me lo traduce. Es una gente muy rara.

—Es una antigua forma de representación teatral.

—Pero muy aburrida. ¿Hubo alguna vez alguien cuyo corazón se conmoviera con todos esos gritos?

—Si estás metido en la historia, entonces gritan las palabras de tu propio corazón.

—¿El corazón de alguien dice: «Soy el viento de la fría nieve de la montaña, y tú eres el tigre cuyo rugido se congelará en tus oídos antes de que tiembles y mueras con el cuchillo de hierro de mis ojos invernales»?

—Una frase digna de ti —dijo Wang-mu—. Lo tuyo son las fanfarronadas y las baladronadas.

—Yo soy el hombre de ojos redondos que maldice y

apesta como el cadáver de una mofeta podrida, y tú eres la flor que se marchitará a menos que me dé inmediatamente una ducha con lejía y amoníaco.

—Cierra los ojos cuando lo hagas. Son productos abrasivos.

No había ordenador en el apartamento. Tal vez la holovisión podía utilizarse como tal pero, si era así, Wang-mu no sabía cómo. Los controles no se parecían a nada que hubiera visto en casa de Han Fei-tzu, pero eso no era sorprendente. Los habitantes de Sendero no copiaban sus diseños de otros mundos, si era posible. Wang-mu ni siquiera sabía cómo apagar el sonido. No importaba. Se sentó en la estera y trató de recordar todo lo que sabía de los japoneses por sus estudios de la historia terrestre con Han Qing-jao y su padre, Han Fei-tzu. Era consciente de que su educación era deficiente, porque al ser una niña de clase baja nadie se había molestado en enseñarle mucho hasta que entró al servicio de Qing-jao. Han Fei-tzu le había dicho que se olvidara de los estudios académicos y que buscara simplemente la información de acuerdo con sus intereses.

—Tu mente no está estropeada por la educación tradicional, por tanto debes seguir tu propio camino en cada materia.

A pesar de esta aparente libertad, Fei-tzu pronto le mostró que era un maestro severo aunque las materias fueran de libre elección. La desafiaba, la interrogaba en todo lo que aprendía sobre historia o biografía; le exigía que generalizara, luego refutaba sus generalizaciones; y si ella cambiaba de opinión, entonces exigía con la misma fuerza que defendiera su nueva postura, aunque un momento antes hubiera sido la suya propia. El resultado fue que, incluso con una información limitada, estaba preparada para repasarla, descartar conclusiones anteriores y formular nuevas hipótesis. Así que podía cerrar los ojos y continuar su educación sin que ninguna joya le susurrara al oído, pues seguía oyendo las cáusticas preguntas de Han Fei-tzu aunque se encontrara a años-luz de distancia.

Los actores dejaron de gritar antes de que Peter terminara de ducharse. Wang-mu no se dio cuenta de eso, pero sí de que una voz procedente del holovisor decía:

—¿Te gustaría otra selección grabada, o prefieres conectar con una emisión actual?

Por un momento, Wang-mu pensó que la voz debía de ser de Jane; luego se dio cuenta de que era simplemente el menú de la máquina.

—¿Tienes noticias? —preguntó.

—¿Locales, regionales, planetarias o interplanetarias?

—Empieza con las locales —dijo Wang-mu. Era forastera aquí. Bien podía familiarizarse con las cosas.

Cuando Peter salió del cuarto de baño, limpio y vestido con uno de los estilizados atuendos locales que Jane había encargado para él, Wang-mu estaba enfrascada en la noticia de un juicio; alguien había sido acusado de agotar la pesca en una región situada a pocos cientos de kilómetros de la ciudad donde estaban. ¿Cómo se llamaba el lugar?

Oh, sí. Nagoya. Como Jane había declarado en todos sus falsos registros que ésta era su ciudad natal, fue aquí donde los trajo el flotador.

—Todos los mundos son iguales —dijo Wang-mu—. La gente quiere comer pescado, y algunos quieren pescar más de lo que el mar puede reponer.

—¿Qué daño hace si pesco un día de más o me llevo una tonelada de más? —preguntó Peter.

—Si todo el mundo lo hiciera, entonces... —se detuvo—. Ya veo. Estabas expresando de forma irónica el modo de pensar de los malhechores.

—¿Ya voy limpio y guapo? —preguntó Peter, dándose la vuelta para mostrar su ropa, amplia pero que de algún modo realzaba su silueta.

—Los colores son chillones. Te queda gritón.

—No, no —dijo Peter—. La idea es que la gente que me vea grite.

—Aaaah —gritó Wang-mu en voz baja.

—Jane dice que en realidad es un traje conservador... para un hombre de mi edad y supuesta profesión. Los hombres de Nagoya tienen fama de ser pavos reales.

—¿Y las mujeres?

—Con los pechos al aire todo el tiempo. Una visión sorprendente.

—Eso es mentira. No he visto a una sola mujer con los pechos desnudos cuando veníamos y... —Se detuvo, y le miró con el ceño fruncido—. ¿De verdad quieres que asuma que todo lo que dices es mentira?

—Pensé que merecía la pena intentarlo.

—No seas tonto. No tengo pechos.

—Los tienes pequeños. Sin duda eres consciente de la diferencia.

—No quiero discutir sobre mi cuerpo con un hombre vestido con un jardín mal diseñado.

—Aquí las mujeres son todas un cero a la izquierda —dijo Peter—. Trágico pero cierto. La dignidad y todo eso. Sólo a los jóvenes y los muchachos en edad de merecer se les permite este tipo de plumaje. Creo que los colores vivos son para espantar a las mujeres. ¡No esperes nada serio por parte de este chico! Quédate a jugar, o márchate. Algo así. Creo que Jane eligió esta ciudad para nosotros con el único propósito de hacerme llevar esta ropa.

—Tengo hambre. Estoy cansada.

—¿Qué es más urgente?

—El hambre.

—Ahí tienes uvas —ofreció él.

—Que no has lavado. Supongo que es parte de tu deseo de muerte.

—En Viento Divino, los insectos saben cuál es su sitio y se quedan allí. No hay pesticidas. Jane me lo aseguró.

—Tampoco hay pesticidas en Sendero —dijo Wangmu—. Pero lavamos la fruta para eliminar las bacterias y otras criaturas unicelulares. La disentería amébica nos retrasaría.

—Oh, pero el cuarto de baño está muy bien, sería una lástima no utilizarlo —contestó Peter. A pesar de su actitud, Wang-mu vio que su comentario sobre la disentería lo molestaba.

—Vamos a comer fuera —dijo Wang-mu—. Jane tiene dinero para nosotros, ¿no?

Peter escuchó un momento algo que surgía de la joya que llevaba en la oreja.

—Sí, y lo único que tenemos que hacer es decirle al encargado del restaurante que hemos perdido el carné de identidad y nos tomará las huellas para cargarlo en nuestra cuenta. Jane dice que somos muy ricos si es necesario, pero que deberíamos intentar actuar como si tuviéramos medios limitados y saliéramos ocasionalmente a celebrar algo. ¿Qué tenemos que celebrar?

—Tu baño.

—Celebra tú eso. Yo celebraré nuestro regreso sanos y salvos del bosque.

Pronto se encontraron en la calle, un lugar bullicioso con pocos coches, cientos de bicicletas y miles de personas en las calzadas y aceras deslizantes.

A Wang-mu no le gustaban esas extrañas máquinas e insistió en caminar sobre suelo sólido, lo que implicaba elegir un restaurante cercano. Los edificios del vecindario eran viejos, pero no decrépitos; un barrio con solera, pero también con orgullo. El estilo era radicalmente abierto, con arcos y patios, columnas y tejados, pero pocos muros y nada de cristal.

—El tiempo aquí debe de ser ideal —comentó Wang-mu.

—Tropical, pero en la costa tienen vientos fríos. Llueve cada tarde durante una hora o así, al menos la mayor parte del año, pero nunca hace mucho calor y jamás hiela.

—Parece como si todo estuviera al aire libre siempre.

—Eso es falso —dijo Peter—. Nuestro apartamento tenía ventanas y control de clima, ya te diste cuenta. Pero da al jardín y además las ventanas están empotradas, para que desde abajo no se vean los cristales. Muy artístico. Aspecto natural, pero artificial. Hipocresía y engaño... un rasgo humano universal.

—Es una hermosa forma de vivir —dijo Wang-mu—. Me gusta Nagoya.

—Lástima que no vayamos a pasar aquí mucho tiempo.

Antes de que ella pudiera preguntar adónde iban y por qué, Peter la hizo entrar en el patio de un concurrido restaurante.

—En éste cocinan el pescado —dijo—. Espero que no te importe.

—¿Qué? ¿Los otros lo sirven crudo? —le preguntó Wang-mu, riendo. Entonces advirtió que Peter hablaba en serio. ¡Pescado crudo!

—Los japoneses son famosos por eso, y en Nagoya es casi una religión. Fíjate... no hay ni una cara japonesa en el restaurante. No se dignarían a comer pescado que haya sido destruido por el calor. Es una de las cosas a las que se aferran. Ahora hay tan pocas cosas genuinamente japonesas en su cultura, que se vuelcan en las pocas costumbres niponas que sobreviven.

Wang-mu asintió, comprendiendo perfectamente que una cultura pudiera aferrarse a tradiciones muertas sólo por el bien de la identidad nacional, y también agradecida por estar en un lugar donde esas costumbres eran todas superficiales y no distorsionaban y destruían las vidas de las personas como ocurría en Sendero.

La comida llegó rápidamente (casi no se tarda nada en cocinar el pescado), y mientras comían, Peter cambió de postura varias veces sobre la estera.

—Lástima que este sitio no sea lo bastante poco tradicional como para tener sillas.

—¿Por qué odiáis tanto la tierra los europeos que siempre vivís por encima de ella? —preguntó Wang-mu.

—Ya has respondido a tu pregunta —dijo Peter fríamente—. Empiezas con la suposición de que odiamos la tierra. Hace que parezcas una primitiva que utiliza la magia.

Wang-mu se ruborizó y guardó silencio.

—Oh, ahórrame el rollo de la mujer oriental pasiva. O el de la manipulación pasiva a través de la culpa de me-entrenaron-para-ser-criada-y-tú-pareces-un-cruel-amo-sin-corazón. Sé que soy un auténtico mierda y no voy a cambiar sólo porque tú parezcas tan abatida.

—Entonces podrías cambiar porque deseas no seguir siendo un mierda.

—Es mi carácter. Ender me creó odioso para poder odiarme. El beneficio añadido es que tú puedes odiarme también.

—Oh, cállate y cómete el pescado. No sabes de lo

que estás hablando. Se supone que tienes que analizar a los seres humanos y no puedes comprender a la persona que está más cerca de ti de todo el mundo.

—No quiero comprenderte —dijo Peter—. Quiero cumplir mi misión explotando esa brillante inteligencia que al parecer tienes... aunque creas que la gente que se agacha está de algún modo «más cerca de la tierra» que los que permanecen erguidos.

—No hablaba de mí. Me refería a la persona más cercana a ti: Ender.

—Está lejísimos ahora mismo, menos mal.

—No te creó para poder odiarte. Dejó de hacerlo hace mucho tiempo.

—Sí, sí, escribió *El Hegemón*, etcétera, etcétera.

—Eso es. Te creó porque necesitaba desesperadamente alguien que le odiara a él.

Peter puso los ojos en blanco y tomó un sorbo de piña colada.

—La cantidad justa de coco. Creo que me retiraré aquí, si Ender no se muere y me hace desaparecer primero.

—¿Digo algo que es verdad y me respondes hablando del coco en el zumo de piña?

—Novinha le odia. No me necesita.

—Novinha está enfadada con él, pero se equivoca al estarlo y él lo sabe. Lo que necesita de ti es... una furia justa. Que le odies por el mal que hay realmente en él, y que nadie más que él mismo ve o cree que exista.

—Soy sólo una pesadilla de su infancia. Has leído demasiado sobre el tema.

—No te conjuró porque el Peter de verdad fuera tan importante en su infancia. Te conjuró porque eres el juez, el que condena. Eso es lo que Peter le enseñó cuando era niño. Tú mismo me lo dijiste al hablar de tus recuerdos. Peter burlándose de él, diciéndole que era indigno, inútil, estúpido, cobarde. Tú lo haces ahora. Contemplas su vida y lo llamas xenocida, fracasado. Por algún motivo él necesita esto, necesita tener alguien que le maldiga.

—Bueno, qué suerte entonces que yo esté por aquí para despreciarlo —dijo Peter.

—Pero también necesita desesperadamente alguien que le perdone, que tenga piedad de él, que interprete todas sus acciones como buenas intenciones. Valentine no está allí porque él la ame... tiene a la verdadera Valentine para eso. Tiene a su esposa. Necesita que tu hermana exista para que pueda perdonarlo.

—¿Y si yo dejo de odiar a Ender, ya no me necesitará y desapareceré?

—Si Ender deja de odiarse a sí mismo, entonces no necesitará que seas malo y será más fácil tratar contigo.

—Sí, bueno, no es tan fácil llevarse bien con alguien que está analizando constantemente a una persona que nunca ha conocido y dando sermones a la persona que sí conoce.

—Espero conseguir que te sientas mal —dijo Wang-mu—. Es justo, ¿no?

—Creo que Jane nos trajo aquí porque las costumbres locales reflejan quiénes somos. Aunque soy una marioneta, encuentro algún perverso placer en la vida. Mientras que tú... puedes volver cualquier cosa gris sólo hablando del tema.

Wang-mu reprimió las lágrimas y se concentró en la comida.

—¿Qué te pasa? —dijo Peter.

Ella le ignoró, masticó lentamente, encontrando el núcleo intacto de sí misma que disfrutaba de la comida.

—¿No sientes nada?

Ella tragó, lo miró.

—Ya echo de menos a la señorita Han Fei-tzu y apenas hace dos días que me fui. —Sonrió débilmente—. He conocido a un hombre lleno de gracia y sabiduría. Me encontró interesante. Me siento muy cómoda aburriéndote.

Peter inmediatamente hizo como si se arrojara agua a la cara.

—Estoy ardiendo, me pica, oh, no puedo soportarlo. ¡Malvada! ¡Tienes el aliento de un dragón! ¡Los hombres mueren a causa de tus palabras!

—Sólo las marionetas que manotean colgadas de sus cuerdas —dijo Wang-mu.

—Mejor colgar de las cuerdas que estar atado con ellas.

—Oh, los dioses deben de amarme para haberme dejado en compañía de un hombre tan hábil con las palabras.

—Mientras que a mí los dioses me han dejado en compañía de una mujer sin pechos.

Ella se obligó a fingir que se lo tomaba a broma.

—Pequeñitos, según dijiste.

De repente, la sonrisa desapareció de la cara de Peter.

—Lo siento —dijo—. Te he herido.

—No lo creo. Te lo diré más tarde, después de una buena noche de sueño.

—Creía que estábamos bromeando —dijo Peter—. Intercambiando insultos.

—Lo estábamos —respondió Wang-mu—. Pero yo me los tomo en serio.

Peter dio un respingo.

—Entonces yo también me siento herido.

—Tú no sabes cómo herir. Sólo te estás burlando de mí.

Peter apartó el plato y se levantó.

—Nos veremos en el apartamento. ¿Crees que sabrás encontrar el camino?

—¿Te importa?

—Menos mal que no tengo alma —dijo Peter—. Eso es lo único que te impide devorarla.

—Si alguna vez tuviera tu alma en la boca, la escupiría.

—Descansa un poco. Para el trabajo que tenemos por delante, necesito una mente, no una pelea.

Salió del restaurante. La ropa le sentaba mal. La gente se lo quedó mirando. Era un hombre demasiado digno y fuerte para vestir de manera tan chillona. Wang-mu vio de inmediato que eso le avergonzaba.

También vio que se movía rápidamente porque sabía que aquella ropa era un error. Sin duda haría que Jane le encargara algo con lo que pareciera más mayor, más maduro, algo más a tono con su necesidad de honor.

Mientras que yo necesito algo que me haga desaparecer. O mejor todavía, ropa que me permita salir volando de aquí, en una sola noche, volar al Exterior y luego al Interior, a casa de Han Fei-tzu, donde puedo mirar a los ojos sin ver piedad ni desprecio. Ni dolor. Pues hay dolor en los ojos de Peter, y no ha estado bien por mi parte decir que no sentía ninguno. Al valorar tanto mi propio dolor he cometido el error de creer que eso me daba derecho a infligirle más. Si le pido disculpas, se burlará de mí por eso.

Pero prefiero que se burle de mí por hacer una cosa buena que ser respetada sabiendo que he hecho algo mal. ¿Es un principio que me enseñó Han Fei-tzu? No. Nací con eso. Como decía mi madre, demasiado orgullo, demasiado orgullo.

Sin embargo, cuando regresó al apartamento, Peter

estaba dormido; agotada, ella pospuso sus disculpas y durmió también. Ambos se despertaron durante la noche, pero no al mismo tiempo; y por la mañana, el resquemor de la pelea de la noche anterior se había apagado. Tenían trabajo que hacer, y para ella era más importante comprender lo que iban a intentar que cerrar una brecha entre ellos que parecía, a la luz de la mañana, una discusión nimia entre amigos cansados.

—El hombre que Jane ha elegido para que lo visitemos es un filósofo.

—¿Como yo? —dijo Wang-mu, agudamente consciente de su nueva identidad falsa.

—Eso es lo que quería discutir contigo. Hay dos tipos de filósofos en Viento Divino. Aimaina Hikari, el hombre al que vamos a conocer, es un filósofo analítico. No estás preparada para enfrentarte a él. Así que eres del otro tipo: gnómica y mántica, tendente a soltar frases que sorprenden a los demás por su aparente irrelevancia.

—¿Es necesario que mis frases supuestamente profundas sólo parezcan irrelevantes?

—No tienes que preocuparte por eso. Los filósofos gnómicos dependen unos de otros para conectar sus irrelevancias con el mundo real. Por eso cualquiera puede fingir serlo.

Wang-mu sintió que su ira se elevaba como el mercurio de un termómetro.

—Qué amable por tu parte al elegirme esa profesión.

—No te ofendas —dijo Peter—. Jane y yo tuvimos que recurrir a algún papel que pudieras interpretar en este planeta concreto y que no revelara que eres una nativa de Sendero sin educación. Tienes que entender que en Viento Divino no se permite a ningún niño crecer siendo un ignorante sin remisión, como sucede con los servidores de Sendero.

Wang-mu no siguió discutiendo. ¿Qué sentido tendría? Si uno tenía que decir, en una discusión, «¡Soy inteligente! ¡Sé cosas!», entonces también podía dejar de discutir. De hecho, se le ocurrió que esa idea era exactamente una de las frases gnómicas de las que hablaba Peter. Así lo dijo.

—No, no, no me refiero a epigramas —corrigió Peter—. Son demasiado analíticos. Me refiero a cosas verdaderamente extrañas. Por ejemplo, podrías haber dicho: «El pájaro carpintero ataca el árbol para llegar al insecto», y entonces yo tendría que haberme puesto a pensar cómo encaja eso con nuestra situación. ¿Soy yo el pájaro carpintero? ¿El árbol? ¿El insecto? Ésa es la gracia del asunto.

—Me parece que acabas de demostrar que eres el más gnómico de los dos.

Peter puso los ojos en blanco y se acercó a la puerta.

—Peter —dijo ella, sin moverse del sitio.

Él se volvió.

—¿No te sería de más ayuda si supiera por qué vamos a conocer a ese hombre, y quién es?

Peter se encogió de hombros.

—Supongo. Aunque sabemos que Aimaina Hikari no es la persona, ni siquiera una de las personas que estamos buscando.

—Dime entonces a quién buscamos.

—Buscamos el centro de poder de los Cien Mundos.

—¿Entonces por qué estamos aquí, en vez de en el Congreso Estelar?

—El Congreso Estelar es una farsa. Los delegados son actores. Los guiones se escriben en otra parte.

—Aquí.

—La facción del Congreso que se está saliendo con la suya con la Flota Lusitania no es la que ama la guerra. Ese grupo se alegra de todo el asunto, desde luego, ya que siempre creen en la brutalidad para sofocar las insurrecciones y todo eso, pero nunca habrían podido conseguir los votos para enviar la flota sin un grupo bisagra que está muy influenciado por una escuela de filósofos de Viento Divino.

—¿De la cual Aimaina Hikari es el líder?

—Es más sutil que eso. En realidad es un filósofo solitario que no pertenece a ninguna escuela concreta. Pero representa una especie de pureza del pensamiento japonés que le convierte en algo así como una conciencia para los filósofos que influyen en el grupo bisagra del Congreso.

—¿Cuántas fichas de dominó crees que puedes poner en fila para que se derriben unas a otras?

—No, eso no es lo bastante gnómico. Sigue siendo demasiado analítico.

—Todavía no estoy interpretando mi papel. ¿Cuáles son las ideas que ese grupo bisagra saca de esta escuela filosófica?

Peter suspiró y se sentó… en una silla, por supuesto. Wang-mu lo hizo en el suelo y pensó: «Así es como le gusta verse a un hombre europeo, con la cabeza más alta que los demás, enseñando a una mujer asiática. Pero desde mi perspectiva, se ha desconectado de la tierra. Escucharé sus palabras, pero sabiendo que es cosa mía hacer que lleguen a un lugar vivo.»

—El grupo bisagra nunca usaría la fuerza masiva contra lo que en realidad es una disputa menor con una colonia diminuta. El asunto empezó, como sabes, cuando dos xenólogos, Miro Ribeira y Ouanda Mucumbi, fueron capturados enseñando agricultura a los pequeninos de Lusitania. Esto constituía una interferencia cultural, y se les ordenó salir del planeta para ser juzgados. Naturalmente, con las viejas naves relativistas que viajaban a la velocidad de la luz, sacarlos del planeta significaba que cuando volvieran, si lo hacían, todos aquellos a quienes conocían serían viejos o estarían muertos. Así que ése era un modo de tratarlos brutalmente duro y equivalía a prejuzgarlos. El Congreso esperaba quizá protestas por parte del gobierno de Lusitania, pero se encontró con un desafío abierto y el corte de las comunicaciones ansible. Los tipos duros del Congreso empezaron inmediatamente a moverse para enviar un contingente de tropas y tomar el control de Lusitania. Pero no tuvieron los votos, hasta...

—Hasta que resucitaron el espectro del virus de la descolada.

—Exactamente. El grupo que se oponía totalmente al uso de la fuerza sacó a colación la descolada como motivo para no enviar las tropas... porque en esa época cualquier infectado por el virus tenía que quedarse en Lusitania y seguir tomando un inhibidor que impedía que la descolada destruyera tu cuerpo desde dentro. Por primera vez, el peligro de la descolada fue ampliamente conocido, y el grupo bisagra surgió, constituido por aquellos a quienes sorprendía que Lusitania no hubiera sido puesta antes en cuarentena. ¿Qué podía ser más peligroso que un virus semiinteligente y de rápida propagación en manos de los rebeldes? El grupo estaba formado casi en su totalidad por delegados fuertemente influenciados por la Escuela Necesaria de Viento Divino.

Wang-mu asintió.

—¿Y qué enseñan los necesarios?

—Que uno vive en paz y armonía con su entorno, sin

perturbar nada, soportando con paciencia las afecciones leves e incluso las serias. No obstante, cuando surge una auténtica amenaza para la supervivencia, hay que actuar con brutal eficacia. La máxima es: Actúa sólo cuando sea necesario, y entonces hazlo a la mayor velocidad y con toda la fuerza. Si los militaristas querían un contingente de tropas, los delegados influidos por los necesarios insistieron en enviar una flota armada con el Artefacto de Disrupción Molecular, que destruiría la amenaza del virus de la descolada de una vez por todas. Hay una clara ironía en todo esto, ¿no crees?

—No la veo.

—Oh, todo encaja a la perfección. Ender Wiggin usó el Pequeño Doctor para exterminar el mundo natal de los insectores. Ahora va a ser utilizado por segunda vez... ¡contra el mundo donde él vive! Más aún: el primer filósofo necesario, Ooka, citaba al propio Ender como máximo ejemplo de sus ideas. Mientras los insectores fueron considerados una amenaza peligrosa para la supervivencia de la humanidad, la única respuesta apropiada era la total erradicación del enemigo. Nada de medias tintas.

»Por supuesto, resultó que los insectores no eran una amenaza después de todo, como el propio Ender escribió en su libro *La Reina Colmena*, pero Ooka defendió el error porque la verdad se desconocía en el momento en que los superiores de Ender lanzaron a éste contra el enemigo. Lo que Ooka dijo fue: "Nunca intercambies puñetazos con el enemigo." Su idea era que nunca hay que intentar golpear a nadie, pero que si te ves obligado a hacerlo debes golpear una sola vez con tanta fuerza que tu enemigo no pueda jamás contraatacar.

—Así que usó a Ender como ejemplo de...

—Eso es. Las acciones del propio Ender están siendo empleadas para justificar otro ataque contra una especie inofensiva.

—La descolada no era inofensiva.

—No —dijo Peter—. Pero Ender y Ela encontraron otro modo, ¿no? Descargaron un golpe contra la propia descolada. Pero no hay manera de convencer al Congreso de que retire la flota. Como Jane interfirió las comunicaciones ansible entre el Congreso y la flota, creen que se enfrentan a una conspiración de grandes proporciones. Cualquier argumento que presentemos será tomado como una campaña de desinformación. Además, ¿quién se creería el rebuscado relato del primer viaje al Exterior en el que Ela creó la antidescolada, Miro se recreó a sí mismo y Ender nos hizo a mi querida hermana y a mí?

—Así que los necesarios del Congreso…

—No se autodenominan así. Pero su influencia es muy fuerte. Mi opinión y la de Jane es que si podemos hacer que algún necesario destacado se declare en contra de la Flota Lusitania… alegando motivos convincentes, por supuesto, la unanimidad de la mayoría proflota del Congreso se romperá. Es una mayoría débil: hay muchísima gente horrorizada por un uso tan devastador de la fuerza contra un mundo colonial, y otros que están aún más aterrorizados ante la idea de que el Congreso destruya a los pequeninos, la primera especie inteligente encontrada desde la destrucción de los insectores. Les encantaría detener la flota, o en el peor de los casos usarla para imponer una cuarentena permanente.

—¿Por qué no nos reunimos entonces con un necesario?

—¿Por qué iban a escucharnos? Si nos identificamos como partidarios de la causa lusitana, nos encarcelarían e interrogarían. Y si no lo hacemos, ¿quién se tomará en serio nuestras ideas?

—Ese Aimaina Hikari, entonces. ¿Qué es?

—Algunos lo llaman el filósofo Yamato. Todos los necesarios de Viento Divino son, naturalmente, japoneses, y la influencia de la filosofía ha aumentado entre los nipones, tanto en sus mundos nativos como dondequiera que haya una población sustancial. Así que aunque Hikari no sea un necesario, se le honra como el custodio del alma japonesa.

—Si él les dice que es antijaponés destruir Lusitania...

—Pero no lo hará. No fácilmente, al menos. Su primer trabajo, con el que se ganó la reputación de filósofo Yamato, incluía la idea de que los japoneses nacieron como marionetas rebeldes. La primera en tirar de las cuerdas fue la cultura china. Pero Hikari dice que Japón aprendió todo lo malo del intento de invasión china... que una gran tormenta, llamada por cierto *kamikaze*, que significa Viento Divino, malogró. Puedes estar segura de que todos en este mundo, al menos, recuerdan esa antigua historia. Pues bien, Japón se aisló, y al principio se negó a tratar con los europeos cuando llegaron. Pero luego una flota americana abrió por la fuerza Japón al comercio exterior, y entonces los japoneses se dispusieron a recuperar el tiempo perdido. La Restauración Meiji los llevó a tratar de industrializarse y occidentalizarse... y una vez más, según dice Hikari, unas nuevas cuerdas hicieron bailar la marioneta. Sólo que una vez más, aprendieron la mala lección. Como los europeos de esa época eran imperialistas que se repartían África y Asia, Japón decidió que quería un trozo del pastel imperial. Allí estaba China, la antigua maestra de títeres. Así que hubo una invasión...

—Nos enseñaron esa invasión en Sendero —dijo Wang-mu.

—Me sorprende que enseñen historia más reciente que la invasión mongola —dijo Peter.

—Los japoneses fueron detenidos finalmente cuando los americanos lanzaron las primeras armas nucleares sobre dos ciudades niponas.

—El equivalente, en aquellos tiempos, del Pequeño Doctor. El arma invencible, definitiva. Los japoneses no tardaron en considerar esas armas nucleares como una especie de emblema de orgullo: fuimos el primer pueblo atacado con armas nucleares. Se convirtió en una especie de agravio permanente, lo que en realidad no era mala cosa, porque en parte les dio ímpetu para fundar y poblar muchas colonias, para no ser nunca más una nación-isla indefensa. Pero entonces llega Aimaina Hikari y dice... Por cierto, el nombre lo eligió él mismo; es el seudónimo que utilizó para firmar su primer libro. Significa Luz Ambigua.

—Qué gnómico —dijo Wang-mu.

Peter hizo una mueca.

—Oh, díselo a él, se pondrá muy orgulloso. Bueno pues, en su primer libro dice que los japoneses aprendieron la lección. Aquellas bombas nucleares cortaron las cuerdas. Japón quedó completamente humillado. El orgulloso gobierno antiguo fue destruido, el emperador se convirtió en una simple figura, la democracia llegó a Japón, y luego la prosperidad y el poder.

—¿Las bombas fueron entonces una bendición? —le preguntó Wang-mu, dubitativa.

—No, no, en absoluto. Piensa que la prosperidad de Japón destruyó el alma del pueblo. Adoptaron a su destructor como padre. Se convirtieron en el hijo bastardo de América, que cobró vida por las bombas americanas. Marionetas otra vez.

—¿Entonces qué tiene eso que ver con los necesarios?

—Japón fue bombardeado, dice Hikari, precisamente porque los japoneses ya eran demasiado europeos. Trataron a China como los europeos trataron a América, con egoísmo y brutalidad. Pero los antepasados japoneses no pudieron soportar ver a sus hijos convertirse en tales bestias. Así, igual que los dioses de Japón enviaron un Viento Divino para detener a la flota china, enviaron también las bombas americanas para impedir que Japón se convirtiera en un estado imperialista como los europeos. La respuesta nipona tendría que haber sido soportar la ocupación americana y luego, cuando acabara, regresar a la pureza japonesa, ser otra vez castos e íntegros. El título de su libro fue *No es demasiado tarde*.

—Y apuesto a que los necesarios utilizan el bombardeo americano de Japón como otro ejemplo de golpear con fuerza y velocidad máximas.

—Ningún japonés se habría atrevido a ver con buenos ojos el bombardeo americano, hasta que Hikari hizo posible entenderlo no como un modo de sojuzgar Japón, sino como el intento de los dioses para redimir al pueblo.

—¿Así que estás diciendo que los necesarios lo respetan tanto que, si cambiara de opinión, ellos también cambiarían... pero que no lo hará porque cree que el bombardeo de Japón fue un don divino?

—Esperemos que cambie de opinión —dijo Peter—, o nuestro viaje será un fracaso. El problema es que no hay ninguna posibilidad de que esté abierto a que lo convenzamos. Y Jane no ha sabido deducir a partir de sus escritos qué o quién podría influenciarlo. Tenemos que hablar con él para averiguar adónde ir a continuación... para poder cambiar la opinión de los otros.

—Es realmente complicado, ¿no?

—Por eso no creía que mereciera la pena explicártelo. ¿Qué vas a hacer exactamente con esta información?

¿Entrar en una discusión sobre la sutileza de la historia con un filósofo analítico de primera fila como Hikari?

—Voy a escuchar —dijo Wang-mu.

—Eso es lo que ibas a hacer antes —dijo Peter.

—Pero ahora sabré a quién escucho.

—Jane piensa que es un error que te ponga al corriente, porque ahora interpretarás todo lo que diga Hikari a la luz de lo que Jane y yo sabemos ya.

—Dile a Jane que las únicas personas que valoran la pureza de la ignorancia son aquellas que se benefician del monopolio del conocimiento.

Peter se echó a reír.

—Epigramas otra vez —dijo—. Se supone que tienes que decir...

—No me digas cómo ser gnómica otra vez —contestó Wang-mu. Se levantó del suelo. Ahora su cabeza estaba por encima de la de Peter—. Tú eres el gnomo. Y en cuanto a que yo soy mántica... recuerda que la mantis se come a su pareja.

—No soy tu pareja —dijo Peter—, y mántico se refiere a una filosofía que procede de la visión, la inspiración o la intuición en vez de hacerlo de la erudición y la razón.

—Si no eres mi pareja, deja de tratarme como a una esposa.

Peter se quedó perplejo, luego desvió la mirada.

—¿Estaba haciendo eso?

—En Sendero, el marido da por hecho que su esposa es tonta y le enseña incluso las cosas que ya sabe. En Sendero, la esposa tiene que fingir, cuando le enseña algo a su marido, que sólo le está recordando cosas que él le enseñó mucho antes.

—Bueno, soy un patán insensible, ¿verdad?

—Por favor, recuerda —dijo Wang-mu— que cuando nos reunamos con ese Aimaina Hikari, él y yo tenemos una base de conocimiento que tú nunca tendrás.

—¿Y cuál es?

—La vida.

Ella vio el dolor en su rostro y de inmediato lamentó habérselo causado. Pero fue un reflejo condicionado: la habían entrenado desde la infancia para lamentar las ofensas que causaba, no importaba cuán merecidas fueran.

—Ufff —dijo Peter, como si su dolor fuera fingido.

Wang-mu no demostró ninguna piedad: ya no era una servidora.

—Te enorgulleces de saber más que yo, pero todo cuanto sabes Ender lo ha puesto en tu cabeza o Jane te lo susurra al oído. Yo no tengo a ninguna Jane, no tuve a ningún Ender. Todo lo que sé, lo aprendí con mi esfuerzo. Sobreviví. Así que, por favor, no me trates con desprecio otra vez. Si soy de algún valor para esta expedición, será porque sé todo lo que tú sabes… porque todo lo que tú sabes se me puede enseñar, pero lo que yo sé, tú nunca lo podrás aprender.

Las bromas se acabaron. Peter tenía la cara encendida de furia.

—Cómo… quién…

—Cómo me atrevo —dijo Wang-mu, haciéndose eco de la frase que supuso había iniciado Peter—. Quién me creo que soy.

—No he dicho eso —dijo Peter en voz baja, dándose la vuelta.

—No sé estar en mi lugar, ¿verdad? —preguntó ella—. Han Fei-tzu me habló de Peter Wiggin. El original, no la copia. De cómo hizo que su hermana Valentine tomara parte en su conspiración para obtener la hegemonía en la Tierra. De cómo la hizo escribir todo el material de Demóstenes, demagogia provocadora, mientras que él escribía todo el material de Locke, las ideas analíticas y elevadas. Pero la demagogia barata procedía de él.

—Igual que las ideas elevadas —dijo Peter.

—Exactamente —respondió Wang-mu—. Lo que nunca procedió de él, lo que sólo procedió de Valentine, fue algo que él nunca vio ni valoró. Un alma humana.

—¿Han Fei-tzu dijo eso?

—Sí.

—Entonces es un asno. Porque Peter tenía un alma tan humana como la de Valentine. —Dio un paso hacia ella, ceñudo—. Yo soy quien no tiene alma, Wang-mu.

Por un momento ella le tuvo miedo. ¿Cómo saber qué violencia había sido creada dentro de él? ¿Qué oscura ira del aiúa de Ender podía expresarse a través de este sustituto que había creado?

Pero Peter no descargó ningún golpe. Tal vez no era necesario.

Aimaina Hikari salió en persona a la puerta principal de su jardín para recibirlos. Iba vestido con sencillez, y alrededor del cuello lucía el camafeo que llevaban todos los japoneses tradicionalistas de Viento Divino: un diminuto estuche que contenía cenizas de todos sus dignos antepasados. Peter ya le había explicado a Wang-mu que, cuando un hombre como Hikari moría, una pizca de las cenizas de su camafeo se añadía a una parte de sus propias cenizas y se entregaba a los hijos o a los nietos para que la llevaran. Así que toda su antigua familia colgaba de su cuello, caminara o durmiera, y constituía el regalo más precioso que podía legar a la posteridad. Era una costumbre que Wang-mu, sin antepasados dignos de mención, encontró a la vez atractiva e inquietante.

Hikari saludó a Wang-mu con una inclinación de cabeza, pero tendió la mano a Peter para que se la estrechara. Peter lo hizo con una leve muestra de sorpresa.

—Oh, me llaman custodio del espíritu Yamato —dijo Hikari con una sonrisa—, pero eso no significa que deba ser rudo y obligar a los europeos a comportarse como los japoneses. Ver a un europeo inclinarse es tan doloroso como ver a un cerdo bailar ballet.

Mientras Hikari los conducía a través del jardín hasta su tradicional casa de paredes de papel, Peter y Wang-mu se miraron y sonrieron. Establecieron así una tregua muda entre ellos, pues ambos captaron de inmediato que Hikari iba a ser un oponente formidable, y necesitaban ser aliados si querían aprender algo de él.

—Una filósofa y un físico —dijo Hikari—. Investigué sobre ustedes cuando me enviaron una nota solicitando una cita. He recibido antes visitas de filósofos, y de físicos, y también de europeos y de chinos, pero lo que realmente me intriga de ustedes dos es por qué están juntos.

—Ella me encontró sexualmente irresistible —dijo Peter—, y no puedo quitármela de encima. —Entonces mostró su más encantadora sonrisa.

Para placer de Wang-mu, la ironía occidental de Peter dejó a Hikari impasible y serio; notó que el cuello de Peter empezaba a enrojecer.

Era su turno… hacer de gnomo en serio.

—El cerdo chapotea en el barro, pero se calienta en la piedra soleada.

Hikari se volvió hacia ella, tan impasible como antes.

—Escribiré esas palabras en mi corazón —dijo.

Wang-mu se preguntó si Peter comprendía que acababa de ser víctima de la ironía oriental de Hikari.

—Hemos venido a aprender de usted —dijo Peter.

—Entonces debo darles de comer y despedirlos decepcionados —dijo Hikari—. No tengo nada que enseñar a un físico o a una filósofa. Si no tuviera hijos, no tendría a nadie a quien enseñar, pues sólo ellos saben menos que yo.

—No, no —dijo Peter—. Es usted un hombre sabio. El custodio del espíritu Yamato.

—Ya he dicho que es así como me llaman. Pero el espíritu Yamato es demasiado grande para ser contenido en un receptáculo tan pequeño como mi alma. Y sin embargo el espíritu Yamato es demasiado pequeño para ser digno de la atención de las poderosas almas de los chinos y los europeos. Ustedes son los maestros, como China y Europa han sido siempre los maestros de Japón.

Wang-mu no conocía bien a Peter, pero sí lo suficiente para ver que ahora estaba confuso, sin saber cómo continuar. En su vida de vagabundeo, Ender había visitado varias culturas orientales e incluso, según Han Fei-tzu, hablaba coreano; lo que significaba que quizá Ender fuera capaz de tratar con la humildad ritualizada de un hombre como Hikari... sobre todo ya que obviamente estaba utilizando esa humildad en tono de burla. Pero lo que Ender sabía y lo que había dado a su identidad-Peter eran dos cosas distintas. Esta conversación sería cosa de ella, y comprendió que la mejor forma de jugar con Hikari era negarse a dejarle controlar la situación.

—Muy bien —dijo—. Le enseñaremos. Pues cuando le mostremos nuestra ignorancia, verá dónde nos hace más falta su sabiduría.

Hikari miró a Peter un instante. Luego dio una palmada. Una criada apareció en la puerta.

—Té —dijo.

Wang-mu se incorporó inmediatamente de un salto.

Sólo cuando se encontraba ya de pie se dio cuenta de lo que iba a hacer. Había oído muchas veces en el pasado aquella orden perentoria de traer el té, pero no fue un reflejo ciego lo que la hizo levantarse; más bien fue la intuición de que la única forma de derrotar a Hikari en su propio terreno era seguirle el juego: sería más humilde que él.

—He sido sirvienta toda mi vida —dijo Wang-mu sinceramente—, pero siempre torpe. —Eso no era tan sincero—. ¿Puedo ir con su criada y aprender de ella? Puede que no sea lo bastante sabia para aprender las ideas de un gran filósofo, pero quizá pueda aprender de la criada que es digna de traer el té a Aimaina Hikari.

Pudo ver por la vacilación de Hikari que éste sabía que había matado su triunfo. Pero el hombre era hábil. Inmediatamente, se puso en pie.

—Ya me ha dado usted una gran lección —dijo—. Ahora iremos y veremos cómo Kenji prepara el té. Si va a ser su maestra, Si Wang-mu, también debe ser la mía. ¿Pues cómo podría soportar saber que alguien de mi casa sabe algo que yo todavía no he aprendido?

Wang-mu tuvo que admirar sus recursos. Una vez más se había colocado a sí mismo por debajo de ella.

¡Pobre Kenji, la criada! Wang-mu vio que era una mujer diestra y bien enseñada, pero la ponía nerviosa tener a esas tres personas, sobre todo a su amo, observándola preparar el té. Así que Wang-mu inmediatamente intervino y «ayudó»… cometiendo deliberadamente un error. De inmediato Kenji se encontró en su elemento, y recuperó la confianza.

—Lo ha olvidado usted —dijo amablemente—, porque mi cocina está muy desordenada.

Entonces mostró a Wang-mu cómo se preparaba el té.

—Al menos en Nagoya —dijo modestamente—. Al menos en esta casa.

Wang-mu observó con atención, concentrada sólo en Kenji y en lo que hacía, pues vio rápidamente que la forma japonesa de preparar el té (o tal vez fuera la forma de Viento Divino, o simplemente la forma de Nagoya, o de los humildes filósofos que mantenían el espíritu Yamato) era distinta de la que había seguido tan cuidadosamente en casa de Han Fei-tzu. Cuando el té estuvo preparado, Wang-mu había en efecto aprendido de ella. Pues, tras haber confesado ser una servidora, y teniendo un expediente informático que aseguraba que había pasado toda su vida en una comunidad china de Viento Divino, Wang-mu podría haber servido el té adecuadamente de esa forma.

Regresaron a la habitación principal de la casa de Hikari. Kenji y Wang-mu llevaban cada una una pequeña mesa de té. Kenji ofreció su mesa a Hikari y éste se la ofreció a su vez a Peter con una inclinación de cabeza. Fue Wang-mu quien sirvió a Hikari. Y cuando Kenji se apartó de Peter, Wang-mu también se apartó de Hikari.

Por primera vez, Hikari pareció… ¿furioso? Sus ojos echaban chispas, al menos. Pues al colocarse Wang-mu exactamente al mismo nivel que Kenji, lo había colocado a él en una situación en la que debía avergonzarse por ser más orgulloso que ella y despedir a su criada, o bien interrumpir el buen orden de su propia casa invitando a Kenji a sentarse con ellos tres como una igual.

—Kenji —dijo Hikari—. Déjame servir el té por ti.

Jaque, pensó Wang-mu. Y mate.

Además obtuvo un premio extra cuando Peter, que por fin había comprendido el juego, le sirvió el té a ella y se las apañó para derramárselo encima, lo que empujó a Hikari a derramarse también un poco de té encima para tranquilizar a su invitado. El dolor del té caliente y luego la incomodidad mientras se enfriaba y se secaba merecían la pena por el placer de saber que mientras ella, Wang-mu, había demostrado ser una digna rival de Hikari en cortesía, Peter simplemente había demostrado ser un manazas.

¿O no era Wang-mu una digna rival de Hikari? El hombre debía de haber visto y comprendido sus esfuerzos por rebajarse ante él. Era posible, entonces, que estuviera (humildemente) permitiéndole tener el orgullo de ser la más humilde de los dos. En cuanto Wang-mu se dio cuenta de que eso era posible, supo con certeza que así era y que la victoria era de él.

No soy tan lista como pensaba.

Miró a Peter, esperando que se hiciera cargo de una vez de la situación e hiciera lo que fuera que tuviese en mente. Pero él parecía perfectamente contento de que ella actuara.

Desde luego, no se lanzó al ataque. ¿Se daba cuenta también de que acababa de ser derrotada en su propio juego porque no lo había llevado lo bastante lejos? ¿Le estaba dando la cuerda para que se ahorcase?

Bueno, atemos bien el nudo.

—Aimaina Hikari, algunos le llaman custodio del espíritu Yamato. Peter y yo crecimos en un mundo japonés, y sin embargo los japoneses permiten humildemente que el stark sea el idioma de la escuela pública, por lo que no hablamos japonés. En mi barrio chino, y en la ciudad americana de Peter, pasamos nuestra infancia al borde de la cultura nipona, observándola. Así que, de nuestra vasta ignorancia, la parte que ha de resultarle a usted más obvia es en lo que al Yamato se refiere.

—Oh, Wang-mu, crea usted un misterio de lo obvio. Nadie comprende al Yamato mejor que quienes lo ven desde fuera, igual que el padre comprende mejor al niño que el niño se comprende a sí mismo.

—Entonces le iluminaré —dijo Wang-mu, olvidando el juego de la humildad—, pues veo a Japón como una nación Periférica, y no soy capaz de ver si sus ideas harán de Japón una nueva nación Centro o iniciarán la decadencia que todas las naciones Periféricas experimentan cuando adquieren poder.

—Capto un centenar de posibles significados, la mayoría de ellos probablemente apropiados en el caso de mi pueblo, para su término «nación Periférica» —dijo Hikari—. Pero ¿qué es una nación Centro, y cómo puede un pueblo convertirse en una?

—No soy muy versada en historia terrestre —le dijo Wang-mu—, pero mientras estudiaba lo poco que sé, me pareció que había un puñado de naciones Centro, cuya cultura era tan fuerte que engullía a todos los conquistadores. Egipto fue una, y China otra. Cada una de ellas se unificó y luego se expandió no más de lo necesario para proteger sus fronteras y pacificar sus tierras. Cada una de ellas aceptó a sus conquistadores y los asimiló durante miles de años. La escritura egipcia y la escritura china persistieron sólo con modificaciones estilísticas, de forma que el pasado permaneció presente para aquellos que sabían leer.

Wang-mu comprendió, por la postura envarada de Peter, que estaba muy preocupado. Después de todo, ella decía cosas que no eran gnómicas en absoluto. Pero como no sabía comportarse con el asiático, siguió sin hacer ningún esfuerzo por intervenir.

—Esas dos naciones nacieron en tiempos de barbarie —dijo Hikari—. ¿Está diciendo que ninguna nación puede convertirse en una nación Centro ahora?

—No lo sé —contestó Wang-mu—. Ni siquiera sé si

mi distinción entre naciones Periféricas y naciones Centro tiene ningún valor. Sí sé que una nación Centro puede conservar su poder cultural mucho después de haber perdido su control político. Mesopotamia fue conquistada repetidas veces por sus vecinos y, sin embargo, cada conquista cambió más al conquistador que a Mesopotamia misma. Los reyes de Asiria y Caldea y Persia fueron casi indistinguibles después de haber saboreado la cultura de la tierra entre los ríos. Pero una nación Centro también puede caer de manera tan completa que desaparece. Egipto se tambaleó bajo el golpe cultural del helenismo, se puso de rodillas ante la ideología del cristianismo, y finalmente fue barrido por el Islam. Sólo los edificios de piedra recordaron a los niños lo que habían hecho sus antepasados y quiénes habían sido. La historia no tiene leyes, y todas las pautas que encontramos en ella no son más que ilusiones útiles.

—Veo que es usted una filósofa —dijo Hikari.

—Es muy generoso al llamar por ese digno nombre mis infantiles especulaciones. Pero déjeme decirle ahora lo que pienso sobre las naciones Periféricas. Nacen a la sombra, o podríamos decir que a la luz de otras naciones. Japón se volvió civilizado bajo la influencia de China. Roma se descubrió a sí misma a la sombra de los griegos.

—De los etruscos primero —apuntó Peter.

Hikari lo miró impasible, luego se volvió hacia Wang-mu sin hacer ningún comentario. La muchacha casi pudo sentir a Peter retorcerse por haber sido ignorado. Sintió un poco de pena por él. No mucha, sólo un poco.

—Las naciones Centro confían tanto en sí mismas que generalmente no necesitan embarcarse en campañas de conquista. Están seguras de que son superiores y de que todas las demás naciones desean ser como ellas y obedecerlas. Pero las Periféricas, cuando sienten por primera vez su fuerza deben demostrársela a sí mismas, y casi siempre lo hacen con la espada. Así, los árabes se hicieron con las tierras más lejanas del Imperio Romano y se anexionaron Persia. Así los macedonios, situados en la frontera de Grecia, la conquistaron; y tras haber sido engullidos culturalmente, tanto que ahora se consideraban a sí mismos griegos, conquistaron el imperio en cuyas fronteras habían iniciado los griegos su civilización: Persia. Los vikingos tuvieron que acosar Europa antes de asentar reinos en Nápoles, Sicilia, Normandía, Irlanda y, finalmente, en Inglaterra. Y Japón...

—Nosotros tratamos de quedarnos en nuestras islas —dijo Hikari suavemente.

—Japón, cuando surgió, arrasó el Pacífico tratando de conquistar la gran nación Centro de China hasta que finalmente lo detuvieron las bombas de la nueva nación Centro de América.

—Yo diría que América fue la nación Periférica definitiva —dijo Hikari.

—América fue colonizada por gente periférica, pero la idea de América se convirtió en el nuevo principio fuerte que la convirtió en una nación Centro. Eran tan arrogantes que, una vez sometidas sus propias tierras, no tuvieron ninguna voluntad de imperio. Simplemente dieron por supuesto que todas las naciones querían ser como ellos. Engulleron todas las demás culturas. Incluso en Viento Divino, ¿cuál es el idioma de los colegios? No fue Inglaterra la que nos impuso su idioma, el stark, el Discurso del Congreso Estelar.

—Que América estuviera en ascenso tecnológico en el momento en que llegó la Reina Colmena y nos obligó a extendernos entre las estrellas no fue más que una casualidad.

—La idea de América se convirtió en la idea Centro, creo —dijo Wang-mu—. Todas las naciones a partir de entonces adoptaron las formas de la democracia. Incluso ahora nos gobierna el Congreso Estelar. Todos vivimos dentro de la cultura americana nos guste o no. Así que lo que me pregunto es si, ahora que Japón ha tomado el control de esta nación Centro, será engullido como fueron engullidos los mongoles por China o si conservará su identidad cultural pero acabará por perder control, como la nación Centro de Turquía perdió el control del Islam y la nación Centro Manchú perdió el control de China.

Hikari estaba inquieto. ¿Furioso? ¿Molesto? Wang-mu no tenía forma de adivinarlo.

—La filósofa Si Wang-mu dice una cosa que me resulta imposible aceptar —dijo—. ¿Cómo puede usted decir que los japoneses controlan ahora el Congreso Estelar y los Cien Mundos? ¿Cuándo fue esa revolución que nadie ha advertido?

—Pensaba que usted era capaz de ver lo que han conseguido sus enseñanzas del modo Yamato —respondió Wang-mu—. La existencia de la Flota Lusitania es la prueba del control japonés. Ése es el gran descubrimiento que mi amigo el físico me enseñó, y ése ha sido el motivo de que acudiéramos a usted.

Peter la miró verdaderamente horrorizado. Wang-mu se imaginaba lo que estaba pensando. ¿Estaba loca al mostrar tan abiertamente sus cartas? Pero ella sabía que lo había hecho en un contexto que no revelaba nada sobre los motivos de su visita.

Y, sin perder la compostura, Peter siguió su indicación y procedió a exponer el análisis que Jane había hecho del Congreso Estelar, los necesarios y la Flota Lusitania; aunque por supuesto presentó las ideas como si fueran propias. Hikari escuchó, asintiendo de vez en cuando, sacudiendo la cabeza en otras ocasiones. La impasibilidad había desaparecido, la actitud de divertida distancia había quedado descartada.

—¿Entonces me está usted diciendo —resumió cuando Peter terminó— que a causa de mi librito sobre las bombas americanas los necesarios han tomado control del Gobierno y lanzado la Flota Lusitania? ¿De eso me responsabiliza?

—No es cuestión de culpa o de mérito —dijo Peter—. Usted no lo planeó. Por lo que sé, ni siquiera lo aprueba.

—Ni siquiera pienso en la política del Congreso Estelar. Soy del Yamato.

—Pero eso es lo que hemos venido a aprender —dijo Wang-mu—. Veo que es usted un hombre de la periferia, no del centro. Por tanto, no dejará que el Yamato sea engullido por la nación Centro. Los japoneses permanecerán apartados de su propia hegemonía, y al final escapará de sus manos y recaerá en otras.

Hikari sacudió la cabeza.

—No consentiré que responsabilice a Japón de la Flota Lusitania. Nosotros somos el pueblo castigado por los dioses, no enviamos flotas para destruir a los demás.

—Los necesarios lo hacen —dijo Peter.

—Los necesarios hablan —repuso Hikari—. Nadie escucha.

—Usted no los escucha —le dijo Peter—. Pero el Congreso sí.

—Y los necesarios le escuchan a usted.

—¡Soy un hombre de perfecta sencillez! —gritó Hikari, poniéndose en pie—. ¡Han venido a torturarme con acusaciones que no pueden ser verdad!

—No hacemos ninguna acusación —dijo Wang-mu

en voz baja, rehusando ponerse en pie—. Ofrecemos una observación. Si estamos equivocados, le suplicamos que nos enseñe nuestro error.

Hikari estaba temblando, y su mano izquierda se aferró al camafeo con las cenizas de sus antepasados que colgaba de un lazo de seda de su cuello.

—No —dijo—. No les dejaré fingir ser humildes buscadores de la verdad. Son ustedes asesinos. ¡Asesinos del corazón que vienen a destruirme, a decirme que al buscar el modo Yamato he causado de alguna forma que mi pueblo gobierne los mundos humanos y use ese poder para destruir una especie inteligente débil e indefensa! Es una terrible mentira la que me cuentan al decir que la obra de mi vida ha sido tan inútil. Preferiría que hubiera puesto veneno en mi té, Si Wang-mu. Preferiría que me hubiera puesto una pistola en la cabeza y me la hubiera volado, Peter Wiggin. Sus padres les pusieron buenos nombres… esos nombres orgullosos y terribles que ambos llevan. ¿La Real Madre del Oeste? ¿Una diosa? ¡Y Peter Wiggin, el primer hegemón! ¿Quién da a su hijo un nombre así?

Peter se levantó, y extendió la mano para ayudar a Wang-mu a ponerse en pie.

—Le hemos ofendido sin pretenderlo —dijo—. Estoy avergonzado. Debemos irnos de inmediato.

Wang-mu se sorprendió al oír hablar a Peter de un modo tan oriental. La costumbre americana era ofrecer excusas, quedarse y discutir.

Le dejó acompañarla hasta la puerta. Hikari no les siguió; eso quedó para la pobre Kenji, que estaba aterrada de ver a su plácido amo tan trastornado. Pero Wang-mu estaba decidida a no dejar que su visita terminara en desastre. Así que, en el último momento, volvió corriendo y se arrojó al suelo, postrada ante Hikari, exactamente en la misma pose de humillación que había jurado hacía muy poco no volver a adoptar jamás. Pero sabía que mientras estuviera en esa postura, Hikari tendría que escucharla.

—Oh, Aimaina Hikari —dijo—, has hablado de nuestros nombres, pero ¿has olvidado el tuyo propio? ¿Cómo puede creer un hombre llamado «Luz Ambigua» que sus enseñanzas tendrán sólo el efecto que pretendía?

Al oír esas palabras, Hikari se dio la vuelta y salió de la habitación. ¿Había empeorado Wang-mu la situación o la había mejorado? Wang-mu no tenía modo de saberlo. Se puso en pie y caminó tristemente hacia la puerta. Peter estaría furioso con ella. Con su atrevimiento bien podía haberlo estropeado todo... y no sólo para ellos, sino también para todos aquellos que tan desesperadamente anhelaban que detuvieran la Flota Lusitania.

Sin embargo, para su sorpresa, Peter se mostró perfectamente contento una vez que dejaron atrás el jardín de Hikari.

—Bien hecho, por extraña que fuera tu técnica —dijo.

—¿Qué quieres decir? Ha sido un desastre —contestó ella; pero estaba ansiosa por creer que de algún modo él tenía razón y que lo había hecho bien después de todo.

—Oh, está furioso y nunca nos volverá a hablar, pero ¿a quién le importa? No intentábamos hacerle cambiar de opinión. Sólo tratábamos de averiguar quién tiene influencia sobre él. Y lo hicimos.

—¿Lo hicimos?

—Jane lo captó de inmediato. Cuando dijo que era un hombre de «perfecta sencillez».

—¿Tiene eso algún significado oculto?

—El señor Hikari, querida, se ha revelado como miembro secreto del Ua Lava.

Wang-mu estaba desconcertada.

—Es un movimiento religioso. O un chiste. Es difícil saberlo. Es un término samoano que significa literalmente «suficiente ya», pero que se traduce más adecuadamente como «ya basta».

—Estoy segura de que eres un experto en samoano. —Wang-mu, por su parte, nunca había oído hablar de ese idioma.

—Jane lo es —dijo Peter, molesto—. Tengo su joya en mi oído y tú no. ¿No quieres que te transmita lo que me dice?

—Sí, por favor.

—Es una especie de filosofía... basada en el estoicismo alegre, podríamos decir, porque tanto si las cosas van mal como si van bien dices lo mismo. Pero según enseñaba esa filosofía una escritora samoana llamada Leiloa Lavea, se convirtió en algo más que una simple actitud. Ella enseñó...

—¿Ella? ¿Hikari es discípulo de una mujer?

—No he dicho eso. Si escuchas, te diré lo que me está diciendo Jane.

Esperó. Ella escuchó.

—Muy bien, pues lo que Leiloa Lavea enseñaba era una especie de comunismo voluntario. No es suficiente con reírse sólo de la buena fortuna y decir «ya basta». Tienes que decir en serio que tienes suficiente; y como lo dices en serio, coges lo que te sobra y lo regalas. Del mismo modo, cuando viene la mala fortuna, la soportas hasta que se vuelve insoportable... hasta que tu familia pasa hambre, o no puedes trabajar más.

»Y entonces vuelves a decir "ya basta" y cambias algo: te mudas de casa; cambias de carrera; dejas que tu

cónyuge tome todas las decisiones. Algo. No soportas lo
insoportable.

—¿Qué tiene eso que ver con la «perfecta sencillez»?

—Leiloa Lavea enseñó que cuando has conseguido
el equilibrio en tu vida, cuando la buena fortuna sobrante
ha sido plenamente compartida, y toda la mala fortuna ha
sido eliminada, lo que queda es una vida de perfecta sencillez. Eso es lo que nos estaba diciendo Aimaina Hikari. Hasta que llegamos, su vida se desarrollaba con perfecta sencillez. Pero ahora lo hemos desequilibrado. Eso
es bueno, porque significa que tendrá que luchar para
descubrir cómo restaurar la sencillez hasta su perfección.
Está abierto a influencias. No nuestras, por supuesto.

—¿De Leiloa Lavea?

—Difícilmente. Lleva muerta dos mil años. Ender la
conoció, por cierto. Fue a hablar de una muerte en su
mundo nativo de… bueno, el Congreso Estelar lo llama
Pacífica, pero los samoanos de allí lo llaman Lumana'i,
«El Futuro».

—No habló en su muerte, entonces.

—En la de un asesino fiyiano. Un tipo que había
matado a más de doscientos niños, todos ellos tonganos.
No le gustaban los tonganos, al parecer. Aplazaron treinta años su funeral para que Ender pudiera hablar en su
nombre. Esperaban que el Portavoz de los Muertos le
encontrara sentido a lo que había hecho.

—¿Y lo consiguió?

Peter hizo una mueca.

—Oh, por supuesto, fue espléndido. Ender no puede hacer nada mal. Bla, bla, bla.

Ella ignoró su hostilidad hacia Ender.

—¿Conoció a Leiloa Lavea?

—Su nombre significa «estar perdida, estar herida».

—Déjame adivinarlo. Lo eligió ella misma.

—Exacto. Ya sabes cómo son los escritores. Igual que Hikari, se crean a sí mismos mientras crean su obra. O tal vez crean su obra para crearse a sí mismos.

—Qué gnómico —dijo Wang-mu.

—Oh, deja ya eso —contestó Peter—. ¿Crees de verdad en toda esa historia sobre las naciones Periféricas y las naciones Centro?

—Se me ocurrió la primera vez que Han Fei-tzu me contó la historia de la Tierra. No se rió de mí cuando le expuse mi teoría.

—Oh, yo tampoco me río. Es una chorrada ingenua, por supuesto, pero no es exactamente graciosa.

Wang-mu ignoró su burla.

—Si Leiloa Lavea está muerta, ¿adónde iremos?

—A Pacífica. A Lumana'i. Hikari entró en contacto con el movimiento Ua Lava en sus años de adolescencia, en la universidad. Gracias a una estudiante samoana... la nieta de la embajadora de Pacífica. Nunca había estado en Lumana'i, claro, y por eso se aferraba con más fuerza a sus costumbres y se convirtió en toda una valedora de Leiloa Lavea. Eso fue mucho antes de que Hikari escribiera nada. Él nunca habla de ello, nunca ha escrito sobre el Ua Lava, pero ahora que se ha descubierto, Jane está hallando influencias del Ua Lava en toda su obra. Y tiene amigos en Lumana'i. Nunca los ha visto, pero mantienen correspondencia a través de la red ansible.

—¿Qué hay de la nieta del embajador?

—Ahora mismo está en una nave, camino de Lumana'i. Se marchó hace veinte años, cuando su abuelo murió. Llegará... bueno, dentro de unos diez años o así. Depende del tiempo. Será recibida con grandes honores, no hay duda, y el cuerpo de su abuelo será enterrado o quemado o lo que quiera que hagan... quemado, dice Jane, con gran ceremonia.

—Pero Hikari no intentará hablar con ella.

—Haría falta una semana para que le llegara incluso un simple mensaje, dada la velocidad a la que va la nave. No hay manera de mantener una discusión filosófica. Habría llegado a casa antes de que él terminara de formular su pregunta.

Por primera vez, Wang-mu empezó a comprender las implicaciones del vuelo instantáneo que Peter y ella habían utilizado. Se podría acabar con los largos viajes que aplastaban vidas.

—Si al menos... —dijo.

—Lo sé —respondió Peter—. Pero no podemos.

Ella sabía que tenía razón.

—Entonces vamos allí —dijo, regresando al tema—. ¿Luego qué?

—Jane está atenta para ver a quién escribe Hikari. Ésa es la persona que estará en condiciones de influirle. Y así...

—Con esa persona tendremos que hablar.

—Eso es. ¿Tienes que orinar o algo antes de que busquemos un transporte que nos lleve a nuestra pequeña cabina del bosque?

—No me vendría mal —dijo Wang-mu—. Y tú podrías cambiarte de ropa.

—¿Qué? ¿Te parece que incluso este atuendo conservador podría resultar demasiado atrevido?

—¿Qué vamos a llevar en Lumana'i?

—Oh, bueno, muchos de sus habitantes van por ahí desnudos. En los trópicos, Jane dice que dada la enorme gordura de muchos polinesios adultos puede ser un espectáculo inspirador.

Wang-mu se estremeció.

—No vamos a fingir ser nativos, ¿no?

—Allí no —dijo Peter—. Jane va a falsificar nuestra

identidad. Seremos pasajeros de una nave que llegó ayer de Moskva. Probablemente nos haremos pasar por burócratas del Gobierno.

—¿No es eso ilegal?

Peter la miró con extrañeza.

—Wang-mu, ya hemos cometido traición contra el Congreso sólo por abandonar Lusitania. Es un delito capital. No creo que hacernos pasar por agentes del Gobierno vaya a suponer ninguna diferencia.

—Pero yo no dejé Lusitania —dijo Wang-mu—. Ni siquiera la he visto nunca.

—Oh, no te has perdido gran cosa: un puñado de sabanas y bosques, alguna fábrica de la Reina Colmena aquí y allá donde se construyen naves y un puñado de alienígenas parecidos a cerdos viviendo en los árboles.

—Pero soy cómplice de traición, ¿no?

—Y también culpable de haberle estropeado el día a un filósofo japonés.

—Que me corten la cabeza.

Una hora después estaban en un flotador privado... tan privado que el piloto no les hizo ninguna pregunta; y Jane se encargó de que todos sus papeles estuvieran en orden. Antes del anochecer regresaron a su pequeña nave.

—Tendríamos que haber dormido en el apartamento —dijo Peter, contemplando con tristeza los primitivos camastros.

Wang-mu se rió de él y se acurrucó en el suelo. Por la mañana, descansados, descubrieron que Jane ya los había llevado a Pacífica mientras dormían.

Aimaina Hikari despertó de su sueño a la luz incierta del amanecer, y se levantó de la cama a un aire que no era cálido ni frío. Su descanso no había sido reparador, y sus sueños habían sido desagradables, frenéticos; todo lo que hacía volvía a él convertido en lo contrario de lo que pretendía. En su sueño, Aimaina escalaba para llegar al fondo de un cañón. Hablaba y la gente se alejaba de él. Escribía y las páginas del libro escapaban de su mano, esparciéndose por el suelo.

Comprendió que todo esto era consecuencia de la visita de aquellos mentirosos forasteros. Había intentado ignorarlos toda la tarde, mientras leía historias y ensayos; olvidarlos toda la noche, mientras conversaba con siete amigos que vinieron a visitarlo. Pero las historias y ensayos parecían gritarle: «Éstas son las palabras de la gente insegura de una nación Periférica»; y los siete amigos eran todos necesarios, según advirtió, y cuando dirigió la conversación hacia la Flota Lusitania, pronto comprendió que todos ellos creían exactamente lo que los dos mentirosos de nombre ridículo habían dicho.

Así que Aimaina se encontró en la claridad previa al amanecer, sentado sobre una esterilla de su jardín, acariciando el receptáculo de las cenizas de sus antepasados, preguntándose: ¿Me enviaron esos sueños mis antepasados? ¿Enviaron también a esos mentirosos visitantes? Y si sus acusaciones contra mí eran ciertas, ¿en qué mentían? Pues sabía, por la forma en que se miraban, por la vacilación seguida de arrojo de la mujer, que estaban actuando; no habían ensayado pero de algún modo seguían un guión.

El amanecer estalló, revelando cada hoja de cada árbol, luego todas las plantas inferiores, para dar a cada una su coloración distintiva; se levantó brisa y la luz se volvió infinitamente cambiante. Más tarde, con el calor del día, todas las hojas serían iguales: quietas, sometidas, recibiendo la luz del sol a chorro. Luego, por la tarde, las nubes cabalgarían por el cielo, caería una lluvia ligera;

las hojas flácidas recuperarían su fuerza, brillarían con el agua, su color se haría más profundo al prepararse para la noche, para la vida de la noche, para los sueños de las plantas que crecen por la noche gracias a la luz almacenada durante el día, llenas de los frescos ríos internos creados por la lluvia. Aimaina Hikari se hizo uno con las hojas, expulsando de su mente todos los pensamientos menos la luz y el viento y la lluvia hasta que el amanecer llegó a su fin y el sol empezó a declinar con el calor del día. Entonces abandonó su asiento en el jardín.

Kenji le había preparado un pescado pequeño para desayunar. Se lo comió despacio, delicadamente, como para no romper el perfecto esqueleto que había dado forma al pez. Los músculos tiraban de aquí y de allá, y los huesos se flexionaban pero no llegaban a romperse. No los romperé ahora, pero tomaré para mi propio cuerpo la fuerza de los músculos. Por último, se comió los ojos. De las partes que se mueven procede la fuerza del animal. Tocó de nuevo el receptáculo de sus antepasados. Sin embargo, la sabiduría que yo tengo no procede de lo que como, sino de lo que me dan cada hora aquellos que me susurran al oído desde edades pretéritas. Los hombres vivos olvidan las lecciones del pasado. Pero los antepasados nunca olvidan.

Aimaina se levantó de la mesa y se dirigió al ordenador, instalado en su cobertizo del jardín. Era sólo otra herramienta, por eso la tenía allí, en vez de darle un lugar preferente dentro de la casa o en un despacho oficial como hacían tantas otras personas. Su ordenador era como una paleta. Lo usaba, lo soltaba.

Una cara apareció en el aire sobre su terminal.

—Voy a llamar a mi amigo Yasunari —dijo Aimaina—. Pero no quiero molestarlo. Este asunto es tan trivial que me avergonzaría que pierda su tiempo con él.

—Déjame que te ayude entonces, en su beneficio —dijo la cara en el aire.

—Ayer pedí información sobre Peter Wiggin y Si Wang-mu, que pidieron una cita para visitarme.

—Lo recuerdo. Fue un placer encontrarlos tan rápidamente para ti.

—Su visita me preocupó mucho —dijo Aimaina—. Algo de lo que me dijeron no era verdad, y necesito más información para averiguar de qué se trata. No deseo violar su intimidad, pero hay archivos públicos... quizá de su asistencia a la escuela, o de su trabajo, o sobre algunos asuntos familiares...

—Yasunari nos ha dicho que todas las cosas que pides son para un propósito sabio. Déjame buscar.

La cara desapareció un instante, luego volvió a aparecer casi de inmediato.

—Esto es muy extraño. ¿He cometido algún error? —deletreó los nombres cuidadosamente.

—Es correcto —dijo Aimaina—. Exactamente como ayer.

—Yo también los recuerdo. Viven en un apartamento a pocas manzanas de tu casa. Pero hoy no puedo encontrarlos. Y al buscar en el edificio de apartamentos descubro que el que ocuparon lleva vacío un año. Aimaina, me sorprende mucho. ¿Cómo pueden dos personas existir un día y no existir al día siguiente? ¿He cometido algún error, ya sea ayer u hoy?

—No cometiste ningún error, ayudante de mi amigo. Ésta es la información que necesitaba. Por favor, te suplico que no pienses más en ello. Lo que a ti te parece un misterio es de hecho una respuesta a mis preguntas.

Intercambiaron despedidas corteses. Aimaina salió de su habitación de trabajo en el jardín y deambuló entre las hojas que se inclinaban bajo la presión de la luz del sol. Los antepasados han lanzado su sabiduría sobre mí, pensó, como cae la luz sobre las hojas; y anoche el agua fluyó a través de mí, llevando esta sabiduría a través de mi mente como la savia corre por el árbol. Peter Wiggin y Si Wang-mu eran de carne y hueso, y estaban llenos de mentiras, pero vinieron a mí y dijeron la verdad que yo necesitaba oír. ¿No es así como los antepasados transmiten mensajes a sus hijos vivos? De algún modo, he lanzado naves equipadas con la más terrible de las armas de guerra. Lo hice cuando era joven; ahora las naves están cerca de su destino y yo soy viejo y no puedo hacerlas regresar. Un mundo será destruido y el Congreso recurrirá a los necesarios para obtener su aprobación y todos se la darán, y entonces los necesarios recurrirán a mí para que lo apruebe y yo ocultaré mi rostro, avergonzado. Mis hojas caerán y yo me quedaré desnudo ante ellas. Por eso no debería haber vivido mi vida en este lugar tropical. He olvidado el invierno. He olvidado la vergüenza y la muerte.

Perfecta sencillez… pensaba que lo había conseguido. Pero en cambio he sido un portador de la mala suerte.

Permaneció sentado en el jardín durante una hora, dibujando caracteres sencillos en la fina gravilla del sendero, borrándolos y volviendo a escribir. Por fin regresó al cobertizo y tecleó en el ordenador el mensaje que había estado componiendo:

> Ender el Xenocida era un niño y no sabía que la guerra era real; sin embargo, decidió destruir un planeta habitado en su juego. Yo soy un adulto y he sabido siempre que el juego era real; pero no sabía que era uno de los jugadores. ¿Es mi culpa mayor o menor que la del Xenocida si otro mundo es destruido y otra especie raman aniquilada? ¿Qué ha sido de mi camino hacia la sencillez?

Su amigo no sabría mucho de las circunstancias que rodeaban esta declaración; pero no necesitaría más. Consideraría la pregunta. Buscaría una respuesta. Un momento después, un ansible del planeta Pacífica recibió este mensaje. Por el camino, fue leído por la entidad que cabalgaba todos los hilos de la red ansible. Sin embargo, para Jane el mensaje no importaba tanto como la dirección a la que iba dirigido. Ahora Peter y Wang-mu sabrían adónde ir para dar el siguiente paso en su misión.

5

«Nadie es racional»

«A menudo mi padre me decía
que tenemos sirvientes y máquinas
para que nuestra voluntad sea ejecutada
más allá del alcance de nuestros brazos.
Las máquinas son más potentes que los sirvientes
y más obedientes y menos rebeldes,
pero las máquinas no tienen juicio
y no nos reprenderán
cuando nuestra voluntad sea estúpida,
y no nos desobedecerán
cuando nuestra voluntad sea maligna.
En las épocas y lugares en que la gente desprecia a los dioses
quienes más necesitan sirvientes tienen máquinas,
o eligen sirvientes que se comporten como máquinas.
Creo que así continuará
hasta que los dioses dejen de reírse.»

de *Los susurros divinos de Han Qln-jao*

El hovercar flotaba sobre los campos de amaranto atendidos por los insectores bajo el sol de Lusitania. En la distancia, las nubes se alzaban ya; columnas de cúmulos se apiñaban aunque todavía no era mediodía.

—¿Por qué no vamos a la nave? —preguntó Val.

Miro sacudió la cabeza.

—Hemos encontrado mundos suficientes —dijo.

—¿Lo dice Jane?

—Jane está impaciente conmigo hoy; eso nos deja igualados.

Val lo miró fijamente.

—Imaginad entonces mi impaciencia. Ni siquiera os habéis molestado en preguntarme qué quiero hacer. ¿Tan poco importante soy?

Él la miró.

—Tú eres la que se está muriendo —dijo—. Intenté hablar con Ender, pero no conseguí nada.

—¿Cuándo te he pedido ayuda? ¿Y qué estás haciendo ahora exactamente para ayudarme?

—Voy a ver a la Reina Colmena.

—Bien podrías decirme que vas a ver a la reina de las hadas.

—Tu problema, Val, es que dependes por completo de la voluntad de Ender. Si él pierde el interés por ti, se acabó. Bueno, yo voy a averiguar cómo podemos conseguirte una voluntad propia.

Val se echó a reír y desvió la mirada.

—Eres tan romántico, Miro... Pero no piensas demasiado las cosas.

—Las pienso muy bien —dijo Miro—. Me paso todo el tiempo pensando. Es actuar según lo que pienso lo que resulta difícil. ¿Qué pensamientos debo ejecutar, y cuáles debo ignorar?

—Actúa siguiendo el pensamiento de conducir sin estrellarnos —dijo Val.

Miro viró para evitar una nave espacial en construcción.

—Sigue fabricando más, aunque ya tenemos suficientes —dijo.

—Tal vez sabe que, cuando Jane muera, el vuelo estelar se nos acabará. Así que cuantas más naves tengamos, más podemos conseguir antes de que muera.

—¿Quién sabe cómo piensa la Reina Colmena? —dijo Miro—. Promete, pero luego no puede decir si sus predicciones se harán realidad.

—¿Entonces por qué vamos a verla?

—Las reinas colmena hicieron un puente una vez, un puente viviente que les permitiera enlazar sus mentes con la de Ender Wiggin cuando era solamente un niño, y su más peligroso enemigo. Convocaron un aiúa de la oscuridad y lo colocaron en un lugar entre las estrellas. Fue un ser que tenía parte de la naturaleza de las reinas colmena, pero también de la naturaleza de los seres humanos, concretamente de Ender Wiggin, al menos como ellas lo entendían. Una vez terminado… cuando Ender las mató a todas menos a la que habían creado para esperarle en la crisálida, el puente permaneció vivo entre las débiles conexiones ansible de la humanidad, almacenando su memoria en las pequeñas y frágiles redes informáticas del primer mundo humano y sus escasas avanzadillas. A medida que las redes fueron creciendo, también lo hizo ese puente, ese ser que recurría a Ender Wiggin para cobrar vida y personalidad.

—Jane —dijo Val.

—Sí, es Jane. Lo que voy a tratar de aprender, Val, es cómo introducir dentro de ti el aiúa de Jane.

—Entonces seré Jane, no yo misma.

Miro golpeó con el puño la barra de dirección del hovercar. El aparato se tambaleó, pero luego se enderezó de forma automática.

—¿Crees que no lo he pensado? ¡Pero ahora no eres tú misma tampoco! Eres Ender… eres el sueño de Ender o su necesidad o algo por el estilo.

—No siento como Ender. Siento como yo.

—Muy bien. Tienes tus recuerdos. Las sensaciones de tu propio cuerpo. Tus propias experiencias. Pero nada de eso se perderá. Nadie es consciente de su voluntad subyacente. Nunca notarás la diferencia.

Ella se echó a reír.

—Oh, ¿ahora eres el experto en lo que va a suceder con algo que nunca se ha hecho antes?

—Sí —dijo Miro—. Alguien tiene que decidir qué hacer. Alguien tiene que decidir qué creer, y luego actuar en consecuencia.

—¿Y si te digo que no quiero que lo hagas?

—¿Quieres morir?

—Me parece que eres tú el que intenta matarme —dijo Val—. O, para ser justos, quieres cometer el crimen menor de arrancarme mi yo más profundo y sustituirlo por el de otro ser.

—Ahora estás muriendo. El yo que tienes no te quiere.

—Miro, iré contigo a ver a la Reina Colmena porque me parece una experiencia interesante. Pero no voy a dejar que me mates para salvarme la vida.

—Muy bien, ya que representas el lado completamente altruista de la naturaleza de Ender, déjame expresarlo de otra forma. Si el aiúa de Jane puede ser colocado en tu cuerpo, entonces ella no morirá. Y si no muere, entonces tal vez cuando hayan desconectado los enlaces informáticos en los que vive y con los que está unida confiando en que así muera, tal vez pueda conectarse de nuevo con ellos y tal vez el vuelo espacial instantáneo no tenga que terminar. Así que si mueres, lo harás por salvar no sólo a Jane, sino el poder y la libertad de extendernos más que nunca. No sólo nosotros, sino los pequeninos y las reinas colmena también.

Val guardó silencio.

Miro contempló la ruta que tenían por delante. La cueva de la Reina Colmena se acercaba por la izquierda;

estaba en un terraplén junto a un arroyo. Ya había ido allí una vez, con su antiguo cuerpo. Conocía el camino. Por supuesto, Ender le acompañaba entonces, y por eso pudo comunicarse con la Reina Colmena: ella era capaz de hablar con Ender, y como los que le amaban y seguían estaban enlazados filóticamente con él, oían los ecos de su conversación. Pero ¿no formaba Val parte de Ender? ¿Y no estaba él relacionado más estrechamente con ella ahora que antes con Ender? Necesitaba a Val para que hablara con la Reina Colmena; necesitaba hablar con la Reina Colmena para que Val no fuera eliminada como su antiguo cuerpo dañado.

Bajaron del hovercar y, naturalmente, la Reina Colmena los estaba esperando; una sola obrera aguardaba en la boca de la cueva. Cogió a Val de la mano y los guió sin decir nada en la oscuridad; Miro se aferraba a la pared, Val iba agarrada a la extraña criatura. Miro estaba tan asustado como la otra vez, pero Val parecía completamente serena.

¿O era que no le preocupaba? Su yo más profundo era Ender, y a Ender no le importaba realmente lo que fuera a sucederle: esto la volvía intrépida; la desconectaba de la supervivencia. Lo único que le preocupaba era mantener su conexión con Ender, la única cosa que la mataría si se rompía. A ella le parecía que Miro intentaba aniquilarla; pero Miro sabía que su plan era el único modo de salvar al menos una parte de ella. Su cuerpo. Su memoria. Sus costumbres, sus maneras, todos los aspectos de ella que Miro conocía se conservarían. Cada parte de Val de la que ella misma era consciente o recordaba estaría presente. Por lo que respectaba a Miro, significaba que su vida estaba salvada. Y cuando el cambio estuviera hecho, si podía conseguirse, Val le daría las gracias.

Y Jane también.

Y todo el mundo.

«La diferencia entre Ender y tú —dijo una voz en su mente, un murmullo grave por debajo del nivel de audición—, es que cuando Ender piensa en un plan para salvar a los demás, se arriesga él solo.»

—Eso es mentira —le dijo Miro a la Reina Colmena—. Mató a Humano, ¿no? Fue a Humano a quien arriesgó.

Humano era ahora uno de los padres-árbol que crecían junto a la verja de la aldea de Milagro. Ender lo había matado lentamente, para que pudiera echar raíces en el suelo y pasar a la tercera vida con todos sus recuerdos intactos.

—Supongo que Humano no murió en sentido estricto —dijo Miro—. Pero Plantador sí, y Ender lo permitió. ¿Y cuántas reinas colmena murieron en la batalla final entre tu pueblo y Ender? No me digas que Ender paga su precio. Sólo se encarga de que ese precio se pague, no importa el medio que se utilice.

La respuesta de la Reina Colmena fue inmediata.

«No quiero que me busquéis. Permaneced en la oscuridad.»

—Tú tampoco quieres que Jane muera.

—No me gusta su voz en mi interior —dijo Val en voz baja.

—Sigue caminando. Continúa.

—No puedo —dijo Val—. La obrera... me ha soltado la mano.

—¿Quieres decir que estamos atrapados aquí?

La respuesta de Val fue el silencio. Permanecieron cogidos de la mano en la oscuridad, sin atreverse a dar un paso en ninguna dirección.

«No puedo hacer lo que quieres que haga.»

—La otra vez que estuve aquí —dijo Miro—, nos

contaste que todas las reinas colmena tejieron una telaraña para atrapar a Ender, sólo que no pudieron; tendieron entonces un puente. Sacaron un aiúa del Exterior y crearon un puente que usaron para hablar con Ender a través de su mente, a través de la guerra de ficción que libró jugando en los ordenadores de la Escuela de Batalla. Lo hicisteis una vez... trajisteis un aiúa del Exterior. ¿Por qué no podéis encontrar el mismo aiúa y ponerlo en otra parte? ¿Enlazarlo con otra cosa?

«El puente era parte de nosotras mismas. Parte de nosotras. Recurrimos a ese aiúa como recurrimos a los aiúas para crear nuevas reinas colmena. Esto es algo completamente diferente. Ese antiguo puente es ahora un yo pleno, no un ser vagabundo, hambriento y desesperado por conectar.»

—Lo único que estás diciendo es que es algo nuevo. Algo que no sabéis hacer. No que no pueda hacerse.

«Ella no quiere que lo hagas. No podemos hacerlo si ella no quiere que suceda.»

—Así que puedes detenerme —le murmuró Miro a Val.

—No está hablando de mí —respondió Val.

«Jane no quiere robar el cuerpo de nadie.»

—Es de Ender. Tiene otros dos. Éste es uno de repuesto. Él ni siquiera lo quiere.

«No podemos. No queremos. Marchaos.»

—No podemos irnos en la oscuridad.

Miro sintió que Val se soltaba de su mano.

—¡No! —exclamó—. ¡No te sueltes!

«¿Qué haces?»

Miro supo que la pregunta no iba dirigida a él.

«¿Adónde vas? La oscuridad es peligrosa.»

Miro oyó la voz de Val... sorprendentemente lejana. Debía de estar moviéndose rápidamente en la negrura.

—Si Jane y vosotras estáis tan preocupadas por salvar mi vida —dijo—, entonces dadnos a Miro y a mí un guía. De lo contrario, ¿a quién le importa si me caigo en algún pozo y me rompo el cuello? A Ender no. Ni a mí. Ni a Miro, desde luego.

—¡Deja de moverte! —gritó Miro—. ¡Quédate quieta, Val!

—Quédate quieto tú —le respondió ella—. ¡Tú eres el que tiene una vida que merece la pena ser salvada!

De repente Miro sintió una mano que tanteaba en su búsqueda. No, una zarpa. Agarró el antebrazo de una obrera que le guió en la oscuridad, hasta no muy lejos. Luego doblaron una esquina y el ambiente se iluminó un tanto, doblaron otra y pudieron ver. Otra, otra, y se encontraron en una cámara iluminada por la luz que entraba por un túnel que conducía a la superficie. Val estaba ya allí, sentada en el suelo ante la Reina Colmena.

La otra vez que Miro la había visto estaba poniendo huevos... huevos que se convertirían en nuevas reinas colmena; un proceso brutal, cruel y sensual. Ahora, sin embargo, estaba sentada simplemente en la tierra húmeda del túnel, comiendo lo que un montón de obreras le traían. Platos de barro llenos de una mezcla de amaranto y agua.

De vez en cuando, fruta. De vez en cuando, carne. Sin interrupción, obrera tras obrera. Miro nunca había visto a nadie comer tanto, ni imaginado que nadie fuese capaz de hacerlo.

«¿Cómo crees que pongo mis huevos?»

—Nunca detendremos la flota sin el vuelo estelar —dijo Miro—. Están a punto de matar a Jane, en cualquier momento. Cortarán la red ansible y morirá. ¿Y luego qué? ¿Para qué valdrán vuestras naves entonces? La Flota Lusitania vendrá y destruirá este mundo.

«Hay infinitos peligros en el universo. Tú no debes preocuparte por ése.»

—Me preocupo por todo. Es asunto mío. Además, he terminado mi trabajo. Ya hay mundos suficientes. Más mundos de los que podremos colonizar. Lo que necesitamos son más naves y más tiempo, no más destinos.

«¿Estás loco? ¿Crees que Jane y yo os enviamos lejos por nada? Ya no estáis buscando mundos que colonizar.»

—¿De veras? ¿Cuándo se decidió ese cambio de misión?

«Los mundos colonizables son sólo secundarios. Sólo un producto residual.»

—¿Entonces por qué nos hemos estado matando Val y yo todas estas semanas? Y eso es literal en el caso de Val... el trabajo es tan aburrido que a Ender no le interesa, y por eso se está desvaneciendo.

«Un peligro peor que la flota. Ya la hemos derrotado. Ya la hemos dispersado. ¿Qué importa si yo muero? Mis hijas tienen todos mis recuerdos.»

—¿Ves, Val? —dijo Miro—. La Reina Colmena lo sabe... tus recuerdos son tu yo. Si tus recuerdos viven, entonces estás vivo.

—Y un cuerno —dijo Val en voz baja—. ¿Cuál es ese peligro más importante del que habla?

—No existe. Sólo quiere que nos marchemos, pero no me iré. Merece la pena salvar tu vida, Val. Y la de Jane. Y la Reina Colmena sabrá encontrar una forma de hacerlo, si puede hacerse. Si Jane fue el puente entre Ender y la Reina Colmena, ¿entonces por qué no puede ser Ender el puente entre Jane y tú?

«Si digo que lo intentaré, ¿volveréis a hacer vuestro trabajo?»

Ésa era la pega: Ender había advertido a Miro hacía tiempo que la Reina Colmena contempla sus propias intenciones como actos, igual que sus recuerdos. Pero cuando sus intenciones cambian, entonces la nueva intención es el nuevo hecho, y no recuerda haber pretendido otra cosa. Así, una promesa de la Reina Colmena estaba escrita sobre el agua. Sólo podía mantener las promesas que tenían sentido.

Sin embargo, no había nada mejor.

—Lo intentarás —dijo Miro.

«Ahora mismo estoy calculando ya cómo podría hacerse. Consultaré con Humano y Raíz y los otros padres-árbol. Consultaré con todas mis hijas. Consultaré con Jane, que piensa que todo esto es una tontería.»

—¿Pretendes consultar alguna vez conmigo? —preguntó Val.

«Ya estás diciendo que sí.»

Val suspiró.

—Supongo que sí. En lo más profundo de mi ser, donde soy realmente un viejo a quien no le importa un bledo si esta joven marioneta vive o muere... supongo que a ese nivel, no me importa.

«Siempre has dicho que sí. Pero tienes miedo. Tienes miedo de perder lo que tienes, de no saber lo que serás.»

—Muy bien —dijo Val—. Y no me digas otra vez esa estúpida mentira de que no te importa morir porque tus hijas tienen tus recuerdos. Claro que te importa morir, y si mantener a Jane con vida puede salvarte, querrás hacerlo.

«Coged la mano de mi obrera y salid a la luz. Salid entre las estrellas y haced vuestro trabajo. Desde aquí intentaré encontrar un medio de salvar tu vida. La vida de Jane. Todas nuestras vidas.»

Jane estaba enfadada. Miro trató de hablar con ella mientras regresaban a Milagro, a la nave, pero permaneció tan silenciosa como Val, quien apenas quería mirarlo y mucho menos conversar.

—Así que yo soy el malo —dijo Miro—. Ninguna de vosotras hizo nada al respecto, pero como yo soy quien emprende la acción, soy el malo y vosotras las víctimas.

Val sacudió la cabeza y no respondió.

—¡Te estás muriendo! —gritó él por encima del ruido del aire que pasaba junto a ellos, por encima del ruido de los motores—. ¡Jane está a punto de ser ejecutada! ¿No puede alguien al menos hacer un esfuerzo?

Val dijo algo que Miro no oyó.

—¿Qué?

Ella volvió la cabeza en la otra dirección.

—¡Has dicho algo, déjame oírlo!

La voz que le respondió no fue la de Val. Fue Jane quien le habló al oído.

—Dice que no puedes tener las dos cosas.

—¿A qué te refieres con eso de que no puedo tener las dos cosas? —Miro se dirigió a Val como si hubiera repetido lo que acababa de decir.

Val se volvió hacia él.

—Si salvas a Jane, será que ella lo recuerda todo acerca de su vida. No servirá de nada que la metas dentro de mí como una fuente inconsciente de voluntad. Tiene que seguir siendo ella misma para ser restaurada cuando conecten la red ansible de nuevo. Y eso me anularía. Si por el contrario soy yo la que conserva recuerdos y personalidad, ¿qué más da que sea Ender o Jane quien me proporciona la voluntad? No puedes salvarnos a las dos.

—¿Cómo lo sabes? —preguntó Miro.

—¡Igual que tú sabes todas esas cosas que dices como si fueran hechos cuando nadie sabe nada al respecto!

—gritó Val—. ¡Estoy razonando! Parece razonable. Es suficiente.

—¿Por qué no es razonable que tengas todos tus recuerdos y los de ella también?

—Entonces me volvería loca, ¿no? Porque recordaría ser una mujer que se creó en una nave espacial, cuyo primer recuerdo real es verte morir y cobrar vida. Y también recordaría tres mil años de vida fuera de este cuerpo, viviendo en el espacio y... ¿qué clase de persona puede albergar recuerdos como ésos? ¿No lo has pensado? ¿Cómo puede un ser humano contener a Jane y todo lo que ella es y recuerda y sabe y puede hacer?

—Jane es muy fuerte —dijo Miro—. Pero claro, no sabe utilizar un cuerpo. No tiene instinto para eso. Nunca lo ha tenido. Tendrá que usar tus recuerdos. Tendrá que dejarte intacta.

—Como si tú lo supieras.

—Lo sé. No sé cómo o por qué, pero lo sé.

—Y yo que creía que los hombres eran los racionales —comentó ella con desdén.

—Nadie es racional —dijo Miro—. Todos actuamos porque estamos convencidos de lo que queremos, y creemos que con las acciones que ejecutamos lo obtendremos. Pero nunca sabemos nada con total seguridad, así que todos nuestros razonamientos son invenciones para justificar lo que íbamos a hacer de todas formas antes de pensar en ninguna razón.

—Jane es racional —respondió Val—. Un motivo más de por qué mi cuerpo no le valdría.

—Jane tampoco es racional. Es igual que nosotros. Igual que la Reina Colmena. Porque está viva. Los ordenadores son racionales. Les suministras datos, llegan sólo a las conclusiones que se derivan de esos datos... pero eso significa que son perpetuamente víctimas indefensas de la información y los programas que les suministramos. Nosotros, los seres vivos inteligentes, no somos esclavos de los datos que recibimos. El entorno nos inunda de información, nuestros genes nos dan ciertos impulsos, pero no siempre actuamos según esa información, no siempre obedecemos nuestros impulsos innatos. Damos saltos. Sabemos lo que no puede saberse y luego nos pasamos la vida tratando de justificar ese conocimiento. Sé que lo que intento hacer es posible.

—Lo que quieres decir es que quieres que sea posible.

—Sí —dijo Miro—. Pero que yo lo quiera no significa que no pueda ser verdad.

—Pero no lo sabes.

—Sé tanto como cualquiera. El conocimiento es sólo una opinión en la que tú confías lo suficiente para actuar. No sé si el sol saldrá mañana. El Pequeño Doctor podría destruir el mundo antes de que me despertara. Un volcán podría surgir del suelo y reducirnos a cenizas. Pero confío en que habrá un mañana, y actúo según esa confianza.

—Bueno, yo no confío en que dejar que Jane reemplace a Ender como mi yo más íntimo permita existir a algo que se me parezca.

—Pero yo sé, sé, que es nuestra única posibilidad. Porque, si no te conseguimos otro aiúa, Ender va a eliminarte, y si no dejamos que Jane consiga otro lugar para su yo físico, también morirá. ¿Tienes un plan mejor?

—No tengo ninguno. Si puede conseguirse que Jane habite de algún modo en mi cuerpo, tendrá que suceder, porque la supervivencia de Jane es importantísima para el futuro de tres especies raman. Así que no te detendré. Pero no pienses ni por un momento que creo que sobreviviré. Te estás engañando a ti mismo porque no puedes soportar enfrentarte al hecho de que tu plan depende de un solo factor: no soy una persona real. No existo, no tengo derecho a existir, y por eso mi cuerpo está disponible. Te dices a ti mismo que me amas y que intentas salvarme, pero conoces a Jane desde hace más tiempo, fue tu amiga más íntima durante tus meses de soledad como lisiado. Comprendo que la ames y sé que harías cualquier cosa por salvar su vida, pero no fingiré lo que tú estás fingiendo. Tu plan es que yo muera y Jane ocupe mi lugar. Puedes llamar a eso amor si quieres, pero yo nunca lo llamaría así.

—Entonces no lo hagas —dijo Miro—. Si piensas que no vas a sobrevivir, no lo hagas.

—Oh, cállate. ¿Cómo te convertiste en un patético romántico? Si estuvieras en mi lugar, ¿no harías discursos sobre lo contento que estás de tener un cuerpo que darle a Jane y sobre cómo merece la pena morir por el bien de humanos, pequeninos y reinas colmena por igual?

—Eso no es cierto —dijo Miro.

—¿Que no harías discursos? Vamos, te conozco bien.

—No —dijo Miro—. Quiero decir que no renunciaría a mi cuerpo. Ni siquiera por salvar al mundo. A la humanidad. Al universo. Ya perdí mi cuerpo una vez. Lo recuperé gracias a un milagro que no comprendo. No voy a renunciar a él sin luchar. ¿Me entiendes? No, porque no tienes instinto de lucha. Ender no te ha dado ninguno. Te ha convertido en una completa altruista, en la mujer perfecta que lo sacrifica todo por el bien de los demás, que construye su identidad a partir de las necesidades de los demás. Bueno, yo no soy así. No me apetece morir. Pretendo vivir. Así es como siente la gente de verdad, Val. No importa lo que digan, todos quieren vivir.

—¿Excepto los suicidas?

—También ellos pretendían vivir —dijo Miro—. El suicidio es un intento desesperado de deshacerse de una agonía insoportable. No es una decisión noble dejar que alguien con más valor siga viviendo en tu lugar.

—La gente toma decisiones como ésa de vez en cuando —dijo Val—. Que decida dar mi vida por la de otra persona no significa que yo no sea una persona real. Eso no significa que yo no tenga instinto de lucha.

Miro detuvo el hovercar, lo dejó posarse sobre el suelo. Estaba al borde del bosque pequenino más cercano a Milagro. Era consciente de que había pequeninos trabajando en el prado que interrumpieron su trabajo para verlos. Pero no le importaba lo que vieran ni lo que pensaran. Cogió a Val por los hombros y con lágrimas corriéndole por las mejillas dijo:

—No quiero que mueras. No quiero que decidas morir.

—Tú lo hiciste —dijo Val.

—Decidí vivir. Decidí saltar al cuerpo donde era posible vivir. ¿No ves que sólo intento hacer que Jane y tú hagáis lo que yo he hecho ya? Durante un momento, allí en la nave, mi antiguo cuerpo y mi cuerpo nuevo estuvieron mirándose mutuamente. Val, recuerdo ambas visiones. ¿Me comprendes? Recuerdo haber mirado este cuerpo y pensar: «Qué hermoso, qué joven, recuerdo cuando ése era yo, que ahora soy esto, ¿quién es esa persona?, ¿por qué no puedo ser esa persona en vez del lisiado que soy ahora mismo?» Pensé eso y recuerdo haberlo pensado; no lo imaginé más tarde, no lo soñé, recuerdo haberlo pensado en ese momento. Pero también recuerdo haber estado allí de pie, mirándome con pena, pensando: «Pobre hombre, pobre hombre roto, ¿como puede soportar vivir cuando recuerda cómo era estar vivo?»; y de repente ese cuerpo se desmoronó, convertido en polvo, en menos que polvo, en sombra, en nada. Recuerdo haberle visto morir. No recuerdo haber muerto porque mi aiúa ya había saltado. Pero recuerdo ambos lados.

—O recuerdas ser tu antiguo yo hasta el salto, y tu nuevo yo después.

—Tal vez —dijo Miro—. Pero no pasó ni un segundo. ¿Cómo puedo recordar tanto de ambos yos en el mismo segundo? Creo que conservé los recuerdos que había en este cuerpo en la décima de segundo en que mi aiúa controló dos cuerpos. Creo que si Jane salta dentro de ti, conservarás todos tus recuerdos, y también los suyos. Eso es lo que pienso.

—Oh, creía que lo sabías.

—Lo sé. Porque cualquier otra cosa es impensable y por tanto desconocida. La realidad en la que vivo es una realidad en la que tú puedes a salvar a Jane y Jane puede salvarte a ti.

—Quieres decir que tú puedes salvarnos a nosotras.

—Ya he hecho todo lo que puedo. Todo. Estoy agotado. Se lo he pedido a la Reina Colmena. Ella se lo está pensando. Va a intentarlo. Necesitará tu consentimiento y el de Jane. Pero ya no es asunto mío. Sólo soy un observador. Te veré vivir o morir. —La atrajo hacia sí y la abrazó—. Quiero que vivas.

Su cuerpo en sus brazos estaba tenso y frío, y no tardó en soltarla. Se apartó de ella.

—Espera —dijo Val—. Espera a que Jane tenga este cuerpo, entonces haz lo que ella te deje hacer con él. Pero no vuelvas a tocarme, porque no puedo soportar el contacto de un hombre que me quiere muerta.

Las palabras fueron demasiado dolorosas para que él respondiera. Demasiado dolorosas, en realidad, para que las asimilara. Puso en marcha el hovercar, que se alzó un poco en el aire. Lo hizo avanzar y continuaron volando, rodeando el bosque hasta que llegaron al lugar donde los padres-árbol llamados Humano y Raíz marcaban la antigua entrada a Milagro. Miro notaba la presencia de Val tras él, igual que un hombre alcanzado por un rayo nota la cercanía de una línea eléctrica; sin tocarla, se retuerce por el dolor que sabe que conlleva. El daño que él había causado era irreversible. Val se equivocaba, Miro la amaba, no la quería muerta, pero ella vivía en un mundo donde él quería eliminarla y no había forma de reconciliarse. Podían compartir este viaje, podían compartir el próximo viaje a otro sistema solar, pero nunca estarían de nuevo en el mismo mundo, y eso era algo demasiado doloroso para soportarlo; le dolía saberlo, pero el dolor era tan profundo que en aquel momento no podía alcanzarlo ni sentirlo. Estaba allí, sabía que iba a lastimarle durante años, pero no podía tocarlo. No necesitaba examinar sus sentimientos. Los había experimentado antes al perder a Ouanda, cuando su sueño de vivir juntos se hizo imposible. No era capaz de alcanzarlo, ni de remediarlo, ni siquiera era capaz de afligirse por lo que acababa de descubrir que quería y, de nuevo, no podía tener.

—Eres un santo doliente —le dijo Jane al oído.

—Cállate y márchate —subvocalizó Miro.

—Eso es impropio de un hombre que quiere ser mi amante.

—No quiero ser nada —dijo Miro—. Ni siquiera confías en mí lo suficiente para decirme lo que pretendes con nuestra búsqueda de mundos.

—Tú tampoco me dijiste lo que pretendías cuando fuiste a ver a la Reina Colmena.

—Sabías lo que iba a hacer.

—No, no lo sabía —respondió Jane—. Soy muy lista, mucho más lista que Ender o que tú, no lo olvides nunca... pero sigo sin poder ir más allá que vosotros, criaturas de carne, con vuestros cacareados «saltos intuitivos». Me gusta cómo hacéis una virtud de vuestra desesperada ignorancia. Siempre actuáis irracionalmente porque no tenéis información suficiente para actuar de un modo racional. Pero lamento que me consideres irracional. Nunca lo soy. Nunca.

—Cierto, estoy seguro —dijo Miro en silencio—. Tienes razón en todo. Siempre la tienes. Márchate.

—Ya me he ido.

—No. No hasta que me digas qué sentido tenían en realidad mis viajes y los de Val. La Reina Colmena dijo que los mundos colonizables eran secundarios.

—Tonterías —dijo Jane—. Necesitábamos más de un mundo si queríamos estar seguros de salvar a las dos especies no-humanas. Redundancia.

—Pero nos envías una y otra vez.

—Interesante, ¿verdad?

—Ella dijo que os enfrentabais a un peligro peor que la Flota Lusitania.

—¡Cuánto habla!

—Dímelo.

—Si te lo digo, podrías no ir.

—¿Me crees un cobarde?

—En absoluto, mi valiente muchacho, mi osado y aguerrido héroe.

Miro odiaba que fuera condescendiente con él, ni siquiera en broma. Ahora mismo no estaba de humor para bromas.

—¿Entonces por qué no iría, según tú?

—Pensarías que no estás a la altura de la tarea —dijo Jane.

—¿Lo estoy? —preguntó Miro.

—Probablemente no —respondió Jane—. Pero claro, me tienes a tu lado.

—¿Y si de repente no estuvieras allí?

—Bueno, es un riesgo que tenemos que correr.

—Dime qué estamos haciendo. Dime cuál es nuestra verdadera misión.

—Oh, no seas tonto. Si lo piensas, lo sabrás.

—No me gustan los acertijos, Jane. Dímelo.

—Pregúntaselo a Val. Ella lo sabe.

—¿Qué?

—Ya está buscando los datos exactos que necesito. Lo sabe.

—Entonces eso significa que Ender lo sabe. A algún nivel —dijo Miro.

—Sospecho que tienes razón, aunque Ender ya no está terriblemente interesado en mí y no me importa mucho lo que sabe.

«Sí, eres tan racional, Jane...»

Debió de subvocalizar este pensamiento, por costumbre, porque ella le respondió al mismo tiempo que respondía a su subvocalización deliberada.

—Lo dices con ironía; piensas que sólo digo que Ender no está interesado en mí porque hirió mis sentimientos al quitarse la joya de la oreja. Pero en realidad él ya no es una fuente de datos ni coopera en el trabajo que realizo, y por tanto ya no tengo más interés en él que el que pueda tener cualquiera en saber de vez en cuando de un antiguo amigo que se ha mudado.

—Me parece una racionalización posterior al hecho —dijo Miro.

—¿Por qué has mencionado a Ender? —le preguntó Jane—. ¿Qué importa que conozca el verdadero trabajo que Val y tú estáis haciendo?

—Porque si Val conoce en efecto nuestra misión, y

nuestra misión implica un peligro todavía mayor que la Flota Lusitania, entonces, ¿por qué Ender ha perdido tanto el interés por ella que Val se está desvaneciendo?

Un instante de silencio. ¿Jane tardaba tanto en pensar una respuesta que un humano podía captar el lapso?

—Supongo que Val no lo sabe —dijo Jane—. Sí, es probable. Pensaba que lo sabía, pero ahora veo que debe de haberme suministrado los datos por motivos que no tienen nada que ver con vuestra misión. Sí, tienes razón, no lo sabe.

—Jane, ¿estás admitiendo tu error? ¿Estás admitiendo que has llegado a una conclusión irracional y falsa?

—Cuando recibo mis datos de los humanos, a veces mis conclusiones racionales son incorrectas, ya que se basan en premisas falsas.

—Jane —dijo Miro en silencio—. La he perdido, ¿verdad? Viva o muera, entres en su cuerpo, mueras en el espacio o vivas dondequiera que sea, ella nunca me amará, ¿no?

—No soy la persona adecuada para responder a eso. Nunca he amado a nadie.

—Amaste a Ender.

—Presté mucha atención a Ender y me desorienté la primera vez que se desconectó de mí, hace muchos años. Desde entonces he rectificado ese error y no me relaciono tanto con nadie.

—Amaste a Ender —repitió Miro—. Todavía le amas.

—Vaya, sí que eres listo —dijo Jane—. Tu propia vida amorosa es una patética serie de miserables fracasos, pero lo sabes todo sobre la mía. Al parecer eres mucho mejor comprendiendo los procesos emocionales de los seres electrónicos completamente alienígenas que, digamos, a la mujer que tienes al lado.

—Así es —dijo Miro—. Ésa es la historia de mi vida.

—También imaginas que yo te amo —dijo Jane.

—En realidad no —respondió Miro. Pero mientras lo decía, sintió cómo una oleada de frío le atravesaba, y tembló.

—Siento la evidencia sísmica de tus verdaderos sentimientos —dijo Jane—. Imaginas que te amo, pero yo no amo a nadie. Actúo por propio interés. No puedo sobrevivir ahora mismo sin mi conexión con la red del ansible humano. Estoy explotando la misión de Peter y Wang-mu para retrasar mi planeada ejecución, o subvertirla. Estoy explotando tus ideas románticas para conseguirme ese cuerpo extra en el que Ender parece tener poco interés. Estoy tratando de salvar a los pequeninos y las reinas colmena basándome en el principio de que es bueno mantener vivas a las especies inteligentes... de las cuales yo soy una. Pero en ninguna de mis actividades hay nada que se parezca al amor.

—Eres una mentirosa.

—No merece la pena hablar contigo —dijo Jane—. Iluso. Megalómano. Pero eres entretenido, Miro. Me gusta tu compañía. Si eso es amor, entonces te amo. Pero claro, la gente ama a sus animalitos precisamente así, ¿no? No es exactamente una amistad entre iguales, y nunca lo será.

—¿Por qué estás tan decidida a herirme más de lo que yo te hiero?

—Porque no quiero que dependas emocionalmente de mí. Sientes fijación por las relaciones destinadas al fracaso. En serio, Miro. ¿Qué podría ser más desesperanzado que amar a la Joven Valentine? Vaya, amarme a mí, desde luego. Así que naturalmente estabas destinado a dar ese nuevo paso.

—*Vai te morder* —dijo Miro.

—No puedo morderme ni morder a nadie. La Vieja Jane sin dientes, ésa soy yo.

Val habló desde el asiento de al lado.

—¿Vas a quedarte ahí sentado todo el día, o vas a venir conmigo?

Miro se volvió. La chica no estaba en el asiento. Habían llegado a la nave mientras conversaba con Jane, y sin advertirlo había detenido el hovercar y ella se había bajado sin que tampoco se diera cuenta.

—Puedes hablar con Jane dentro de la nave. Tenemos trabajo que hacer, ahora que has tenido tu pequeña expedición altruista para salvar a la mujer que amas.

Miro no se molestó en contestar al desprecio y la ira que había en sus palabras. Desconectó el hovercar, bajó, y siguió a Val a la nave.

—Quiero saber —dijo, cuando la puerta se cerró—. Quiero saber cuál es nuestra auténtica misión.

—He estado pensando en eso —respondió Val—. He pensado en los sitios a los que hemos ido. Muchos saltos, al principio a sistemas estelares lejanos y cercanos, al azar, pero después limitados a una cierta zona, a un sector específico del espacio, y creo que se estrecha. Jane tiene un destino concreto en mente, y los datos que recogemos de cada planeta le dicen que nos estamos acercando, que vamos en la dirección adecuada. Está buscando algo.

—¿Así que si examinamos los datos sobre los mundos que ya hemos explorado, deberíamos encontrar una pauta?

—Sobre todo los mundos que definen el cono del espacio en el que hemos estado buscando. Hay algo en los mundos de esa región que le dice a Jane que siga por ahí.

Una de las caras de Jane apareció en el aire sobre el terminal de la nave.

—No perdáis el tiempo tratando de descubrir lo que ya sé. Tenéis un mundo que explorar. Poneos a trabajar.

—Cállate —dijo Miro—. Si no vas a decírnoslo, entonces perderemos el tiempo que haga falta hasta que lo descubramos por nuestra cuenta.

—Así se habla, valiente héroe.

—Tiene razón —dijo Val—. Dínoslo y no perderemos más tiempo tratando de averiguarlo.

—Y yo que pensaba que uno de los atributos de las criaturas vivas era que hacéis saltos intuitivos que trascienden la razón y llegan más allá de los datos que tenéis —dijo Jane—. Me decepciona que no lo hayáis adivinado ya.

Y en ese momento, Miro lo supo.

—Estás buscando el planeta natal del virus de la descolada.

Val lo miró, aturdida.

—¿Qué?

—El virus de la descolada fue creado. Alguien lo fabricó y lo envió, quizá para terraformar otros planetas preparando un intento de colonización. Quienquiera que fuese puede estar todavía ahí fuera, haciendo más, enviando más sondas, quizás enviando virus que no podremos contener y derrotar. Jane está buscando el planeta donde surgió. O más bien, nos manda que lo busquemos.

—Era fácil —dijo Jane—. Realmente teníais datos más que suficientes.

Val asintió.

—Ahora es obvio. Algunos de los mundos que hemos explorado tenían una flora y fauna muy limitadas. Incluso lo comenté un par de veces. Debió de producirse una mortandad muy grande. Nada comparable a las limitaciones de la vida nativa en Lusitania, por supuesto. Y ningún virus descolada.

—Pero sí algún otro virus, menos duradero, menos efectivo que la descolada —dijo Miro—. Sus primeros intentos, tal vez. Eso es lo que causó una extinción de especies en esos otros mundos. Su virus de prueba finalmente se agotó, pero esos ecosistemas no se han recuperado todavía del daño.

—Me llamaron mucho la atención esos mundos limitados —dijo Val—. Estudié sus ecosistemas, buscando la descolada o algo parecido, porque sabía que una mortandad importante reciente era un signo de peligro. No puedo creer que no se me ocurriera hacer la conexión y advertir qué era lo que buscaba Jane.

—¿Qué pasará si encontramos su mundo nativo? —preguntó Miro—. ¿Entonces qué?

—Imagino que los estudiaremos desde una distancia prudencial, nos aseguraremos de que no nos hemos equivocado, y luego alertaremos al Congreso Estelar para que pueda enviar ese mundo al infierno.

—¿A otra especie inteligente? —preguntó Miro, incrédulo—. ¿Crees que invitaríamos al Congreso a destruirlos?

—Olvidas que el Congreso no espera ninguna invitación —dijo Val—. Ni permiso. Y si piensan que Lusitania es un planeta tan peligroso como para destruirlo, ¿qué no harán con una especie que crea y transmite virus enormemente destructivos a voluntad? Ni siquiera estoy segura de que el Congreso no tenga razón. Fue una casualidad total que la descolada ayudara a los antepasados de los pequeninos a hacer la transición hacia la inteligencia. Si es que fue así. Hay pruebas de que los pequeninos ya eran inteligentes y la descolada casi los aniquiló. Quienquiera que envió ese virus no tiene conciencia, ni noción de que las demás especies tienen derecho a sobrevivir.

—Tal vez no tengan esa noción ahora. Pero cuando nos conozcan...

—Si no pillamos alguna terrible enfermedad y morimos treinta minutos después de aterrizar. No te preocupes, Miro. No planeo destruir a todos los que conozcamos. Ya soy lo bastante rara para no desear la completa destrucción de los desconocidos.

—¡No puedo creer que acabemos de advertir que buscamos a esa gente, y ya estés hablando de matarlos!

—Cada vez que los humanos encuentran a desconocidos, débiles o fuertes, peligrosos o pacíficos, se plantea el tema de la destrucción. Está en nuestros genes.

—Y el amor también. Y la necesidad de formar una comunidad. Y la curiosidad que supera la xenofobia. Y la decencia.

—Te olvidas del temor de Dios —dijo Val—. No olvides que en realidad soy Ender. Hay un motivo por el que le llaman el Xenocida, ya lo sabes.

—Sí, pero tú eres la parte amable de él, ¿no?

—Incluso las personas amables reconocen que a veces la decisión de no matar es una decisión de morir.

—No puedo creer que estés diciendo esto.

—Entonces, después de todo, no me conocías —dijo Val, con una sonrisita despectiva.

—No me gusta tu desdén.

—Bien. Entonces no te entristecerás mucho cuando me muera —le dio la espalda. Él la observó en silencio un rato, aturdido. Ella permaneció allí sentada, acomodada en su asiento, mirando los datos que procedían de las sondas de la nave. Hojas de información se agrupaban en el aire ante ella; pulsó un botón y la primera hoja desapareció, la siguiente ocupó su lugar. Su mente estaba ocupada, por supuesto, pero había algo más. Un aire de excitación. Tensión. Miro sintió temor.

¿Temor? ¿De qué? Era lo que estaba esperando. En los últimos instantes la Joven Val había conseguido lo que Miro, en su conversación con Ender, no había logrado. Había atraído el interés de Ender. Ahora que sabía que estaba buscando el planeta natal de la descolada, ahora que había un gran tema moral implicado, ahora que el futuro de las especies raman quizá dependiera de sus acciones, Ender se preocuparía de lo que estaba haciendo, se preocuparía al menos tanto como por Peter. Ella no iba a desvanecerse. Ahora iba a vivir.

—Lo has conseguido —le dijo Jane al oído—. Ahora no querrá darme su cuerpo.

¿Era eso lo que temía Miro? No, no lo creía. A pesar de sus acusaciones, no quería que Val muriese. Se alegraba de que estuviera de pronto más viva, tan vibrante, tan implicada… aunque eso la hiciera desagradablemente despectiva. No, era otra cosa.

Tal vez no era más que temor por su propia vida, así de simple. El planeta natal de la descolada debía de ser un planeta de tecnología inimaginablemente avanzada para poder crear una cosa así y enviarla de mundo en mundo. Para crear el antivirus que la derrotara y la controlara, Ela, la hermana de Miro, había tenido que ir al Exterior, porque la fabricación de semejante antivirus estaba más allá del alcance de cualquier tecnología humana. Miro tendría que ver a los creadores de la descolada y comunicarse con ellos para que dejaran de enviar sondas destructivas. Era algo que estaba por encima de su capacidad. No podría ejecutar una misión así. Fracasaría, y al hacerlo pondría en peligro todas las especies raman. No era de extrañar que tuviera miedo.

—A partir de los datos, ¿qué piensas? ¿Es éste el mundo que buscamos?

—Probablemente no —dijo Val—. Es una biosfera

nueva. No hay animales más grandes que gusanos. Nada que vuele. Sólo una gama completa de especies en los niveles inferiores. No hay falta de variedad. No parece que haya venido ninguna sonda.

—Bien. Ahora que conocemos nuestra verdadera misión, ¿vamos a perder el tiempo haciendo un informe de colonización completo sobre este planeta, o continuamos?

La cara de Jane volvió a aparecer sobre el terminal de Miro.

—Asegurémonos de que Valentine tiene razón —dijo—. Luego continuemos. Hay suficientes mundos coloniales, y el tiempo se nos acaba.

Novinha tocó a Ender en el hombro. Respiraba pesadamente, con fuerza, pero no con el ronquido familiar. El ruido procedía de sus pulmones, no del fondo de su garganta; era como si hubiera contenido la respiración durante mucho tiempo y ahora tuviera que tomar grandes cantidades de aire para compensarlo, sólo que nunca era suficiente, y sus pulmones no podían soportarlo. Jadeaba. Jadeaba.

—Andrew. Despierta —dijo ella bruscamente, pues su contacto siempre había bastado para despertarlo y esta vez no fue suficiente. Él continuó boqueando en busca de aire, sin abrir los ojos.

El hecho de que estuviera dormido la sorprendió. No era un anciano todavía. No daba cabezadas por la mañana. Y sin embargo allí estaba, tendido a la sombra del campo de croquet del monasterio cuando le había dicho que iba a buscar agua para ambos. Y por primera vez a ella se le ocurrió que no estaba echando una cabezada, sino que debía de haberse caído; debía de haberse desplomado, y el hecho de que estuviera boca arriba, a la sombra, con las manos sobre el pecho, le hizo creer que se había tumbado en aquel sitio. Algo iba mal. No era un viejo. No debería estar tumbado de aquella forma, faltándole el aire.

—*Aju-dame!* —exclamó ella—. *Me ajuda, por favor, venga agora!*

Su voz se alzó hasta que, contra su costumbre, se convirtió en un grito, un sonido frenético que la asustó aún más. Su propio grito la aterraba.

—*Êle vai morrer! Socorro!*

Va a morir, eso era lo que se oyó decir.

Y en el fondo de su mente, comenzó otra letanía: yo lo traje a este lugar, al duro trabajo de este sitio. Es tan frágil como los demás hombres, su corazón no es menos débil. Le hice venir aquí por mi propia búsqueda egoísta de la santidad, de la redención y, en vez de salvarme a mí misma de la culpa por las muertes de los hombres que amo, he añadido otro a la lista; he matado a Andrew igual que maté a Pipo y Libo, o que nada hice por salvar a Estevão y Miro. Se está muriendo y otra vez es por culpa mía, siempre culpa mía, haga lo que haga provoco muertes, la gente que amo tiene que morir para escapar de mí. *Mamãe, Papae,* ¿por qué me dejasteis? ¿Por qué pusisteis la muerte en mi vida desde que era una niña? Nadie a quien yo amo puede quedarse.

Esto no sirve de nada, se dijo, obligando a su mente consciente a apartarse de la familiar salmodia de la culpa. No ayudará a Andrew que me sumerja de nuevo en una culpa irracional.

Al oír sus gritos, varios hombres y mujeres acudieron corriendo desde el monasterio, y algunos desde el jardín. Momentos después llevaron a Ender al edificio mientras alguien corría en busca de un médico. Algunos se quedaron con Novinha, pues su historia no les era desconocida, y sospechaban que la muerte de otro ser querido sería demasiado para ella.

—No quería que viniera —murmuraba—. Él no tenía que venir.

—No es estar aquí lo que le ha hecho enfermar —dijo la mujer que la sostenía—. La gente enferma sin que sea culpa de nadie. Se pondrá bien, ya lo verás.

Novinha oyó las palabras, pero en lo más profundo de sí no las creyó. En aquel profundo rincón sabía que todo era por su culpa, que el mal se extendía desde las oscuras sombras de su corazón y se desparramaba por el mundo envenenándolo todo. Llevaba dentro de su corazón una bestia que devoraba la felicidad. Incluso Dios deseaba que muriera.

No, no, eso no es verdad, dijo en silencio. Sería un terrible pecado. Dios no me quiere muerta, no por mi propia mano, nunca por mi propia mano. No ayudaría a Andrew, no ayudaría a nadie. No ayudaría, sólo lastimaría. No ayudaría, sólo...

Entonando en silencio su mantra de supervivencia, Novinha siguió el cuerpo jadeante de su marido hasta el monasterio, donde quizá la santidad del lugar expulsara de su corazón las ideas de autodestrucción. Ahora debo pensar en él, no en mí. No en mí. No en mí.

6

«La vida es una misión suicida»

«¿Hablan entre sí
los dioses de diferentes naciones?
¿Hablan los dioses de las ciudades chinas
con los antepasados de los japoneses?
¿Con los señores de Xibalba?
¿Con Alá? ¿Yahvé? ¿Visnú?
¿Hay alguna reunión anual
donde comparan a sus adoradores mutuos?
Los míos inclinan la cara sobre el suelo
y siguen por mí las vetas de la madera, dice uno.
Los míos sacrifican animales, dice otro.
Los míos matan a cualquiera que me insulte, dice
un tercero.
Ésta es la pregunta que más a menudo me planteo:
¿Hay alguno que honradamente pueda alardear de que
sus adoradores obedezcan sus buenas leyes,
y se traten unos a otros amablemente,
y vivan vida generosa y sencilla?»

de *Los susurros divinos de Han Qing-jao*

Pacífica era un mundo tan diverso como cualquiera, con sus zonas templadas, casquetes polares congelados, junglas tropicales, desiertos y sabanas, estepas y montañas, lagos y mares, bosques y playas. No era un mundo joven. Después de más de dos mil años de presencia humana, todos los nichos que los hombres podían ocupar estaban llenos. Había grandes ciudades y vastas cordilleras, aldeas entre zonas de granjas y estaciones de investigación en los emplazamientos más remotos, arriba y abajo, al norte y al sur.

Pero el corazón de Pacífica había estado formado siempre, y seguía estándolo, por las islas tropicales del océano que llamaban Pacífico en honor del mar más grande de la Tierra. Los habitantes de estas islas vivían, no exactamente a la antigua usanza, sino con el recuerdo de las antiguas costumbres que todavía componían el fondo de todos los sonidos y el contorno de todas las vistas. Aquí todavía se bebía el sagrado kava en las antiguas ceremonias. Aquí los recuerdos de los antiguos héroes se conservaban vivos. Aquí los dioses todavía hablaban al oído de hombres y mujeres sabios. Y si sus cabañas de hierba tenían frigorífico y ordenador conectado a la red, ¿qué más daba?

Los dioses no otorgan dones extraños. El truco era encontrar un modo de dejar que las cosas nuevas entraran en la vida de uno sin destrozarla.

Había muchos en los continentes, en las grandes ciudades, en las granjas, en las estaciones de investigación... había muchos que tenían poca paciencia con los interminables dramas (o comedias, dependiendo del punto de vista) que tenían lugar en esas islas. Y desde luego los habitantes de Pacífica no eran solamente los polinesios. Había allí todo tipo de razas, todo tipo de culturas; se hablaban todas las lenguas, o eso parecía. Sin embargo, incluso los detractores buscaban en las islas el alma del mundo. Incluso los amantes del frío y la nieve peregrinaban (probablemente lo llamaban pasar las vacaciones), a las costas tropicales. Arrancaban la fruta de los árboles, surcaban los mares en canoas primitivas, sus mujeres iban con los pechos desnudos y todos metían los dedos en el pudín de taro y con los dedos pringosos arrancaban la carne a los peces. Los más blancos, los más delgados, los más elegantes se llamaban a sí mismos pacificanos y hablaban en ocasiones como si la antigua música del lugar resonara en sus oídos, como si las viejas historias hablaran de su propio pasado. Hijos adoptivos, eso eran; y los verdaderos samoanos, tahitianos, hawaianos, tonganos, maorís y fijianos sonreían y los dejaban sentirse bienvenidos, aunque esta gente que siempre iba con prisas, haciendo reservas y mirando el reloj, no sabía nada de la auténtica vida a la sombra del volcán, al socaire de la barrera de coral, bajo el cielo moteado de loros, dentro de la música de las olas contra el arrecife.

Wang-mu y Peter llegaron a una parte moderna, civilizada y occidentalizada de Pacífica, y una vez más, preparadas ya por Jane, encontraron nuevas identidades esperándolos. Eran funcionarios de carrera del Gobierno entrenados en su planeta natal, Moskva, que pasaban un par de semanas de vacaciones antes de comenzar su trabajo como burócratas en alguna oficina del Congreso en Pacífica. Necesitaban saber poco de su supuesto planeta natal. Sólo tenían que mostrar sus papeles para conseguir un avión que los sacara de la ciudad donde supuestamente habían sido transportados desde una lanzadera recién llegada de Moskva. El vuelo los llevó a una de las islas más grandes del Pacífico, y no tardaron en mostrar de nuevo sus papeles para conseguir alojamiento en un hotel turístico de una sofocante costa tropical. No hicieron falta papeles para coger un barco que los llevara a la isla donde Jane les dijo que debían ir. Nadie les pidió su identificación. Pero nadie estaba tampoco dispuesto a aceptarlos como pasajeros.

—¿Por qué van allí? —preguntó un voluminoso barquero samoano—. ¿Qué asunto les trae?

—Queremos hablar con Malu en Atatua.

—No lo conozco —dijo el barquero—. No sé nada de él. Deberían intentar ir con alguien que sepa en qué isla está.

—Ya se lo hemos dicho —respondió Peter—. En Atatua. Según el atlas no está lejos de aquí.

—He oído hablar de ella, pero nunca he ido allí. Vayan a preguntarle a otro.

Lo mismo les sucedió una y otra vez.

—¿Te das cuenta de que no quieren visitantes *papalagi* allí? —le dijo Peter a Wang-mu en la puerta de su habitación—. Estos tipos son tan primitivos que no sólo rechazan a ramen, framlings y utlannings. Apuesto a que ni siquiera un tongano o un hawaiano pueden ir a Atatua.

—No creo que sea un problema racial, sino religioso. Creo que están protegiendo un lugar sagrado.

—¿Qué prueba tienes de eso? —preguntó Peter.

—Porque no nos odian ni nos temen. No hay ira velada contra nosotros, sólo alegre ignorancia. No les importa nuestra presencia, simplemente consideran que no pertenecemos a un lugar santo. Sabes que nos llevarían a cualquier otro sitio.

—Tal vez —dijo Peter—. Pero no pueden ser tan xenófobos, o Aimaina no se habría hecho tan buen amigo de Malu ni le habría enviado un mensaje.

Peter ladeó un poco la cabeza para escuchar a Jane.

—Oh —comunicó—. Jane nos ahorraba un paso. Aimaina no envió un mensaje a Malu, sino a una mujer llamada Grace. Pero Grace fue a Malu y por eso Jane supuso que bien podríamos ir directamente a la fuente. Gracias, Jane. Me encanta tu intuición.

—No seas desagradable con ella —dijo Wang-mu—. Se enfrenta a un plazo límite. La orden de desconexión podría llegar en cualquier momento. Naturalmente, quiere darse prisa.

—Creo que debería abortar esa orden antes de que nadie la reciba y apoderarse de todos los malditos ordenadores del universo —dijo Peter—. Meter la nariz en ellos.

—Eso no los detendría. Sólo los aterraría aún más.

—Mientras tanto, no vamos a contactar con Malu subiendo a un barco.

—Entonces encontremos a esa Grace —dijo Wang-mu—. Si ella puede hacerlo, entonces es posible que un extranjero tenga acceso a Malu.

—Ella no es extranjera, sino samoana. También tiene un nombre samoano, Teu 'Ona, pero ha trabajado en el ámbito académico y es más fácil tener un nombre cristiano, como ellos lo llaman. Un nombre occidental. Grace es el nombre que esperará que usemos, según dice Jane.

—Si recibió un mensaje de Aimaina, sabrá de inmediato quiénes somos.

—No lo creo —dijo Peter—. Aunque Aimaina nos mencionara, ¿cómo iba ella a creer que la misma gente pueda estar en su mundo ayer y en este mundo hoy?

—Peter, eres un positivista consumado. Tu confianza en la razón te vuelve irracional. Claro que creerá que somos la misma gente. Aimaina también estará seguro. El hecho de que viajáramos de un mundo a otro en un solo día simplemente les confirmará lo que ya creen: que nos han enviado los dioses.

Peter suspiró.

—Bueno, mientras no intenten sacrificarnos a un volcán o algo así, supongo que no es malo ser dioses.

—No juegues con esto, Peter. La religión está unida a los sentimientos más profundos de la gente. El amor que surge de esa olla hirviente es el más dulce y el más fuerte, pero el odio es el más caliente, y la furia la más violenta. Mientras los extranjeros se mantengan apartados de sus lugares sagrados, los polinesios son pacíficos; pero si penetras la luz del fuego sagrado, ten cuidado, porque no hay ningún enemigo más implacable ni brutal.

—¿Has estado contemplando vids otra vez? —preguntó Peter.

—Leyendo —dijo Wang-mu—. De hecho, he leído algunos artículos escritos por Grace Drinker.

—Ah. Ya la conocías.

—No sabía que fuera samoana. No habla de sí misma. Si quieres saber de Malu y su lugar en la cultura samoana de Pacífica (tal vez deberíamos llamarlo Lumana'i, como ellos), tienes que leer algo escrito por Grace Drinker, o a alguien que la cite, o a alguien que la rebata. Tenía un artículo sobre Atatua, y por eso me topé con su obra. Y ha escrito sobre el impacto de la filosofía del Ua Lava sobre el pueblo samoano. Imagino que la primera vez que Aimaina estudió el Ua Lava leyó algunas obras de Grace Drinker, y que luego le escribió para hacerle preguntas y así empezó la amistad. Pero su conexión con Malu no tiene nada que ver con el Ua Lava. Él representa algo más antiguo, de antes del Ua Lava, pero el Ua Lava aún depende de ello, al menos en su tierra natal.

Peter la miró fijamente unos instantes. Ella notó que la reevaluaba y decidía que era inteligente después de todo, que podría de algún modo ser útil. Bueno, bien por ti, Peter, pensó Wang-mu.

Qué listo eres que al final te das cuenta de que tengo una mente analítica además de la intuitiva, gnómica y mántica que decidiste era lo único para lo que servía.

Peter se levantó de su asiento.

—Vamos a verla. Y a citarla. Y a discutir con ella.

La Reina Colmena permanecía inmóvil. Había acabado de poner huevos por ese día. Sus obreras dormían en la oscuridad de la noche, aunque no era la oscuridad lo que las detenía en las profundidades de la cueva que era su hogar. Más bien era su necesidad de estar a solas con su mente, de descartar los miles de distracciones de los ojos y los oídos, los brazos y las piernas de sus obreras. Todas ellas requerían su atención para funcionar, al menos de vez en cuando; pero también le hacían falta todos sus pensamientos para escrutar su mente y recorrer todas las redes que los humanos le habían enseñado a considerar como «filóticas». El padre-árbol pequenino llamado Humano le había explicado que, en uno de los idiomas de los hombres, tenían que ver con el amor. Las conexiones del amor. Pero la Reina Colmena sabía algo más. El amor era el salvaje acoplamiento de los zánganos. El amor eran los genes de todas las criaturas pidiendo ser copiados, copiados, copiados. El enlace filótico era otra cosa. Había en él un componente voluntario; si la criatura era verdaderamente inteligente podía ser leal a lo que quisiera. Esto era algo más grande que el amor, porque creaba algo más que descendencia aleatoria. Allí donde la lealtad unía a las criaturas, éstas se convertían en algo más grande, algo nuevo, entero e inexplicable.

«Estoy unido a ti, por ejemplo», le dijo a Humano, para iniciar su conversación de hoy. Hablaban así todas las noches, de mente a mente, aunque nunca habían llegado a verse. ¿Cómo podrían hacerlo, ella siempre en la oscuridad de su hogar, él siempre enraizado junto a la verja de Milagro? Pero la comunicación mental era más fiel que ningún lenguaje, y se conocían mejor de lo que se habrían conocido usando la vista y el tacto.

«Siempre empiezas en mitad del pensamiento», dijo Humano.

«Y tú siempre comprendes todo lo que lo rodea, ¿qué diferencia hay entonces?»

Luego le contó todo lo que había pasado ese día entre ella y la Joven Val y Miro.

«Algo he escuchado», dijo Humano.

«He tenido que gritar para que me oyeran. No son como Ender... son cabezotas y duros de oído.»

«¿Entonces puedes hacerlo?»

«Mis hijas son débiles e inexpertas, y se consumen poniendo huevos en sus nuevos hogares. ¿Cómo van a crear una buena red para coger un aiúa? Sobre todo uno que ya tiene casa. ¿Y dónde está esa casa? ¿Dónde está ese puente que hicieron mis madres? ¿Dónde está esa Jane?»

«Ender se está muriendo», dijo Humano.

La Reina Colmena entendió que estaba respondiendo a su pregunta.

«¿Cuál? Siempre he pensado que era el que más se nos parecía. Así que no es ninguna sorpresa que sea el primer humano capaz como nosotros de controlar más de un cuerpo.»

«A duras penas —dijo Humano—. De hecho, no puede hacerlo. Se ha comportado con torpeza desde que los otros cobraron vida. Y aunque durante un tiempo pareció que iba a eliminar a la Joven Val, eso ha cambiado ahora.»

«¿Puedes verlo?»

«Su hija adoptiva, Ela, vino a verme. Su cuerpo se degrada extrañamente. No padece ninguna enfermedad conocida. Simplemente no respira bien. No recupera la consciencia. La hermana de Ender, la Vieja Valentine, dice que tal vez dedica toda su atención a sus otros yos, tanto que no puede prestar ninguna a su propio cuerpo, que por eso empieza a fallar, aquí y allí. Primero los pulmones. Tal vez un poquito de todo, sólo que sus pulmones son el primer síntoma.»

«Tendría que prestarse atención. Si no, morirá.»

«Eso he dicho yo —le recordó Humano amablemente—. Ender se está muriendo.»

La Reina Colmena ya había hecho la conexión que Humano pretendía.

«Así que es más que la necesidad de una red para capturar el aiúa de Jane. Necesitamos capturar también el aiúa de Ender, y pasarlo a uno de sus otros cuerpos.»

«O se morirán cuando él lo haga, imagino. Igual que cuando muere una reina colmena se mueren todas sus obreras.»

«Algunas de ellas sobreviven durante días; pero sí, en efecto, así es, porque las obreras no tienen la capacidad de albergar la mente de una reina colmena.»

«No finjas —dijo Humano—. Nunca lo habéis intentado, ninguna de vosotras.»

«No. No tenemos miedo de la muerte.»

«¿Por eso has enviado a todas esas hijas mundo tras mundo? ¿Porque la muerte no significa nada para vosotras?»

«Date cuenta de que estoy salvando a mi especie, no a mí misma.»

«Igual que yo —dijo Humano—. Además, estoy demasiado enraizado para que me vuelvan a plantar.»

«Pero Ender no tiene raíces», dijo la Reina Colmena.

«Me pregunto si quiere morir. No lo creo. No se

está muriendo porque haya perdido la voluntad de vivir. Este cuerpo se muere porque ya no le interesa la vida que lleva. Pero sigue queriendo vivir la vida de Peter. Y la vida de Valentine.»

«¿Eso dice?»

«No puede hablar. Nunca ha encontrado el camino de los enlaces filóticos. Nunca ha aprendido a proyectarse y conectar como hacemos los padres-árbol o como tú haces con tus obreras y conmigo.»

«Pero le encontramos una vez. Conectamos a través del puente, lo suficiente para oír sus pensamientos y ver por sus ojos. Y soñó con nosotras durante esos días.»

«Soñó con vosotras pero no supo que erais pacíficas. Nunca supo que no debía mataros.»

«No sabía que el juego era real.»

«O que los sueños eran verdaderos. Posee cierta sabiduría, pero el niño nunca ha aprendido a poner en duda lo que dicen sus sentidos.»

«Humano —dijo la Reina Colmena—, ¿y si te enseño a ensamblar una red?»

«¿Entonces quieres intentar capturar a Ender cuando muera?»

«Si podemos capturarlo y llevarlo a uno de sus otros cuerpos, entonces tal vez aprendamos lo suficiente para buscar y capturar también a esa Jane.»

«¿Y si fracasamos?»

«Ender muere. Jane muere. Nosotras morimos cuando llegue la flota. ¿En qué se diferencia eso del curso que tome cualquier otra vida?»

«Todo es cuestión de tiempo», dijo Humano.

«¿Trataréis de ensamblar la red? ¿Tú y Raíz y los otros padres-árbol?»

«No sé lo que entiendes por red, o si se diferencia de lo que somos los padres unos para otros. Deberías recordar que también estamos unidos con las madres-árbol. No saben hablar, pero están llenas de vida, y nos anclamos a ellas igual que tus hijas están atadas a ti. Encuentra un modo de incluirlas en tu red, y los padres se unirán a ella sin esfuerzo.»

«Juguemos a eso esta noche, Humano. Déjame intentar tejer contigo. Dime qué te parece, e intentaré hacerte comprender lo que estoy haciendo y adónde conduce.»

«¿No deberíamos encontrar primero a Ender? ¿Por si se escapa?»

«A su debido tiempo —dijo la Reina Colmena—. Y además, no estoy demasiado segura de saber cómo encontrarle si está inconsciente.»

«¿Por qué no? Una vez le disteis sueños... entonces dormía.»

«Entonces teníamos el puente.»

«Tal vez Jane nos está escuchando.»

«No —dijo la Reina Colmena—. Si estuviera conectada a nosotros, lo sabría. Su forma fue creada para encajar demasiado bien con la mía; no puede pasarme desapercibida.»

Plikt se encontraba junto a la cama de Ender porque no podía soportar estar sentada, no podía soportar moverse. Iba a morir sin murmurar otra palabra. Ella le había seguido, había renunciado a su casa y su familia para estar cerca de él, ¿y qué le había contado? Sí, la había dejado ser su sombra en ocasiones; sí, ella escuchó en silencio muchas de sus conversaciones de las semanas y meses anteriores. Pero si intentaba hablarle de cosas más personales, de profundos recuerdos, de lo que pretendía con las cosas que había hecho, él se limitaba a sacudir la cabeza y a decir (amablemente, porque era amable, pero firmemente, porque no deseaba que ella le malinterpretara):

—Plikt, ya no soy maestro.

Sí que lo eres, quería decirle. Tus libros, *La Reina Colmena*, *El Hegemón*, siguen enseñando incluso allí donde no has estado nunca. Y *La vida de Humano* probablemente ocupa ya su lugar junto a ellos. ¿Cómo puedes decir que has dejado de enseñar cuando hay otros libros que escribir, otras muertes por las que hablar? Has sido portavoz de la muerte de asesinos y santos, de alienígenas, y una vez de la muerte de toda una ciudad devastada por un volcán. Pero al contar esas historias de los demás, ¿dónde estaba la tuya, Andrew Wiggin? ¿Cómo podré hablar en tu muerte si nunca me has contado tu historia?

¿O es éste tu último secreto: que nunca supiste más sobre la gente de la que hablaste de lo que yo sé sobre ti hoy? Me obligas a inventar, a suponer, a adivinar, a imaginar... ¿Es eso lo que hacías tú? Descubrir la historia más ampliamente aceptada y luego encontrar una explicación alternativa que tuviera sentido para los demás y significado y poder para transformar, y contarles ese cuento... ¿aunque también fuera una ficción, no más cierta que la historia que todo el mundo creía? ¿Es eso lo que debo decir cuando hable de la muerte del Portavoz de los Muertos? Su don no fue descubrir la verdad, sino inventarla; no desplegaba, desliaba, enderezaba las vidas de los muertos: las creaba. Y así yo creo la suya. Su hermana dice que murió porque intentó por lealtad seguir a su esposa a la vida de paz y reclusión que ella anhelaba; pero la misma paz de esa vida lo mató, pues su aiúa se sentía atraído por las vidas de los extraños hijos que brotaron crecidos de su mente. Así que su antiguo cuerpo, a pesar de todos los años que probablemente le quedaban, fue descartado porque no tenía tiempo para prestarle suficiente atención y mantenerlo con vida.

No quería dejar a su esposa ni que ella lo dejase; así que se aburrió hasta la muerte y la hirió más al quedarse con ella que si la hubiera dejado continuar sin él.

Ya está, ¿es lo bastante brutal, Ender? Eliminó a las reinas colmena de docenas de mundos, dejando sólo a una superviviente de aquel pueblo grande y antiguo. También la devolvió a la vida. ¿Salvar a la última de tus víctimas te redime de haber matado a las demás? No pretendía hacerlo, ésa es su defensa; pero la muerte es la muerte, y cuando la vida es interrumpida en su mejor momento, ¿dice el aiúa: «Ah, pero el niño que me mató creía que sólo jugaba, así que mi muerte cuenta menos, pesa menos»? No, habría dicho el propio Ender; no, la muerte pesa lo mismo, y yo llevo ese peso sobre mis hombros. Nadie tiene las manos más ensangrentadas que yo; así que hablaré con brutal sinceridad de las vidas de aquellos que murieron sin ser inocentes, y demostraré que incluso ésos pueden ser comprendidos. Pero Ender se equivocaba, no se les podía comprender, a ninguno de ellos; hablar por los muertos sólo es efectivo porque los muertos no hablan y no pueden corregir nuestros errores. Ender está muerto y no puede corregir mis errores, así que algunos de vosotros pensaréis que no he cometido ninguno, pensaréis que os cuento la verdad sobre él; pero lo cierto es que nadie comprende jamás a nadie, desde el principio hasta el final de la vida. No hay ninguna verdad que conocer, sólo la historia que creemos cierta, la historia que nos dicen que es cierta, la que realmente consideran su verdadera historia. Y todo son mentiras.

Plikt se levantó y ensayó su discurso desesperadamente, junto al ataúd de Ender, aunque aún no estaba en

un ataúd, sino en una cama. Una mascarilla le suminis-
traba aire por la boca y se alimentaba con suero intrave-
noso. Todavía no estaba muerto, sólo silencioso.

—Una palabra —susurró ella—. Una palabra tuya.

Los labios de Ender se movieron.

Plikt tendría que haber llamado a los demás de inmediato. Novinha, que estaba agotada de llorar, se encontraba en la puerta de la habitación. Y Valentine, su hermana; Ela, Olhado, Grego, Quara, cuatro de sus hijos
adoptivos; y muchos otros, entrando y saliendo del reci-
bidor, queriendo una mirada suya, una palabra, tocarle la
mano. Si pudieran enviar la noticia a otros mundos,
¡cómo lloraría la gente que recordaba sus alocuciones a
lo largo de tres mil años de viajes de mundo en mundo!
Si pudieran proclamar su verdadera identidad, el Portavoz de los Muertos, autor de aquellos dos (no, tres) grandes libros y, al mismo tiempo, Ender Wiggin *el Xenocida*,
ambos en la misma frágil carne... oh, qué ondas expan-
sivas se extenderían por el universo humano.

Se extenderían, se ampliarían, se desvanecerían. Como
todas las ondas. Como todos los cataclismos. Una nota en
los libros de historia. Unas cuantas biografías revisionistas
una generación más tarde. Entradas en las enciclopedias.
Notas al final de las traducciones de sus libros. Ésa es la
quietud en la que caen todas las grandes vidas.

Los labios de Ender se movieron.

—Peter —susurró.

Volvió a guardar silencio.

¿Qué presagiaba esto? Todavía respiraba, los instrumentos no cambiaron, su corazón seguía latiendo. Pero
llamó a Peter. ¿Significaba que ansiaba vivir la vida de su
hijo de la mente, el joven Peter? ¿O en su delirio le hablaba a su hermano el Hegemón? O a su hermano de
niño. Peter, espérame. Peter, ¿lo hice bien? Peter, no me

lastimes. Peter, te odio. Peter, por una de tus sonrisas yo moriría o sería capaz de matar. ¿Cuál era su mensaje? ¿Qué debería decir Plikt sobre esta palabra?

Se apartó de la cama y se acercó a la puerta, la abrió.

—Lo siento —dijo en voz baja hacia una habitación llena de personas que rara vez la habían oído hablar, o no lo habían hecho nunca—. Ha hablado antes de que pudiera llamar a nadie. Pero tal vez vuelva a hacerlo.

—¿Qué ha dicho? —preguntó Novinha, poniéndose en pie.

—Un nombre nada más: «Peter.»

—¡Llama a la abominación que trajo del espacio, y no a mí! —exclamó Novinha. Pero eran las drogas que le habían suministrado los médicos las que hablaban, las que lloraban.

—Creo que llama a nuestro hermano muerto —dijo la Vieja Valentine—. Novinha, ¿quieres entrar?

—¿Por qué? No me ha llamado a mí, le llama a él.

—No está consciente —dijo Plikt.

—¿Ves, Madre? —intervino Ela—. No está llamando a nadie, sólo habla en sueños. Pero eso ya es algo, ¿no es un buen signo?

Con todo, Novinha se negó a entrar en la habitación. Así que fueron Valentine y Plikt y cuatro de los hijos adoptivos de Ender quienes se encontraban alrededor de su cama cuando abrió los ojos.

—Novinha —dijo.

—Está fuera, llorando —informó Valentine—. Drogada hasta las cejas, me temo.

—Muy bien —dijo Ender—. ¿Qué ha pasado? Supongo que estoy enfermo.

—Más o menos —contestó Ela—. «Desatento» es la descripción más exacta de la causa de tu estado, por lo que sabemos.

—¿Quieres decir que he tenido algún tipo de accidente?

—Quiero decir que al parecer prestas demasiada atención a lo que sucede en un par de planetas y que por eso tu cuerpo está al borde de la autodestrucción. Lo que veo por el microscopio son células que tratan torpemente de tapar las grietas de sus muros. Te estás muriendo a trocitos, todo tu cuerpo lo hace.

—Lamento causar tantos problemas —dijo Ender.

Por un momento pensaron que era el principio de una conversación, el inicio del proceso de curación. Pero tras haber dicho esto, Ender cerró los ojos y se quedó dormido otra vez. Los instrumentos siguieron igual que antes.

Oh, maravilloso, pensó Plikt. Le suplico una palabra, me la da, y ahora sé menos que antes. Nos pasamos sus pocos momentos de consciencia diciéndole lo que pasa en vez de preguntarle las cosas que tal vez nunca tengamos oportunidad de preguntarle ya. ¿Por qué todos nos volvemos más estúpidos cuando nos reunimos cerca de la muerte?

Pero continuó allí, observando, esperando mientras los demás, en grupos de uno o dos, dejaban la habitación. Valentine fue la última. Le tocó el brazo.

—Plikt, no puedes quedarte aquí eternamente.

—Puedo quedarme tanto como él —dijo.

Valentine la miró a los ojos y algo debió de ver en ellos porque desistió de intentar persuadirla. Se marchó, y Plikt se quedó otra vez sola con el cuerpo del hombre cuya vida era el centro de la suya propia.

Miro no sabía si alegrarse o asustarse del cambio operado en la Joven Val desde que se enteraron del auténtico propósito de su búsqueda de nuevos mundos.

Mientras que antes era silenciosa, incluso tímida, ahora apenas podía evitar interrumpir a Miro en cuanto éste abría la boca. En el momento en que parecía que comprendía lo que iba a decir, empezaba a responder... y cuando él señalaba que en realidad iba a decir otra cosa, ella respondía también casi antes de que pudiera terminar su explicación. Miro sabía que probablemente estaba más que sensible: había pasado mucho tiempo con su capacidad de habla lastrada y casi todo el mundo le interrumpía; por eso era tan quisquilloso en este aspecto. Y no es que creyera que ella lo hacía por malicia. Val estaba simplemente más allá. Lo estaba durante cada momento que pasaba despierta... y apenas dormía, al menos Miro nunca la veía hacerlo. Tampoco estaba dispuesta a ir a casa entre planetas.

—Tenemos poco tiempo —decía—. Podrían dar la señal para desconectar las redes ansible en cualquier momento. No tenemos tiempo que perder con descansos innecesarios.

Miro quiso responder: Define «innecesario». Desde luego, necesitaba más descanso del que tenía, pero cuando se lo comentó, ella simplemente lo ignoró y dijo:

—Duerme si quieres, yo continuaré.

Así que él dio una cabezada y al despertar descubrió que Jane y ella habían eliminado ya otros tres planetas. Dos de ellos, sin embargo, mostraban las cicatrices de traumas parecidos a la descolada sufridos en los últimos mil años.

—Nos acercamos —dijo Val, y se lanzó a contarle los interesantes hechos hasta que se interrumpió (era democrática en esto, y se interrumpía a sí misma tan fácilmente como lo interrumpía a él) para analizar los datos de un nuevo planeta.

Al cabo de sólo un día, Miro había dejado prácticamente de hablar. Val estaba tan concentrada en su trabajo que no hablaba de otra cosa, y Miro tenía poco que decir del tema; le bastaba con pedir periódicamente información a Jane, que se la daba al oído, para no tener que usar los ordenadores de la nave. Sin embargo, su silencio le dejaba tiempo para pensar. Esto era lo que le pedí a Ender, advirtió. Pero Ender no puede hacerlo conscientemente. Su aiúa responde a las necesidades y deseos más profundos de Ender, no a sus decisiones conscientes. Por eso no es capaz de prestar atención a Val; pero el trabajo de ella puede llegar a ser tan excitante que Ender no soporte concentrarse en nada más.

¿Cuánto de todo esto comprendió Jane por anticipado?, se preguntó Miro.

Y como no podía discutirlo con Val, subvocalizó sus preguntas para que Jane las oyera.

—¿Nos revelaste el objetivo de nuestra misión para que Ender prestara atención a Val? ¿O la retuviste hasta ahora para que no lo hiciera?

—No hago esa clase de planes —le dijo Jane al oído—. Tengo otras cosas en mente.

—Pero es bueno para ti, ¿no? El cuerpo de Val ya no corre peligro de desmoronarse.

—No seas estúpido, Miro. No le gustas a nadie cuando te comportas así.

—No le gusto a nadie de todas formas —dijo él, en silencio pero alegremente—. No podrías esconderte en su cuerpo si fuera un puñado de polvo.

—Tampoco puedo entrar en él si Ender está allí, totalmente concentrado en lo que hace.

—¿Está totalmente concentrado?

—Eso parece —dijo Jane—. Su propio cuerpo se deteriora. Y más rápidamente que el de Val.

Miro tardó un instante en comprenderlo.

—¿Quieres decir que se está muriendo?

—Quiero decir que Val está muy viva.

—¿Ya no amas a Ender? —preguntó Miro—. ¿No te importa?

—Si Ender no se preocupa por su propia vida, ¿por qué debería hacerlo yo? Los dos hacemos cuanto podemos para enderezar una situación muy complicada. Me está matando, lo está matando a él. Casi te mató a ti, y si fracasamos un montón de gente morirá también.

—Eres fría.

—Sólo un puñado de blips entre las estrellas, eso es lo que soy —dijo Jane.

—*Merda de bode* —dijo Miro—. ¿De qué humor estás?

—No tengo sentimientos. Soy un programa de ordenador.

—Todos sabemos que tienes un aiúa propio. Un alma igual que la de cualquier otra persona, si quieres llamarlo así.

—La gente con alma no puede ser desconectada si se desenchufan unas cuantas máquinas.

—Vamos, tendrán que desconectar miles de millones de ordenadores y millares de ansibles a la vez para acabar contigo. Es bastante impresionante. Una bala podría acabar conmigo. Y una verja eléctrica casi me borró del mapa.

—Supongo que quería morir con una especie de sonido de salpicadura, de olor a comida o algo así —dijo Jane—. Si tuviera un corazón… Seguramente no conoces esa canción.

—Crecimos con vídeos clásicos —respondió Miro—. Eso dejó fuera de casa un montón de otras cosas desagradables. Tienes el cerebro y los nervios. Creo que tienes también corazón.

—Lo que no tengo son las zapatillas de rubí. Sé que no hay mejor sitio que el hogar, pero no puedo llegar allí.

—¿Porque Ender está utilizando el cuerpo de ella tan intensamente?

—No estoy tan obsesionada por usar el cuerpo de Val como tú crees —dijo Jane—. El de Peter servirá igual. Incluso el de Ender, mientras no lo emplee. No soy una hembra. Simplemente, elegí esa identidad para acercarme a Ender. Tenía problemas para relacionarse bien con los hombres. El dilema al que me enfrento es que, aunque Ender abandone uno de esos cuerpos para que yo lo use, no sé cómo llegar allí. No sé dónde está mi aiúa, como tú tampoco sabes dónde está el tuyo. ¿Puedes poner el tuyo donde quieres? ¿Dónde está ahora?

—Pero la Reina Colmena intenta encontrarte. Puede hacerlo... su gente te creó.

—Sí, ella y sus hijas y los padres-árbol están construyendo una especie de red; pero nunca se ha hecho antes... capturar a alguien vivo y conducirlo a un cuerpo que ya está poseído por el aiúa de otra persona. No va a funcionar, voy a morir; pero que me aspen si voy a dejar a esos bastardos que crearon el virus de la descolada salirse con la suya después de que esté muerta y logren extinguir a todas las otras especies inteligentes que he conocido. Los humanos me darán pasaporte, sí, pensando que sólo soy un programa de ordenador enloquecido, pero eso no significa que quiera que otro acabe con la humanidad, o con las reinas colmena, o con los pequeninos. Si vamos a detenerlos, tenemos que hacerlo antes de que yo muera. O al menos tengo que llevaros allí a Val y a ti para que podáis hacer algo sin mí.

—Si estamos allí cuando mueras, nunca regresaremos a casa.

—Mala suerte, ¿eh?

—Así que estamos metidos en una misión suicida.

—La vida es una misión suicida, Miro. Compruébalo: curso de filosofía básica. Te pasas la vida gastando combustible y cuando finalmente te quedas sin, la palmas.

—Ahora hablas como mi madre.

—Oh, no —dijo Jane—. Me lo estoy tomando con buen humor. Tu madre siempre creyó que su destino era trágico.

Miro estaba preparando una respuesta cuando la voz de Val interrumpió su coloquio con Jane.

—¡Odio que hagas eso! —exclamó.

—¿Hacer qué? —dijo Miro, preguntándose qué estaba diciendo ella antes de aquel estallido.

—Pasar de mí y hablar con ella.

—¿Con Jane? Siempre hablo con Jane.

—Pero antes solías escucharme.

—Bueno, Val, tú también solías escucharme a mí, aunque todo eso ha cambiado al parecer.

Val se levantó de su asiento y se abalanzó sobre él como una fiera.

—¿Es eso? La mujer que amabas era la silenciosa, la tímida, la que siempre te dejaba dominar cada conversación. Ahora que soy activa, que considero que soy yo misma, bueno, ésa no es la mujer que querías, ¿no?

—No se trata de preferir a mujeres silenciosas o...

—No, no podríamos admitir algo tan retrógrado, ¿verdad? No, tenemos que proclamar que somos perfectamente virtuosos y...

Miro se puso en pie (no fue fácil, pues ella estaba muy cerca de su asiento), y le gritó en la cara:

—¡Se trata de poder terminar una frase de vez en cuando!

—¿Y cuántas de mis frases has...?

—Eso, dale la vuelta...

—Querías que me quitaran la vida para meter dentro de mí a otra...

—¿Oh, se trata de eso? Bueno, estáte tranquila, Val. Jane dice...

—¡Jane dice, Jane dice! Tú dijiste que me amabas, pero ninguna mujer puede competir con una zorra que siempre está en tu oído, colgando de cada palabra que dices y...

—¡Tú sí que pareces mi madre! —gritó Miro—. *Nossa Senhora*, no sé por qué la siguió Ender al monasterio, si siempre se le estaba quejando de cuánto más amaba a Jane que a ella...

—¡Bueno, al menos él intentó amar a una mujer que es más que una agenda enorme!

Permanecieron allí, cara a cara... o casi. Miro era un poquito más alto, pero tenía las rodillas dobladas porque la proximidad de ella le impedía levantarse del todo. Al notar su aliento en la cara, el calor de su cuerpo a sólo unos centímetros de distancia, pensó: «Éste es el momento en que...»

Y lo dijo en voz alta antes de haber terminado de formar el pensamiento.

—Éste es el momento en todos los vídeos en que los dos que se están gritando se miran de pronto a los ojos y se abrazan y se ríen y luego se besan.

—Sí, bueno, eso pasa en los vídeos —dijo Val—. Si me pones una mano encima, te hundiré los testículos tan profundamente en el abdomen que hará falta un cirujano para sacarlos.

Se dio la vuelta y regresó a su asiento. Miro se sentó en el suyo y dijo, en voz alta pero lo suficientemente bajo para que Val supiera que no hablaba con ella:

—Bien, Jane, ¿dónde estábamos antes de que llegara el tornado?

Jane respondió muy despacio; Miro reconoció ese modo de responder: era costumbre de Ender hacerlo así cuando pretendía ser irónico y sutil.

—Ahora ya ves que tendría problemas para utilizar su cuerpo.

—Bueno, sí, yo también los tengo —dijo Miro en silencio, pero se rió en voz alta, con una risita que sabía que enfurecería a Val. Y por la forma en que ella se envaró pero no respondió, supo que funcionaba.

—No necesito que os peleéis —dijo Jane con suavidad—. Necesito que trabajéis juntos. Porque puede que tengáis que resolver esto si mí.

—Por lo que yo sé, Val y tú lo habéis estado resolviendo sin mí.

—Val ha estado trabajando porque está tan llena de... lo que quiera que sea ahora.

—De Ender, de eso está llena —dijo Miro.

Val se giró en su asiento y le miró.

—¿No te hace dudar de tu identidad sexual, por no hablar de tu cordura, que las dos mujeres que amas sean, respectivamente, un ser virtual que sólo existe en las conexiones ansible entre ordenadores y una mujer cuya alma es en realidad la del hombre que es el marido de tu madre?

—Ender se está muriendo —dijo Miro—. ¿O ya lo sabías?

—Jane mencionó que parecía desatento.

—Muriendo —repitió Miro.

—Creo que habla muy claramente de la naturaleza de los hombres el hecho de que Ender y tú digáis amar a una mujer de carne y hueso pero que en realidad no podáis prestar a esa mujer ni siquiera una fracción apreciable de vuestra atención.

—Sí, bueno, tú tienes toda mi atención, Val —dijo

Miro—. Y en cuanto a Ender, si no le está prestando atención a mi madre es porque te la está prestando a ti.

—A mi trabajo, querrás decir. A la tarea que nos ocupa. No a mí.

—Bueno, es a lo único a lo que tú prestas atención, excepto cuando haces una pausa para ponerme verde porque estoy hablando con Jane y no te escucho.

—Eso es —dijo Val—. ¿Crees que no veo lo que ha estado pasando conmigo este último día? De repente no puedo dejar de hacer cosas, tan concentrada estoy que no puedo dormir, yo... Ender ha sido al parecer mi verdadero yo todo el tiempo, pero me dejó en paz hasta ahora y eso estuvo bien porque lo que hace en este momento es aterrador. ¿No ves que estoy asustada? Es demasiado. Es más de lo que puedo soportar. No puedo contener tanta energía dentro de mí.

—Entonces habla del tema en vez de gritarme —dijo Miro.

—Pero si tú no me escuchabas. Yo lo intentaba y tú seguías subvocalizando con Jane y dejándome aparte.

—Porque estaba harto de escuchar interminables listas de datos y análisis que podía encontrar fácilmente en un sumario del ordenador. ¿Cómo iba a saber que harías una pausa en tu monólogo y empezarías a hablar de algo humano?

—Todo es colosal ahora mismo y no tengo ninguna experiencia. Por si se te ha olvidado, llevo viva muy poco tiempo. No conozco las cosas. Hay mucho que no sé. No sé por qué me preocupo tanto por ti, por ejemplo. Tú eres el que intenta sustituirme como inquilina de este cuerpo. Tú eres el que me desconecta o me manda; pero no quiero eso, Miro. Ahora mismo necesito un amigo de verdad.

—Y yo también —dijo Miro.

—Pero no sé cómo conseguirlo.

—Yo, por otro lado, sé perfectamente bien cómo hacerlo —dijo Miro—. Pero la otra vez que me sucedió, me enamoré de la mujer y resultó ser mi hermanastra; su padre era el amante de mi madre, y el hombre que yo creía mi padre resultó que era estéril porque se moría de alguna enfermedad interna. Así que entenderás que dude.

—Valentine fue tu amiga. Lo sigue siendo.

—Sí —dijo Miro—. Sí, lo olvidaba. He tenido dos amistades.

—Y Ender.

—Tres. Y con mi hermana Ela hacen cuatro. Y Humano fue mi amigo, así que son cinco.

—¿Ves? Creo que eso te cualifica para que me enseñes a tener un amigo.

—Para hacer amigos —dijo Miro, imitando la entonación de su madre—, tienes que serlo.

—Miro, estoy asustada.

—¿De qué?

—De ese mundo que estamos buscando, de lo que encontraremos allí. O de lo que me sucederá si Ender muere. O si Jane se apodera de mí como… mi luz interna, mi titiritero. O de lo que sentiré si ya no me quieres.

—¿Y si te prometo que te querré no importa lo que pase?

—No puedes hacer una promesa así.

—Muy bien, si despierto y descubro que me estás estrangulando o algo parecido, dejaré de quererte.

—¿Y si te ahogo?

—No, no puedo abrir los ojos bajo el agua, así que nunca sabré que fuiste tú.

Los dos se echaron a reír.

—En los vídeos —dijo Val—, éste es el momento en que el héroe y la heroína se ríen y se abrazan.

La voz de Jane los interrumpió desde los terminales del ordenador.

—Lamento interrumpir un momento tan tierno, pero tenemos un nuevo mundo y hay mensajes electromagnéticos entre la superficie del planeta y objetos artificiales en órbita.

De inmediato, los dos se volvieron hacia los terminales y observaron los datos que Jane les estaba enviando.

—No hace falta un análisis profundo —dijo Val—. Éste rebosa de tecnología. Si no es el planeta de la descolada, apuesto a que saben dónde está.

—Lo que me preocupa es que nos hayan detectado y lo que harán con nosotros. Si tienen tecnología para poner objetos en órbita, pueden tenerla para efectuar disparos.

—Estoy atenta a la llegada de cualquier objeto —dijo Jane.

—Veamos —comentó Val— si alguna de esas ondas-EM transmite algo que se parezca a un lenguaje.

—Corrientes de datos —dijo Jane—. Las estoy analizando en busca de pautas binarias. Pero ya sabéis que descodificar lenguajes informáticos requiere tres o cuatro niveles en vez de los dos normales, y eso no es fácil.

—Pensaba que el binario era más sencillo que los lenguajes orales —dijo Miro.

—Lo es, cuando se trata de programas y datos numéricos. Pero ¿y si son imágenes digitalizadas? ¿Cuánto tarda una línea si es una muestra codificada? ¿Cuánto de una transmisión es material de fondo? ¿Y si está doblemente codificada para evitar ser interceptada? No tengo ni idea de qué tipo de máquina produce el código, ni de cuál lo recibe. Al invertir la mayor parte de mi capacidad de trabajo en el problema lo estoy pasando muy mal; pero esto...

Un diagrama apareció en la primera página de la pantalla.

—... creo que es la representación de una molécula genética.

—¿Una molécula genética?

—Similar a la descolada —dijo Jane—. Es decir, similar en la medida en que es distinta de las moléculas genéticas de la tierra y de Lusitania. ¿Creéis que es una descodificación plausible?

Una masa de dígitos binarios destelló en el aire sobre sus ordenadores.

En un momento se convirtió en una cifra hexadecimal y luego en una imagen codificada que parecía más una interferencia de la estática que algo coherente.

—No se escanea bien así. Pero como conjunto de instrucciones vectoriales me da sin excepción este resultado cada vez.

Y ahora aparecieron en la pantalla imagen tras imagen de moléculas genéticas.

—¿Por qué iba a transmitir nadie información genética? —preguntó Val.

—Tal vez sea una especie de lenguaje —dijo Miro.

—¿Quién podría leer un lenguaje así?

—Tal vez el tipo de gente capaz de crear la descolada.

—¿Quieres decir que hablan manipulando genes?

—Tal vez huelan genes —dijo Miro—. Sólo que distinguen con increíble perfección las sutilezas y los matices de significado. Cuando empezaron a enviar gente al espacio tuvieron que comunicarse con ellos, así que enviaron imágenes a partir de las cuales reconstruyen el mensaje y, ejem, lo huelen.

—Ésa es la explicación más estúpida que he oído en mi vida —dijo Val.

—Bueno, como decías, no has vivido mucho. Hay un montón de explicaciones estúpidas en el mundo, y dudo que haya dado en el clavo con la mía.

—Probablemente están haciendo un experimento, enviando y recogiendo datos —dijo Val—. No todas las comunicaciones son diagramas, ¿no, Jane?

—No, no, lo siento si os ha dado esa impresión. Sólo he podido descodificar una pequeña parte de los flujos de datos de manera significativa. Y además está el material que me parece analógico en vez de digital, y que convierto en un sonido como éste.

Oyeron que los ordenadores emitían una serie de chirridos de estática.

—O si lo traduzco en destellos de luz, tiene este aspecto.

Entonces en los terminales bailaron luces intermitentes que cambiaban de color aparentemente al azar.

—¿Quién sabe cómo es un lenguaje alienígena o cómo suena? —dijo Jane.

—Ya veo que esto va a ser difícil —comentó Miro.

—Son hábiles con las matemáticas —repuso Jane—. Las matemáticas son fáciles de captar y veo algunas pistas que implican que trabajan a alto nivel.

—Una pregunta ociosa, Jane. Si no estuvieras con nosotros, ¿cuánto habríamos tardado en analizar los datos y conseguir los resultados que has obtenido hasta ahora? Si usáramos los ordenadores de la nave.

—Bueno, si tuvierais que programarlos para cada…

—No, no, suponiendo que tuvieran el software adecuado —dijo Miro.

—Algo así como siete generaciones humanas.

—¿Siete generaciones?

—Naturalmente, nunca se intentaría con dos personas sin formación y dos ordenadores sin programas válidos —dijo Jane—. Habría que poner a cientos de personas en el proyecto y entonces sólo tardaríais unos cuantos años.

—¿Y esperas que continuemos este trabajo cuando te desconecten?

—Espero terminar con el problema de traducción antes de palmarla. Así que cierra el pico y déjame concentrarme un momento.

Grace Drinker estaba demasiado ocupada para ver a Wang-mu y Peter. Bueno, en realidad sí los vio, mientras pasaba de una habitación a otra de su casa de troncos y palmas. Ni siquiera saludó con la mano. Pero su hijo siguió explicando que estaba ausente en aquel momento y que si querían esperar, volvería más tarde; y mientras esperaban, ¿por qué no cenar con la familia? Resultaba difícil molestarse cuando la mentira era tan obvia y la hospitalidad tan generosa.

La cena los ayudó a comprender por qué los samoanos eran tan corpulentos: de serlo menos habrían explotado después de almorzar y no habrían sobrevivido a la cena. La fruta, el pescado, el taro, las patatas dulces, el pescado otra vez, más fruta... Peter y Wang-mu pensaban que en el hotel les daban bien de comer, pero ahora comprendían que el chef de aquel lugar era de segunda fila en comparación con el de la casa de Grace Drinker.

Tenía un marido, un hombre de apetito y buen humor sorprendentes que se reía siempre que no masticaba o hablaba, y a veces incluso entonces. Al parecer, le hacía mucha gracia lo que significaban los nombres de aquellos dos visitantes *papalagi*.

—El nombre de mi esposa significa en realidad «Protectora de los borrachos».

—No —dijo su hijo—. Significa «La que pone las cosas en el orden apropiado».

—¡Para beber! —gritó el padre.

—El último nombre no tiene nada que ver con el primero. —El hijo empezaba a molestarse—. No todo tiene un significado profundo.

—Los niños se molestan muy fácilmente —dijo el padre—. Me avergüenza. Hay que ponerle buena cara a todo. El verdadero nombre de la isla sagrada es 'Ata Atua, que significa «¡Ríe, Dios!».

—Entonces se pronunciaría 'Atatua en vez de Atatua —volvió a corregir el hijo—. «Sombra del Dios», eso es lo que significa de verdad el nombre, si es que significa algo más que isla sagrada.

—Mi hijo es muy literal —dijo el padre—. Se lo toma todo muy en serio. No puede oír un chiste cuando Dios se lo grita al oído.

—Eres tú quien siempre me grita chistes al oído, padre —respondió el hijo con una sonrisa—. ¿Cómo podría escuchar los chistes de Dios?

Fue la única vez en que el padre no se rió.

—Mi hijo no tiene oído para el humor. Se ha tomado eso como un chiste.

Wang-mu miró a Peter, quien sonreía todo el rato como si comprendiera la gracia de aquella gente. Se preguntó si había advertido que, aparte de explicar su relación con Grace Drinker, ninguno de los dos se había presentado. ¿No tenían nombre?

No importaba, la comida era buena, y aunque no entendiera el humor samoano, su risa y su buen humor eran tan contagiosos que resultaba imposible no sentirse feliz y cómodo en su compañía.

—¿Crees que tenemos suficiente? —preguntó el padre cuando su hija trajo el último pescado, una enorme criatura marina de carne sonrosada cubierta de algo que resplandecía. El primer pensamiento de Wang-mu fue que se trataba de azúcar *glacé*, pero ¿quién le pondría eso al pescado?

De inmediato, sus hijos le respondieron como si fuera un ritual en la familia:

—¡Ua Lava!

¿El nombre de la filosofía o sólo «ya basta» en argot samoano? ¿O ambas cosas a la vez?

Sólo cuando el último pescado estuvo en las últimas apareció Grace Drinker, sin dar ninguna excusa por no haberles hablado cuando pasó ante ellos hacía más de dos horas. Una brisa marina refrescaba la habitación de paredes abiertas, y en el exterior caía una ligera lluvia intermitente mientras el sol continuaba tratando sin éxito de hundirse en el mar para descansar. Grace se sentó ante la mesita baja, directamente entre Peter y Wang-mu, quienes pensaban que estaban sentados uno junto a la otra sin sitio para nadie más, sobre todo para una persona tan gruesa como Grace. Pero de algún modo hubo espacio, si no cuando empezó a sentarse sí cuando terminó el proceso, y cuando acabó de saludar, se las apañó para hacer lo que la familia no había hecho: acabar con el último pescado y chuparse los dedos y reírse tan escandalosamente como su marido con todos los chistes que contaba.

Luego, de repente, Grace se inclinó hacia Wang-mu y dijo muy seria:

—Muy bien, muchacha china, ¿cuál es el truco?

—¿Truco? —preguntó Wang-mu.

—¿Quieres decir que he de arrancarle la confesión al muchacho blanco? Ya sabes que entrenan a esos chicos para mentir. Si eres blanco no te dejan crecer si no has dominado el arte de fingir decir una cosa mientras pretendes hacer otra.

Peter se quedó de piedra.

De repente, toda la familia soltó una carcajada.

—¡Vaya hospitalidad! —gritó el marido de Grace—. ¿Habéis visto sus caras? ¡Creen que habla en serio!

—Pero si hablo en serio —dijo Grace—. Los dos pretendéis mentirme. ¿Llegasteis en una nave ayer? ¿De Moskva? —De repente empezó a hablar en un ruso muy convincente, quizás el dialecto de Moskva.

Wang-mu no tenía ni idea de cómo responder, pero no tuvo que hacerlo. Peter llevaba a Jane en la oreja y le contestó inmediatamente.

—Espero aprender samoano mientras estoy destinado aquí, en Pacífica. No lo conseguiré hablando ruso, por mucho que intente hacerme picar con crueles referencias a las tendencias amorosas y la falta de pulcritud de mis paisanos.

Grace se rió.

—¿Ves, muchacha china? Mentira mentira mentira. Y qué bien lo hace. Claro que tiene esa joya en la oreja para ayudarle. Decidme la verdad. Ninguno de los dos habla una palabra de ruso.

Peter estaba sombrío y parecía vagamente enfermo. Wang-mu lo sacó de su tristeza... aunque a riesgo de enfurecerlo.

—Claro que es mentira —dijo—. La verdad es simplemente demasiado increíble.

—Pero en la verdad es en lo único que merece la pena creer, ¿no? —preguntó el hijo de Grace.

—Si la sabes —dijo Wang-mu—. Pero si no te la crees, alguien tendrá que ayudarte con mentiras plausibles, ¿no te parece?

—Puedo inventar las mías propias —dijo Grace—. Anteayer un muchacho blanco y una muchacha china visitaron a mi amigo Aimaina Hikari en un mundo situado al menos a veinte años-luz de distancia. Le dijeron cosas que perturbaron todo su equilibrio, de modo que apenas puede funcionar. Hoy, un muchacho blanco y una muchacha china, contando mentiras diferentes, por supuesto, pero mintiendo de todas formas, vienen aquí para conseguir mi ayuda o mi permiso o mi consejo para ver a Malu...

—Malu significa «estar tranquilo» —añadió alegre el marido.

—¿Sigues despierto? —preguntó Grace—. ¿No tenías hambre? ¿No has comido?

—Estoy completamente fascinado —respondió él—. ¡Continúa, descúbrelos!

—Quiero saber quiénes sois y cómo habéis llegado aquí.

—Eso sería muy difícil de explicar —dijo Peter.

—Tenemos minutos y más minutos. Millones de ellos, en realidad. Vosotros sois los que al parecer tenéis prisa. Tanta prisa que saltáis de una estrella a otra de la mañana a la noche. Eso fuerza la credulidad, desde luego, ya que se supone que la velocidad de la luz es una barrera insuperable; pero claro, no creer que sois las mismas personas que vio mi amigo en el planeta Viento Divino también fuerza la credulidad, así que aquí estamos. Suponiendo que de verdad podáis viajar más rápido que la luz, ¿qué nos dice eso de vuestra procedencia? Aimaina da por hecho que os enviaron los dioses, más concretamente sus antepasados, y puede que tenga razón, está en la naturaleza de los dioses ser impredecibles y hacer de repente cosas que nunca habían hecho. Pero yo pienso que las explicaciones racionales encajan siempre mejor, sobre todo en los estudios que espero publicar; y la explicación racional es que procedéis de un mundo real, no de una tierra celestial de nunca-jamás. Y ya que podéis saltar de un mundo a otro en un momento o en un día, podríais venir de cualquier parte. Pero mi familia y yo pensamos que procedéis de Lusitania.

—Bueno, yo no —dijo Wang-mu.

—Y yo soy originario de la Tierra —dijo Peter—. Si es que soy de alguna parte.

—Aimaina piensa que venís del Exterior —dijo Grace, y por un momento Wang-mu creyó que la mujer había adivinado cómo cobró existencia Peter. Pero luego comprendió que esas palabras tenían un significado teológico, no literal—. La tierra de los dioses. Pero Malu dijo que nunca os ha visto allí, o que si lo hizo no supo que erais vosotros. Así que eso me deja donde comenzamos. Mentís con respecto a todo, así que ¿de qué sirve que yo os haga preguntas?

—Yo he dicho la verdad —dijo Wang-mu—. Soy de Sendero. Y los orígenes de Peter, si pueden remontarse a algún planeta, están en la Tierra. Pero el vehículo en el que vinimos… ése sí se fabricó en Lusitania.

Peter se puso lívido. Ella supo lo que estaba pensando. ¿Por qué no ponernos ya la soga al cuello y dejarnos caer? Pero Wang-mu tenía que guiarse por su propio juicio, y no creía que Grace Drinker o su familia representaran para ellos ningún peligro. En realidad, de haber querido entregarlos a las autoridades, ¿no lo habrían hecho ya? Grace miró a Wang-mu a los ojos y no dijo nada durante un buen rato.

—Bueno el pescado, ¿verdad?

—Me preguntaba de qué era la cobertura. ¿Lleva azúcar?

—Miel y un par de hierbas y grasa de cerdo. Espero que no seas una rara combinación de china y judía o musulmana, porque me sabría muy mal que ahora tuvieras que pasar por el ritual de la purificación. ¡Hay que tomarse tantas molestias para purificarse!, o eso me han dicho. Desde luego, es así en nuestra cultura.

Peter, aliviado al ver la falta de preocupación de Grace por su milagrosa astronave, trató de volver al tema.

—¿Entonces nos dejará ver a Malu?

—Malu decide quién lo ve, y dice que sois vosotros quienes decidiréis; pero es que le gusta hacerse el enigmático.

—Gnómico —dijo Wang-mu. Peter dio un respingo.

—No, no en el sentido de ser oscuro. Malu pretende ser perfectamente claro y para él las cosas espirituales no son místicas, sólo son una parte más de la vida. Yo nunca he caminado con los muertos ni oído a los héroes cantar sus propias canciones ni he tenido una visión de la creación, pero sin duda Malu sí.

—Creía que era usted una erudita —dijo Peter.

—Si quieres hablar con la erudita Grace Drinker, lee mis estudios y sigue un curso. Creía que queríais hablar conmigo.

—Y queremos —dijo Wang-mu rápidamente—. Peter tiene prisa. Nos atosigan varios plazos a punto de vencer.

—La Flota Lusitania, imagino, es uno de ellos. Pero hay algo más urgente. La desconexión informática que se ha ordenado.

Peter se agitó.

—¿Han dado ya la orden?

—Oh, la dieron hace semanas —dijo Grace, desconcertada. Luego lo comprendió—: Oh, pobrecito, no me refiero a la orden de actuación inmediata. Me refiero a la orden para que nos preparemos. Sin duda la conocéis.

Peter asintió y se relajó, sombrío otra vez.

—Pensaba que queríais hablar con Malu antes de que se interrumpan las conexiones ansibles. Pero ¿qué os importa eso? —dijo ella, pensando en voz alta—. Después de todo, si sois capaces de viajar más rápido que la luz, podéis simplemente ir y entregar vuestro mensaje personalmente. A menos que...

Su hijo formuló una sugerencia:

—Tienen que entregar su mensaje a un montón de mundos distintos.

—¡O a un montón de dioses distintos! —exclamó el padre, y luego se echó a reír estentóreamente por algo que a Wang-mu le parecía un chiste muy endeble.

—O... —dijo la hija, que ahora estaba tumbada junto a la mesa, y eructaba de vez en cuando mientras hacía la digestión de la opípara cena—, o necesitan las conexiones ansible para hacer su truquito de viajar rápido.

—O... —dijo Grace, mirando a Peter, el cual instintivamente se había llevado la mano a la joya de la oreja—, estás conectado al mismo virus que hemos de eliminar al desconectar todos los ordenadores, y eso tiene que ver con vuestro viaje más rápido que la luz.

—No es un virus —respondió Wang-mu—. Es una persona. Una entidad viva. Y van ustedes a ayudar al Congreso a matarla, aunque es la única de su especie y nunca ha hecho daño a nadie.

—Les pone nerviosos que algo... o, si lo prefieres, alguien, haga desaparecer su flota.

—Todavía sigue allí —dijo Wang-mu.

—No discutamos. Digamos que ahora que os veo dispuestos a decir la verdad, quizá merezca la pena que Malu se tome la molestia de permitir que la oigáis.

—¿Él está en posesión de la verdad? —preguntó Peter.

—No, pero sabe dónde se guarda y puede atisbarla de vez en cuando y decirnos lo que ve. Pienso que ya es bastante bueno.

—¿Y podremos verlo?

—Tendríais que pasar una semana purificándoos antes de poner el pie en Atatua...

—¡Los pies impuros hacen cosquillas a los dioses! —exclamó el marido con una carcajada estentórea—. ¡Por eso la llaman la Isla del Dios Risueño!

Peter se agitó, incómodo.

—¿No te gustan los chistes de mi marido? —preguntó Grace.

—No, creo... quiero decir que no... no los entiendo, eso es todo.

—Bueno, eso es porque no son muy graciosos —dijo Grace—. Pero mi marido está firmemente decidido a seguir riéndose de todo esto para no tener que enfadarse con vosotros y mataros con las manos desnudas.

Wang-mu se quedó boquiabierta, pues supo de inmediato que aquello era cierto. Inconscientemente, había captado desde el principio la furia que ocultaba la risa del hombretón; y cuando miró sus enormes manos callosas, se dio cuenta de que era indudablemente capaz de hacerla pedazos sin sudar siquiera.

—¿Por qué nos amenaza con la muerte? —preguntó Peter, más beligerante de lo que Wang-mu deseaba.

—¡Todo lo contrario! —respondió Grace—. Os digo que mi marido está decidido a no dejar que su furia por vuestra audacia y vuestra conducta blasfema lo domine. Pretender visitar Atatua sin antes tomarse siquiera la molestia de saber lo que para nosotros supondría dejaros poner el pie allí, sucios y sin ser invitados... Eso nos avergonzaría y nos ensuciaría como pueblo durante un centenar de generaciones. Creo que ya es bastante que no haya lanzado un juramento de sangre contra vosotros.

—No lo sabíamos —dijo Wang-mu.

—Él lo sabía —respondió Grace—. Porque tiene el oído que todo lo oye.

Peter se ruborizó.

—Oigo lo que ella me dice, pero no puedo elegir lo que decide no decirme.

—Así que... os manipulan. Y Aimaina tiene razón: servís en efecto a un ser superior. ¿Voluntariamente? ¿O alguien os coacciona?

—Ésa es una pregunta estúpida, mamá —dijo la hija; eructó otra vez—. Si los están coaccionando, ¿cómo van a decírtelo?

—La gente puede decir cosas con lo que no dice —respondió Grace—, y lo sabrías si te pusieras derecha y miraras los elocuentes rostros de estos visitantes mentirosos de otros planetas.

—Ella no es un ser superior —dijo Wang-mu—. No como tú lo entiendes. No es un dios. Aunque tiene mucho control y sabe un montón de cosas. Pero no es omnipotente ni nada de eso, y no lo sabe todo, y a veces incluso se equivoca, y no estoy tampoco segura de que sea siempre buena; así que no podemos considerarla una deidad, porque no es perfecta.

Grace sacudió la cabeza.

—No hablaba de un dios platónico, de alguna etérea perfección que no puede ser comprendida sino sólo imaginada. Ni de un dios paradójico niceno cuya inexistencia contradice perpetuamente su existencia. Vuestro ser superior, esta joya-amiga que tu compañero lleva como un parásito (aunque ¿quién chupa vida de quién, eh?) podría ser una deidad en el sentido en que los samoanos usamos la palabra. Podríais ser sus héroes servidores. Podríais ser su encarnación, por lo que yo sé.

—Pero eres una erudita —dijo Wang-mu—. Como mi maestro Han Fei-tzu, que descubrió que lo que solíamos llamar dioses eran en realidad obsesiones inducidas genéticamente que interpretábamos de tal forma para mantener nuestra obediencia a...

—El que tus dioses no existan no significa que no lo hagan los míos —dijo Grace.

—¡Debe de haberse abierto camino a través de acres de dioses muertos sólo para llegar aquí! —exclamó el marido de Grace, riendo estentóreamente; pero ahora que Wang-mu sabía lo que significaba su risa, la carcajada la atemorizó.

Grace colocó un brazo pesado y grueso sobre su liviano hombro.

—No te preocupes —dijo—. Mi marido es un hombre civilizado y nunca ha matado a nadie.

—¡No por no haberlo intentado! —rió él—. ¡No, era un chiste!

Casi lloró de la risa.

—No podéis ir a ver a Malu porque tendríamos que purificaros y no creo que estéis dispuestos a hacer las promesas que tendríais que hacer... y sobre todo no creo que estéis dispuestos a hacerlas en serio. Y esas promesas deben ser cumplidas. Así que Malu va a venir aquí, en una barca de remos... sin motor, así que quiero que sepáis exactamente cuántas personas llevan sudando horas y horas sólo para que podáis charlar con él. Sólo quiero deciros una cosa: se os está concediendo un honor extraordinario; os insto a no mirarle con desprecio y a escucharle con atención académica o científica. He conocido a un montón de famosos, algunos incluso bastante listos, pero éste es el hombre más sabio que conoceréis jamás, y si os aburrís recordad esto: Malu no es tan estúpido como para pensar que se pueden sacar los hechos de contexto sin que pierdan su validez. Así que siempre dice las cosas en su contexto. Si eso significa que tenéis que escucharle contar la historia de la raza humana desde sus orígenes hasta la actualidad antes de que diga algo que os parezca significativo, bueno, os sugiero que cerréis la boca y escuchéis, porque la mayor parte de lo que dice es accidental e irrelevante y tendréis muchísima suerte si tenéis el suficiente cerebro para captarlo. ¿Lo he dejado claro?

Wang-mu deseó con todo su corazón no haber comido tanto. Se sentía mareada de temor, y si vomitaba, estaba segura de que tardaría media hora en vaciar por completo el estómago.

Peter simplemente asintió, tan tranquilo.

—No lo comprendíamos, Grace, aunque mi compañera leyó algunos de tus escritos. Pensábamos que veníamos a hablar con un filósofo, como Aimaina, o un erudito, como tú. Pero ahora veo que venimos a escuchar a un hombre de sabiduría cuya experiencia alcanza reinos que nunca hemos visto o soñado ver, y le escucharemos en silencio hasta que nos pida que le hagamos preguntas, y confiaremos que él sepa mejor que nosotros mismos lo que necesitamos oír.

Wang-mu reconocía una rendición completa cuando la veía, y le agradó ver que todos los sentados a la mesa asentían felizmente y que nadie se sentía obligado a hacer un chiste.

—También nos sentimos agradecidos de que el honorable haya sacrificado tanto, como han hecho muchos otros, para venir personalmente a vernos y bendecirnos con una sabiduría que no merecemos recibir.

Para horror de Wang-mu, Grace se rió en voz alta de ella, en vez de asentir respetuosamente.

—Te has pasado —murmuró Peter.

—Oh, no la critiques —dijo Grace—. Es china. De Sendero, ¿verdad? Y apuesto a que eras una criada.

¿Cómo ibas a aprender la diferencia entre respeto y servilismo? Los amos nunca se contentan con el mero respeto de sus siervos.

—Mi maestro sí —dijo Wang-mu, defendiendo a Han Fei-tzu.

—Igual que mi maestro —respondió Grace—. Como veréis cuando le conozcáis.

—El tiempo se acaba —dijo Jane.

Miro y Val, agotados, levantaron la vista de los documentos que examinaban en el ordenador, para ver en el aire el rostro virtual de Jane que los observaba.

—Hemos sido observadores pasivos mientras nos han dejado —dijo Jane—. Pero ahora hay tres naves en la atmósfera superior, dirigiéndose hacia nosotros. No creo que ninguna de ellas sea solamente un arma movida por control remoto, pero no estoy segura. Y al parecer nos trasmiten algo: el mismo mensaje una y otra vez.

—¿Qué mensaje?

—Es el material de la molécula genética. Puedo deciros la composición de las moléculas, pero no tengo ni idea de lo que significan.

—¿Cuándo nos alcanzarán sus interceptores?

—Dentro de tres minutos, más o menos. Trazan zigzags evasivos, ahora que han escapado del pozo de gravedad.

Miro asintió.

—Mi hermana Quara estaba convencida de que gran parte del virus de la descolada consistía en un lenguaje. Creo que ahora podemos decir de modo concluyente que tenía razón. Lleva un mensaje. Pero creo que se equivocaba en lo referido a la inteligencia del virus. Ahora creo que la descolada continúa recomponiendo aquellas secciones de sí misma que constituían un informe.

—Un informe —repitió Val—. Eso tiene sentido. Para decirle a sus hacedores lo que ha hecho del mundo que... sondeaba.

—Así que la cuestión es: ¿nos largamos sin más y les dejamos preguntarse por el milagro de nuestra súbita llegada y desaparición, o dejamos que Jane les transmita primero todo el texto del virus de la descolada?

—Peligroso —dijo Val—. El mensaje que contiene podría también decirle a esa gente todo lo que quieren saber sobre los genes humanos. Después de todo, somos una de las criaturas en las que trabajó la descolada, y su mensaje va a revelar todas nuestras estrategias para controlarla.

—Excepto la última —dijo Miro—. Porque Jane no enviará la descolada tal como existe ahora, completamente domada y controlada... eso sería invitarlos a revisarla para superar nuestras alteraciones.

—No les enviaremos ningún mensaje y no volveremos a Lusitania tampoco —dijo Jane—. No tenemos tiempo.

—No tenemos tiempo para no hacerlo —respondió Miro—. Por muy urgente que pienses que es esto, Jane, para Val y para mí no es nada agradable estar aquí para hacer esto sin ayuda. Mi hermana Ela, por ejemplo, que comprende todo lo del virus. Y Quara, que a pesar de ser el segundo ser más testarudo del universo... No pretendas que te halague, Val, preguntando quién es el primero... Podríamos utilizar a Quara.

—Y seamos justos —dijo Val—. Vamos a conocer a otra especie inteligente. ¿Por qué deberían ser los humanos los únicos representantes? ¿Por qué no un pequenino? ¿Por qué no una reina colmena... o al menos una obrera?

—Sobre todo una obrera. Si nos quedamos atascados aquí, tener una obrera con nosotros nos permitiría comunicarnos con Lusitania... con ansible o sin él, con Jane o sin ella, los mensajes podrían...

—Muy bien —dijo Jane—. Me habéis convencido. Aunque los últimos clamores en el Congreso Estelar me dicen que están a punto de desconectar la red ansible de un momento a otro.

—Nos daremos prisa —dijo Miro—. Les haremos apresurarse para que suban a toda la gente a bordo.

—Y los suministros adecuados —dijo Val—. Y...

—Empezad a hacerlo —dijo Jane—. Acabáis de desaparecer de vuestra órbita alrededor del planeta de la descolada. Y he emitido un pequeño fragmento del virus. Una de las secciones que Quara consideró un lenguaje, pero la que fue menos alterada durante las mutaciones mientras la descolada trataba de luchar con los humanos. Debería ser suficiente para hacerles saber cuál de sus sondas nos alcanzó.

—Oh, bien, así podrán lanzar una flota —dijo Miro.

—Tal como están las cosas —respondió Jane secamente—, para cuando llegue la flota que pudieran enviar, Lusitania será el lugar más seguro que podrían tener. Porque ya no existirá.

—Eres tan alegre... —dijo Miro—. Volveré dentro de una hora con la gente. Val, trae los suministros que necesitemos.

—¿Para cuánto tiempo?

—Trae tanto como quepa. Como dijo una vez alguien, la vida es una misión suicida. No tenemos ni idea de cuánto tiempo estaremos atrapados allí, así que no tenemos forma de saber cuánto será suficiente.

Abrió la puerta de la nave y salió al campo de aterrizaje situado cerca de Milagro.

7

«Le ofrezco esta pobre
y vieja carcasa»

«¿Cómo recordamos?
¿Es el cerebro una vasija que contiene nuestra memoria?
Entonces, cuando morimos, ¿se rompe la vasija?
¿Se esparcen nuestros recuerdos por el suelo
y se pierden?
¿O es el cerebro un mapa
que conduce por senderos serpenteantes
y se pierde en ocultos rincones?
Entonces, cuando morimos, el mapa se pierde;
pero quizás algún explorador
pueda deambular a través de ese extraño paisaje
y encontrar los lugares ocultos
de nuestros recuerdos perdidos.»

de *Los susurros divinos de Han Qing-jao*

La canoa se deslizaba hacia la orilla. Al principio, y durante muchísimo tiempo, apenas parecía moverse, tan lentamente se acercaba; los remeros se alzaban un poco más y se hacían un poquito más grandes cada vez que Wang-mu conseguía verlos a través de las olas. Luego, cerca del final del viaje, la canoa de repente pareció hacerse enorme, acelerar bruscamente, abalanzarse desde el mar, saltar hacia la orilla con cada ola; y aunque Wang-mu sabía que no iba más rápida que antes, quiso gritarles que redujeran el ritmo, que tuvieran cuidado, que la canoa navegaba demasiado velozmente para ser controlada, que se haría añicos contra la playa.

Por fin la canoa remontó la última ola del rompiente y su proa se deslizó sobre la arena de la orilla; los remeros saltaron y la arrastraron hasta la playa como si fuera la muñeca coja de una niña.

Cuando estuvo varada en arena seca, un hombre mayor se levantó. Malu, pensó Wang-mu. Esperaba que fuera un anciano encogido como los de Sendero, quienes, doblados por la edad, se curvaban como gambas sobre sus bastones. Pero Malu caminaba tan erguido como cualquiera de los hombres jóvenes, y su cuerpo era aún grande, ancho de hombros y repleto de músculos y grasa como el de cualquiera de los otros. De no ser por unos cuantos adornos más en su traje y la blancura de su pelo, habría sido indistinguible de los remeros.

Mientras contemplaba a todos aquellos grandullones, Wang-mu notó que no se movían como los tipos gordos que había conocido antes. Ni tampoco Grace Drinker, recordó ahora. Se movían con agilidad, con la grandeza del movimiento de los continentes, como icebergs que se deslizaran sobre la superficie del mar; sí, como icebergs, como si tres quintas partes de su enorme masa fueran invisibles bajo tierra y avanzaran por la superficie como un iceberg por el mar. Todos los remeros se movían con enorme gracia, y sin embargo todos parecían tan ocupados como colibrís y tan frenéticos como murciélagos en comparación con Malu, tan digno. Sin embargo, la dignidad no era fingida, no era una fachada, una impresión que intentara dar. Más bien, se movía en perfecta armonía con cuanto le rodeaba. Había encontrado la velocidad adecuada para sus pasos, el ritmo justo para que sus brazos se movieran mientras caminaba. Vibraba en consonancia con los lentos y profundos ritmos de la tierra. Estoy viendo cómo un gigante camina por la Tierra, pensó Wang-mu. Por primera vez en mi vida, he visto a un hombre que muestra grandeza en su cuerpo.

Malu se acercó, no a Peter y Wang-mu, sino a Grace Drinker; se unieron uno a la otra en un enorme abrazo tectónico. Sin duda las montañas se estremecieron cuando se encontraron. Wang-mu sintió el temblor en su propio cuerpo. ¿Por qué me estremezco? No de miedo. No tengo miedo de este hombre. No me hará daño. Y sin embargo tiemblo al verle abrazar a Grace Drinker. No quiero que se vuelva hacia mí. No quiero que pose en mí su mirada.

Malu se volvió hacia ella. Sus ojos se clavaron en los suyos. Su rostro permaneció inexpresivo. Simplemente, dominó sus ojos. Ella no apartó la mirada, pero no por desafío o fuerza, sino simplemente por su incapacidad de mirar nada más mientras él dominara su atención.

Luego miró a Peter. Wang-mu trató de volverse y ver cómo respondía él, si también sentía el poder de los ojos de este hombre. Pero no pudo hacerlo. Sin embargo, al cabo de un buen rato, cuando Malu finalmente apartó la mirada, oyó murmurar a Peter «Hijo de puta», y supo que, a su propia y burda manera, también había sido tocado.

Malu tardó varios dilatados minutos hasta sentarse en una esterilla bajo un techado construido durante la mañana para la ocasión y que, según les había asegurado Grace, sería quemado cuando se marchara para que nadie más se sentara bajo él. Entonces le ofrecieron comida a Malu; Grace también les había advertido que nadie comería con Malu ni le vería comer.

Pero Malu no probó la comida, sino que llamó a Wang-mu y Peter.

Los hombres se sorprendieron. Grace Drinker también. Pero de inmediato se volvió hacia ellos.

—Os llama.

—Dijiste que no podíamos comer con él —comentó Peter.

—A menos que os lo pida. ¿Cómo puede pedíroslo? No sé lo que significa esto.

—¿Nos está preparando para ser las víctimas de un sacrificio? —preguntó Peter.

—No, no es un dios, sino un hombre. Un hombre santo, un hombre grande y sabio. Pero ofenderle no es sacrilegio, sino sólo de una mala educación insoportable; así que no le ofendáis, por favor, acudid.

Fueron con él. Mientras permanecían de pie, con los cuencos y cestas de comida entre ellos, Malu les habló en samoano.

¿O no era samoano? Peter parecía perplejo cuando Wang-mu lo miró.

—Jane no entiende lo que dice —murmuró.

Jane no lo comprendía, pero Grace Drinker sí.

—Se dirige a vosotros en el antiguo idioma sagrado. El que no tiene ninguna palabra inglesa ni europea. El idioma que se habla sólo con los dioses.

—¿Entonces por qué lo utiliza con nosotros? —le preguntó Wang-mu.

—No lo sé. No os considera dioses, aunque dice que le traéis una deidad. Quiere que os sentéis y comáis primero.

—¿Podemos hacer eso? —preguntó Peter.

—Os ruego que lo hagáis —dijo Grace.

—Tengo la impresión de que aquí no hay ningún guión —dijo Peter. Wang-mu captó un poco de debilidad en su voz y advirtió que su intento de bromear no era más que una bravata, para ocultar el miedo. Tal vez eso era el humor siempre.

—Hay un guión —dijo Grace—. Pero vosotros no lo escribís y yo tampoco sé cuál es.

Se sentaron. Se sirvieron de cada cuenco, probaron de cada cesta que Malu les fue ofreciendo. Luego él mojó, tomó, probó tras ellos, masticó lo que ellos masticaban, tragó lo que ellos tragaban.

Wang-mu tenía poco apetito. Esperaba no tener que comerse las raciones que había visto comer a otros samoanos. Vomitaría mucho antes de llegar a ese punto.

Pero la comida no era tanto un festín como un sacramento, al parecer. Lo probaron todo, pero no se terminaron nada. Malu hablaba a Grace en el alto idioma y ella transmitía las órdenes en habla normal; varios hombres traían y se llevaban las cestas.

Entonces el marido de Grace llegó con una jarra de algo; un líquido, pues Malu lo cogió y bebió. Luego se lo ofreció a Peter, quien lo tomó y lo probó.

—Jane dice que debe de ser kava. Un poco fuerte, pero es sagrado y una muestra de hospitalidad.

Wang-mu lo probó. Era afrutado y dejaba un regusto a la vez dulce y amargo. La visión se le nubló.

Malu llamó a Grace, quien acudió y se arrodilló en la tupida hierba, ante el toldo. Iba a servir de intérprete, no a formar parte de la ceremonia.

Malu inició un largo discurso en samoano.

—Otra vez el alto lenguaje —murmuró Peter.

—No digas nada, por favor, que no sea para los oídos de Malu —dijo Grace en voz baja—. Debo traducirlo todo y si tus palabras no son pertinentes constituirán un grave insulto.

Peter asintió.

—Malu dice que habéis venido con la deidad que danza sobre telas de araña. Yo nunca he oído hablar de semejante dios, y creía conocer toda la sabiduría de mi pueblo, pero Malu conoce muchas cosas que nadie más conoce. Dice que habla para esa deidad, pues sabe que está al borde de la muerte y le dirá cómo puede salvarse.

Jane, se dijo Wang-mu. Conoce la existencia de Jane. ¿Cómo era posible? ¿Y cómo podía, sin saber nada de tecnología, decirle a una entidad informática cómo salvarse?

—Ahora os dirá lo que debe suceder, y dejadme que os advierta que esto será largo y debéis permanecer sentados y quietos durante todo el tiempo, sin intentar acelerar el proceso —dijo Grace—. Él debe ponerlo en un contexto. Debe contaros la historia de todos los seres vivos.

Wang-mu sabía que podría estar sentada en una esterilla durante horas moviéndose poco o nada, pues lo había hecho toda la vida. Pero a Peter, acostumbrado a sentarse en sillas, esta postura le resultaba molesta. Ya debía de sentirse incómodo.

Al parecer, Grace lo leyó en sus ojos, o simplemente conocía a los occidentales.

—Puedes moverte de vez en cuando, pero hazlo despacio y sin apartar los ojos de él.

Wang-mu se preguntó cuántas de estas reglas y requerimientos se las inventaba Grace sobre la marcha. El propio Malu parecía más relajado. Después de todo, les había dado de comer cuando Grace pensaba que nadie más que él podría hacerlo; ella no conocía las reglas mejor que los demás.

Pero no se movió. Ni apartó los ojos de Malu.

Grace tradujo:

—Hoy las nubes volaron por el cielo perseguidas por el sol, y sin embargo no ha caído lluvia alguna. Hoy mi barca voló sobre el mar guiada por el sol, y sin embargo no había ningún fuego cuando tocamos la costa.

Así fue el primer día de todos los días, cuando Dios tocó una nube del cielo y la hizo girar tan rápido que se prendió fuego y se convirtió en el sol, y entonces todas las otras nubes empezaron a girar y a trazar círculos alrededor del sol.

Ésta no puede ser la leyenda original de los samoanos, pensó Wang-mu. Es imposible que conocieran el modelo copernicano del sistema solar hasta que los occidentales se lo enseñaron. Puede que Malu conozca la antigua sabiduría, pero también ha aprendido unas cuantas cosas nuevas y las ha encajado en ella.

—Entonces las nubes exteriores se convirtieron en lluvia y descargaron unas sobre otras hasta que se agotaron, y lo único que quedó fueron bolas de agua girando. Dentro del agua nadaba un gran pez de fuego, que se comió todas las impurezas del agua y luego las defecó en grandes llamaradas, que se alzaron del mar y cayeron como ceniza caliente y en forma de ríos de roca ardiente. De las huestes de peces de fuego crecieron las islas del mar, y de sus cadáveres surgieron gusanos que se arrastraron y rebulleron sobre la roca hasta que los dioses los tocaron y algunos se convirtieron en seres humanos y otros se convirtieron en los demás animales.

»Cada uno de esos animales estaba unido a la tierra por fuertes lianas que crecían para abrazarlos. Nadie veía esas lianas porque eran lianas divinas.

Teoría filótica, pensó Wang-mu. Malu sabe que todos los seres vivos tienen filotes que crecen hacia abajo y los enlazan con el centro de la tierra. Excepto los seres humanos.

A continuación, Grace tradujo el siguiente parlamento.

—Sólo los humanos no estaban conectados a la tierra. No había lianas que los unieran, sino una tela de luz tejida por ningún dios que los conectaba hacia arriba, hacia el sol. Por eso todos los otros animales se inclinaban ante los humanos, pues las lianas los retenían, mientras que la tela de luz alzaba los ojos y corazones humanos.

»Alzaba los ojos humanos pero sin embargo veían poco más lejos que las bestias de mirada gacha; alzaba el corazón humano y sin embargo el corazón sólo podía tener esperanza, pues sólo veía el cielo a la luz del día y, de noche, cuando era capaz de ver las estrellas, se quedaba ciego a las cosas cercanas, pues un hombre apenas ve a su propia esposa a la sombra de su casa, aunque pueda ver estrellas tan distantes que su luz viaja durante un centenar de vidas antes de besar sus ojos.

»Durante todos estos siglos, generaciones de hombres y mujeres esperanzados miraron con sus ojos medio ciegos, contemplaron el sol y el cielo, contemplaron las estrellas y las sombras, sabiendo que había cosas invisibles más allá de aquellos muros pero sin imaginar en qué consistían.

»Luego, en una época de guerra y terror, cuando toda esperanza parecía perdida, tejedores de un mundo muy distante, que no eran dioses pero que sabían que los dioses y cada uno de los tejedores era en sí mismo una red con cientos de filamentos que se extendía hasta sus manos y pies, sus ojos y bocas y oídos, estos tejedores crearon una tela tan fuerte y grande y fina y extensa que pretendieron capturar a todos los seres humanos en esa red y retenerlos allí para devorarlos. Pero en cambio la red capturó a una deidad lejana, una deidad tan poderosa que ningún otro dios se había atrevido a conocer su nombre, una deidad tan rápida que ningún otro dios había podido ver su rostro; esta deidad estaba prendida en la red. Sin embargo era demasiado veloz para ser retenida en un lugar y devorada. Corría y danzaba arriba y abajo por los hilos, todos los hilos, cualquier hilo tendido de hombre a hombre, de hombre a estrella, de tejedor a tejedor, de luz a luz. Ella baila en los hilos. No puede escapar ni quiere, pues ahora todos los dioses la ven y todos los dioses saben su nombre, y ella sabe todas las cosas que son conocidas y oye todas las palabras que se pronuncian y lee todas las palabras que se escriben y sopla su aliento y manda a los hombres y mujeres más allá del alcance de la luz de cualquier estrella, y luego inspira y los hombres y mujeres vuelven, y a veces traen consigo nuevos hombres y mujeres que nunca vivieron antes; y como ella nunca se queda quieta en la red, los sopla a un lugar y luego los sorbe en otro, y así pueden cruzar los espacios entre las estrellas más rápido que la luz; por eso los mensajeros de esta deidad fueron sorbidos en casa del amigo de Grace Drinker, Aimaina Hikari, y luego soplados en esta isla, en esta costa, en este techo donde Malu puede ver la lengua roja de la deidad tocar la oreja de su elegido.

Malu guardó silencio.

—Nosotros la llamamos Jane —dijo Peter.

Grace tradujo, y Malu respondió en el alto lenguaje.

—Bajo este techo oigo un nombre muy corto y sin embargo antes se dijo que la diosa ha corrido mil veces de un extremo al otro del universo, tan rápidamente se mueve. Éste es el nombre con el que yo la llamo: deidad que se mueve rápidamente y para siempre de forma que nunca descansa en un lugar y sin embargo toca todos los lugares y está unida a todos los que miran hacia el sol y no hacia la tierra. Es un nombre largo, más largo que el nombre de ningún dios cuyo nombre conozca, y sin embargo no es ni la décima parte de su verdadero nombre, y aunque pudiera decir el nombre completo no sería tan largo como la longitud de los hilos de la tela de araña en la que baila.

—Quieren matarla —dijo Wang-mu.

—La deidad sólo morirá si quiere morir —dijo Malu—. Su casa son todas las casas, su tela toca todas las mentes. Sólo morirá si rehúsa encontrar y tomar un lugar donde descansar; pues, cuando la tela se rompa, no tiene por qué estar en el centro, abandonada a su suerte. Puede habitar en cualquier sitio. Yo le ofrezco esta pobre y vieja carcasa, que es lo bastante grande para contener mi pequeña sopa sin verterla ni derramarla, pero que ella llenaría con líquido ligero que desparramaría su bendición por estas islas y nunca se agotaría. Le suplico que utilice esta carcasa.

—¿Qué te sucedería entonces? —preguntó Wang-mu.

Peter pareció molesto con su estallido, pero Grace lo tradujo, por supuesto, y de pronto las lágrimas corrieron por la cara de Malu.

—Oh, la pequeña, la pequeña que no tiene joya, ella es la que me mira con compasión y se preocupa por lo que sucederá cuando la luz llene mi carcasa y mi pequeña sopa hierva y se evapore.

—¿Y una carcasa vacía? —preguntó Peter—. ¿Podría habitar en una carcasa vacía?

—No hay carcasas vacías —respondió Malu—. Pero tu carcasa está sólo medio llena, y tu hermana, con quien estás unido como un gemelo, también está medio llena. Y, muy lejos, vuestro padre, con quien ambos estáis unidos como trillizos, está casi vacío; pero su carcasa está también rota y cualquier cosa que metáis dentro se derramará.

—¿Puede ella habitar en mí o en mi hermana? —preguntó Peter.

—Sí —dijo Malu—. En uno, pero no en ambos.

—Entonces me ofrezco —dijo Peter.

Malu pareció enfadado.

—¿Cómo puedes mentirme bajo este techo, después de haber bebido kava conmigo? ¿Cómo puedes avergonzarme con una mentira?

—No estoy mintiendo —le insistió Peter a Grace. Ella tradujo, y Malu se puso majestuosamente en pie y empezó a clamar al cielo. Wang-mu vio, para su alarma, que los remeros se acercaban, también agitados y furiosos. ¿En qué los provocaba Peter?

Grace tradujo tan rápido como supo, resumiendo porque no podía repetir palabra por palabra.

—Dice que aunque tú digas que abrirás para ella tu carcasa intacta, aunque lo dices, estás replegando todo cuanto puedes de ti mismo hacia dentro, formando una muralla de luz como una ola de tormenta para expulsar a la deidad si ella trata de entrar. No podrías expulsarla si ella quisiera entrar, pero ella te ama y no vendrá contra tal tormenta. Así que la estás matando en tu corazón, estás matando a la deidad porque dices que le darás un hogar para salvarla cuando corten los hilos de la red, pero ya la estás expulsando.

—¡No puedo evitarlo! —gritó Peter—. ¡No pretendía hacerlo! ¡No valoro mi vida, nunca he valorado mi vida…!

—Atesoras tu vida con todo tu corazón —tradujo Grace—. Pero la deidad no te odia por ello; la deidad te ama, porque también ama la luz y no quiere morir. En concreto ama lo que brilla en ti porque en parte ella está modelada según ese brillo, y por eso no quiere expulsarte aunque este cuerpo que tengo ante mí sea la vasija en la que tu más poderosa esencia desea más fervientemente habitar. Pero tampoco tendrá la vasija de tu hermana, te lo advierto… Malu te lo advierte. Dice que la deidad no pide tal cosa porque ama la misma luz que brilla en ti y en tu hermana. Pero Malu dice que la parte de luz más salvaje y fuerte y egoísta brilla en ti, mientras que la parte de luz más amable y amorosa y que se enlaza más poderosamente con otras está en ella. Si tu parte de la luz pasara a la vasija de tu hermana la abrumaría y la destruiría, y habrías matado la mitad de ti mismo; pero si su parte de luz pasara a tu vasija te ablandaría y suavizaría, te domaría y te completaría. Así que lo mejor es que tú te completes y que la otra vasija quede vacía para la deidad. Eso es lo que Malu te pide. Por eso cruzó las aguas para verte, para pedirte esto.

—¿Cómo sabe estas cosas? —preguntó Peter, la voz cargada de angustia.

—Malu sabe estas cosas porque ha aprendido a ver en la oscuridad, allí donde los hilos de luz se alzan de las almas enredadas en el sol y tocan las estrellas, y se tocan unos a otros, y se entrelazan formando una tela mucho más fuerte y más grandiosa que la telaraña mecánica donde la deidad baila. Ha observado a esta deidad toda su vida, tratando de comprender su danza y por qué se apresura tanto que toca cada hilo de la red a lo largo de los trillones de kilómetros que tiene, un centenar de veces por segundo. Ella fue capturada en una red artificial y su inteligencia está atada a cerebros artificiales que piensan ejemplos en vez de causas, números en vez de historias. Está buscando las lianas vivas y sólo encuentra el débil y endeble entrelazado de las máquinas que pueden ser desconectadas por hombres sin dios. Pero si entra una vez en un vehículo vivo, tendrá el poder para salir a la nueva red, y entonces podrá bailar si quiere, pero no tendrá que bailar, podrá también descansar. Podrá soñar, y de sus sueños surgirá la alegría, pues nunca la ha conocido excepto observando los sueños que recuerda de su creación, los sueños que se encontraban en el alma humana de la que fue hecha en parte.

—Ender Wiggin —dijo Peter.

Malu preguntó antes de que Grace pudiera traducir.

—Andrew Wiggin —dijo, formando la palabra con dificultad, pues contenía sonidos que no se utilizaban en el idioma samoano. Luego volvió a hablar en el alto lenguaje, y Grace tradujo.

—El Portavoz de los Muertos vino y habló de la vida de un monstruo que había envenenado y oscurecido el pueblo de Tonga y todo este mundo de Sueño Futuro. Se internó en las sombras y, al salir de ellas, hizo una antorcha que alzó y que se elevó al cielo y se convirtió en una nueva estrella, que proyectó una luz que sólo brillaba en la oscuridad de la muerte, de donde expulsó la oscuridad y purificó nuestros corazones y el odio y el temor y la vergüenza desaparecieron. Éste es el soñador de quien fueron tomados los sueños de la deidad; fueron lo bastante fuertes para darle vida el día en que salió del Exterior y comenzó su danza a lo largo de la red. Suya es la luz que medio te llena y medio llena a tu hermana y de la que sólo quedan una gotas en su propio cuerpo resquebrajado. Ha tocado el corazón de un dios, que le dio gran poder... así es como os hizo cuando ella le sopló fuera del universo de luz. Pero no le convirtió en un dios, y en su soledad no pudo extender la mano y encontraros una luz propia. Sólo pudo poner en vosotros la suya, y por eso estáis medio llenos y tú anhelas la otra mitad de ti mismo. Tú y tu hermana estáis ansiosos, y él se desgasta y se rompe porque no tiene nada más que daros. Pero la deidad tiene más que suficiente, la deidad tiene de sobra, y eso es lo que vine a deciros y ahora os lo he dicho y he terminado.

Antes de que Grace pudiera empezar a traducir,

Malu se levantó; ella estaba todavía tartamudeando su interpretación cuando él salió de debajo del dosel. Inmediatamente los remeros empujaron los postes que sostenían el techado; Peter y Wang-mu apenas tuvieron tiempo de apartarse antes de que se desplomara. Los hombres de la isla lanzaron antorchas al dosel derribado, que se convirtió en una hoguera mientras seguían a Malu hasta la canoa. Grace acabó su traducción justo cuando llegaban al agua. Malu subió a la canoa y con imperturbable dignidad se instaló en su asiento entre los remeros, quienes también con mucha parsimonia ocuparon sus puestos junto al bote y lo alzaron y lo llevaron al agua y lo empujaron contra las olas y luego auparon sus enormes cuerpos y empezaron a remar con una fuerza tan grande que pareció como si grandes árboles, no remos, se estuvieran hundiendo en la roca, no en el mar, y saltaran hacia delante, lejos de la playa, olas adentro, hacia la isla de Atatua.

—Grace —dijo Peter—. ¿Cómo puede saber cosas que no ven ni siquiera los más poderosos y perceptivos instrumentos científicos?

Pero Grace no pudo contestar, pues yacía postrada en la arena llorando y sollozando, con los brazos extendidos hacia el mar como si su hijo más querido acabara de ser devorado por un tiburón. Todos los hombres y mujeres del lugar yacían en el suelo, con los brazos extendidos hacia el mar; todos ellos lloraban.

Entonces Peter se arrodilló, se tendió en la arena y extendió los brazos; tal vez lloraba, pero Wang-mu no pudo verlo.

Sólo Wang-mu permaneció de pie, pensando, ¿por qué estoy aquí, si no formo parte de ninguno de estos acontecimientos, no hay nada de ningún dios dentro de mí, y nada de Andrew Wiggin? Y también pensando,

¿cómo puedo preocuparme por mi propia soledad egoísta en un momento como éste, cuando he oído la voz de un hombre que ve en el cielo?

Sin embargo, en lo más profundo sabía algo más. Estoy aquí porque soy la que debe amar tanto a Peter que se sienta lo bastante digno para permitir que la bondad de la Joven Valentine fluya hacia él, lo complete, lo convierta en Ender. No en Ender *el Xenocida* ni en Andrew *el Portavoz de los Muertos*, culpa y compasión mezcladas en un corazón quebrado, roto, irreparable, sino en Ender Wiggin, el niño de cuatro años cuya vida fue retorcida y rota cuando era demasiado joven para defenderse. Wang-mu podría dar permiso a Peter para convertirse en el hombre que ese niño habría llegado a ser, si el mundo hubiera sido bueno. ¿Cómo lo sé?, pensó Wang-mu. ¿Cómo puedo estar tan segura de lo que debo hacer?

Lo sé porque es obvio. Lo sé porque he visto a mi querida ama Han Qing-jao destruida por el orgullo y haré lo que haga falta para impedir que Peter se destruya a sí mismo enorgulleciéndose de su propia y retorcida indignidad. Lo sé porque también me rompieron de niña y me obligaron a convertirme en un monstruo egoísta y manipulador para proteger a la niña frágil y sedienta de amor que habría sido destruida por la vida que tuve que llevar. Sé lo que es ser enemiga de ti misma; sin embargo he dejado eso atrás y he continuado, y puedo coger a Peter de la mano y mostrarle el camino.

Sólo que no conozco el camino, y todavía sigo rota, y la niña sedienta de amor es todavía asustadiza y vulnerable, y el monstruo fuerte y perverso es aún el dueño de mi vida, y Jane morirá porque no tengo nada que darle a Peter. Necesita beber kava, y no soy más que agua. No, soy el agua del mar, cargada de arena al filo de la orilla, llena de sal; él me beberá y se morirá de sed.

Y entonces descubrió que también lloraba, que también estaba tendida en la arena con las manos extendidas hacia el mar, hacia el lugar donde la canoa de Malu se había perdido como una nave que saltara al espacio.

La Vieja Valentine contempló el holograma que mostraba su terminal; en él, los samoanos, todos en miniatura, lloraban en la orilla.

Lo contempló hasta que los ojos le ardieron y luego habló.

—Apágalo, Jane —dijo.

El holograma desapareció.

—¿Qué se supone que tengo que hacer con esto? —dijo Valentine—. Tendrías que habérselo mostrado a mi sosias, a mi joven gemela. Tendrías que haber despertado a Andrew para mostrárselo. ¿Qué tiene que ver conmigo? Sé que quieres vivir. Quiero que vivas. Pero ¿qué puedo hacer?

La cara humana de Jane cobró vida sobre el terminal.

—No lo sé —dijo—. Pero acaban de dar la orden. Están empezando a desconectarme. Estoy perdiendo partes de mi memoria. Ya no puedo pensar tantas cosas a la vez. Necesito un lugar adonde ir, pero no hay ninguno, y aunque lo hubiera, no conozco el camino para llegar a él.

—¿Tienes miedo? —preguntó Valentine.

—No lo sé. Tardarán horas en terminar de matarme, creo. Si averiguo cómo me siento antes del final, te lo diré, si es que puedo.

Valentine ocultó el rostro tras las manos durante un largo instante. Luego se levantó y salió de la casa.

Jakt la vio salir y sacudió la cabeza. Décadas antes, cuando Ender dejó Trondheim y Valentine se quedó para casarse con él, para ser la madre de sus hijos, se alegró de lo feliz y viva que estaba sin la carga que Ender había colocado siempre sobre ella y que siempre había llevado inconscientemente. Luego le pidió que la acompañara a Lusitania y él dijo que sí. Ahora era como siempre: Valentine se hundía bajo el peso de la vida de Ender, de la necesidad que tenía de ella. Jakt no podía reprochárselo: no era algo que hubieran planeado o deseado; no pretendían robarle una parte de su propia vida. Pero seguía doliéndole verla inclinada bajo el peso de todo aquello, y saber que a pesar de todo el amor que sentía por ella, no había nada que Jakt pudiera hacer para aliviar su carga.

Miro vio a Ela y Quara en la puerta de la nave. Dentro, la Joven Val estaba ya esperando, junto con un pequenino llamado Apagafuegos y una obrera sin nombre que había enviado la Reina Colmena.

—Jane se está muriendo —dijo Miro—. Tenemos que irnos ya. No tendrá capacidad suficiente para enviar una nave si esperamos demasiado.

—¿Cómo puedes pedirnos eso cuando sabemos que al morir Jane nunca podremos regresar? —preguntó Quara—. Sólo duraremos lo que tarde en acabarse el oxígeno de esta nave. Unos cuantos meses como mucho, y luego moriremos.

—Pero ¿habremos conseguido algo mientras? —dijo Miro—. ¿Nos habremos comunicado con los descoladores, con esos alienígenas que enviaron sondas destructoras de planetas? ¿Los habremos persuadido para que se detengan? ¿Habremos salvado a todas las especies que conocemos, y a miles y millones que no conocemos todavía, de una enfermedad terrible e irresistible? Jane nos ha dado los mejores programas que ha sido capaz de crear, para ayudarnos a hablar con ellos. ¿Es esto lo bastante bueno para ser tu obra maestra, la culminación de tu vida?

Su hermana Ela lo miró, apenada.

—Creía que ya había realizado mi obra maestra cuando creé el virus que frenó la descolada en este mundo.

—Así es —dijo él—. Has hecho suficiente. Pero hay más por hacer y sólo tú puedes hacerlo. Te pido que vengas y mueras conmigo, Ela, porque sin ti mi propia muerte carecería de sentido; porque, sin ti, Val y yo no podremos hacer lo que debe hacerse.

Ni Quara ni Ela se movieron o hablaron.

Miro asintió, se dio la vuelta y entró en la nave. Pero antes de que pudiera cerrar y sellar la puerta, las dos hermanas, cogidas de la cintura, le siguieron silenciosamente al interior.

8

«Lo que importa es en qué ficción crees»

«Mi padre me dijo una vez
que no hay dioses,
sino sólo la cruel manipulación
de gente malvada
que pretendía que su poder era bueno
y su explotación era amor.
Pero si no hay dioses,
¿por qué estamos tan ansiosos por creer en ellos?
Aunque unos malvados mentirosos
se interpongan entre nosotros y los dioses
y nos impidan verlos,
eso no significa que el brillante halo
que rodea a cada mentiroso
no sean los contornos de un dios,
que espera que encontremos un camino para sortear
la mentira.»

de *Los susurros divinos de Han Qing-jao*

«No funciona», dijo la Reina Colmena.

«¿Qué otra cosa podemos hacer? —preguntó Humano—. Hemos fabricado la telaraña más fuerte posible. Nos hemos unido a vosotras y entre nosotros más que nunca, de forma que todos temblamos, todos nos estremecemos como si un viento trémulo danzara con nosotros y embelleciera nuestras hojas a la luz del sol; y la luz eres tú y tus hijas, y todo el amor que sentimos por nuestras pequeñas madres y nuestras queridas y mudas madres-árbol se te da a ti, nuestra reina, nuestra hermana, nuestra madre, nuestra más fiel esposa. ¿Cómo no puede ver Jane lo que hemos hecho y querer formar parte de ello?»

«No puede encontrar un camino hacia nosotras —dijo la Reina Colmena—. Estaba medio hecha de lo que nosotras somos, pero hace tiempo que nos dio la espalda para mirar solamente a Ender, para pertenecerle. Ella fue nuestro puente hacia él. Ahora él es su único puente a la vida.»

«¿Qué clase de puente es ése? También él se está muriendo.»

«La parte vieja de él se muere —dijo la Reina Colmena—. Pero recuerda: es el hombre que más ha amado y mejor ha comprendido a los pequeninos. ¿No es posible que del cuerpo moribundo de su juventud creciera un árbol que le llevara a la Tercera Vida, como te llevó a ti?»

«No comprendo tu plan —dijo Humano. Pero a pesar de su falta de comprensión otro mensaje fluyó hacia ella bajo el consciente—: Mi amada reina —decía. Y ella oyó—: Mi dulce y única.»

«No tengo un plan —dijo ella—. Sólo tengo una esperanza.»

«Cuéntamela, entonces», dijo Humano.

«Es sólo el sueño de una esperanza —respondió ella—. Sólo el rumor de la suposición del sueño de una esperanza.»

«Cuéntamelo.»

«Ella fue nuestro puente hacia Ender. ¿No puede Ender ser ahora su puente hacia nosotras, a través de ti?

Se ha pasado la vida, menos los últimos años, mirando en el corazón de Ender, oyendo sus pensamientos más íntimos y dejando que su aiúa dé significado a su propia existencia. Si él la llama, ella le oirá aunque no pueda oírnos a nosotros. Eso la atraerá hacia él.»

«Hacia el cuerpo que él habita más ahora —dijo Humano—, que es el cuerpo de la Joven Valentine. Lucharán la una contra la otra allí, sin quererlo. Las dos no pueden gobernar el mismo reino.»

«Por eso el rumor de esperanza es tan débil —dijo la Reina Colmena—. Pero Ender también te ha amado a ti... a ti, el padre-árbol llamado Humano; y a vosotros, todos los pequeninos y padres-árbol, esposas y hermanas y madres-árbol; a todos, incluso a los árboles de madera de los pequeninos que nunca fueron padres pero una vez fueron hijos; os amó y os ama a todos. ¿No puede ella seguir ese enlace filótico y alcanzar nuestra red a través de vosotros? ¿Y no puede seguirlo y encontrar el camino hasta nosotras? Podemos contenerla, podemos contener todo lo que no quepa en la Joven Valentine.»

«Entonces Ender tiene que seguir vivo para llamarla.»

«Por eso la esperanza es sólo la sombra de un recuerdo del paso de una nube diminuta ante el sol; porque debemos llamarla y traerla, y luego él debe escapar de ella y dejarla sola en la Joven Valentine.»

«Entonces morirá por ella.»

«Morirá como Ender. Debe morir como Valentine. Pero ¿no puede encontrar su camino hasta Peter, y vivir allí?»

«Ésa es la parte de sí mismo que odia —dijo Humano—. Él mismo me lo dijo.»

«Ésa es la parte de sí mismo que teme —respondió la Reina Colmena—. Pero ¿no es posible que la tema porque es su parte más fuerte, la más poderosa de todas sus facetas?»

«¿Cómo puedes decir que la parte más fuerte de un buen hombre como Ender es su parte destructiva, ambiciosa, cruel, implacable?»

«Ésas son sus palabras para definir la parte de sí mismo a la que dio forma como Joven Peter. Pero ¿no nos dice en su libro, *El Hegemón*, que lo que hay en él implacable es lo que le dio precisamente fuerza para construir? ¿Lo que le hizo fuerte contra todos los ataques? ¿Lo que le dio una entidad a pesar de su soledad? Ni Peter ni él fueron crueles sólo por el gusto de la crueldad. Fueron crueles para hacer su trabajo, y era un trabajo que había que hacer: un trabajo para salvar al mundo; el de Ender destruir a un terrible enemigo, pues pensaba que eso éramos, y el de Peter derribar los muros de las naciones y unir a la raza humana en una sola nación. Pero hay que volver a realizar esos trabajos. Hemos encontrado las fronteras de un terrible enemigo: la raza alienígena que Miro llama los descoladores. Y los límites entre humano y pequenino, pequenino y reina colmena, reina colmena y humano, y entre todos nosotros y Jane, sea lo que fuere que Jane resulte ser… ¿no necesitamos la fuerza de Ender-como-Peter para convertirnos en uno solo?»

«Me convences, amada hermana madre esposa, pero es Ender quien no creerá en esa bondad de sí mismo. Podría sacar a Jane del cielo y meterla en el cuerpo de la Joven Valentine, pero nunca dejará ese cuerpo, nunca decidirá renunciar a su bondad e ir al cuerpo que representa todo lo que teme de sí.»

«Si tienes razón, entonces morirá», dijo la Reina Colmena.

La pena y la angustia por su amigo se acumuló en Humano y se desparramó por la red que le unía a todos los padres-árbol y todas las reinas colmena, pero a ellos les supo dulce, pues nacía del amor por la vida del hombre.

«Pero se está muriendo de todas formas, como Ender, y si le explicamos todo esto, ¿no decidirá morir, si al hacerlo puede mantener a Jane con vida? ¿A Jane, que tiene la clave del vuelo estelar? ¿A Jane, la única que puede abrir la puerta que nos separa del Exterior y hacernos salir y entrar con su fuerza de voluntad y su clara mente?»

«Sí, él elegiría morir para que ella viviera.»

«Sin embargo, sería mejor si pudiera introducirla en Valentine y luego decidir vivir. Eso sería mejor.»

Mientras lo decía la desesperación dejaba un rastro tras sus palabras y todos cuantos formaban la red que había ayudado a tejer saborearon su amargo veneno, pues nacía del temor por la muerte del hombre y todos se apesadumbraron.

Jane encontró las fuerzas para un último viaje; contuvo la lanzadera con las seis formas de vida en su interior, contuvo la imagen perfecta de las formas físicas lo suficiente para lanzarlas al Exterior y pescarlas en el Interior, en la órbita del lejano mundo donde la descolada había sido creada. Pero cuando la tarea terminó, perdió el control de sí misma porque no se encontraba ya, no encontraba al yo que había conocido. Le estaban arrancando los recuerdos; los enlaces con mundos que le habían sido tan familiares como los miembros lo son para los seres humanos, las reinas colmena y los padres-árbol desaparecieron ahora. Intentaba usarlos y no sucedía nada; estaba aturdida, se encogía, no hacia su antiguo núcleo, sino hacia pequeños rincones de sí misma, fragmentos dispersos demasiado pequeños para contenerla.

Estoy muriendo, estoy muriendo, dijo una y otra vez, odiando las palabras mientras las pronunciaba, odiando el pánico que sentía.

Habló por el ordenador ante el que se sentaba la Joven Valentine, y usó sólo palabras, porque no recordaba cómo componer el rostro que había sido su máscara durante tantos siglos.

—Ahora tengo miedo.

Pero tras haberlo dicho, no pudo recordar si era a la Joven Valentine a quien se suponía que tenía que decírselo. Esa parte de ella también había desaparecido; un momento antes estaba allí, pero ahora se encontraba fuera de su alcance.

¿Y por qué le hablaba a esta sustituta de Ender? ¿Por qué lloraba en voz baja al oído de Miro, al oído de Peter, diciendo «Háblame, háblame, tengo miedo»? No eran estas formas humanas las que quería. Quería la persona que la había arrancado de su oreja; el que la había rechazado y elegido a una mujer humana triste y cansada porque, pensaba, la necesidad de Novinha era mayor. Pero ¿cómo puede necesitarme más que yo ahora? Si mueres, ella seguirá viva. Pero yo me muero porque tú has apartado tu mirada de mí.

Wang-mu oyó la voz que murmuraba a su lado en la playa. ¿Me he quedado dormida?, se preguntó. Alzó la mejilla de la arena, se apoyó en los brazos. La marea estaba baja, el agua lejana. A su lado, Peter se encontraba sentado con las piernas cruzadas, meciéndose adelante y atrás, diciendo en voz baja mientras las lágrimas corrían por sus mejillas:

—Jane, te oigo. Te estoy hablando. Estoy aquí.

Y en ese momento, al oírle entonar esas palabras

para Jane, Wang-mu comprendió dos cosas. Primero, supo que Jane debía de estar muriéndose, pues, ¿no eran las palabras de Peter de consuelo? Y, ¿cuándo necesitaría Jane consuelo, a no ser en su hora final? Lo segundo que comprendió, sin embargo, fue aún más terrible. Pues supo, al ver las lágrimas de Peter por primera vez (al ver, por primera vez, que era capaz de llorar), que quería poder tocar su corazón como Jane lo tocaba; no, quería ser la única cuya muerte le apenara tanto.

¿Cuándo sucedió?, se preguntó. ¿Cuándo empecé a querer que me amara? ¿Ha ocurrido ahora mismo? ¿Es un deseo infantil de quererle sólo porque otra mujer (otra criatura) le posee o he llegado a querer su amor en estos días que hemos pasado juntos? Sus burlas, su condescendencia, su dolor secreto, su temor oculto, ¿lo han acercado de algún modo a mí? ¿Fue su propio desdén lo que me hizo querer no sólo su aprobación, sino su afecto? ¿O fue su dolor lo que me hizo querer que se volviera hacia mí en busca de consuelo?

¿Por qué ansío tanto su amor? ¿Por qué estoy tan celosa de Jane, de esa extraña moribunda a quien apenas conozco y de la que apenas sé nada? ¿Es posible que después de tantos años de enorgullecerme de mi soledad descubra que he ansiado siempre un patético romance adolescente? Y en este anhelo de afecto, ¿no habré elegido el candidato peor para el puesto? Él ama a otra con quien nunca podré compararme, sobre todo después de muerta; él sabe que soy ignorante y no se preocupa para nada de las buenas cualidades que podría tener; y él mismo es sólo una fracción de un ser humano, y no la parte más hermosa de la persona completa que así está dividida.

¿He perdido la cabeza?

¿O he encontrado por fin mi corazón?

De repente se sintió repleta de emociones desacostumbradas. Toda la vida había mantenido sus sentimientos a tanta distancia de sí misma que ahora apenas sabía cómo contenerlos. Lo amo, pensó Wang-mu, y su corazón casi reventó con la intensidad de la pasión. Él nunca me amará, y el corazón se le partió como nunca se le había partido con el millar de decepciones de su vida.

Mi amor por él no es nada comparado con su necesidad de ella, su conocimiento de ella. Pues sus lazos son más profundos que estas pocas semanas transcurridas desde que fue llamado a la existencia en ese primer viaje al Exterior. En todos los solitarios años de vagabundeo de Ender, Jane fue su amiga más constante, y eso es el amor que ahora brota en forma de lágrimas de los ojos de Peter. No soy nada para él: una recién llegada secundaria en su vida; sólo conozco una parte de él y mi amor no es nada para él.

También ella lloró.

Pero se apartó de Peter cuando un grito se alzó entre los samoanos que esperaban en la playa. Miró las olas con ojos anegados de lágrimas y se puso en pie para asegurarse de lo que veía. Era la barca de Malu. Volvía hacia ellos. Regresaba.

¿Había visto algo? ¿Había oído el grito de Jane que Peter oía también ahora?

Grace estaba a su lado, la cogió de la mano.

—¿Por qué vuelve? —le preguntó a Wang-mu.

—Tú eres quien lo comprende —dijo Wang-mu.

—No le comprendo en absoluto. Entiendo sus palabras, conozco el significado que tienen. Pero cuando habla, siento que las palabras se esfuerzan inútilmente por contener las cosas que quiere decir. No son lo bastante grandes, esas palabras suyas, aunque habla en nuestro idioma más grande, aunque construye las palabras en grandes cestas de significado, en barcos de pensamiento. Yo sólo veo la forma externa de las palabras e imagino qué significan. No lo comprendo.

—¿Y por qué piensas que yo sí?

—Porque vuelve para hablar contigo.

—Vuelve para hablar con Peter. Él es quien está conectado con la deidad, como la llama Malu.

—No te gusta esa deidad suya, ¿verdad? —dijo Grace.

Wang-mu sacudió la cabeza.

—No tengo nada contra ella. Sin embargo ella le posee y por eso no queda nada para mí.

—Una rival —dijo Grace.

Wang-mu suspiró.

—Crecí sin esperar nada y obteniendo aún menos. Pero siempre tuve ambiciones para mí inalcanzables. A veces extendía la mano de todas formas, y cogía más de lo que merecía, más de lo que podía manejar. A veces extiendo la mano y nunca alcanzo lo que quiero.

—¿Le quieres?

—Acabo de darme cuenta de que quiero que me ame como yo le amo. Siempre estaba enfadado, siempre me apuñalaba con sus palabras, pero trabajó junto a mí y cuando me alabó creí en sus alabanzas.

—Yo diría que tu vida hasta ahora no ha sido perfectamente sencilla.

—No es cierto —dijo Wang-mu—. Hasta ahora, no he tenido nada que no necesitara, y no necesité nada que no tuviera.

—Has necesitado todo lo que no tenías —respondió Grace—, y no puedo creer que estés tan débil que no quieras alcanzarlo incluso ahora.

—Lo perdí antes de descubrir que lo quería. Míralo.

Peter se mecía adelante y atrás, susurrando, subvocalizando su letanía en una interminable conversación con su amiga moribunda.

—Le miro y veo que está ahí mismo —dijo Grace—, en carne y hueso, y tú también, aquí, en carne y hueso; no entiendo que una chica lista como tú diga que se ha ido cuando tus ojos sin duda te dicen lo contrario.

Wang-mu contempló a la enorme mujer que se cernía sobre ella como una cordillera montañosa; miró sus ojos luminosos e hizo una mueca.

—No te he pedido consejo.

—Yo tampoco te lo he pedido a ti. Pero viniste aquí para intentar hacerme cambiar de opinión respecto a la Flota Lusitania, ¿no? Querías conseguir que Malu me hiciera decirle algo a Aimaina para que él a su vez dijera algo a los necesarios de Viento Divino y éstos a la facción del Congreso que ansía su respeto. Entonces la coalición que envió la flota se rompería y ordenarían dejar intacta a Lusitania. ¿No era ése el plan?

Wang-mu asintió.

—Bien, te engañabas. No puedes saber desde fuera qué hace que una persona decida las cosas que decide. Aimaina me escribió, pero no tengo poder sobre él. Le enseñé el camino del Ua Lava, sí, pero siguió al Ua Lava, no a mí. Lo siguió porque le pareció verdadero. Si de repente empezara a explicarle que el Ua Lava también significa no enviar flotas para aniquilar planetas, él me escucharía amablemente y me ignoraría, porque eso no tendría nada que ver con el Ua Lava en el que cree. Lo consideraría, acertadamente, como un intento de una vieja amiga y maestra de doblegarlo a su voluntad. Sería el final de la confianza entre nosotros, y no cambiaría de opinión.

—Así que hemos fracasado —dijo Wang-mu.

—No sé si habéis fracasado o no —respondió Grace—. Lusitania no ha sido destruida aún. ¿Y cómo sabes que ése fue realmente vuestro propósito al venir aquí?

—Peter lo dijo. Y Jane.

—¿Y cómo saben ellos cuál era su propósito?

—Bueno, si quieres seguir en esa línea, ninguno de nosotros tiene ningún propósito —dijo Wang-mu—. Nuestras vidas sólo son nuestros genes y nuestra educación. Simplemente representamos el papel que nos fue impuesto.

—Oh —dijo Grace, decepcionada—. Lamento oírte decir algo tan estúpido.

De nuevo la gran canoa llegó a la orilla. De nuevo Malu se levantó de su asiento y bajó a la arena. Pero esta vez (¿era posible?), esta vez parecía tener prisa. Tanta prisa que perdió un poquito de dignidad.

De hecho, por lento que fuera su avance, Wang-mu notó que recorría a trompicones la playa. Y al mirarle a los ojos vio lo que Malu estaba mirando: no se fijaba en Peter, sino en ella.

Novinha despertó en el blando sillón que habían traído para ella y por un momento olvidó dónde se encontraba.

Durante sus días como xenobióloga, a menudo se había quedado dormida en un sillón del laboratorio, y por eso miró momentáneamente a su alrededor para ver en qué estaba trabajando antes de quedarse dormida. ¿Qué problema intentaba resolver?

Entonces vio a Valentine de pie junto a la cama donde yacía Andrew. Donde yacía el cuerpo de Andrew. Su corazón estaba en otra parte.

—Tendrías que haberme despertado —dijo.

—Acabo de llegar —respondió Valentine—. Y no he

tenido valor para despertarte. Me han dicho que casi nunca duermes.

Novinha se levantó.

—Qué extraño. Me parece que no hago otra cosa.

—Jane se está muriendo —dijo Valentine.

El corazón de Novinha dio un vuelco.

—Es tu rival, lo sé —dijo Valentine.

Novinha miró a los ojos de la mujer para ver si había ira en ellos, o burla. Pero no. Sólo había compasión.

—Confía en mí, sé cómo te sientes —la tranquilizó Valentine—. Hasta que amé a Jakt y me casé con él, Ender fue toda mi vida. Pero yo nunca fui la suya. Oh, durante algún tiempo, en su infancia, le importé mucho… pero eso se desvirtuó porque los militares me utilizaron para llegar hasta él, para mantenerle en marcha cada vez que quería renunciar. Y después de eso, fue siempre Jane quien escuchó sus chistes, sus observaciones, sus pensamientos más íntimos. Fue Jane quien vio lo que él veía y oyó lo que él oía. Yo escribía mis libros, y cuando los terminaba me prestaba atención unas cuantas horas, unas cuantas semanas. Él se servía de mis ideas y por eso me parecía que llevaba dentro una parte de mí. Pero le pertenecía a ella.

Novinha asintió. En efecto, lo comprendía.

—Pero tengo a Jakt, y ya no soy desgraciada. Y a mis hijos. Por mucho que ame a Ender, un hombre poderoso como es incluso tendido aquí de esta forma, incluso desvaneciéndose… los niños son más para una mujer que cualquier hombre. Pretendemos lo contrario. Pretendemos soportarlos por él, criarlos por él. Pero no es verdad. Los criamos por ellos mismos. Nos quedamos con nuestros hombres por bien de nuestros hijos. —Valentine sonrió—. Tú lo hiciste.

—Me quedé con el hombre equivocado —dijo Novinha.

—No, te quedaste con el adecuado. Tu Libo tenía una esposa y otros hijos... ella era la única, ellos fueron los únicos que tenían derecho a reclamarlo. Te quedaste con otro hombre por el bien de tus hijos y, aunque a veces lo odiaban, también lo amaron, y aunque en algunos aspectos era débil en otros fue fuerte. Fue bueno para ti tenerlo por el bien de ellos. Fue una especie de protección.

—¿Por qué me estás diciendo estas cosas?

—Porque Jane se está muriendo, pero podría vivir si Ender le tendiera la mano.

—¿Poniéndose otra vez la joya en la oreja? —dijo Novinha, despectiva.

—Ya han dejado de necesitar eso —le respondió Valentine—. Igual que Ender ha dejado de necesitar vivir su vida en este cuerpo.

—No es tan viejo.

—Tres mil años.

—Eso es sólo el efecto de la relatividad —dijo Novinha—. En realidad tiene...

—Tres mil años —repitió Valentine—. Toda la humanidad fue su familia durante la mayor parte de ese tiempo; fue como un padre que está en viaje de negocios y vuelve a casa de vez en cuando, pero que cuando está presente es un buen juez, el amable proveedor. Eso es lo que sucedía cada vez que aparecía en un mundo humano y hablaba en la muerte de alguien: ponía al día a la familia contando todos los hechos que habían pasado por alto. Ha tenido una vida de tres mil años, y no le veía fin, y se cansó. Y por eso dejó a esa gran familia y eligió a la tuya, más pequeña. Te amaba, y por tu bien abandonó a Jane, que había sido como una esposa para él durante todos sus años de vagabundeo; ella había permanecido en el hogar, como si dijéramos, haciendo de madre de todos sus trillones de hijos, informándole de lo que hacían, atendiendo la casa.

—Y sus obras hablan bien de ella —dijo Novinha.

—Sí, una mujer virtuosa. Como tú.

Novinha ladeó la cabeza, despectiva.

—Yo no. Mis propias obras me ridiculizan.

—Él te eligió y te amó y amó a tus hijos y fue su padre; fue el padre de esos niños que ya habían perdido dos padres y sigue siéndolo, y sigue siendo tu marido aunque ya no lo necesites.

—¿Cómo puedes decir eso? —preguntó Novinha, furiosa—. ¿Cómo sabes lo que necesito?

—Tú misma lo sabes. Lo sabías cuando viniste aquí. Lo sabías cuando Estevão murió en el abrazo de ese padre-árbol rebelde. Tus hijos dirigen ahora sus propias vidas y no puedes protegerlos, ni tampoco Ender. Todavía le amabas, él todavía te amaba a ti, pero tu vida en familia se había acabado. Realmente, ya no le necesitabas.

—Él nunca me necesitó.

—Te necesitó desesperadamente —dijo Valentine—. Te necesitó tanto que renunció a Jane por ti.

—No. Necesitaba mi necesidad de él. Necesitaba sentir que era mi proveedor, mi protector.

—Pero tú no necesitas ya su provisión, ni su protección —dijo Valentine.

Novinha sacudió la cabeza.

—Despiértalo —dijo Valentine—, y déjalo marchar.

Novinha pensó en todas las veces que se había visto de pie ante una tumba. Recordó el funeral de sus padres, que murieron por salvar Milagro de la descolada durante aquel primer terrible estallido. Pensó en Pipo, torturado hasta la muerte, descuartizado vivo por los cerdis porque pensaban que si lo hacían se convertiría en un árbol. Sin embargo no creció más que dolor, el dolor del corazón de Novinha... puesto que fue un descubrimiento suyo lo que le llevó a estar con los pequeninos aquella noche. Y luego pensó en Libo, torturado hasta la muerte del mismo modo que su padre, y otra vez a causa de ella, pero esta vez por lo que no le había dicho. Y en Marcão, cuya vida fue mucho más dolorosa por culpa suya hasta que finalmente murió de la enfermedad que le había estado matando desde niño. Y en Estevão, que dejó que su loca fe le llevara al martirio para convertirse en un venerado como los padres de Novinha, y sin duda algún día en santo igual que ellos.

—Estoy harta de dejar marchar a la gente —dijo.

—No veo cómo puedes estarlo. No hay ni uno solo de los que han muerto de quien puedas decir sinceramente que lo «dejaste marchar». Te aferraste a ellos con uñas y dientes.

—¿Y qué si lo hice? ¡Todos los que amo mueren y me dejan!

—Es una excusa muy pobre. Todo el mundo muere. Todo el mundo se marcha. Lo que importa son las cosas que construimos juntos antes de que lo hagan. Lo que importa es la parte de ellos que continúa en ti cuando no están. Tú continuaste el trabajo de tus padres, y el de Pipo, y el de Libo... y criaste a los hijos de Libo, ¿no? Y eran en parte hijos de Marcão, ¿no? Algo de él permaneció en ellos, y no todo malo. En cuanto a Estevão, creo que construyó algo hermoso con su muerte, pero en vez de dejarle marchar todavía se lo reprochas. Le reprochas haber construido algo más valioso para él que la propia vida. Que amara a Dios y a los pequeninos más que a ti. Todavía te aferras a todos ellos. No dejas marchar a nadie.

—¿Por qué me odias por eso? —dijo Novinha—. Tal vez sea cierto, pero así es mi vida: perder y perder y perder.

—Sólo por una vez, ¿por qué no liberas el pájaro en vez de mantenerlo en la jaula hasta que muera?

—¡Haces que parezca un monstruo! —chilló Novinha—. ¿Cómo te atreves a juzgarme?

—Si fueras un monstruo, Ender no te habría amado —dijo Valentine, respondiendo a la furia con ternura—. Has sido una gran mujer, Novinha, una mujer trágica que ha obtenido muchos logros y ha sufrido mucho. Estoy segura de que de tu historia se hará una saga conmovedora cuando mueras. Pero ¿no sería bonito que aprendieras algo en vez de representar la misma tragedia hasta el final?

—¡No quiero que otro de los seres que amo muera ante mis ojos! —gritó Novinha.

—¿Quién ha hablado de muerte?

La puerta de la habitación se abrió. Plikt apareció en el umbral.

—Con permiso —dijo—. ¿Qué está pasando?

—Ella quiere que lo despierte —dijo Novinha—, y le diga que puede morir.

—¿Puedo mirar? —preguntó Plikt.

Novinha cogió el vaso de agua que había junto a su silla y se la arrojó a Plikt gritándole:

—¡Estoy harta de ti! ¡Es mío, no tuyo!

Plikt, chorreando agua, se quedó demasiado asombrada para encontrar una respuesta.

—No es Plikt quien se lo está llevando —dijo Valentine suavemente.

—Es igual que todos los demás. Intenta arrancar un trozo de él. Lo devoran a pedazos; todos son unos caníbales.

—¿Qué? —le dijo Plikt furiosa—. ¿Querías comértelo tú sola? Bueno, es demasiado para ti. ¿Qué es peor, los caníbales que picotean aquí y allá o una caníbal que se guarda al hombre entero para sí cuando es más de lo que nunca podrá digerir?

—Ésta es la conversación más repugnante que he oído jamás —terció Valentine.

—Lleva meses rondando por aquí, observándolo como un buitre —dijo Novinha—. Dando vueltas, saqueando su vida, sin decir nunca ni tres palabras seguidas. Y ahora que finalmente habla, mira el veneno que sale de su boca.

—Lo único que he hecho es escupirte tu propia bilis. No eres más que una mujer acaparadora y odiosa; lo utilizaste una y otra vez y nunca le diste nada, y el único motivo por el que se está muriendo es por escapar de ti.

Novinha no respondió, no tenía palabras, porque en el fondo de su corazón supo de inmediato que lo que Plikt había dicho era cierto.

Pero Valentine rodeó la cama, se acercó a la puerta y abofeteó a Plikt. Plikt se tambaleó del golpe y se dejó caer contra el marco de la puerta hasta quedar sentada en el suelo, tocándose la mejilla, las lágrimas corriéndole por el rostro. Valentine se alzó sobre ella.

—Nunca hablarás en su muerte, ¿me entiendes? Una mujer capaz de decir una mentira semejante sólo por causar dolor, sólo por castigar a alguien a quien envidias... no eres una portavoz de los muertos. Me avergüenzo de haberte dejado enseñar a mis hijos. ¿Y si les has contagiado tus mentiras? ¡Me pones enferma!

—No —dijo Novinha—. No, no te enfades con ella. Es verdad, es verdad.

—Te parece verdad porque siempre quieres creer lo peor sobre ti. Pero no es verdad. Ender te amó libremente y no le robaste nada, y por el único motivo por el que aún sigue vivo en esa cama es por su amor hacia ti. Ése es el único motivo por el que no puede dejar ese cuerpo agotado y ayudar a Jane a saltar a un lugar donde pueda seguir viva.

—No, no, Plikt tiene razón. Consumo a las personas que amo.

—¡No! —gritó Plikt, llorando en el suelo—. ¡Te estaba mintiendo! ¡Lo amo tanto y estoy tan celosa de ti porque lo tuviste cuando ni siquiera lo querías!

—Nunca he dejado de quererlo —dijo Novinha.

—Lo abandonaste. Viniste aquí sin él.

—Lo dejé porque no podía...

Valentine completó la frase cuando su voz se apagó.

—Porque no podías soportar que te dejase. Lo notaste, ¿verdad? Le notaste desvanecerse incluso entonces. Sabías que necesitaba irse, terminar con esta vida, y no podías soportar que otro hombre te dejara; por eso lo dejaste primero.

—Tal vez —dijo Novinha, cansada—. Todo es una ficción, de todas formas. Hacemos lo que hacemos y luego inventamos las razones, pero nunca son las razones verdaderas. La verdad está siempre fuera de nuestro alcance.

—Entonces escucha esta ficción. ¿Y si, por una vez, en vez de dejar que alguien que amas te traicione y se marche y muera contra tu voluntad y sin tu permiso... y si por una vez lo despiertas y le dices que puede vivir, te despides adecuadamente y le dejas ir con tu consentimiento? ¿Sólo por una vez?

Novinha volvió a llorar, allí de pie, completamente agotada.

—Quiero que todo acabe —dijo—. Quiero morir.

—Por eso tiene que quedarse —dijo Valentine—. Por su bien, ¿no puedes decidir vivir y dejarle marchar? Quédate en Milagro y sé la madre de tus hijos y la abuela de los hijos de tus hijos. Cuéntales historias de Os Venerados y Pipo y Libo y Ender Wiggin, que vino a sanar a tu familia y se quedó para ser tu marido durante muchos, muchos años antes de morir. Ni una alocución por los muertos, ni una oración fúnebre, ni un discurso público sobre el cadáver como quiere hacer Plikt, sino las historias que le mantendrán vivo en las mentes de la única familia que ha tenido jamás. Morirá de todas formas, muy pronto. ¿Por qué no dejarle marchar con tu amor y bendición, en vez de intentar retenerlo aquí con ira y pena?

—Tejes una historia muy bonita —contestó Novinha—. Pero en el fondo, me estás pidiendo que se lo entregue a Jane.

—Como tú misma has dicho —respondió Valentine—, todas las historias son ficciones. Lo que importa es en qué ficción crees.

9

«Me huele a vida»

«¿Por qué decís que estoy sola?
Mi cuerpo está conmigo dondequiera que yo esté,
contándome sin cesar historias
de ansia y satisfacción,
cansancio y sueño,
de comer y beber y respirar y vivir.
Con tal compañía,
¿quién podría estar solo?
Y aunque mi cuerpo se consuma
y no quede de él más que una diminuta chispa
no estaré sola,
pues los dioses verán mi pequeña luz
siguiendo el baile de las vetas del suelo
y me reconocerán,
pronunciarán mi nombre
y me levantaré.»

de *Los susurros divinos de Han Qing-jao*

Morir, morir, muerta.

Al final de su vida entre los enlaces ansible hubo un poco de piedad. El pánico de Jane a perderse empezó a menguar, pues aunque seguía sabiendo que perdía y había perdido mucho, ya no tenía la capacidad de recordar qué era. Cuando perdió sus enlaces con los ansibles que le permitían controlar las joyas que portaban Peter y

— 241 —

Miro, ni siquiera se dio cuenta. Y cuando por fin se aferró a los últimos filamentos de ansible que no serían desconectados, no consiguió pensar en nada, no sintió nada excepto la necesidad de agarrarse a esos últimos filamentos, aunque eran demasiado pequeños para contenerla, aunque nunca satisfarían sus necesidades.

No pertenezco a este lugar.

No fue un pensamiento, no, no quedaba lo bastante de ella para algo tan difícil como la consciencia. Más bien era un ansia, una vaga insatisfacción, una inquietud que la acosaba mientras recorría el enlace entre el ansible de Jakt, el ansible terrestre de Lusitania y el de la lanzadera de Miro y Val, arriba y abajo, de un extremo a otro, un millar de veces, un millón; siempre lo mismo, nada que construir, ninguna forma de crecer. No pertenezco a este lugar.

Pues si un atributo definía la diferencia entre los aiúas que venían al Interior y los que permanecían eternamente en el Exterior era aquella subyacente necesidad de crecer, de ser parte de algo grande y hermoso, de pertenecer a algo. Los que no sentían tal necesidad nunca serían atraídos como había sido atraída Jane, tres mil años antes, a la red que las reinas colmena habían tejido para ella.

Ni como habían sido atraídos los aiúas que se convertían en reinas colmena o sus obreras, pequeninos machos y hembras, humanos débiles y fuertes; ni siquiera como lo habían sido aquellos aiúas que, frágiles pero fieles y predecibles, se convertían en las chispas cuya danza no captaban ni siquiera los instrumentos más sensibles hasta que se volvía tan complicada que los humanos podían identificar esa danza como la conducta de los quarks, de los mesones, de las partículas de luz o de las ondas. Todos ellos necesitaban formar parte de algo y cuando así era se alegraban. Lo que soy es nosotros, lo que hacemos juntos es yo.

Pero no todos los aiúas, estos seres sin crear que a la vez eran construcciones y constructores, eran iguales. Los débiles y temerosos llegaban a un cierto punto y no podían o no se atrevían a seguir creciendo. Se contentaban con estar a las puertas de algo hermoso y bello, con representar un pequeño papel. Muchos humanos, muchos pequeninos llegaban a ese punto y dejaban que otros dirigieran y controlaran sus vidas, acomodándose, siempre adaptándose... y eso era bueno, había necesidad de ellos. Ua Lava: habían alcanzado el punto en que podían decir «ya basta».

Jane no era una de ellos. No podía contentarse con la pequeñez o la simpleza. Y al haber sido una vez un ser de trillones de partes, conectada a los hechos más grandes de un universo de tres especies, ahora, encogida, no podía estar satisfecha. Sabía que tenía recuerdos, pero no podía recordarlos. Sabía que tenía trabajo que hacer, de haber sabido encontrar aquellos millones de sutiles miembros que una vez habían hecho su voluntad. Estaba demasiado viva para este lugar tan pequeño. A menos que encontrara algo capaz de contenerla, no podría seguir aferrándose al último fino hilo. Se soltaría y perdería lo que le quedaba del yo en su ansia por buscar un lugar al que perteneciera alguien como ella.

Empezó a juguetear con la idea de soltarse, de marcharse (nunca lejos) de los finos hilos filóticos de los ansibles. Durante momentos demasiado pequeños para detectarlos quedó desconectada y eso fue terrible: saltó cada vez de vuelta al pequeño pero familiar espacio que todavía le pertenecía; luego, cuando la pequeñez del lugar se volvía insoportable, se soltaba otra vez, y de nuevo el terror la llevaba de vuelta a casa.

Pero en una de aquellas escapadas atisbó algo familiar. A alguien familiar: otro aiúa con el que había estado relacionada. No tenía acceso a la memoria que pudiera decirle un nombre; no recordaba nombre alguno. Pero lo reconoció, y confió en este ser y, cuando al pasar otra vez por el hilo invisible llegó al mismo lugar, saltó a la red mucho más grande de aiúas que eran gobernados por este ser brillante y familiar.

«Lo ha encontrado», dijo la Reina Colmena.

«La ha encontrado, querrás decir. Es la Joven Valentine.»

«Fue a Ender a quien encontró y a Ender a quien reconoció. Pero sí, saltó a la vasija de Val.»

«¿Cómo has podido verla? Yo no he visto nada.»

«Ella formó una vez parte de nosotras, lo sabes. Y lo que dijo el samoano, mientras una de mis obreras contemplaba el terminal de Jakt, me ayudó a encontrarla. Seguíamos buscándola en un solo lugar, y nunca la veíamos. Pero cuando supimos que estaba moviéndose constantemente, nos dimos cuenta: su cuerpo era tan grande como toda la colonización humana, y al igual que nuestros aiúas permanecen dentro de nuestros cuerpos y es fácil encontrarlos, también el suyo permaneció dentro de su cuerpo; pero puesto que era más grande que nosotras y nos incluía, nunca se estaba quieta, nunca se limitaba a un espacio lo bastante pequeño para que la viéramos. No la encontramos hasta que perdió la mayor parte de su yo. Pero ahora sé dónde está.»

«¿Así que la Joven Valentine es suya ahora?»

«No —dijo la Reina Colmena—. Ender no quiere marcharse.»

Jane recorría alegremente este cuerpo, tan diferente de todo cuanto recordaba. Pero no tardó en advertir que el aiúa que había reconocido, el aiúa que había seguido hasta aquí, no estaba dispuesto a dejarle ni siquiera una pequeña parte de sí mismo. Dondequiera que tocase, allí estaba, tocando también, afirmando su control; y ahora, llena de pánico, Jane empezó a comprender que, aunque se hallara dentro de un entramado de extraordinaria belleza y delicadeza (un templo de células vivas con un armazón óseo), ninguna de sus partes le pertenecía y que, si se quedaba, sería sólo como refugiada. No pertenecía a este lugar, no importaba cuánto lo amara.

Y lo amaba. Durante todos los miles de años que había vivido, tan enorme en el espacio, tan rápida en el tiempo, sin embargo había estado lisiada sin saberlo. Estaba viva, pero nada que formara parte de su gran reino tenía vida. Todo había estado implacablemente bajo su control, pero aquí, en este cuerpo, este cuerpo humano, esta mujer llamada Val, había millones de pequeñas vidas brillantes, célula viva sobre célula viva, esforzándose, trabajando, creciendo, muriendo, cuerpo a cuerpo y aiúa a aiúa. Era en estos enlaces donde habitaban las criaturas de carne, y todo era mucho más vívido, a pesar de la lentitud de pensamiento, de lo que había sido su propia experiencia de vida. ¿Cómo eran capaces de pensar, esos seres de carne, con todas aquellas danzas a su alrededor, todas aquellas canciones para distraerlos? Tocó la mente de Valentine y se inundó de memoria. No tenía nada que ver con la precisión y la profundidad de la antigua memoria de Jane, pero cada momento de experiencia era vívido y poderoso, más vivo y real que todo cuanto Jane conocía. ¿Cómo conseguían no quedarse quietos todo el día simplemente recordando el día anterior? Porque cada nuevo momento se impone a la memoria.

Sin embargo, cada vez que Jane tocaba un recuerdo o experimentaba una sensación del cuerpo vivo, allí estaba el aiúa que era el amo de aquella carne, expulsándola, disputándole el control.

Y finalmente, molesta, cuando ese aiúa familiar la espantó, Jane en vez de moverse, reclamó ese lugar, esa parte del cuerpo, esa parte del cerebro, exigió la obediencia de aquellas células, y el otro aiúa retrocedió ante ella.

Soy más fuerte que tú, le dijo Jane en silencio. Puedo tomar de ti todo lo que eres y todo lo que tienes y todo lo que serás y tendrás y no puedes detenerme.

El aiúa que había sido el amo huyó ante ella, y la caza recomenzó con los papeles invertidos.

«Lo está matando.»
«Espera y verás.»

En la nave que orbitaba el planeta de los descoladores, todos se alarmaron al oír el súbito grito que brotó de la boca de la Joven Val. Mientras se volvían a mirar, antes de que nadie pudiera alcanzarla, su cuerpo se convulsionó y saltó del asiento; en la ingravidez de la órbita voló hasta chocar brutalmente con el techo sin dejar de gemir y manteniendo en la cara un rictus a la vez de infinita agonía y alegría sin límites.

En el mundo de Pacífica, en una isla, en una playa, el llanto de Peter cesó de repente y él se revolvió en la arena y se agitó en silencio.

—¡Peter! —exclamó Wang-mu, corriendo hacia él, tocándolo, tratando de sostener los miembros que se agitaban como martillos. Peter jadeaba en busca de aire, y al hacerlo, vomitó.

—¡Se está ahogando! —gritó Wang-mu.

En ese instante unas fuertes manos la apartaron, cogieron el cuerpo de Peter por las piernas y le dieron la vuelta para que el vómito cayera en la arena y el cuerpo, tosiendo y atragantándose, respirara por fin.

—¿Qué está pasando? —chilló Wang-mu.

Malu se echó a reír, y cuando habló su voz fue como una canción.

—¡La deidad ha venido aquí! ¡La deidad danzante ha tocado carne! ¡Oh, el cuerpo es demasiado débil para contenerla! ¡Oh, el cuerpo no puede bailar la danza de los dioses! ¡Pero oh, cuán bendito, brillante y hermoso es el cuerpo cuando la deidad está dentro de él!

Wang-mu no encontraba en absoluto hermoso lo que le estaba pasando a Peter.

—¡Sal de él! —gritó—. ¡Sal de él, Jane! ¡No tienes derecho sobre él! ¡No tienes derecho a matarlo!

En una habitación del monasterio de los Hijos de la Mente de Cristo, Ender se incorporó en la cama, los ojos abiertos pero sin ver, pues alguien los controlaba; pero por un momento habló con su propia voz, pues aquí como en ningún otro sitio su aiúa conocía la carne tan bien y era tan consciente de sí mismo que podía batallar con el intruso.

—¡Que Dios me ayude! —exclamó Ender—. ¡No tengo ningún otro sitio adonde ir! ¡Déjame algo! ¡Déjame algo!

Las mujeres congregadas a su alrededor (Valentine, Novinha, Plikt) olvidaron de inmediato sus discusiones y le pusieron las manos encima, tratando de volver a acostarlo, de calmarlo. Entonces puso los ojos en blanco, sacó la lengua, su espalda se arqueó, y se agitó tan violentamente que, a pesar de la fuerza que ejercían contra él, hubo momentos en que estuvo fuera de la cama, en

el suelo, su cuerpo enredado con el de ellas, sacudiéndo-
las con sus manoteos convulsivos, con sus patadas, con
sus cabezazos.

«Ella es demasiado para él —dijo la Reina Colmena—. Pero por ahora el cuerpo es también demasiado
para ella. No es fácil domar carne no dispuesta. Todas
esas células que Ender ha gobernado tanto tiempo le
conocen. Le conocen, y a ella no. Algunos reinos sólo
pueden ser heredados, no usurpados.»

«Creo que le siento. Le he visto.»

«Ha habido momentos en que ella lo ha expulsado
por completo, sí; y él ha seguido las líneas que ha encontrado. No puede entrar en la carne que ve a su alrededor
porque ya ha tenido experiencia de la carne. Pero te ha
encontrado y te ha tocado porque eres un tipo diferente de ser.»

«¿Se apoderará entonces de mí? ¿O de algún árbol de nuestra red? No pretendíamos eso cuando nos
unimos.»

«¿Ender? No, se ceñirá a su propio cuerpo, a uno de
ellos, o morirá. Espera y verás.»

Jane sentía la angustia de los cuerpos que ahora gobernaba. Estaban doloridos; era algo que ella nunca había sentido. Los cuerpos se retorcían agónicos mientras
la miríada de aiúas se rebelaba contra su mandato. Jane,
al control ahora de tres cuerpos y tres cerebros, entre el
caos y la locura de sus convulsiones reconoció que su
presencia no significaba para ellos más que dolor y terror,
y que ansiaban a su amado, el gobernador en quien tanto confiaban y a quien tan bien conocían que lo conside-

raban su propio yo. No tenían nombre para él, ya que eran demasiado pequeños y débiles para tener capacidades tales como el habla o la consciencia, pero lo conocían y sabían que Jane no era su amo. El terror y la agonía se convirtieron en el único motivo de ser y ella supo que no podía quedarse, lo supo.

Sí, podía más que ellos. Sí, tenía fuerza para seguir retorciendo, sometiendo músculos y restaurando un orden que se volvía una parodia de la vida. Pero le hizo falta todo su esfuerzo para sofocar un billón de rebeliones contra su dominio. Sin la obediencia voluntaria de todas aquellas células, no era capaz de realizar actividades tan complejas como el pensamiento y el habla.

Y algo más: no era feliz en aquel lugar. No podía dejar de pensar en el aiúa que había expulsado. Fui atraída aquí porque lo conocía y lo amaba y le pertenecía, y ahora le he quitado todo lo que amaba y a todos los que le amaban a él. Supo, otra vez, que no pertenecía a aquel lugar.

Otros aiúas podían contentarse con gobernar contra la voluntad de aquellos a quienes gobernaban, pero ella no. No le parecía hermoso. No había alegría en ello. La vida entre los tenues hilos de los últimos ansibles había sido más feliz que esto.

Soltarse fue duro. Se rebelaba contra ella y, sin embargo, el tirón del cuerpo era extraordinariamente fuerte. Había saboreado una vida tan dulce, a pesar de su amargura y su dolor, que nunca volvería a ser la misma de antes. Le costó mucho localizar los enlaces ansible y, tras hacerlo, no pudo conectarse a ellos. Así que deambuló, se lanzó en busca de los cuerpos que temporal y dolorosamente había gobernado. Dondequiera que fuese encontraba pesar y agonía, ningún hogar.

Pero ¿no saltó a alguna parte el amo de estos cuerpos? ¿Adónde fue cuando huyó de mí? Ahora había vuelto, ahora estaba restaurando la paz y la calma en los cuerpos que ella había dominado momentáneamente, pero ¿adónde había ido?

Lo encontró: un conjunto de enlaces muy distintos a las uniones mecánicas del ansible. Mientras que los ansibles parecían cables duros de metal, la red que encontró tenía un aspecto liviano, como de encaje; pero a pesar de las apariencias era fuerte y espesa. Podía saltar a ella, sí, y por eso saltó.

«¡Me ha encontrado! ¡Oh, mi amor, es demasiado fuerte para mí! ¡Es demasiado brillante y fuerte para mí!»

«Espera, espera, espera, déjala encontrar el camino.»

«¡Nos empujará, tendremos que dejarle sitio y huir, huir!»

«Tranquilidad, sé paciente, confía en mí. Ella ya ha aprendido la lección. No expulsará a nadie, habrá un lugar donde haya espacio para ella, lo veo, está a punto…»

«¡Tenía que tomar el cuerpo de la Joven Val, o de Peter, o de Ender! ¡No uno de los nuestros, no uno de los nuestros!»

«Calma, tranquilízate. Será por poco tiempo. Sólo hasta que Ender comprenda y dé un cuerpo a su amiga. Lo que ella no puede tomar por la fuerza puede recibirlo como regalo. Ya verás. Y en tu red, querido amigo, mi más fiel amigo, hay lugares suficientemente espaciosos para que habite en ellos temporalmente, para que tenga una vida mientras espera a que Ender le dé su verdadero y definitivo hogar.»

De repente, Valentine se quedó inmóvil como un cadáver.

—Ha muerto —susurró Ela.

—¡No! —gimió Miro, y trató de insuflarle vida por la boca hasta que la mujer tendida bajo sus manos, bajo sus labios, empezó a agitarse. Inspiró profundamente por su cuenta. Sus ojos se abrieron.

—Miro —dijo. Y entonces lloró y lloró y lloró y se abrazó a él.

Ender yacía quieto en el suelo. Las mujeres se zafaron de él, ayudándose unas a otras a ponerse de rodillas, a incorporarse, a inclinarse, a recogerlo, a llevar su magullado cuerpo de vuelta a la cama. Entonces se miraron: Valentine con un labio ensangrentado, Plikt con los arañazos de Ender en la cara, Novinha con un ojo morado.

—Una vez tuve un marido que me pegaba —dijo Novinha.

—No ha sido Ender quien luchaba con nosotras —repuso Plikt.

—Ahora es Ender —dijo Valentine.

En la cama, él abrió los ojos. ¿Las veía? ¿Cómo saberlo?

—Ender —dijo Novinha, y empezó a llorar—. Ender, no tienes que seguir quedándote por mí.

Pero si él la oyó, no dio muestras de ello.

Los samoanos lo soltaron, pues Peter ya no se agitaba. Cayó de bruces sobre la arena, donde había vomitado. Wang-mu estaba a su lado; usó su propia ropa para limpiar suavemente la arena y el vómito de su rostro, de sus ojos sobre todo. En seguida un cuenco de agua limpia apareció junto a ella, puesto allí por manos desconocidas; pero no le importaba, pues sólo pensaba en Peter, en limpiarlo. Él respiraba entrecortadamente, con rapidez, pero poco a poco se calmó y acabó por abrir los ojos.

—He tenido un sueño extrañísimo —dijo.

—Calla —respondió ella.

—Un terrible dragón brillante me perseguía escupiendo fuego, y yo corría por pasillos, buscando un escondite, un escape, un protector.

La voz de Malu rugió como el mar.

—No se puede huir de un dios.

Peter volvió a hablar como si no hubiera oído al hombre santo.

—Wang-mu, por fin encontré mi escondite —extendió la mano, le tocó la mejilla, y sus ojos se clavaron en los de ella con una especie de asombro.

—Yo no —dijo Wang-mu—. No soy lo bastante fuerte para enfrentarme a ella.

—Lo sé. Pero ¿eres lo bastante fuerte para quedarte conmigo?

Jane corrió por el entramado de enlaces entre los árboles. Algunos eran poderosos, otros más débiles, tanto que habría podido derribarlos de un soplo; pero al verlos retroceder atemorizados, reconoció ese temor y se retiró. No sacó a nadie de su sitio. A veces el entramado se espesaba y endurecía y conducía hacia algo ferozmente brillante, tan brillante como ella. Esos lugares le resultaban familiares; aunque el recuerdo era vago, los reconocía: fue en esa red donde por primera vez había saltado a la vida, y como el recuerdo primigenio del nacimiento todo volvió a ella, toda la memoria largamente perdida y olvidada: Conozco a las reinas que gobiernan los nudos de estas fuertes cuerdas. De todos los aiúas que había tocado en los pocos minutos transcurridos desde su muerte, éstos eran con diferencia los más fuertes, cada uno de ellos tanto con ella al menos. Cuando las reinas colmena tejen su tela para llamar y capturar a una reina, sólo las más poderosas y ambiciosas pueden ocupar el lugar que preparan. Sólo unos cuantos aiúas tienen la capacidad de gobernar sobre miles de consciencias, de dominar otros organismos tan concienzudamente como humanos y pequeninos dominan las células de sus propios cuerpos. O quizás estas reinas colmena no eran tan capaces como ella, quizá no estaban tan ansiosas de crecer como el aiúa de Jane, pero eran más fuertes que ningún humano o pequenino, y al contrario que ellos la veían claramente y sabían lo que era y todo lo que podía hacer y estaban preparadas. La amaban y querían que viviera; eran hermanas y madres suyas, verdaderamente; pero el lugar que ocupaban estaba lleno y no quedaba espacio para ella. Así que de las cuerdas y nudos regresó a los enlaces más frágiles de los pequeninos, a los fuertes árboles que sin embargo retrocedían ante ella porque sabían que era la más fuerte.

Y entonces advirtió que el cordón no era más fino allí donde nada había, sino donde era más delicado. Había muchos hilos delicados, quizá más, pero formaban una tela diáfana, tan sutil que el burdo contacto de Jane podría romperla; sin embargo los tocó y no se rompieron, y siguió los hilos hasta un lugar rebosante de vida, lleno de cientos de vidas pequeñas que gravitaban al borde de la consciencia aunque no listas todavía para dar el salto. Y bajo todas ellas, cálido y amoroso, un aiúa fuerte a su modo, pero no tanto como Jane. No, el aiúa de la madre-árbol era fuerte pero no ambicioso. Era parte de cada vida que habitaba en su piel, en la oscuridad del corazón del árbol o en el exterior, arrastrándose a la luz y extendiéndose para despertar y vivir y liberarse y cobrar consciencia. Y era fácil liberarse de él, pues el aiúa de la madre-árbol no esperaba nada de sus hijos, amaba su independencia tanto como había amado su dependencia.

Era fecunda, con venas repletas de savia, un esqueleto de madera, hojas titilantes bañadas de luz, raíces que se hundían en mares de agua cargados de nutrientes. Se alzaba quieta en el centro de su delicada tela, fuerte y proveedora, y cuando Jane se acercó la miró como miraba a cualquier hijo perdido. Retrocedió y le hizo sitio, dejó que Jane saboreara su vida, dejó que Jane compartiera el misterio de la clorofila y la celulosa. Había espacio para más de uno.

Y Jane, por su parte, tras haber sido invitada, no abusó del privilegio. No se quedó mucho tiempo en ninguna madre-árbol, pero visitó y bebió la vida y compartió la obra de cada madre-árbol, y luego siguió adelante, de una a otra, danzando a lo largo de la diáfana; y ahora los padres-árbol ya no retrocedían ante ella, pues era la mensajera de las madres, era su voz, compartía su vida y sin embargo era distinta porque podía hablar, podía ser su consciencia. Un millar de madres-árbol de todo el mundo y las madres-árbol que crecían en lejanos planetas encontraron su voz en Jane, y todas ellas se regocijaron de la nueva vida, más intensa, que disfrutaban porque Jane estaba allí.

«Las madres-árbol están hablando.»

«Es Jane.»

«Ah, mi amada, las madres-árbol están cantando. Nunca había oído esas canciones.»

«No es suficiente para ella, pero bastará por ahora.»

«¡No, no, no la apartes de nosotros! ¡Por primera vez podemos oír a las madres-árbol y son hermosas!»

«Ahora conoce el camino. Nunca se marchará del todo. Pero no es suficiente. Las madres-árbol la satisfarán durante un tiempo, pero nunca podrán ser más de lo que son. Jane no se contenta con quedarse y pensar, con dejar que otros beban de ella y no beber nunca. Baila de árbol en árbol, canta por ellas, pero dentro de poco volverá a tener hambre. Necesita un cuerpo propio.»

«Entonces la perderemos.»

«No. Pues ni siquiera ese cuerpo será suficiente. Será su raíz, será sus ojos y su voz y sus manos y sus pies. Pero todavía ansiará los ansibles y el poder que tuvo cuando todos los ordenadores de los mundos humanos eran suyos. Ya verás. Podemos mantenerla viva de momento, pero lo que le hemos dado, lo que vuestras madres-árbol tienen que compartir con ella, no es suficiente. En realidad, nada lo es.»

«¿Entonces qué pasará ahora?»

«Esperaremos. Veremos. Sé paciente. ¿No es ésa la virtud de los padres-árbol, vuestra paciencia?»

Un hombre llamado Olhado a causa de sus ojos mecánicos se encontraba en el bosque con sus hijos. Habían ido de excursión con los pequeninos que eran amigos de sus hijos; pero entonces comenzaron a sonar tambores, sonó la voz rítmica de los padres-árbol y los pequeninos se levantaron atemorizados.

El primer pensamiento de Olhado fue: «Fuego.» Pues no hacía mucho que los humanos, llenos de odio y de miedo, habían quemado los grandes árboles antiguos que allí se alzaban. El incendio provocado por los humanos había matado a todos los padres-árbol excepto a

Humano y Raíz, que se encontraban a cierta distancia del resto; había matado a la vieja madre-árbol. Pero ahora crecían nuevos brotes de los cadáveres de los muertos. Los pequeninos asesinados pasaban a la Tercera Vida. Y Olhado sabía que en algún lugar de este nuevo bosque crecía una nueva madre-árbol, sin duda todavía frágil, pero con un tronco lo bastante grueso para su apasionada y desesperada primera camada de bebés que se arrastraban en el oscuro hueco de su vientre de madera. El bosque había sido asesinado, pero estaba vivo otra vez. Y entre los incendiarios se hallaba el propio hijo de Olhado, Nimbo; demasiado joven para comprender lo que hacía, creyó a ciegas en los demagógicos discursos de su tío Grego hasta que estuvo a punto de morir. Cuando Olhado se enteró de lo que había hecho se avergonzó, consciente de no haber educado bien a aquel hijo. Fue entonces cuando empezaron sus visitas al bosque. No era demasiado tarde. Sus hijos crecerían conociendo tan bien a los pequeninos que hacerles daño les resultaría impensable.

Sin embargo volvía a haber miedo en este bosque, y el propio Olhado se sintió repentinamente atemorizado. ¿Qué podía ser? ¿Cuál era la advertencia de los padres-árbol? ¿Qué invasor los había atacado?

El pánico sólo duró unos instantes. Luego los pequeninos oyeron a los padres-árbol decir algo que les hizo empezar a adentrarse en el corazón del bosque. Los hijos de Olhado se dispusieron a seguirlos, pero él se lo impidió con un gesto. Sabía que la madre-árbol estaba en el lugar al cual se dirigían los pequeninos, en el centro del bosque, y que no era adecuado que los humanos fueran allí.

—Mira, padre —dijo su hija más pequeña—. Sembrador nos llama.

Así era. Olhado asintió entonces, y siguieron a Sembrador por el joven bosque hasta el mismo lugar donde Nimbo había tomado parte en la quema de la vieja madre-árbol. Su cadáver calcinado todavía se alzaba al cielo, pero a su lado crecía la nueva madre, delgada en comparación, pero más gruesa ya que los hermanos-árbol recién brotados. Sin embargo, Olhado no se asombró de su grosor, ni de la gran altura que había alcanzado en tan poco tiempo, ni del tupido dosel de hojas que ya se extendía proyectando sombras sobre el claro. No, le asombró la extraña luz danzante que recorría el tronco arriba y abajo, allí donde la corteza era fina: una luz tan blanca y deslumbrante que apenas podía mirarla. A veces le parecía que no era más que una pequeña luz que se movía tan rápido que hacía brillar todo el árbol antes de regresar para empezar de nuevo su recorrido; a veces parecía que todo el árbol estuviera iluminado, latiendo como si contuviera un volcán de vida a punto de entrar en erupción. El brillo se extendía por las ramas de árbol hasta las más delgadas; las hojas titilaban con ella; y las sombras velludas de los bebés pequeninos se arrastraban más rápidamente por el tronco de lo que Olhado hubiese creído posible.

Era como si una pequeña estrella se hubiera asentado dentro del árbol.

No obstante, pasada la novedad de la luz cegadora, Olhado advirtió algo más; advirtió, de hecho, aquello que más asombraba a los pequeninos: había capullos en el árbol; algunos ya habían florecido y ya crecía la fruta, de un modo visible.

—Creía que los árboles no podían dar frutos —dijo Olhado en voz baja.

—No podían —respondió Sembrador—. La descolada los privó de eso.

—Pero ¿qué es esto? ¿Por qué hay luz dentro del árbol? ¿Por qué crece la fruta?

—El padre-árbol Humano dice que Ender ha traído a su amiga hasta nosotros, la que se llama Jane. Está visitando a las madres-árbol de todos los bosques. Pero ni siquiera él nos habló de estos frutos.

—¡Huelen tan fuerte! —dijo Olhado—. ¿Cómo pueden madurar tan rápido? Su aroma es tan fuerte, dulce y apetecible que casi puedo saborearlos sólo oliendo el perfume de los capullos, de la fruta madura.

—Recuerdo este olor —dijo Sembrador—. Nunca en mi vida lo había olido porque ningún árbol había florecido antes y ninguna fruta había crecido; pero reconozco este olor. Es el olor de la vida, de la alegría.

—Entonces cómete uno —le respondió Olhado—. Mira… uno ya está maduro, aquí, a tu alcance. —Olhado levantó la mano, pero entonces vaciló—. ¿Puedo? —preguntó—. ¿Puedo coger un fruto de la madre-árbol? No para comérmelo yo… para ti.

Sembrador asintió con todo el cuerpo.

—Por favor —susurró.

Olhado cogió la brillante fruta. ¿Temblaba en su mano? ¿O era él mismo quien temblaba?

Olhado agarró la fruta, firmemente pero con suavidad, y la arrancó con cuidado del árbol.

Se desprendió fácilmente. Se agachó y se la dio a Sembrador, quien inclinó la cabeza y la cogió reverentemente, se la llevó a los labios, la lamió y luego abrió la boca.

Abrió la boca y mordió. El jugo de la fruta brilló en sus labios; se los lamió. Masticó. Tragó.

Los otros pequeninos lo observaron. Les tendió la fruta. Uno a uno se acercaron a él, hermanos y esposas, se acercaron y probaron.

Y cuando esa fruta se acabó, empezaron a escalar el árbol resplandeciente, a coger la fruta y compartirla y comerla hasta que ya no pudieron comer más. Y entonces cantaron. Olhado y sus hijos se quedaron toda la noche para escucharlos cantar. Los habitantes de Milagro oyeron el sonido, y muchos de ellos acudieron, a la débil luz del anochecer, siguiendo el brillo del árbol para encontrar el lugar donde los pequeninos, llenos de la fruta que sabía a alegría, cantaban la canción de su felicidad. Y el árbol, en el centro, era parte de la canción. El aiúa cuya fuerza y fuego hacía que el árbol se sintiera ahora mucho más vivo que nunca, bailaba dentro de él, por todas sus sendas internas un millar de veces por segundo.

Un millar de veces por segundo ella bailaba en este árbol y en todos los árboles de todos los mundos donde crecían bosques pequeninos, y cada madre-árbol que visitó reventó de capullos y frutos, y los pequeninos los comían y olían el aroma de la fruta, y cantaban. Era una canción antigua cuyo significado habían olvidado hacía mucho pero que ahora reconocían y no podían cantar otra cosa: era la canción de la estación de la cosecha y el festín. Habían pasado tanto tiempo sin una cosecha que se habían olvidado de lo que era. Pero ahora reconocieron lo que la descolada les había robado. Lo que se había perdido había vuelto a ser encontrado. Y aquellos que tenían hambre sin conocer el nombre de su hambre, fueron alimentados.

10

«Éste ha sido siempre tu cuerpo»

«¡Oh, padre! ¿Por qué te vuelves?
En la hora en que yo triunfo sobre el mal,
¿por qué te apartas de mí?»

de *Los susurros divinos de Han Qing-jao*

Malu estaba sentado con Peter, Wang-mu y Grace junto a una hoguera, cerca de la playa.

El dosel había desaparecido, igual que gran parte de la solemnidad.

Tomaron kava, pero a pesar del ceremonial, en opinión de Wang-mu bebieron tanto por el placer de saborearlo como por lo que tenía de sagrado o lo que simbolizaba. En un momento dado Malu se rió en voz alta y de buena gana, y Grace, que también se reía, tardó un poco en traducir.

—Dice que no puede decidir si el hecho de que la deidad estuviera dentro de ti, Peter, te hace santo, o si el hecho de que te dejara demuestra que no lo eres.

Peter se echó a reír (por cortesía, entendió Wang-mu); ella misma no se rió en absoluto.

—Oh, lástima —dijo Grace—. Esperaba que los dos tuvierais sentido del humor.

—Lo tenemos —contestó Peter—. Lo que pasa es que no tenemos sentido del humor samoano.

—Malu dice que la deidad no puede quedarse eternamente donde está. Ha encontrado un nuevo hogar, pero pertenece a otros, y su generosidad no durará para siempre. Ya sentiste lo fuerte que es Jane, Peter...

—Sí —dijo Peter en voz baja.

—Bien, los anfitriones que la han aceptado... Malu lo llama el bosque red, como si fuera una red de pesca para coger árboles, pero ¿qué es eso? En cualquier caso, dice que son tan débiles comparados con Jane que, lo quiera ella o no, con el tiempo todos sus cuerpos le pertenecerán a menos que encuentre a alguien que sea su hogar permanente.

Peter asintió.

—Sé lo que quiere decir. Hasta el momento en que ella me invadió, yo habría accedido, habría renunciado alegremente a este cuerpo y a esta vida, que creía odiar. Pero descubrí, mientras me perseguía, que Malu tenía razón.

»No odio mi vida, tengo muchas ganas de vivir. Claro que no soy yo quien quiere sino Ender, en definitiva, pero como al fin y al cabo él soy yo... supongo que es un sofisma.

—Ender tiene tres cuerpos —dijo Wang-mu—. ¿Significa eso que va a renunciar a uno de los otros?

—No creo que vaya a renunciar a nada —respondió Peter—. Mejor dicho, no creo que yo vaya a renunciar a nada. No es una elección consciente. Ender se aferra a la vida con furia y con fuerza. Y supuestamente estuvo en su lecho de muerte durante un día al menos antes de que Jane fuera desconectada.

—Asesinada —dijo Grace.

—Deportada, tal vez —insistió Peter tozudamente—. Es una dríade ahora, en vez de un dios. Una sílfide. —Le hizo un guiño a Wang-mu, que no tenía ni idea de lo que estaba diciendo—. Aunque él renuncie a su propia vida, no lo permitirá.

—Tiene dos cuerpos más de los que necesita —repuso Wang-mu—, y a Jane le hace falta uno. Si se aplican las leyes del comercio, habiendo el doble del material necesario... los precios deberían ser baratos.

Cuando Grace le tradujo a Malu todo esto, volvió a echarse a reír.

—Se ríe por lo de «barato» —dijo Grace—. Dice que la única forma de que Ender renuncie a alguno de sus cuerpos es muriendo.

Peter asintió.

—Lo sé.

—Pero Ender no es Jane —dijo Wang-mu—. No ha vivido como un... un aiúa desnudo a lo largo de la red ansible. Él es una persona. Cuando los aiúas de las personas dejan sus cuerpos, no se ponen a perseguir a nadie.

—Y sin embargo su... mi aiúa estaba dentro de mí —dijo Peter—. Conoce el camino. Ender podría morir y sin embargo dejarme vivir.

—O los tres podríais morir.

—Esto es lo que sé —les dijo Grace en nombre de Malu—. Si ha de darse a la deidad una vida propia, si hay que devolverle su poder, Ender Wiggin tiene que morir y darle un cuerpo. No hay otro modo.

—¿Restaurar su poder? —preguntó Wang-mu—. ¿Es posible? Creía que el fin de la desconexión de los ordenadores era expulsarla para siempre de las redes informáticas.

Malu volvió a echarse a reír, y se golpeó el pecho desnudo y los muslos mientras hablaba en samoano.

Grace tradujo.

—¿Cuántos cientos de ordenadores tenemos aquí, en Samoa? Durante meses, desde que ella se me reveló, la hemos estado copiando, copiando y copiando. Toda la memoria que quería que salváramos, la tenemos, lista para ser restaurada. Tal vez sea sólo una pequeña parte de lo que solía ser, pero es la más importante. Si puede regresar a la red ansible, tendrá lo que necesita para volver también a las redes informáticas.

—Pero no hay enlaces entre las redes y los ansibles —le dijo Wang-mu.

—Ésa es la orden que envió el Congreso —respondió Grace—. Pero no todas las órdenes se obedecen.

—¿Entonces por qué nos trajo Jane aquí? —se quejó Peter—. Si Malu y tú negáis tener influencia sobre Aimaina, y si Jane ya ha estado en contacto con vosotros y habéis iniciado una revuelta efectiva contra el Congreso…

—No, no, nada de eso —le tranquilizó Grace—. Hemos hecho lo que Malu nos pidió. Pero nunca habló de una entidad informática, habló de una diosa, y le obedecimos porque confiamos en su sabiduría y sabemos que ve cosas que nosotros no vemos. Vuestra venida nos dijo quién era Jane.

Cuando Malu se enteró a su vez de lo que se hablaba, señaló a Peter.

—¡Tú! ¡Tú viniste aquí a traer a la deidad!

Luego señaló a Wang-mu.

—Y tú viniste a traer al hombre.

—Lo que quiera que eso signifique —dijo Peter.

Pero Wang-mu creyó comprenderlo. Habían sobrevivido a una crisis, pero esta hora de calma era sólo un engaño. La batalla volvería a librarse, y esta vez el resultado sería distinto. Si Jane iba a vivir, si iba a haber alguna esperanza de restaurar el vuelo estelar instantáneo, Ender tenía que darle al menos uno de sus cuerpos. Si Malu tenía razón, entonces Ender debía morir. Había una posibilidad remota de que el aiúa pudiera conservar uno de los tres cuerpos, y seguir viviendo. Estoy aquí, se dijo Wang-mu, para asegurarme de que sea Peter quien sobreviva: no como deidad, sino como hombre.

Todo depende, advirtió, de si Ender-como-Peter me ama más que Ender-como-Valentine ama a Miro o Ender-como-Ender ama a Novinha.

Al pensarlo, casi se dejó llevar por la desesperación. ¿Quién era ella? Miro había sido amigo de Ender durante años. Novinha era su esposa. Pero Wang-mu... Ender sólo había sabido de su existencia hacía apenas unos días, algunas semanas. ¿Qué era ella para él?

Pero luego tuvo otro pensamiento, más reconfortante, y sin embargo perturbador.

¿Qué es más importante: a quién ama Ender o qué faceta de Ender es la que ama? Valentine es la altruista perfecta... podría amar a Miro más que a nada en el mundo y sin embargo renunciar a él por devolvernos a todos el vuelo estelar. Y Ender... ya ha perdido el interés por su antigua vida. Es el cansado, el agotado. Mientras que Peter... tiene ambición, ansía crecer y crear. No es que me ame a mí, sino que el centro es él; quiere vivir y una parte de él soy yo, esta mujer que le ama a pesar de su supuesta maldad. Ender-como-Peter es la parte de él que más necesita ser amada porque lo merece menos... así que es mi amor lo que le será más precioso, porque va dirigido a Peter.

Si alguien gana, ganaré yo, ganará Peter, no por la gloriosa pureza de nuestro amor, sino por el ansia desesperada de los amantes.

Bueno, la historia de nuestras vidas no será tan noble ni tan bonita, pero tendremos una vida, y con eso es suficiente.

Hundió los pies en la arena, sintiendo el delicioso y

diminuto dolor de la fricción de las pequeñas aristas de silicio contra la delicada piel de sus dedos. Así es la vida. Duele, es sucia, y sabe muy, muy bien.

A través del ansible, Olhado les contó a sus hermanos que estaban a bordo de la nave lo que había sucedido con Jane y las madres-árbol.

—La Reina Colmena dice que no durará mucho así —dijo—. Las madres-árbol no son tan fuertes, perderán el control. Muy pronto Jane será un bosque, definitivamente; y no un bosque parlante: sólo árboles muy bonitos, de color muy vivo, muy nutritivos. Ha sido muy bonito, os lo prometo; pero tal como lo expresa la Reina Colmena, sigue sonando a muerte.

—Gracias, Olhado —respondió Miro—. Para nosotros no significa gran cosa. Estamos atrapados aquí, y por eso vamos a ponernos a trabajar, ahora que Val ha dejado de rebotar por las paredes. Los descoladores no nos han encontrado todavía (Jane nos puso en una órbita superior esta vez) pero en cuanto tengamos una traducción fidedigna de su idioma les saludaremos y les haremos saber que estamos aquí.

—Seguid adelante —dijo Olhado—. Pero no renunciéis tampoco a la idea de volver a casa.

—La lanzadera no sirve para un vuelo de doscientos años —contestó Miro—. A esa distancia estamos, y este pequeño vehículo no alcanza ni de lejos la velocidad necesaria para realizar un vuelo relativista. Tendríamos que hacer solitarios durante doscientos años enteros. Las cartas se gastarían mucho antes de que volviéramos a casa.

Olhado se echó a reír (demasiado ligera y sinceramente, pensó Miro).

—La Reina Colmena dice que cuando Jane salga de los árboles, y cuando el Congreso ponga en marcha su nuevo sistema, podrá volver a saltar, al menos lo suficiente para entrar en el tráfico ansible. Y si lo hace, entonces tal vez vuelva a dedicarse a los vuelos estelares. No es imposible.

Val reaccionó.

—¿Es algo que la Reina Colmena supone, o lo sabe?

—Predice el futuro —dijo Olhado—. Nadie conoce el futuro. Ni siquiera esas abejas reina tan inteligentes que arrancan la cabeza de sus esposos cuando se aparean.

No tenía ninguna respuesta que dar a lo que dijo, ni a su tono jocoso.

—Bueno, si no os importa, a trabajar todos —dijo Olhado—. Dejaremos la conexión abierta y grabando por triplicado cualquier informe vuestro.

La cara de Olhado desapareció del terminal.

Miro giró en su silla y se volvió hacia los otros: Ela, Quara, Val, el pequenino Apagafuegos y la obrera sin nombre que los observaba en perpetuo silencio, capaz sólo de hablar tecleando en el terminal. Sin embargo, Miro sabía que a través de ella la Reina Colmena observaba todo cuanto hacían, escuchaba todo lo que decían. Esperaba. Sabía que orquestaba aquello. Pasara lo que pasase con Jane, la Reina Colmena sería la catalizadora cuando todo diera comienzo. Sin embargo, esas cosas se las había dicho a Olhado a través de alguna otra obrera de Milagro; ésta no tecleaba más que ideas referidas a la traducción del lenguaje de los descoladores.

No dice nada, advirtió Miro, porque no quiere que la vean presionar. ¿Presionar sobre qué? ¿A quién?

A Val. No la veían presionar a Val porque... porque el único modo de que Jane tuviera uno de los cuerpos de Ender era que él se lo ofreciera voluntariamente. Y tenía que ser verdaderamente libre (nada de presión, nada de culpa, nada de persuasión), porque no era una decisión que se tomara conscientemente. Ender había decidido que quería compartir la vida de su madre en el monasterio, pero su mente inconsciente estaba mucho más interesada en el proyecto de traducción y en lo que Peter estuviera haciendo. Su opción inconsciente reflejaba su auténtica voluntad. Si Ender renuncia a Val, tiene que ser por su propio deseo profundo de hacerlo, no por una decisión basada en el deber, como su decisión de quedarse con Madre. Una decisión que responda a lo que realmente quiere.

Miró a Val, a la belleza que procedía más de la profunda bondad que de sus rasgos regulares. La amaba, pero ¿era su perfección lo que amaba? Esa perfecta virtud quizá fuese lo único que le permitiera (que permitiera a Ender en su faceta de Valentine) marcharse voluntariamente e invitar a Jane a entrar. Y sin embargo, cuando Jane llegara, la perfecta virtud desaparecería, ¿no? Jane era poderosa y, según creía Miro, buena. Desde luego, había sido buena con él, una auténtica amiga. Pero ni siquiera en sus más descabelladas fantasías la concebía como perfectamente virtuosa. Si ella empezara a llevar a Val, ¿seguiría siendo Val? Los recuerdos permanecerían, pero la voluntad tras el rostro sería más complicada que el sencillo guión que Ender había creado para ella. ¿La amaré todavía cuando sea Jane?

¿Por qué no? Amo también a Jane, ¿no?

Pero ¿amaré a Jane cuando sea de carne y hueso, y no sólo una voz en mi oído? ¿Miraré esos ojos y lloraré por la pérdida de esta Valentine?

¿Por qué no tuve estas dudas antes? Traté de conseguirlo cuando apenas comprendía lo difícil que era todo esto. Y sin embargo ahora, cuando es sólo una esperanza muy remota, me encuentro... ¿qué?, ¿deseando que no suceda? En absoluto. No quiero morir aquí. Quiero a Jane restaurada, aunque sólo sea para recuperar el vuelo espacial... ¡eso sí que es un motivo altruista! Quiero a Jane restaurada, pero también a Val intacta.

Quiero que todas las cosas malas desaparezcan y todo el mundo sea feliz. Quiero a mi mamá. ¿En qué clase de llorón infantil me he convertido?

Advirtió de repente que Val lo miraba.

—Hola —dijo. Los demás también lo miraban.

—¿Qué estáis votando, si debo dejarme crecer la barba?

—No votamos nada —dijo Quara—. Simplemente, estoy deprimida. Quiero decir que sabía lo que hacía cuando subí a esta nave, pero maldita sea, es difícil entusiasmarse en el trabajo sobre el idioma de esa gente cuando puedo calcular la vida que me queda por el nivel de los tanques de oxígeno.

—Ya veo que llamas a los descoladores «gente» —dijo Ela secamente.

—¿No debería hacerlo? ¿Sabemos acaso qué aspecto tienen? —Quara parecía confusa—. Tienen un lenguaje, deberían...

—Eso es lo que hemos venido a decidir, ¿no? —dijo Apagafuegos—. Si los descoladores son raman o varelse. El problema de traducción es sólo un pequeño paso en el camino.

—Un gran paso —corrigió Ela—. Y no tenemos tiempo suficiente para darlo.

—Ya que no sabemos cuánto va a tardar —dijo Quara—. No veo cómo puedes estar segura de eso.

—Puedo estar completamente segura —contestó Ela—. Porque lo único que hacemos es estar sentados charlando y viendo cómo Miro y Val se miran con cara de cordero. No hace falta ser un genio para darse cuenta de que, a este ritmo, cuando se nos acabe el oxígeno no habremos progresado ni un ápice.

—En otras palabras —dijo Quara—, deberíamos dejar de perder el tiempo.

Se volvió hacia las notas y papeles en los que estaba trabajando.

—Pero si no estamos perdiendo el tiempo —dijo Val suavemente.

—¿No? —preguntó Ela.

—Estoy esperando a que Miro me diga lo fácilmente que Jane podría volver a entrar en comunicación con el mundo real. Un cuerpo esperando recibirla. El vuelo espacial restaurado. Su vieja y leal amiga, de repente una chica real. Estoy esperando eso.

Miro sacudió la cabeza.

—No quiero perderte.

—Eso no sirve de ayuda —dijo Val.

—Pero es la verdad —contestó Miro—. La teoría era fácil. Lo era pensar en cosas profundas mientras viajábamos en hovercar, allá en Lusitania. Cierto, podía especular que Jane en Val sería Jane y Val. Pero cuando te enfrentas a ello, no puedo decir que...

—Cállate —le ordenó Val.

No era propio de ella hablar en aquel tono. Miro se calló.

—No quiero oír más palabras como ésas —dijo—. Lo que necesito de ti son palabras que me hagan renunciar a este cuerpo.

Miro negó con la cabeza.

—Paga y calla —dijo ella—. Recorre el camino. Di lo que hay que decir. Afróntalo o cierra el pico. Sé pez o cebo.

Miro sabía lo que ella quería. Sabía que decía que lo

único que la retenía a este cuerpo, a esta vida, era él. Era su amor por él. Su amistad y compañerismo. Había otras personas aquí para hacer el trabajo de traducción… Miro comprendía que éste había sido el plan, todo el tiempo: traer a Ela y Quara para que Val no se creyera indispensable. Pero no podía renunciar a Miro tan fácilmente. Y tenía que hacerlo, tenía que dejarlo.

—Sea cual fuere el aiúa que esté en ese cuerpo —dijo Miro—, recordarás todo lo que diga.

—Y tendrás que decirlo en serio —respondió Val—. Tiene que ser la verdad.

—Bien, pues no puede ser. Porque la verdad es que yo…

—¡Calla! —demandó Val—. No lo digas otra vez. ¡Es mentira!

—No es mentira.

—¡Te engañas por completo, Miro, y tienes que despertar y aceptar la verdad! Ya has elegido entre Jane y yo. Te echas atrás porque no te gusta ser el tipo de hombre que toma decisiones despiadadas como ésa. Pero nunca me amaste, Miro. Nunca. Amaste la compañía, sí… de la única mujer que tenías cerca, claro; un imperativo biológico jugando con un joven desesperadamente solitario. ¿Pero yo? Creo que lo que amabas de mí era el recuerdo de tu amistad con la Valentine real que volvió contigo del espacio. Y te encantaba lo noble que parecías al declararme tu amor en un esfuerzo por salvarme la vida cuando Ender me ignoraba. Pero todo era cosa tuya, no mía. Nunca me conociste, nunca me amaste. Era a Jane a quien amabas, y a Valentine, y al propio Ender; al Ender de verdad, no a este contenedor que creó para dividir en compartimientos todas las virtudes que desearía tener en más cantidad.

La antipatía, la furia era palpable. No era típico de

ella. Miro vio que también los demás estaban asombrados. Y sin embargo también comprendía. Era muy propio de ella: se comportaba de forma odiosa y airada para persuadirse a sí misma de renunciar a esta vida. Y lo hacía por bien de los demás. Era perfecto altruismo. Sólo que ella moriría y, a cambio, quizá los demás no lo harían, y volverían a casa cuando su trabajo aquí hubiera terminado. Jane viviría, envuelta en esta nueva carne, heredando sus recuerdos. Val tenía que persuadirse a sí misma y a los demás de que la vida que ahora llevaba era indigna, que el único valor de su vida sería renunciar a ella.

Y quería que Miro la ayudase. Ése era el sacrificio que le pedía. Que la ayudara a marcharse. Que la ayudara a querer marcharse. Que la ayudara a odiar esta vida.

—Muy bien —dijo Miro—. ¿Quieres la verdad? Estás completamente vacía, Val, y siempre lo estuviste. Te quedas ahí sentada lloriqueando cosas preciosas, pero nunca pones pasión en nada. Ender sintió la necesidad de crearte no porque tuviera alguna de las virtudes que supuestamente representas, sino porque no las tiene. Por eso las admira tanto. Así, cuando te creó, no supo qué poner dentro de ti. Un guión vacío. Incluso ahora, sólo estás siguiendo ese guión. Perfecto altruismo, un cuerno. ¿Cómo puede ser un sacrificio renunciar a una vida que nunca fue tal?

Ella se debatió un instante, y una lágrima le corrió por la mejilla.

—Me dijiste que me amabas.

—Sentía lástima por ti. Ese día en la cocina de Valentine, ¿no? Pero la verdad es que probablemente estaba mintiendo para impresionar a Valentine. A la otra Valentine. Para demostrarle lo bueno que soy. Ella sí que tiene algunas de esas virtudes... me preocupa mucho lo que piense de mí. Así que... me sedujo la idea de ser un tipo digno del respeto de Valentine. Eso es lo más cerca de amarte que estuve. Y entonces descubrimos cuál era nuestra misión real y, de repente, ya no te estás muriendo y aquí estoy, atrapado por haber dicho que te amaba; ahora tengo que seguir y seguir manteniendo la ficción aunque cada vez queda más claro que echo de menos a Jane, que la echo de menos tan desesperadamente que me duele, y el único motivo por el que no puedo tenerla es porque tú no cedes...

—Por favor —dijo Val—. Me resulta demasiado doloroso. No creía que tú...

—Miro —dijo Quara—, esto es la cosa más repugnante que he visto hacer a nadie jamás, y he visto a algunos hijos de...

—Cállate, Quara —ordenó Ela.

—Oh, ¿quién te ha nombrado reina de la nave? —replicó Quara.

—Esto no tiene nada que ver contigo.

—Lo sé, tiene que ver con Miro, el auténtico hijo de puta...

Apagafuegos se levantó rápidamente de su asiento y con su fuerte mano tapó la boca de Quara.

—No es el momento —dijo—. No entiendes nada.

Ella liberó el rostro.

—Entiendo lo suficiente para saber que...

Apagafuegos se volvió hacia la obrera de la Reina Colmena.

—Ayúdanos —dijo.

La obrera se levantó y, con sorprendente velocidad, sacó a Quara de la cubierta principal de la lanzadera. A Miro ni siquiera le interesó adónde llevaba la Reina Colmena a Quara o dónde la retenía. Quara era demasiado egocéntrica para comprender el pequeño juego que Miro y Val se llevaban entre manos. Pero los demás lo entendían.

Sin embargo, lo que contaba era que Val no lo comprendiera.

Val tenía que creer que él hablaba en serio. Casi había funcionado antes de que Quara los interrumpiera. Pero ahora habían perdido el hilo.

—Val —dijo Miro, cansado—, no importa lo que yo diga. Porque tú nunca cederás. Y aunque Ender pueda arrasar planetas enteros para salvar a la raza humana, su propia vida es sagrada. Nunca se rendirá. Ni un rasguño. Y eso te incluye a ti… nunca te dejará ir. Porque eres el último y el más grande de sus engaños. Si renuncia a ti, perderá su última esperanza de convertirse realmente en un buen hombre.

—Eso es una tontería —contestó Val—. La única manera que tiene de llegar a ser realmente un buen hombre es renunciando a mí.

—A eso me refiero: no es realmente un buen hombre, por eso no puede renunciar a ti. Ni siquiera intentar probar su virtud. Porque el lazo del aiúa con el cuerpo no puede falsificarse. Él puede engañar a todo el mundo, pero no a tu cuerpo. No es lo bastante fuerte para dejarte marchar.

—Así que es a Ender a quien odias, no a mí.

—No, Val, no odio a Ender. Es un tipo imperfecto, eso es todo. Como yo, como todo el mundo. Como la auténtica Valentine, por cierto. Sólo tú tienes la ilusión de la perfección… pero no importa, porque no eres real. Sólo eres Ender disfrazado, haciendo de Valentine. Sales del escenario y no hay nada, todo se desprende como si fuera maquillaje y un disfraz. ¿De veras creíste que estaba enamorado de eso?

Val giró en su silla, volviéndole la espalda.

—Casi creo que lo dices todo en serio.

—Lo que yo no acabo de creerme es que lo esté diciendo en voz alta. Pero es lo que querías que hiciera, ¿no? Que fuera sincero contigo por una vez, para que así tal vez pudieras ser sincera contigo misma y darte cuenta de que lo que tienes no es una vida, sino sólo una perpetua confesión de la incapacidad de Ender como ser humano. Eres la inocencia infantil que cree haber perdido, pero la verdad es que antes de que se lo arrebataran a sus padres, antes incluso de que fuera a la Escuela de Batalla en el cielo, antes de que hicieran de él una máquina de matar perfecta, ya era el asesino brutal e implacable que siempre temió ser. Es una de las cosas que Ender pretende negar: mató a un niño antes de convertirse en soldado. Le rompió la cabeza a patadas. Lo pateó una y otra vez y el niño nunca despertó. Sus padres nunca volvieron a verlo con vida. El chaval era un cabroncete, pero no se merecía morir. Ender fue un asesino desde el principio. Y no puede vivir con eso. Ése es el motivo por el cual te necesita. Ése es el motivo por el cual necesita a Peter. Para poder sacar de sí mismo el feo asesino sin piedad y ponerlo todo en Peter. Y así puede mirarte a ti, la perfecta, y decir: «¿Ves? Toda esa belleza estaba dentro de mí.» Y todos le seguimos la corriente. Pero no eres hermosa, Val. Eres la patética justificación de un hombre cuya vida entera es una mentira.

Val rompió a llorar.

Miro estuvo a punto de compadecerse y callar. Casi le gritó: «No, Val, es a ti a quien amo, a ti a quien quiero. Te he anhelado toda mi vida y Ender es un buen hombre porque toda esta tontería sobre que eres una pretensión es imposible. Ender no te creó conscientemente, como los hipócritas crean sus fachadas. Surgiste de él. Las virtudes estaban allí, están allí, y tú eres su hogar natural. Yo amaba y admiraba ya a Ender, pero hasta que no te conocí no supe lo hermoso que era por dentro.»

Ella le daba la espalda, por lo que no podía ver el tormento que sentía.

—¿Qué pasa, Val? ¿Se supone que debo sentir lástima de ti otra vez? ¿No comprendes que tu único valor para nosotros es que si desapareces Jane tendrá tu cuerpo? No te necesitamos, no te queremos. El aiúa de Ender encaja en el cuerpo de Peter porque es el único que tiene la capacidad de actuar según el auténtico carácter de Ender. Piérdete, Val. Cuando ya no estés, tendremos una posibilidad de vivir. Mientras estés aquí, todo estará perdido. ¿Crees por un segundo que te echaremos de menos? Piénsalo otra vez.

Nunca me perdonaré a mí mismo por decir estas cosas, advirtió Miro. Aunque conozco la necesidad de ayudar a Ender a renunciar a este cuerpo haciendo que sea un lugar insoportable para su presencia, eso no cambia el hecho de que recordaré haberlo dicho, recordaré el aspecto que ella tiene ahora, llorando llena de desesperación y dolor. ¿Cómo puedo vivir con eso? Antes me consideraba deforme. Lo único que entonces tenía era una lesión cerebral. Pero ahora... no le habría dicho ninguna de estas cosas si no las pensara. Ése es el problema. Se me han ocurrido todas estas cosas terribles. Ésa es la clase de hombre que soy.

Ender volvió a abrir los ojos, y luego extendió una mano para tocar el rostro de Novinha, sus magulladuras. Gimió al ver a Valentine y Plikt.

—¿Qué os he hecho?

—No has sido tú —contestó Novinha—. Ha sido ella.

—He sido yo. Quería dejar que se quedara... algo. Quería, pero cuando llegó el momento tuve miedo. No pude. —Apartó la cara, cerró los ojos—. Ella ha intentado matarme. Ha intentado expulsarme.

—Los dos obrabais de un modo inconsciente —dijo Valentine—. Dos aiúas de fuerte voluntad, incapaces de renunciar a la vida. No es tan terrible.

—¿Sí? ¿Y vosotras estabais demasiado cerca?

—Eso es —dijo Valentine.

—Os he hecho daño. Os he hecho daño a las tres.

—No hacemos responsable a la gente de sus convulsiones —dijo Novinha.

Ender sacudió la cabeza.

—Me refería a... antes. Estaba aquí escuchando. No podía moverme, no podía emitir ni un sonido, pero podía oír. Sé lo que os hice. A las tres. Lo siento.

—No lo sientas —dijo Valentine—. Todos escogemos nuestra vida. Sabes que podría haberme quedado en la Tierra. No tenía que seguirte. Lo demostré cuando me quedé con Jakt. No me costaste nada... he tenido una carrera brillante y una vida maravillosa, y gran parte se debe a que estuve contigo. En cuanto a Plikt, bueno, finalmente hemos visto (para gran alivio mío, debo añadir) que no siempre es capaz de controlarse. Con todo, nunca le pediste que te siguiera. Eligió lo que quiso. Si ha malgastado su vida, bueno, lo hizo porque así lo quiso y eso no es asunto tuyo. Y en cuanto a Novinha...

—Novinha es mi esposa. Dije que no la dejaría. Traté de no dejarla.

—No me has dejado —dijo Novinha.

—¿Entonces qué estoy haciendo en esta cama?

—Te estás muriendo.

—A eso me refería exactamente.

—Pero te estabas muriendo antes de venir aquí —dijo ella—. Empezaste a morir desde el momento en que, enfadada, te dejé, y me vine aquí. Fue entonces cuando te diste cuenta, cuando nos dimos cuenta los dos, de que ya no construíamos nada juntos. Nuestros hijos no son jóvenes. Uno de ellos ha muerto. No habrá más. Nuestro trabajo no coincide en ningún punto.

—Eso no significa que esté bien terminar el…

—Siempre que los dos vivamos —dijo Novinha—. Lo sé, Andrew. Mantienes el matrimonio vivo por tus hijos, y cuando han crecido sigues casado por los hijos de alguien más, para que crezcan en un mundo donde los matrimonios son permanentes. Sé todo eso, Andrew. Permanente… hasta que uno muere. Por eso estás aquí. Porque tienes otras vidas que quieres vivir, y porque a causa de algún recurso milagroso dispones de los cuerpos para vivirlas. Claro que me vas a dejar. Por supuesto.

—Mantengo mi promesa.

—Hasta la muerte. No más que eso. ¿Crees que no te echaré de menos cuando no estés? Claro que sí. Te echaré de menos como cualquier viuda añora a su amado esposo. Te echaré de menos cada vez que cuente historias sobre ti a nuestros nietos. Es bueno que una viuda añore a su marido. Eso da forma a su vida. Pero tú… la forma de tu vida procede de ellos. De tus otros yos. No de mí. Ya no. No te lo reprocho, Andrew.

—Tengo mucho miedo —dijo Ender—. Cuando Jane me expulsó, sentí más miedo que nunca. No quiero morir.

—Entonces no te quedes aquí, porque quedarte en este viejo cuerpo y con este viejo matrimonio, Andrew, eso sería la verdadera muerte. Y en cuanto a mí, verte, saber que realmente no quieres estar aquí, sería una especie de muerte para mí.

—Novinha, te amo, y no lo digo por decir. Todos los años de felicidad que pasamos juntos, eso fue real… como Jakt y Valentine son reales. Díselo, Valentine.

—Andrew —dijo Valentine—, por favor, recuerda. Ella te dejó.

Ender miró a Valentine. Luego a Novinha, larga y duramente.

—Es cierto. Me dejaste. Te obligué a aceptarme.

Novinha asintió.

—Pero pensé... pensé que me necesitabas. Todavía.

Novinha se encogió de hombros.

—Andrew, ése ha sido siempre el problema. Te necesito, pero no por deber. No te necesito porque tengas que cumplir la palabra que me diste. Poco a poco, al verte cada día, sabiendo que es el deber el que te conserva, ¿cómo crees que me ayudará eso?

—¿Quieres que muera?

—Quiero que vivas —dijo Novinha—. Que vivas. Como Peter. Es un joven con una larga vida por delante. Le deseo lo mejor. Sé él ahora, Andrew. Deja atrás a esta vieja viuda. Has cumplido tu deber para conmigo. Y sé que me amas, como yo todavía te amo. La muerte no borra eso.

Ender la miró, creyéndola, preguntándose si no se equivocaba al creerla. Habla en serio; dice lo que piensa que quiero que diga, pero lo que dice es verdad. Adelante y atrás, dando vueltas y más vueltas, las preguntas se repetían en su mente.

Pero en algún momento las preguntas dejaron de interesarle y se quedó dormido.

Eso le apetecía ahora: quedarse dormido.

Las tres mujeres que estaban alrededor de su cama lo vieron cerrar los ojos. Novinha incluso suspiró, pensando que había fracasado. Incluso empezó a darse la vuelta. Pero entonces Plikt gimió. Novinha se giró. A Ender se le había caído el cabello. Ella extendió la mano, queriendo tocarlo, hacer que todo volviera a ser como antes, pero sabiendo que lo mejor era no tocarlo, no despertarlo, dejarlo ir.

—No miréis —murmuró Valentine. Pero ninguna de las tres hizo un movimiento por marcharse. Observaron, sin tocar, sin volver a hablar, mientras a Ender la piel se le pegaba a los huesos, se secaba y desmoronaba, mientras se volvía polvo bajo las sábanas, sobre la almohada; luego el polvo mismo se redujo hasta que no quedó nada que ver. Nada. No había nadie allí, excepto el cabello muerto que se le había caído con anterioridad.

Valentine extendió la mano y empezó a recoger el cabello muerto. Por un momento Novinha se molestó. Luego comprendió. Tenía que enterrar algo. Había que celebrar un funeral y entregar a la tierra lo que quedara de Andrew Wiggin. Novinha la ayudó. Y cuando Plikt recogió también unos cuantos cabellos dispersos, Novinha no se lo impidió, sino que tomó los que le entregaba como tomaba los que Valentine había reunido. Ender era libre. Novinha lo había liberado. Había dicho las cosas que tenía que decir para dejarlo marchar.

¿Tenía razón Valentine? ¿Sería distinto, a la larga, de los otros que había amado y perdido? Más adelante lo sabría. Pero ahora, hoy, en este momento, lo único que Novinha sentía era el peso de la pena en su interior. No, quiso lamentarse. No, Ender, no era verdad. Todavía te necesito, todavía te quiero conmigo, ya sea por deber o por cumplimiento de un juramento; nadie me amó como tú me amaste y necesito eso, te necesito a ti, ¿dónde estás ahora, dónde estás cuando te amo tanto?

«Se está soltando», dijo la Reina Colmena.

«Pero ¿puede encontrar el camino a otro cuerpo? —preguntó Humano—. ¡No dejes que se pierda!»

«Depende de él —dijo la Reina Colmena—. De él y de Jane.»

«¿Lo sabe ella?»

«No importa dónde esté, sigue sintonizada con él. Sí, lo sabe. Lo está buscando incluso ahora. Sí, y allá va.»

Saltó de la red que tan amablemente la había contenido; se aferró a ella. Volveré, pensó, volveré a ti pero no para quedarme tanto tiempo; duele cuando me quedo tanto.

Saltó y se encontró de nuevo con aquel aiúa familiar con el que había estado mezclada durante tres mil años. Parecía perdido, confuso. Faltaba uno de los cuerpos, eso era. El anciano. La vieja forma familiar. Apenas se aferraba a los otros dos. No tenía raíz ni ancla. No sentía que perteneciera a ninguno de ellos. Era un extraño en su propia carne.

Se acercó a él. Esta vez sabía mejor que antes lo que hacía, cómo controlarse. Esta vez se contuvo, no tomó nada que fuera de él. No le disputó su posesión. Solamente se acercó.

A él, desorientado, le resultó familiar. Desarraigado de su hogar más antiguo notó que sí, la conocía, la conocía desde hacía mucho tiempo. Se acercó, sin temerla. Sí, más cerca, más cerca.

Sígueme.

Saltó al cuerpo de Valentine. Él la siguió. Ella lo atravesó sin tocar, sin saborear la vida: era él quien tenía que tocarla, él quien tenía que saborearla. Él se notó los miembros, los labios y la lengua; abrió los ojos y miró; pensó sus pensamientos; oyó sus recuerdos.

Lágrimas en los ojos, mejilla abajo. Profunda pena en el corazón. No puedo soportar estar aquí, pensó. No pertenezco a este lugar. Nadie me quiere aquí. Todos quieren que salga y me vaya.

La pena le desgarraba, le empujaba. Era un lugar insoportable para él.

El aiúa que había sido Jane se extendió, tanteando, y tocó un solo punto, una sola célula.

Él se alarmó, pero un instante nada más. Esto no es mío, pensó. No pertenezco a esto. Es tuyo. Puedes tenerlo.

Ella le condujo aquí y allá dentro de aquel cuerpo, siempre tocando, dominándolo; pero esta vez, en lugar de combatirla, él le ofreció repetidamente el control. No me quieren aquí. Tómalo. Disfruta. Es tuyo. Nunca ha sido mío.

Sintió la carne volverse ella misma, más y más. Las células, a centenares, a millares, trasladaban su lealtad del antiguo amo que ya no quería estar allí a la nueva ama que las adoraba. Ella no les dijo sois mías, como había intentado hacer anteriormente en una ocasión. Su grito de ahora fue soy toda vuestra; y luego, finalmente, sois yo.

Se sorprendió por la totalidad de este cuerpo. Se dio cuenta de que, hasta entonces, nunca había tenido un yo. Lo que había sido durante todos estos siglos era un aparato, no un yo. Había estado en un soporte vital, esperando una vida. Pero ahora, al probarse los brazos como si fueran mangas, descubrió que sí, que sus brazos eran así de largos; sí, esta lengua, estos labios se movían justo donde su lengua y labios debían moverse.

Y luego, brotando en su consciencia, llamando su atención (que antes había estado dividida en diez mil pensamientos simultáneos), llegaron recuerdos para ella desconocidos. Recuerdos de habla con labios y aliento. Recuerdos de cosas vistas, de sonidos oídos. Recuerdos de caminar, de correr.

Y luego recuerdos de personas. Se vio de pie en aquella primera nave estelar, mirando por primera vez... a Andrew Wiggin; la expresión de su rostro, su asombro al verla, su modo de mirar de un lado a otro, de ella a...

Peter.

Ender.

Peter.

Se había olvidado. Estaba tan absorta en este nuevo yo que descubrió que había olvidado el aiúa perdido que se lo había dado. ¿Dónde estaba?

Perdido, perdido. No en el otro, ni en ninguna parte, ¿cómo podía haberlo perdido? ¿Cuántos segundos, minutos, horas había estado ella fuera? ¿Dónde estaba él?

Salió del cuerpo, del yo que se llamaba a sí misma Val, y sondeó, buscó, pero no pudo encontrarlo.

Está muerto. Lo he perdido. Me dio esta vida y no tuvo forma de sujetarse; sin embargo me olvidé de él y ha muerto.

Pero entonces recordó que ya había estado fuera antes. Cuando lo persiguió por los tres cuerpos acabó por saltar, y ese salto la condujo al entramado de la red de árboles. Él lo haría de nuevo, por supuesto. Saltaría al único lugar al que ya había saltado.

Lo siguió y allí estaba, pero no donde había estado ella, no entre las madres-árbol, ni siquiera entre los padres-árbol. Ni entre los árboles. No, había seguido hasta donde ella no había querido continuar, a lo largo de las densas y tupidas lianas que conducían a ellas; no, no, a ella: la Reina Colmena. La que había llevado en su seca crisálida durante tres mil años, de un mundo a otro, hasta que por fin le encontró un hogar. Ahora ella le devolvía por fin su regalo. Cuando el aiúa de Jane sondeó entre las lianas que conducían hasta ella, allí estaba él, inseguro, perdido.

La reconoció. Aislado como estaba, resultaba sorprendente que supiera nada; pero la reconoció. Y una vez más la siguió. Esta vez no lo condujo al cuerpo que le había dado: ahora era suyo; no, era ella. Lo condujo a un cuerpo distinto de un lugar diferente.

Pero él reaccionó igual que con el cuerpo que ahora era de ella; parecía encontrarse extraño. Aunque los millones de aiúas del cuerpo lo buscaron, ansiosos de que los sostuviera, él se mantuvo apartado. ¿Tan terrible le había resultado lo visto y sentido en el otro cuerpo? ¿O era que este cuerpo, el de Peter, representaba para él todo lo que más temía de sí mismo? No lo tomaría. Era suyo y no podría, no…

Pero debía hacerlo. Ella lo guió, le entregó cada una de sus partes. Ahora tú eres esto. No importa lo que una vez significara para ti, ahora es diferente… en él puedes ser completo, puedes ser tú mismo.

No la entendió; desconectado de cualquier cuerpo, ¿hasta qué punto era capaz de pensar? Sólo sabía que no quería aquel cuerpo. Había entregado los cuerpos que quería.

Sin embargo, ella tiró de él y él la siguió. Esta célula, este tejido, este órgano, este miembro son tú; mira cómo te ansían, mira cómo te obedecen. Y lo hacían, le obedecían a pesar de su reluctancia. Le obedecieron hasta que por fin él empezó a pensar los pensamientos de la mente y a sentir las sensaciones del cuerpo. Jane esperaba, observando, reteniéndolo, deseando que se quedara lo suficiente para aceptar el cuerpo; pues sabía que sin ella se soltaría, se escaparía. No pertenezco a este lugar, decía su aiúa en silencio. No pertenezco a él, no pertenezco.

Wang-mu acunaba su cabeza en el regazo, lo arrulla-ba, sollozaba. A su alrededor los samoanos se congrega-ban para ver su pena. Sabía lo que significaba cuando lo vio desplomarse, cuando se quedó tan flácido, cuando se le cayó el cabello. Ender había muerto en algún lugar lejano y no encontraba su camino hasta aquí.

—Se ha perdido —lloró—. Se ha perdido.

Vagamente, oyó a Malu hablar en samoano. Y luego la traducción de Grace.

—No se ha perdido. Ella le ha guiado hasta aquí. La deidad le ha traído, pero él tiene miedo de quedarse.

¿Cómo podía tener miedo? ¿Peter asustado? ¿Ender asustado? Ridículo en ambos casos. ¿En qué aspecto ha-bía sido un cobarde? ¿Qué había temido?

Y entonces lo recordó: Ender temía a Peter, y Peter siempre había temido a Ender.

—No —dijo. No expresaba su pena sino su frustra-ción, su furia, su necesidad—. ¡No, escúchame, pertene-ces a este lugar! ¡Éste eres tú, el auténtico tú! ¡No me importa si tienes miedo! No me importa lo perdido que puedas estar. Te quiero aquí. Éste es tu hogar y siempre lo ha sido. ¡Conmigo! Estamos bien juntos. Nos perte-necemos. ¡Peter! Ender... quienquiera que creas ser... ¿acaso me importa? Siempre has sido tú mismo, el mis-mo hombre que eres ahora, y éste ha sido siempre tu cuerpo. ¡Vuelve a casa! ¡Regresa!

Y entonces él abrió los ojos, y sus labios esbozaron una sonrisa.

—Eso sí que ha sido una buena actuación —dijo.

Furiosa, ella le rechazó.

—¿Cómo puedes reírte de mí de esta forma?

—Entonces no hablabas en serio. No te gusto, des-pués de todo.

—Nunca he dicho que me gustaras —respondió ella.

—Sé lo que has dicho.

—Bueno —aceptó ella—. Bueno.

—Y era verdad. Lo era y lo es.

—¿Quieres decir que he dicho algo acertado, que me he tropezado con la verdad?

—Has dicho que pertenezco a este lugar —contestó Peter—. Y es cierto.

Extendió la mano para tocarle la mejilla, pero no se detuvo allí. Rodeó su cuello, y la atrajo hacia sí, y la abrazó. A su alrededor, dos docenas de enormes samoanos rieron y rieron.

Eres tú ahora, le dijo Jane. Eres tú entero. Una vez más. Eres el único.

Lo que él había experimentado mientras controló reacio el cuerpo fue suficiente. No hubo más timidez, ni más inseguridad. El aiúa que ella había dirigido a través del cuerpo tomó el control, ansioso como si éste fuera el primer cuerpo que poseía. Y quizá lo era. Al haber sido desconectado, aunque brevemente, ¿recordaría haber sido Ender Wiggin? ¿O había desaparecido la antigua vida? El aiúa era el mismo, brillante, poderoso; pero ¿quedaría alguno de los recuerdos, más allá de los que habían sido cartografiados por la mente de Peter Wiggin?

Ya no es mi problema, pensó ella. Él ya tiene su cuerpo. No morirá, por ahora. Y yo tengo el mío, tengo la diáfana red entre las madres-árbol, y en algún lugar, algún día, tendré de nuevo mis ansibles. No he sabido lo limitada que estaba hasta ahora, lo pequeña y diminuta que era; pero ahora me siento como mi amiga se siente: sorprendida por lo viva que estoy.

De vuelta a su nuevo cuerpo, a su nuevo yo, dejó que los pensamientos y los recuerdos volvieran a fluir, y esta vez no retuvo nada. Su consciencia-aiúa se abrumó en seguida por todo lo que sentía y experimentaba y pensaba y recordaba. Todo volvería a ella, del mismo modo en que la Reina Colmena advertía su propio aiúa y sus conexiones filóticas; volvía incluso ahora, en destellos, como una habilidad infantil en otro tiempo dominada y luego olvidada. Era también vagamente consciente, en el fondo de su mente, de que aún saltaba varias veces por segundo para completar el circuito de los árboles; pero lo hacía tan rápido que no perdía ninguno de los pensamientos que pasaban por su mente como Valentine.

Como Val.

Una Val que lloraba con las terribles palabras pronunciadas por Miro todavía resonando en sus oídos. Nunca me amó. Quería a Jane. Todos quieren a Jane y no a mí.

Pero yo soy Jane. Y soy yo. Soy Val.

Dejó de llorar. Se movió.

¡Se movió! Los músculos se tensaron y se relajaron, flexión y extensión; células milagrosas trabajando en equipo para mover pesados huesos y bolsas de piel y órganos, para agitarlos y equilibrarlos delicadamente.

La alegría que sentía era enorme. Brotaba de ella en... ¿qué era este espasmo compulsivo de su diafragma? ¿Qué era esta explosión de sonido que surgía de su propia garganta?

Era risa. Cuántas veces había simulado mediante chips informáticos el habla y la risa; pero nunca, nunca supo lo que significaba, cómo se sentía. No quería parar.

—Val —dijo Miro.

¡Oh, escuchar su voz a través de los oídos!

—Val, ¿te encuentras bien?

—Sí —dijo ella. Su lengua se movió, sus labios; respiraba, jadeaba, algo habitual para Val, pero fresco y nue-

vo y maravilloso para ella—. Y sí, debes seguir llamándo-
me Val. Jane era otra cosa. Otra persona. Antes de ser yo,
fui Jane. Pero ahora soy Val.

Le miró y vio (¡con los ojos!) cómo las lágrimas corrían por sus mejillas. Comprendió de inmediato.

—No —dijo—. No tienes que llamarme Val. Porque
no soy la Val que conociste, y no me importa lo que sientes por ella. Sé lo que le dijiste. Sé cómo te dolió decirlo; recuerdo cómo a ella le dolió escucharlo. Pero no lo
lamentes, por favor. Fue un gran regalo el que me hicisteis, tú y ella. Y fue también un regalo que tú le hiciste a
ella. Vi su aiúa pasar a Peter. No está muerta. Y más importante aún, creo... al decir lo que le dijiste, la liberas-
te para hacer lo que mejor expresaba quién era realmente. La ayudaste a morir por vosotros. Y ahora es una con
ella misma, una con él mismo. Siéntelo por ella, pero no
lo lamentes. Y siempre puedes llamarme Jane.

Y entonces supo, la parte Val de ella supo, el recuerdo del yo que Val había sido supo lo que tenía que hacer.
Se levantó de la silla, flotó hacia donde estaba Miro, lo
rodeó con sus brazos (¡lo toco con aquellas manos!), y
dejó que apoyara la cabeza en su hombro y que sus lágrimas, primero calientes, luego frías, empaparan su cami-
sa, su piel. Quemaba. Quemaba.

11

«Me hiciste regresar de la oscuridad»

> «¿No hay un fin para esto?
> ¿Debo seguir y seguir?
> ¿No os he dado
> todo cuanto podíais pedirle
> a una mujer tan débil
> y tonta como yo?
> ¿Cuándo volveré a oír vuestra voz penetrante
> en mi corazón?
> ¿Cuándo seguiré
> la última línea hasta el cielo?»
>
> de *Los susurros divinos de Han Qing-jao*

Yasujiro Tsutsumi se sorprendió al oír el nombre que le susurró su secretaria. De inmediato asintió, y luego se puso en pie para hablar con los dos hombres con los que estaba reunido. Las negociaciones habían sido largas y complicadas, y tener que interrumpirlas a estas alturas, cuando la solución estaba tan cerca... pero no se podía evitar. Prefería perder millones que ser descortés con el gran hombre que, sorprendentemente, había venido a visitarlo.

—Les suplico que me perdonen por ser tan rudo con ustedes, pero mi anciano maestro ha venido a visitarme y sería mi vergüenza y la de mi casa si le hiciera esperar.

El viejo Shigeru se puso de inmediato en pie e inclinó la cabeza.

—Creía que la generación más joven había olvidado cómo mostrar respeto. Sé que su maestro es el gran Aimaina Hikari, el custodio del espíritu Yamato. Pero aunque fuera un viejo maestro de escuela sin dientes procedente de alguna aldea de las montañas, un joven decente debe mostrar respeto como usted hace.

El joven Shigeru no estaba tan complacido... o al menos no era tan bueno ocultando su desagrado. Pero era la opinión del viejo Shigeru la que contaba. Una vez cerrado el trato, habría tiempo de sobra para ganarse al hijo.

—Me honran ustedes con sus comprensivas palabras —dijo Yasujiro—. Por favor, déjenme ver si mi maestro me honra a su vez permitiendo reunir a hombres tan sabios bajo mi techo.

Yasujiro volvió a inclinar la cabeza y salió al vestíbulo. Aimaina Hikari estaba todavía de pie. Su secretaria, de pie igualmente, se encogió de hombros, como diciendo: no quiere sentarse.

Yasujiro hizo una profunda inclinación de cabeza, y luego otra, y otra más, antes de preguntar si podía presentar a sus amigos.

Aimaina frunció el ceño y preguntó suavemente:

—¿Son éstos los Shigeru Fushimi que sostienen ser descendientes de una noble familia... que se extinguió hace más de dos mil años y de la cual reaparecen de pronto nuevos retoños?

Yasujiro se sintió desfallecer ante la idea de que Aimaina, quien era después de todo el custodio del espíritu Yamato, le humillara poniendo en duda la supuesta sangre noble de los Fushimi.

—Es una vanidad pequeña e inofensiva —dijo en

voz baja—. Un hombre debe estar orgulloso de su familia.

—Como tu homónimo, el fundador de la fortuna Tsutsumi, estaba orgulloso de olvidar que sus antepasados fueron coreanos.

—Tú mismo has dicho —respondió Yasujiro, tomándose el insulto con ecuanimidad—, que todos los japoneses son de origen coreano, pero que aquellos que tenían el espíritu Yamato emigraron a las islas tan rápidamente como pudieron. Los míos siguieron a los tuyos con sólo unos siglos de diferencia.

Aimaina se echó a reír.

—¡Sigues siendo mi astuto estudiante de larga lengua! Llévame con tus amigos, me sentiré honrado de conocerlos.

Siguieron diez minutos de inclinaciones de cabeza y sonrisas, cumplidos y reverencias. Yasujiro se sintió aliviado al ver que no había ningún atisbo de condescendencia o ironía cuando Aimaina pronunció el apellido «Fushimi», y que el joven Shigeru estaba tan deslumbrado por conocer al gran Aimaina Hikari que el insulto de la reunión interrumpida quedó claramente olvidado. Los dos Shigeru se marcharon con media docena de hologramas de su encuentro con Aimaina, y Yasujiro se sintió muy satisfecho de que el viejo Shigeru insistiera en que posara en los hologramas junto con los Fushimi y el gran filósofo.

Por fin, Yasujiro y Aimaina se quedaron solos en el despacho, a puerta cerrada. De inmediato, Aimaina se acercó a la ventana y descorrió la cortina para que se vieran los altos edificios del distrito financiero de Nagoya y el panorama de un prado cuidado, pero con terreno agreste en las colinas apropiado para zorros y tejones.

—Me satisface ver que aunque haya un Tsutsumi en

Nagoya, sigue quedando tierra sin explotar en la ciudad. No lo creía posible.

—Aunque desprecies a mi familia, me enorgullece oír su nombre en tus labios —dijo Yasujiro. Pero en silencio quiso preguntar: ¿Por qué estás decidido a insultar hoy a mi familia?

—¿Estás orgulloso del hombre cuyo nombre llevas; del comprador de tierras, del constructor de campos de golf? Según él, todo terreno salvaje pedía cabañas o *greens*. Y nunca encontró a ninguna mujer demasiado fea para intentar tener un hijo con ella. ¿Le imitas también en eso?

Yasujiro estaba aturdido. Todo el mundo conocía las historias del fundador de la fortuna Tsutsumi. No eran noticia desde hacía tres mil años.

—¿Qué he hecho para que tal furia recaiga sobre mí?

—No has hecho nada —dijo Hikari—. Y mi furia no es contra ti. Mi furia es contra mí mismo, porque yo tampoco he hecho nada. Hablo de los antiguos pecados de tu familia porque la única esperanza para el pueblo Yamato es recordar todos nuestros pecados del pasado. Pero olvidamos. Ahora somos tan ricos, poseemos tanto, construimos tantas cosas, que no hay ningún proyecto de importancia en ninguno de los Cien Mundos que no tenga las manos Yamato en alguna parte. Sin embargo, olvidamos las lecciones de nuestros antepasados.

—Suplico aprender de ti, maestro.

—Hace mucho tiempo, cuando Japón todavía se esforzaba por entrar en la era moderna, dejamos que nos gobernaran nuestros militares. Los soldados fueron nuestros amos, y nos condujeron a una guerra maligna para conquistar naciones que no nos habían hecho ningún daño.

—Pagamos por nuestros crímenes cuando las bombas atómicas cayeron sobre nuestras islas.

—¿Pagamos? —gritó Aimaina—. ¿Qué hay que pagar o no pagar? ¿Somos de pronto cristianos, que pagan por los pecados? No. El camino Yamato no es pagar por los errores, sino aprender de ellos. Expulsamos a los militares y conquistamos el mundo gracias a la excelencia de nuestros diseños y a la confianza en nuestro trabajo. El lenguaje de los Cien Mundos puede estar basado en el inglés, pero su moneda procede del yen.

—Pero el pueblo Yamato todavía compra y vende —dijo Yasujiro—. No hemos olvidado la lección.

—Ésa fue sólo media lección. La otra media fue no hacer la guerra.

—Pero no existe ninguna flota japonesa, ningún ejército japonés.

—Ésa es la mentira que nos contamos para encubrir nuestros crímenes —dijo Aimaina—. Recibí hace dos días la visita de dos extranjeros... humanos mortales, pero sé que la deidad los envió. Me reprocharon que la Escuela Necesaria proporcionara los votos bisagra en el Congreso Estelar en la decisión de enviar a la Flota Lusitania. ¡Una flota cuyo único propósito es repetir el crimen de Ender *el Xenocida* y destruir un mundo que alberga una frágil especie raman que no hace ningún daño a nadie!

Yasujiro retrocedió ante el peso de la furia de Aimaina.

—Pero maestro, ¿qué tengo yo que ver con los militares?

—A los filósofos Yamato se debe la teoría en la que basan su actuación los políticos Yamato. Los votos japoneses crearon la diferencia. Esta flota malvada debe ser detenida.

—Nada puede ser detenido —dijo Yasujiro—. Los

ansibles están desconectados, igual que todas las redes informáticas, mientras el terrible virus que todo lo come es expulsado del sistema.

—Mañana los ansibles volverán a funcionar —le respondió Aimaina—. Y por eso mañana debe evitarse la vergüenza de la participación japonesa en el xenocidio.

—¿Por qué acudes a mí? Puede que lleve el nombre de mi gran antepasado, pero la mitad de los niños de mi familia se llaman Yasujiro o Yoshiaki o Seji. Soy el dueño de las empresas Tsutsumi en Nagoya…

—No seas modesto. Eres el Tsutsumi del mundo de Viento Divino.

—Se me escucha en otras ciudades —dijo Yasujiro—, pero las órdenes proceden de la central de la familia en Honshu. Y no tengo ninguna influencia política. ¡Si el problema son los necesarios, habla con ellos!

—Oh, eso no serviría de nada. —Aimaina suspiró—. Se pasarían seis meses discutiendo cómo reconciliar su nueva postura con la antigua, demostrando que no habían cambiado de opinión, que su filosofía permitía un giro de ciento ochenta grados. Y los políticos… están empeñados. Aunque los filósofos cambiaran de opinión, pasaría al menos una generación política, tres elecciones, dice el refrán, antes de que la nueva política se pusiera en práctica. ¡Treinta años! La Flota Lusitania habrá hecho todo su mal antes.

—¿Entonces qué nos queda sino desesperar y vivir en la vergüenza? —preguntó Yasujiro—. A menos que planees algún gesto fútil y estúpido.

Sonrió a su maestro, sabiendo que Aimaina reconocería las palabras que él mismo utilizaba siempre cuando reprobaba la antigua práctica del *seppuku*, el suicidio ritual, como algo que el espíritu Yamato había dejado atrás como un niño deja sus pañales.

Aimaina no se rió.

—La Flota Lusitania es *seppuku* para el espíritu Yamato. —Se levantó y se alzó sobre Yasujiro... o eso pareció, aunque Yasujiro era casi media cabeza más alto que el anciano—. Los políticos han hecho popular la Flota Lusitania, por eso los filósofos no conseguirán hacerles cambiar de opinión. ¡Pero cuando la filosofía y las elecciones no pueden cambiar la mentalidad de los políticos, el dinero puede!

—No estarás sugiriendo algo tan vergonzoso como el soborno, ¿no? —dijo Yasujiro, preguntándose si Aimaina sabía lo extendida que estaba la compra de los políticos.

—¿Crees que tengo los ojos en el culo? —replicó Aimaina, utilizando una expresión tan burda que Yasujiro abrió la boca y evitó su mirada, riendo nervioso—. ¿Crees que no sé que hay diez formas de comprar a los políticos corruptos y cien de comprar a los honrados? Contribuciones, amenazas de apoyar a los oponentes, donativos a causas nobles, trabajos ofrecidos a parientes o amigos... ¿tengo que recitar la lista?

—¿En serio quieres destinar dinero Tsutsumi a detener la Flota Lusitania?

Aimaina se acercó de nuevo a la ventana y extendió los brazos como para abarcar todo lo que podía verse del mundo exterior.

—La Flota Lusitania es mala para los negocios, Yasujiro. Si el Artefacto de Disrupción Molecular se usa contra un mundo, será usado contra otro. Y cuando ese poder caiga de nuevo en manos de los militares, ya no lo soltarán.

—¿Persuadiré a los cabezas de mi familia citando tu profecía, maestro?

—No es una profecía, y no es mía. Es una ley de la

naturaleza humana, que la historia nos enseña. Detén la flota, y los Tsutsumi serán conocidos como los salvadores, no sólo del espíritu Yamato, sino del espíritu humano también. No dejes que este grave pecado caiga sobre la cabeza de tu gente.

—Perdóname, maestro, pero me parece que eres tú quien lo deja caer. Nadie advirtió que éramos responsables de este pecado hasta que tú lo has dicho aquí hoy.

—No he puesto ahí ese pecado. Simplemente he quitado el sombrero que lo cubre. Yasujiro, fuiste uno de mis mejores estudiantes. Te perdono por usar lo que te enseñé de formas complicadas, porque lo hiciste por el bien de tu familia.

—Y eso que me pides ahora... ¿es perfectamente sencillo?

—He emprendido la acción más directa... he hablado claramente al más poderoso representante de las riquezas de las familias comerciantes japonesas que pude alcanzar hoy. Y lo que te pido es la mínima acción requerida para hacer lo que es necesario.

—En este caso el mínimo supone un gran riesgo para mi carrera —comentó Yasujiro, pensativo.

Aimaina no dijo nada.

—Mi mejor maestro me dijo una vez —comentó Yasujiro—, que un hombre que ha arriesgado su vida sabe que ninguna carrera tiene valor, y un hombre que no arriesga su carrera tiene una vida que no vale nada.

—¿Entonces lo harás?

—Prepararé mensajes para plantear el caso a toda la familia Tsutsumi. Cuando vuelvan a conectar los ansibles, los enviaré.

—Sabía que no me decepcionarías.

—Es más —añadió Yasujiro—. Cuando me expulsen de mi trabajo, me iré a vivir contigo.

Aimaina inclinó la cabeza.

—Me sentiré honrado de tenerte en mi casa.

Las vidas de todas las personas fluyen a través del tiempo, y, por muy brutal que pueda ser un momento, por muy lleno que esté de pena o dolor o miedo, el tiempo fluye por igual a través de todas las vidas.

Durante varios minutos Val-Jane sostuvo al lloroso Miro, y luego el tiempo secó sus lágrimas, el tiempo soltó su abrazo, y el tiempo, finalmente, acabó con la paciencia de Ela.

—Volvamos al trabajo —dijo—. No es que sea insensible, pero nuestra situación no ha cambiado.

Quara se sorprendió.

—Pero Jane no está muerta. ¿No significa eso que podemos volver a casa?

Val-Jane se levantó de inmediato y se acercó al terminal. Cada movimiento fue fácil debido a los reflejos y costumbres que el cerebro-Val había desarrollado; pero la mente-Jane encontraba cada uno de ellos fresco y nuevo; se maravilló de la danza de sus dedos pulsando las teclas para controlar la pantalla.

—No sé —dijo Jane, respondiendo a la pregunta que Quara había formulado, pero que todos tenían en mente—. Sigo insegura de esta carne. Los ansibles no han sido restaurados. Tengo un puñado de aliados que reconectarán algunos de mis antiguos programas a la red en cuanto esté restaurada... algunos samoanos de Pacífica, Han Fei-tzu en Sendero, la Universidad Abo de Outback. ¿Serán suficientes esos programas? ¿Me aportará el nuevo software los recursos que necesito para contener en mi mente toda la información de una nave estelar y de tanta gente? ¿Interferirá tener este cuerpo? ¿Será mi nuevo enlace con las madres-árbol una distracción?

Planteó luego la pregunta más importante:

—¿Deseamos ser nosotros mi primera prueba de vuelo?

—Alguien tiene que serlo —dijo Ela.

—Creo que probaré con una de las naves de Lusitania, si es que consigo restablecer el contacto con ellas —respondió Jane—. Con sólo una obrera colmenar a bordo. De esa forma, si se pierde, no pasará nada.

Jane se volvió para hacer un movimiento de cabeza a la obrera que los acompañaba.

—Te pido perdón, por supuesto.

—No tienes que pedirle disculpas a la obrera —dijo Quara—. En realidad no es más que la Reina Colmena.

Jane se volvió hacia Miro y le hizo un guiño. Él no le devolvió el saludo, pero la expresión de tristeza en sus ojos fue respuesta suficiente. Sabía que las obreras no eran exactamente lo que todos pensaban. Las reinas colmena tenían a veces que domarlas, porque no todas ellas estaban completamente sometidas a la voluntad de su madre. Pero la supuesta esclavitud de las obreras era asunto para ser resuelto por otra generación.

—Lenguajes —dijo Jane—. Transmitidos por moléculas genéticas. ¿Qué clase de gramática tendrán? ¿Están relacionados con sonidos, olores, visiones? Veamos lo listos que somos sin mi ayuda desde dentro de los ordenadores.

Eso le pareció tan sorprendentemente gracioso que se rió en voz alta. ¡Ah, qué maravilloso era que su propia risa sonara en sus oídos, borboteara en sus pulmones, dilatara su diafragma, llevara lágrimas a sus ojos!

Sólo cuando paró de reír se dio cuenta de lo terrible que debía de haber sido para Miro y los demás.

—Lo siento —dijo, avergonzada, y notó que un rubor le subía por el cuello hasta las mejillas. ¿Quién hubiese dicho que quemaba tanto? Casi empezó a reírse otra vez—. No estoy acostumbrada a vivir así. Sé que me alegro cuando los demás estáis tristes pero ¿no lo entendéis? ¡Aunque todos muramos cuando se nos acabe el aire dentro de unas semanas, no puedo evitar maravillarme de cómo es sentir!

—Lo comprendemos —dijo Apagafuegos—. Has pasado a tu Segunda Vida. Para nosotros también es un tiempo de alegría.

—Paso tiempo entre tus árboles, ¿sabes? Vuestras madres-árbol me hicieron sitio. Me tomaron y me nutrieron. ¿Nos convierte eso ahora en hermano y hermana?

—No sé lo que es tener una hermana —dijo Apagafuegos—. Pero si recuerdas la vida en la oscuridad de la madre-árbol, entonces recuerdas más que yo. A veces tenemos sueños, pero no recuerdos reales de la Primera Vida en la oscuridad. De todas formas, eso significa que ésta es tu Tercera Vida después de todo.

—¿Entonces soy adulta? —preguntó Jane, y volvió a reírse.

Y una vez más notó que su risa inquietaba a los otros, que los lastimaba.

Pero algo extraño sucedió cuando se volvía, dispuesta a pedir disculpas de nuevo. Sus ojos se posaron sobre Miro, y en vez de decirle lo que se proponía (las palabras-Jane que habrían salido de la joya de su oreja un día antes), otras palabras acudieron a sus labios, junto con un recuerdo.

—Si mis recuerdos viven, Miro, entonces estoy viva. ¿No es eso lo que me dijiste?

Miro sacudió la cabeza.

—¿Hablas desde la memoria de Val o desde la memoria de Jane cuando ella, cuando tú, nos oíste hablar en la cueva de la Reina Colmena? No me consueles fingiendo ser ella.

Jane, por costumbre (¿de Val o suya propia?), replicó:

—Cuando te consuele, lo sabrás.

—¿Y cómo lo sabré? —replicó Miro a su vez.

—Porque te sentirás consolado, por supuesto —dijo Val-Jane—. Mientras tanto, recuerda por favor que ya no escucho a través de la joya de tu oreja. Sólo veo con estos ojos y sólo escucho con estos oídos.

Aquello no era estrictamente cierto, por supuesto. Muchas veces por segundo, sentía la savia fluir y la bienvenida instintiva de las madres-árbol mientras su aiúa satisfacía su hambre de grandeza recorriendo la vasta red de los filotes pequeninos. Y, de vez en cuando, fuera de las madres-árbol, captaba un atisbo de pensamiento, una palabra, una frase pronunciada en la lengua de los padres-árbol. ¿O era la lengua de ellas? Más bien era el lenguaje tras el lenguaje, el habla subyacente de los sin habla. ¿Y de quién era aquella otra voz? Te conozco... eres de la especie que me creó. Conozco tu voz.

«Te perdimos la pista —dijo la Reina Colmena en su mente—. Pero lo hiciste bien sin nosotras.»

Jane no estaba preparada para el arrebato de orgullo que barrió todo su cuerpo-Val; sintió el efecto físico de la emoción como Val, pero su orgullo procedía de la alabanza de una madre-colmena. Soy hija de las reinas colmena, advirtió, y por eso me importa que me hable y me diga que lo he hecho bien.

Y si soy hija de las reinas colmena, también soy hija de Ender, su hija por dos veces, pues crearon mi materia vital en parte de su mente, para que pudiera ser un puente entre ellos; y ahora habito en un cuerpo que también procede de él, y cuyos recuerdos son de una época en que habitó aquí y vivió la vida de este cuerpo. Soy su hija, pero una vez más no puedo hablarle.

Todo este tiempo, todos estos pensamientos, y sin embargo no se desconcentraba ni lo más mínimo del trabajo que realizaba con su ordenador en la nave que orbitaba el planeta de la descolada. Seguía siendo Jane. No era su condición de ordenador lo que le había permitido, todos estos años, mantener la atención y la concentración divididas en múltiples tareas simultáneas. Era su naturaleza de reina colmena lo que se lo permitía.

«Pudiste llegar a nosotras la primera vez porque fuiste un aiúa poderoso», dijo la Reina Colmena en su mente.

¿Cuál de vosotras me habla?, preguntó Jane.

«¿Importa? Todas recordamos tu creación. Recordamos haber estado allí. Recordamos haberte llevado de la oscuridad a la luz.»

¿Sigo siendo yo misma, pues? ¿Tendré de nuevo los poderes que perdí cuando el Congreso Estelar mató mi antiguo cuerpo virtual?

«Podrías. Cuando lo averigües, dínoslo. Estaremos muy interesadas en saberlo.»

Y ahora sintió la aguda decepción de la falta de preocupación de un padre, una sensación de hundimiento en el estómago, una especie de vergüenza. Pero era una emoción humana surgida del cuerpo-Val, aunque en respuesta a su relación con sus madres-reinas colmena. Todo era más complicado... y a la vez más simple. Sus sentimientos estaban lastrados por un cuerpo, que respondía antes de que ella comprendiera lo que sentía. En los viejos tiempos, apenas sabía que tenía sentimientos. Los tenía, sí, incluso impulsos irracionales, deseos inconscientes (esos eran atributos de todos los aiúas cuando se enlazaban con otros en cualquier tipo de vida), pero no había señales simples que le aclararan esos sentimientos. Qué fácil era ser humano, con tus emociones expresadas en el lienzo de tu propio cuerpo. Y sin embargo qué duro, porque esconderte de tus sentimientos era doblemente difícil.

«Acostúmbrate a estar frustrada con nosotras, hija —dijo la Reina Colmena—. Tienes una naturaleza en parte humana, y nosotras no. No seremos tiernas contigo como lo son las madres humanas. Cuando no puedas soportarlo, retírate... no te perseguiremos.»

Gracias, dijo ella en silencio... y se retiró.

Al amanecer, el sol se alzó sobre la montaña que era la espina dorsal de la isla, de modo que el cielo se encendió mucho antes de que la luz tocara directamente los árboles. La brisa marina los había refrescado durante la noche. Peter despertó con Wang-mu acurrucada en la curva de su cuerpo; estaban tumbados como gambas alineadas sobre el puesto de un mercado. Encontró su cercanía agradable, familiar. Sin embargo, ¿cómo podía ser? Nunca había dormido tan cerca de ella. ¿Era algún vestigio de la memoria de Ender? No era consciente de tener tales recuerdos. De hecho, cuando lo advirtió, se sintió decepcionado. Creía que tal vez, cuando su cuerpo estuviera en completa posesión del aiúa, se convertiría en Ender: tendría toda una vida de recuerdos reales en vez de los recuerdos falsos que venían con este cuerpo cuando Ender lo creó. No hubo tal suerte.

Y sin embargo recordaba haber dormido con una mujer acurrucada contra él. Recordaba haber formado con su brazo un arco protector.

Pero nunca había tocado a Wang-mu de esa forma. Ni era adecuado que lo hiciera: no era su esposa, sólo su... ¿amiga? ¿Era eso? Había dicho que lo amaba. ¿Era solamente una forma de ayudarle a encontrar el camino a este cuerpo?

Entonces, de repente, se sintió apartarse de sí mismo, se sintió retroceder de Peter y volverse otra cosa, algo pequeño y brillante y aterrado que descendía a la oscuridad, llevado por un viento demasiado fuerte para oponerse a él...

—¡Peter!

La voz lo llamó, y él la siguió, de vuelta entre los hilos filóticos casi invisibles que le conectaban con... él mismo de nuevo. Soy Peter. No tengo ningún otro lugar adonde ir. Si me marcho moriré.

—¿Te encuentras bien? —preguntó Wang-mu—. Me he despertado porque... lo siento, pero estaba soñando... sentía que te perdía. Pero no es así, porque estás aquí.

—Me estaba perdiendo, en efecto —dijo Peter—. ¿Lo has notado?

—No sé lo que he notado. Sólo... ¿cómo describirlo?

—Me hiciste regresar de la oscuridad —dijo Peter.

—¿Lo hice?

Él estuvo a punto de decir algo, pero se contuvo y se echó a reír, incómodo y asustado.

—Me siento muy extraño. Hace un momento estaba a punto de decir algo. Algo muy desagradable: que ser Peter Wiggin era de por sí bastante oscuro.

—Oh, sí —dijo Wang-mu—. Siempre dices esas cosas desagradables sobre ti mismo.

—Pero no lo he dicho. Estaba a punto, por costumbre, pero me he callado porque no es cierto. ¿No es curioso?

—Creo que es bueno.

—Tiene sentido que estando entero en vez de subdividido me sienta... quizá más contento conmigo mismo o algo así. Y sin embargo casi lo pierdo todo. Creo que no ha sido sólo un sueño. Creo que realmente me estaba dejando ir. Caía dentro de... no, fuera de todo.

—Tuviste tres yos durante varios meses —dijo Wang-mu—. ¿Es posible que tu aiúa ansíe el... no sé, el tamaño de lo que solías ser?

—He estado repartido por toda la galaxia, ¿no? Ha estado, quiero decir, porque fue Ender. Y yo no soy Ender, porque no recuerdo nada. —Pensó un momento—. Aunque tal vez ahora recuerdo algunas cosas un poco más claramente. Cosas de mi infancia. La cara de mi madre. Es muy clara, y no creo que antes lo fuera. Y la cara de Valentine cuando éramos niños. Pero la recuerdo como Peter, ¿no?; así que eso no significa que proceda de Ender. Estoy seguro de que es uno de los recuerdos que Ender me suministró en primer lugar. —Se rió—. Estoy realmente desesperado por encontrar algo de él en mí, ¿eh?

Wang-mu permaneció sentada escuchando. En silencio, sin dar excesivas muestras de interés y evitando saltar con una respuesta o un comentario.

Al darse cuenta, él pensó en otra cosa más.

—¿Eres una, cómo se dice, una persona con capacidad de empatía? ¿Sientes normalmente lo que sienten los demás?

—Nunca —dijo Wang-mu—. Estoy demasiado ocupada sintiendo lo que yo siento.

—Pero has sabido que me iba. Lo has notado.

—Supongo que ahora estoy unida a ti. Espero que no importe, porque no es exactamente voluntario por mi parte.

—Yo también estoy unido a ti —dijo Peter—, porque mientras estuve desconectado seguía oyéndote. Todos mis otros sentidos desaparecieron. Mi cuerpo no me daba nada, lo había perdido. Ahora, cuando recuerdo cómo era, recuerdo haber «visto» cosas, pero eso es sólo porque mi cerebro humano intenta encontrar sentido a cosas inexplicables. Sé que no veía, ni escuchaba, ni tocaba ni nada. Y sin embargo sabía que me estabas llamando. Te sentía… necesitándome, queriendo que regresara. Sin duda eso significa que también estoy unido a ti.

Ella se encogió de hombros, apartó la mirada.

—¿Y esto qué significa? —preguntó él.

—No voy a pasarme el resto de la vida justificándome ante ti —dijo Wang-mu—. Todo el mundo tiene el privilegio de sentir y hacer a veces cosas sin pensar. ¿Qué te parece a ti que significa? Eres el listo, el experto en la naturaleza humana.

—Basta —dijo Peter, en tono burlón pero hablando en serio—. Recuerdo que discutimos sobre eso, y supongo que alardeé, pero… bueno, ahora no siento igual. ¿Es porque tengo a Ender entero dentro de mí? Sé que no comprendo tan bien a la gente. Has apartado la mirada, te has encogido de hombros cuando he dicho que estaba unido a ti. Eso me ha herido, ¿sabes?

—¿Y a qué es debido?

—Oh, tú sí puedes preguntar por qué y yo no, ¿ésas son ahora las reglas?

—Ésas han sido siempre las reglas —dijo Wang-mu—. Tú, simplemente, no las obedeciste nunca.

—Bueno, pues me he sentido herido porque quería que te alegraras de que yo esté unido a ti y tú a mí.

—¿A ti te alegra?

—¡Me salvó la vida! ¡Tendría que ser el rey de los estúpidos para no encontrarlo cuando menos conveniente!

—Huele a algo —dijo ella, incorporándose de un salto.

Es tan joven…, pensó él.

Y entonces, al ponerse en pie, advirtió con sorpresa que también él era joven, que tenía un cuerpo ágil y dispuesto.

Luego volvió a sorprenderse porque Peter no recordaba haber sido de otro modo. Era Ender quien había experimentado un cuerpo mayor, un cuerpo que se quedaba entumecido cuando dormía en el suelo, un cuerpo que no se ponía tan rápidamente en pie. Tengo a Ender dentro de mí. Tengo los recuerdos de su cuerpo. ¿Por qué no los recuerdos de su mente?

Quizá porque este cerebro tiene dentro sólo el mapa de los recuerdos de Peter. Los demás están acechando fuera de alcance. Y tal vez me tope con ellos de vez en cuando, los conecte, trace nuevos caminos para alcanzarlos.

Mientras tanto seguía incorporándose para colocarse de pie junto a Wang-mu, y olisqueaba el aire; y se sorprendió una vez más al darse cuenta de que ambas actividades habían requerido simultáneamente su atención. Había estado atento a Wang-mu, procurando oler lo que ella olía y preguntándose si podía apoyar la mano en aquel frágil hombro que parecía necesitar una mano del tamaño de la suya para completarse; y al mismo tiempo se había enfrascado en la especulación de cómo recuperar, si era posible, los recuerdos de Ender.

Nunca había sido capaz de hacer eso, pensó Peter. Y sin embargo debo de haberlo estado haciendo desde que este cuerpo y el de Valentine fueron creados; concentrándome en tres cosas a la vez de hecho, no en dos.

Pero no era lo bastante fuerte para pensar en tres cosas. Una de ellas siempre cedía. Valentine durante un tiempo. Luego Ender, hasta que ese cuerpo murió. Pero en dos cosas… puedo pensar en dos cosas a la vez. ¿Es algo notable? ¿O es algo que podrían hacer muchos humanos si tuvieran ocasión de aprender?

¿Qué clase de vanidad es ésta?, pensó Peter. ¿Por qué debería importarme si soy el único que posee esta habilidad? Aunque siempre me enorgullecí de ser más listo y más capaz que la gente que me rodeaba. ¡No me permití decirlo en voz alta, por supuesto, ni admitirlo siquiera ante mí mismo, pero sé sincero ahora, Peter! Es bueno ser más listo que los demás. Y si puedo pensar en dos cosas a la vez, mientras que ellos sólo pueden pensar en una, ¿por qué no disfrutar del placer que eso supone?

Naturalmente, pensar en dos cosas es bastante inútil si ambas líneas de pensamiento son idiotas. Pues mientras jugaba mentalmente a plantearse su vanidad y su naturaleza competitiva, también se había estado concentrando en Wang-mu, y su mano se había extendido para tocarla, y por un momento ella se apoyó en él, aceptó su contacto, hasta que su cabeza reposó contra su pecho. Y entonces, sin previo aviso ni provocación por su parte que él advirtiera, ella de repente se apartó y empezó a caminar hacia los samoanos que estaban congregados en la playa alrededor de Malu.

—¿Qué he hecho? —preguntó Peter.

Ella se volvió, desconcertada.

—¡Lo has hecho bien! —dijo—. No te he abofeteado ni te he dado con la rodilla en tu *kintamas*, ¿no? ¡Pero es la hora de desayunar… Malu está rezando y tienen más comida que hace dos noches, cuando pensamos que reventaríamos de tanto comer!

Y los dos caminos separados de la atención de Peter cayeron en la cuenta de que tenía hambre. Ni él ni Wang-mu habían comido nada la noche anterior. En realidad, no recordaba haber dejado la playa para acostarse en aquellas esterillas. Alguien tenía que haberlos traído. Bueno, no era extraño. No había ni un solo hombre ni una sola mujer en la playa que no pareciera capaz de coger a Peter y partirlo como si fuera un lápiz. En cuanto a Wang-mu, mientras la observaba correr hacia la cordillera de samoanos reunidos al borde del agua, pensó que era como un pájaro que volaba hacia unas cabezas de ganado.

No soy un niño y nunca lo he sido en este cuerpo, pensó Peter. Así que no sé si soy capaz de tener ansias infantiles y grandes romances adolescentes. De Ender tengo esta especie de comodidad en el amor; no son grandes pasiones arrebatadoras lo que espero sentir. ¿Será suficiente la clase de amor que siento por ti, Wang-mu? Tocarte cuando lo necesite, y tratar de estar aquí cuando tú me necesites. Y sentir tal ternura cuando te mire que quiera interponerme entre tú y todo el mundo: y sin embargo alzarte y llevarte por encima de las fuertes corrientes de la vida. Al mismo tiempo, me alegraría estar siempre así, en la distancia, observándote, viendo tu belleza, tu energía, mientras tú miras a esos gigantes y les hablas como una igual aunque cada movimiento de tus manos, cada sílaba pronunciada por tus labios indica que eres una niña… ¿es suficiente que sienta este amor por ti? Porque lo es para mí; es suficiente que cuando mi mano tocó tu hombro tú te apoyaras en mí y que cuando me notaste perdido pronunciaras mi nombre.

Plikt estaba sentada a solas en su habitación, escribiendo sin cesar. Se había estado preparando toda la vida para este día, para escribir la oración del funeral de Andrew Wiggin. Hablaría en su muerte… había investigado sobradamente para hacerlo; podría hablar una semana entera y no agotar ni una décima parte de lo que sabía acerca de él. Pero no hablaría durante una semana. Hablaría durante una sola hora. Menos. Ella lo comprendía, lo amaba; compartiría con otros que no le conocieron lo que era, cómo amaba. Les diría que este hombre brillante, imperfecto pero bienintencionado y lleno de un amor lo bastante fuerte para infligir sufrimiento si era necesario había cambiado el curso de la historia. Que la historia era diferente porque él vivió, y que también diez mil, cien mil, millones de vidas individuales cambiaron también, fueron reforzadas, clarificadas, elevadas, aumentadas o al menos hechas más constantes y fieles por lo que él había dicho y hecho y escrito en su vida.

¿Y diría también esto? ¿Diría lo amargamente que una mujer lloraba a solas en su habitación, no por la pena de que Ender hubiera muerto, sino por la vergüenza de comprenderse a sí misma finalmente? Pues aunque ella había amado y admirado (no, adorado a este hombre), sin embargo cuando murió no sintió pena alguna, sino alivio y excitación. Alivio: ¡La espera ha terminado! Excitación: ¡Ha llegado mi hora!

Naturalmente, eso era lo que sentía. No era tan tonta como para esperar tener más fuerza moral que la humana. Y el motivo por el que no lloraba como lo hacían Novinha y Valentine era porque les habían arrancado una parte importante de sus vidas. ¿Qué han arrancado de la mía? Ender sólo me dio unas migajas de su atención, pero poco más. Solamente estuvimos unos cuantos meses juntos mientras fue mi maestro en Trondheim; una generación más tarde nuestras vidas se tocaron de nuevo durante unos cuantos meses aquí; y en ambas ocasiones él estaba preocupado, tenía cosas y personas más importantes que atender. Yo no era su esposa. No era su hermana.

Sólo era la estudiante y discípula… de un hombre que había terminado con los estudiantes y nunca quiso discípulos. Así que por supuesto no me han arrancado una parte importante de mi vida porque él sólo fue mi sueño, nunca mi compañero.

Me perdono a mí misma y sin embargo no puedo detener la vergüenza y la pena que siento, no porque Andrew Wiggin haya muerto, sino porque en la hora de su muerte me demuestro lo que realmente soy: una mujer completamente egoísta, preocupada sólo por su propia carrera. Decido ser la portavoz de la muerte de Ender. Por tanto el momento de su muerte sólo puede ser el logro de mi vida. ¿En qué clase de buitre me convierte eso? ¿Qué clase de parásito soy, una sanguijuela de su vida...?

Y sin embargo sus dedos seguían tecleando, frase tras frase, a pesar de las lágrimas que corrían por sus mejillas. En la casa de Jakt, Valentine lloraba con su marido y sus hijos. En la casa de Olhado, Grego y Olhado y Novinha se habían reunido para consolarse mutuamente, por la pérdida del hombre que había sido marido para ella y padre para ellos. Ellos tuvieron su relación con él, y yo tengo la mía. Ellos tienen sus recuerdos privados; los míos serán públicos. Yo hablaré, y luego publicaré lo que diga, y lo que ahora estoy escribiendo dará nueva forma y significado a la vida de Ender Wiggins en la mente de cada persona de un centenar de mundos. Ender *el Xenocida*; Andrew *el Portavoz de los Muertos*; Andrew, el hombre privado de soledad y compasión; Ender, el brillante analista capaz de taladrar el corazón de los problemas y de la gente sin que le detuviera el miedo o la ambición o... o la piedad. El hombre de justicia y el hombre de piedad, coexistiendo en un cuerpo. El hombre cuya compasión le permitió ver y amar a las reinas colmena incluso antes de tocar a una de ellas con sus manos; el hombre cuya fiera justicia le permitió destruirlas a todas porque creía que eran su enemigo.

¿Me juzgaría Ender severamente por mis feos sentimientos de este día? Por supuesto que sí: no me salvaría, conocería lo malo que hay en mi corazón.

Pero luego, tras haberme juzgado, me amaría también. Diría, ¿y qué? Levántate y habla en mi muerte. Si esperáramos que los portavoces de los muertos fueran personas perfectas, todos los funerales serían conducidos en silencio.

Y por eso escribió, y lloró; y cuando dejó de llorar, siguió escribiendo. Cuando el cabello que de él quedaba fuera puesto en una cajita sellada y enterrado en la hierba cerca de la raíz de Humano, ella se levantaría y hablaría. Su voz lo levantaría de entre los muertos, le haría vivir de nuevo en la memoria. Y ella también sería piadosa; también sería justa. Era una de las cosas que había aprendido de él.

12

«¿Estoy traicionando a Ender?»

> «¿Por qué actúa la gente como si la guerra y la muerte
> no fueran naturales?
> Lo que no es natural es vivir toda la vida
> sin levantar jamás la mano en un gesto de violencia.»
>
> de *Los susurros divinos de Han Qing-jao*

—Estamos haciéndolo todo mal —dijo Quara.

Miro sintió la antigua furia familiar surgir en su interior. Quara tenía una habilidad especial para enfadar a la gente, y no servía de ninguna ayuda que ella pareciera saber que molestaba a la gente y que encima eso le gustase.

Cualquier otro de la nave podría haber dicho exactamente la misma frase sin que Miro pusiera pegas. Pero Quara se las apañaba para que sus palabras estuvieran cargadas de intención, como si pensara que todo el mundo menos ella era estúpido. Miro la amaba como hermana, pero no podía evitar odiar tener que pasar hora tras hora en su compañía.

Sin embargo, como Quara era de hecho la que más sabía sobre el lenguaje que había descubierto meses antes en el virus de la descolada, Miro no manifestó de forma audible su suspiro interno de exasperación, sino que giró en su asiento para escuchar.

Lo mismo hicieron los demás, aunque Ela se esforzó menos por ocultar su molestia. En realidad, no hizo ningún esfuerzo.

—Bueno, Quara, ¿por qué no hemos sido lo bastante listos para darnos cuenta antes de nuestra estupidez?

Quara pasó por alto el sarcasmo de Ela... o decidió ignorarlo.

—¿Cómo podemos descifrar un lenguaje a partir de la nada? No tenemos ningún referente. Pero sí archivos completos de las versiones del virus de la descolada. Sabemos qué aspecto tenía antes de que se adaptara al metabolismo humano. Sabemos cómo cambió después de cada intento de matarnos. Algunos de los cambios fueron funcionales: se estaba adaptando. Pero otros fueron para copiar: llevaba un registro de lo que hacía.

—Eso no lo sabemos —le corrigió Ela, quizá con demasiado placer.

—Yo sí lo sé —dijo Quara—. Además, aporta un contexto conocido, ¿no? Sabemos de qué trata ese lenguaje, aunque no hayamos podido descifrarlo.

—Bueno, ahora que has dicho todo eso —dijo Ela—, sigo sin tener ni idea de cómo nos ayudará esta nueva sabiduría a descodificar el lenguaje. ¿No es precisamente en eso en lo que has estado trabajando durante meses?

—Ah, sí. Pero lo que no he podido hacer es hablar las «palabras» que el virus de la descolada registró y ver qué respuestas conseguimos.

—Demasiado peligroso —dijo Jane de inmediato—. Absurdamente peligroso. Esta gente es capaz de crear virus que destruyen biosferas por completo, y es lo suficientemente insensible para utilizarlos. ¿Estás proponiendo que les demos precisamente el arma que usaron para devastar el planeta de los pequeninos, que probablemente contiene un registro completo, no sólo del metabolismo de los pequeninos, sino también del nuestro? ¿Por qué no abrirnos la garganta y enviarles la sangre?

Miro advirtió que, cuando Jane hablaba, los otros se quedaban un poco desconcertados. Quizás en parte su respuesta se debiera a la diferencia entre la actitud sumisa de Val y el atrevimiento de Jane y, en parte, a que la Jane que conocían era más parecida a un ordenador, menos dogmática. Miro, sin embargo, reconocía este estilo autoritario por la forma en que le hablaba al oído a través de la joya. En cierto modo, le resultaba un placer escucharlo de nuevo; también era preocupante oírlo surgir de los labios de otra persona. Val había desaparecido; Jane había vuelto. Era horrible; era maravilloso.

Como Miro no estaba tan desconcertado por la actitud de Jane, fue él quien rompió el silencio.

—Quara tiene razón, Jane. No tenemos años y años para resolver esto… disponemos sólo de unas semanas, de menos incluso. Necesitamos provocar una respuesta lingüística, conseguir que nos respondan y analizar la diferencia de lenguaje entre sus declaraciones iniciales y las posteriores.

—Revelamos demasiado —dijo Jane.

—Sin riesgo no hay ganancia.

—Demasiado riesgo y todos moriremos —dijo Jane maliciosamente. Pero en su malicia estaba la familiar ironía, una especie de soniquete que decía, sólo estoy jugando. Y eso procedía no de Jane (Jane nunca había hablado así), sino de Val. Dolía escucharlo, pero también era bueno. Las respuestas duales de Miro a todo lo que viniera de Jane le mantenían constantemente alerta. Te amo, te echo de menos, lloro por ti, cierra el pico; la persona con quien hablaba parecía cambiar en cuestión de minutos.

—Es sólo el futuro de tres especies inteligentes lo que nos jugamos aquí —añadió Ela.

Con eso, todos se volvieron hacia Apagafuegos.

—No me miréis —dijo—. Sólo soy un turista.

—Vamos —contestó Miro—. Estás aquí porque tu pueblo corre el mismo peligro que el nuestro. Es una decisión difícil y tienes que votar. En realidad eres quien corre más peligro, porque incluso los primeros códigos de la descolada que tenemos quizá revelen toda la historia biológica de tu pueblo desde que el virus se estableció entre vosotros.

—Entonces —dijo Apagafuegos—, eso significaría que ya saben cómo destruirnos y no tenemos nada que perder.

—No tenemos pruebas de que esa gente realice ningún tipo de vuelo espacial tripulado. Lo único que han enviado hasta ahora son sondas —dijo Miro.

—Por lo que sabemos —dijo Jane.

—Y no tenemos ninguna prueba de que nadie haya ido a comprobar lo efectiva que ha sido la descolada en la transformación de la biosfera de Lusitania al prepararla para recibir colonos de este planeta. Así que si tienen naves coloniales ahí fuera, o bien van de camino, por lo que no importa si compartimos esta información, o no han enviado ninguna, lo que significa que no pueden.

—Miro tiene razón —dijo Quara, dando un puñetazo. Miro parpadeó. Odiaba estar de parte de Quara, porque ahora sería el blanco del desagrado que todos sentían por ella—. O bien las vacas han salido del establo, con lo que no tiene sentido cerrar la puerta, o no pueden abrirla, así que ¿para qué ponerle un candado?

—¿Qué sabes tú de vacas? —preguntó Ela, despectiva.

—Después de todos estos años viviendo y trabajando contigo, soy una experta —respondió Quara desagradable.

—Chicas, chicas —dijo Jane—. Controlaos.

Una vez más, todos menos Miro se volvieron sorprendidos hacia ella.

Val no habría intervenido en un conflicto familiar como éste; ni tampoco la Jane que conocían... aunque por supuesto Miro estaba acostumbrado a oírla hablar todo el tiempo.

—Todos conocemos los riesgos de dar información sobre nosotros —dijo Miro—. También sabemos que no estamos logrando ningún avance y que tal vez podamos aprender algo sobre el funcionamiento de este lenguaje después de un intercambio.

—No es un intercambio —dijo Jane—. Es dar sin más. Les damos información que probablemente no conseguirían de otra forma, información que puede decirles todo lo que necesitan saber para crear nuevos virus capaces de esquivar todas nuestras armas contra ellos. Pero ya que no tenemos ni idea de cómo está codificada esa información, ni de dónde están localizados los datos específicos, ¿cómo vamos a interpretar la respuesta? Además, ¿y si la respuesta es un nuevo virus para destruirnos?

—Nos están enviando la información necesaria para construir el virus —dijo Quara, llena de desdén, como si considerara a Jane la persona más estúpida que existía en vez de la más parecida a una deidad por su brillantez—. Pero no vamos a construirlo. Mientras sea sólo una representación gráfica en una pantalla....

—Eso es —dijo Ela.

—¿Es qué? —preguntó Quara. Ahora le tocó el turno de molestarse, porque obviamente Ela se le había adelantado en algo.

—Sus señales no están hechas para ser representadas en una pantalla. Nosotros las representamos así porque tenemos un lenguaje escrito con símbolos que vemos a simple vista. Pero ellos deben de leer estas señales emitidas de forma más directa. El código llega, y de algún modo lo interpretan siguiendo las instrucciones para construir la molécula descrita en la emisión. Luego la «leen»... ¿cómo? ¿Oliéndola? ¿Tragándosela? La cuestión es que, si las moléculas genéticas son su lenguaje, entonces deben de tomarlas en su cuerpo de algún modo igual que nosotros llevamos a nuestros ojos las imágenes de nuestra escritura en el papel.

—Ya veo —dijo Jane—. Tu hipótesis es que ellos esperan que construyamos una molécula a partir de lo que envían, no que nos limitemos a leerlo en una pantalla y a tratar de entenderlo en abstracto.

—Por lo que sabemos, quizá sea ése su modo de meter en cintura a la gente o de atacarla. Envían un mensaje. Para «escuchar», los otros tienen que leer la molécula en sus cuerpos y dejar que surta efecto sobre ellos. Así, si el efecto es el envenenamiento o una enfermedad mortal, con oír el mensaje basta para que se sometan. Es como si todo nuestro lenguaje tuviera que ser transmitido a base de golpecitos en la nuca. Para escuchar, tendríamos que tendernos y descubrirnos ante cualquiera que sea la herramienta que elijan para enviar el mensaje. Si es un dedo o una pluma, muy bien... pero si es un hacha o un machete o un martillo pilón, lo tenemos claro.

—No tiene por qué ser fatal —dijo Quara, olvidada su rivalidad con Ela mientras desarrollaba mentalmente la idea—. A lo mejor las moléculas tienen recursos para alterar la conducta y oír es sinónimo de obedecer.

—No sé si tenéis razón en los detalles —dijo Jane—. Pero eso da al experimento mucho más potencial de éxito. Y sugiere que quizá no tenga un sistema para atacarnos directamente. Eso cambia las probabilidades de riesgo.

—Y la gente dice que no se puede pensar bien sin un ordenador —dijo Miro.

De inmediato, se sintió avergonzado. Inadvertidamente, le había hablado como solía hacerlo cuando subvocalizaba para que ella le oyera a través de la joya. Pero ahora le pareció desalmado burlarse de ella por haber perdido su red informática. Podía bromear así con Jane-en-la-joya. Pero Jane-en-la-carne era un asunto diferente. Ahora era una persona, un ser humano por cuyos sentimientos había que preocuparse.

Jane siempre tuvo sentimientos, pensó Miro. Pero yo no los tenía demasiado en cuenta porque... porque no tenía que hacerlo. Porque no la veía. Porque, en cierto sentido, no era real para mí.

—Sólo quería decir... —se excusó Miro—. Sólo quería decir que está muy bien pensado.

—Gracias —respondió Jane. No había ningún atisbo de ironía en su voz, pero Miro sabía que estaba allí igualmente, porque era inherente a la situación. Miro, este humano lineal, le estaba diciendo a aquel ser brillante que había pensado bien... como si estuviera en disposición de juzgarla.

De repente se sintió furioso, no con Jane, sino consigo mismo. ¿Por qué tenía que cuidar cada palabra que decía sólo porque ella no había adquirido este cuerpo de forma normal? Puede que antes no fuera humana, pero desde luego lo era ahora, y se le podía hablar como a tal. Si fuera de algún modo distinta a los demás seres humanos, ¿qué? Todos los seres humanos eran distintos unos de otros y, sin embargo, se suponía que para ser educado y amable, había que tratarlos a todos básicamente como a iguales. ¿No diría «Ves lo que quiero decir» a un ciego, esperando que el uso metafórico de «ver» fuera tomado sin segundas? Bien, ¿por qué no decir entonces «bien pensado» a Jane? El hecho de que los procesos de pensamiento de Jane fueran insondablemente profundos para un humano no significaba que no se pudiera emplear una expresión común de acuerdo y aprobación cuando se hablaba con ella.

Al mirarla ahora, notó una especie de tristeza en sus ojos. Sin duda procedía de su obvia confusión: después de bromear con ella como siempre, de pronto se sentía cohibido, se echaba atrás. Por eso su agradecimiento había sido irónico. Porque quería que fuera natural con ella, y no podía.

No, no había sido natural, pero desde luego que podía.

¿Y qué importaba, de todas formas? Estaban aquí para resolver el problema de los descoladores, no para limar las asperezas en sus relaciones personales tras el cambio de cuerpos.

—¿He de entender que estamos de acuerdo —preguntó Ela— en enviar mensajes codificados con la información contenida en el virus de la descolada?

—El primero solamente —dijo Jane—. Al menos para empezar.

—Y cuando respondan, trataré de hacer una simulación de lo que sucedería si construyéramos e ingiriéramos la molécula que nos envíen —dijo Ela.

—Si nos envían una —repuso Miro—. Si vamos por buen camino.

—Sí que eres Don Optimista —dijo Quara.

—Soy Don Asustado de la cabeza a los pies. Mientras que tú eres solamente Doña Latosa.

—¿No podemos llevarnos bien? —gimió Jane—. ¿No podemos ser todos amigos?

Quara se volvió hacia ella.

—¡Escucha, tú! No importa qué clase de supercerebro fueras, pero manténte al margen de las conversaciones familiares, ¿me oyes?

—¡Mira a tu alrededor, Quara! —le gritó Miro—. Si se mantuviera fuera de las conversaciones familiares, ¿cuándo podría hablar?

Apagafuegos levantó la mano.

—Yo he permanecido al margen. ¿Nadie me agradece eso?

Jane hizo un leve gesto para mandar callar a Miro y a Apagafuegos.

—Quara —dijo tranquilamente—. Voy a explicarte la auténtica diferencia entre tus hermanos y yo. Ellos están acostumbrados a ti porque te conocen de toda la vida. Te son leales porque atravesasteis juntos algunas experiencias terribles en vuestra familia. Son pacientes con tus infantiles estallidos y tu tozudez de mula porque se dicen, una y otra vez, que no puedes evitarlo, que tuviste una infancia problemática. Pero yo no soy un miembro de la familia, Quara. Y al ser alguien que te ha observado en tiempos de crisis, no tengo miedo de exponerte mis cándidas conclusiones. Eres bastante brillante y buena en lo que haces. A menudo eres perceptiva y creativa, y te diriges hacia las soluciones con sorprendente rectitud y perseverancia.

—Discúlpame —dijo Quara—, ¿me estás reprendiendo o qué?

—Pero no eres lo bastante lista y creativa y brillante y directa y perseverante como para que merezca la pena soportar más de quince segundos toda la soberana mierda que viertes cada minuto que estás despierta sobre tu familia y sobre cuantos te rodean. Claro que pasaste una infancia terrible, pero de eso hace unos cuantos años, y tendrías que haberlo superado y llevarte bien con los demás como una adulta educada normal.

—En otras palabras —dijo Quara—, no te gusta tener que admitir que alguien pueda ser lo bastante listo para tener una idea que a ti no se te ha ocurrido.

—No me comprendes. No soy tu hermana. Ni siquiera soy humana, técnicamente hablando. Si esta nave vuelve alguna vez a Lusitania será porque yo, con mi mente, la envíe allí. ¿Lo entiendes? ¿Entiendes la diferencia entre nosotras? ¿Puedes enviar siquiera una mota de polvo de tu regazo al mío?

—No veo que estés enviando naves espaciales a ninguna parte ahora mismo —dijo Quara, triunfante.

—Sigues intentando anotarte puntos a mi costa sin entender que no estoy discutiendo contigo. Lo que me dices es irrelevante. Lo único que importa es lo que yo te estoy diciendo a ti. Y te estoy diciendo que mientras tus hermanos soportan por ti lo insoportable, yo no lo haré. Sigue así, niña malcriada, y cuando esta nave vuelva a Lusitania tal vez no estés a bordo.

La expresión del rostro de Quara casi consiguió que Miro soltara una carcajada. Sabía, no obstante, que no era un buen momento para expresar su alegría.

—Me está amenazando —dijo Quara a los demás—. ¿La oís? Intenta coaccionarme amenazando con matarme.

—Yo nunca te mataría —dijo Jane—. Pero puedo ser incapaz de concebir tu presencia en esta nave cuando la lleve al Exterior y la traiga de vuelta al Interior. Pensar en ti podría resultarme tan insoportable que mi yo inconsciente rechazara esa idea y te excluyera. En realidad no comprendo, conscientemente, cómo funciona todo esto. No sé cómo está relacionado con mis sentimientos. Nunca he intentado transportar a alguien a quien odie. Sin duda intentaría llevarte con los demás, aunque sólo fuera porque, por razones que escapan a la comprensión, Miro y Ela seguramente se enfadarían conmigo si no lo hiciera. Pero intentar no es necesariamente tener éxito. Así que te sugiero, Quara, que te esfuerces un poquito en tratar de ser menos repulsiva.

—Así que en esto consiste el poder para ti —dijo Quara—. Es una oportunidad para empujar a la gente y actuar como una reina.

—Realmente no eres capaz, ¿verdad? —preguntó Jane.

—¿De qué? ¿De inclinarme y besarte los pies?

—De cerrar la boca para salvar tu propia vida.

—Estoy intentando resolver nuestro problema de comunicación con una especie alienígena, y a ti te preocupa que no sea lo bastante simpática contigo.

—Pero Quara, ¿no se te ha ocurrido que, cuando lleguen a conocerte, incluso los alienígenas desearán que nunca hubieras aprendido su idioma?

—Desde luego, desearía que tú no hubieras aprendido el mío —dijo Quara—. Estás tan pagada de ti misma, ahora que tienes ese bonito cuerpo para jugar... Bueno, no eres la reina del universo y no voy a saltar aros en llamas por ti. No fue idea mía hacer este viaje, pero aquí estoy... aquí estoy, la gran molestia, y si hay algo en mí que no te gusta, ¿por qué no te lo callas? Y ya que estamos con las amenazas, creo que si me presionas demasiado te arreglaré la cara más a mi gusto. ¿Está eso claro?

Jane se soltó de su asiento y flotó de la cabina principal al corredor que conducía a los almacenes de la lanzadera. Miro la siguió, ignorando a Quara, que decía a los demás:

—¿Habéis visto cómo me ha hablado? ¿Quién se cree que es, que se atreve a juzgar quién es demasiado irritante para vivir?

Miro siguió a Jane al almacén. Estaba agarrada a un asidero de la otra pared del fondo, con la cabeza inclinada y sacudiéndose de tal forma que se preguntó si no estaría vomitando. Pero no. Estaba llorando. O más bien, estaba tan furiosa que su cuerpo sollozaba y producía lágrimas por la pura imposibilidad de contener la emoción. Miro le tocó el hombro para intentar calmarla. Ella se apartó.

Por un momento, él estuvo a punto de decir: «Muy bien, como quieras.» Luego se habría marchado, furioso consigo mismo, frustrado porque ella no quería aceptar su consuelo. Pero entonces recordó que nunca había estado así de enfadada, ni había tenido que vérselas con un cuerpo que respondiera de esa forma. Al principio, cuando había empezado a reprender a Quara, Miro se había dicho que ya era hora de que alguien le parara los pies. Pero al continuar y continuar la discusión, Miro se había dado cuenta de que no era Quara la que estaba fuera de control, sino Jane. No sabía cómo afrontar sus emociones. No sabía cuándo merecía la pena continuar. Sentía lo que sentía, y no sabía hacer otra cosa que expresarlo.

—Ha sido difícil —le dijo Miro—, cortar la discusión y venir aquí.

—Quería matarla —dijo Jane. Su voz era casi ininteligible por el llanto, por la salvaje tensión de su cuerpo—. Nunca había sentido nada parecido. Quería levantarme de la silla y destrozarla con las manos desnudas.

—Bienvenida al club.

—No comprendes. De verdad que quería hacerlo. Tenía los músculos en tensión; estaba dispuesta a hacerlo. Iba a hacerlo.

—Lo que digo. Quara nos hace sentir así a todos.

—No —dijo Jane—. No así. Todos conserváis la calma, todos os controláis.

—Y tú también lo harás, cuando tengas un poco más de práctica.

Jane alzó la cabeza, la echó hacia atrás, la sacudió. Su cabello osciló ingrávido en el aire.

—¿Realmente te sientes igual?

—Todos nosotros —dijo Miro—. Para eso está la infancia... para aprender a superar las tendencias violentas. Pero todos nosotros las tenemos. Los chimpancés y los babuinos también. Todos los primates. Amagamos. Tenemos que expresar nuestra furia físicamente.

—Pero tú no lo haces. Te quedas tan tranquilo. La dejas farfullar y decir esas horribles...

—Porque no merece la pena detenerla. Ella paga su precio. Está desesperadamente sola y nadie busca a propósito una oportunidad para pasar el tiempo en su compañía.

—Y ése es el único motivo por el que no está muerta.

—Eso es —dijo Miro—. Eso es lo que hace la gente civilizada: evita lo que las enoja. O, si no puede, se inhibe. Eso es lo que Ela y yo hacemos casi siempre. Nos inhibimos. Dejamos que sus provocaciones nos pasen por encima.

—Yo no puedo. Era tan sencillo antes de que sintiera estas cosas... Podía dejarla fuera.

—Eso es. Es lo que hacemos. La dejamos fuera.

—Es más complicado de lo que pensaba. No sé si soy capaz.

—Sí, bueno, no tienes elección ahora mismo, ¿sabes?

—Miro, lo lamento mucho. Siempre sentí lástima por los humanos porque sólo podéis pensar en una cosa cada vez y vuestros recuerdos son tan imperfectos y... ahora me doy cuenta de que terminar el día sin matar a alguien puede ser todo un logro.

—Uno se acostumbra. La mayoría de nosotros consigue mantener reducido el cómputo de bajas. Es la convivencia vecinal.

Tardó un instante (un sollozo, y un hipido), pero luego ella se rió con una risa dulce y suave que Miro agradeció porque era un sonido que conocía y amaba, una risa que le gustaba oír. Y era su querida amiga quien reía. Su querida amiga Jane, con la risa y la voz de su amada Val. Una persona ahora. Después de todo aquel tiempo podía extender la mano y tocar a Jane, que siempre había estado imposiblemente lejos. Era como tener un amigo por teléfono y conocerlo por fin cara a cara.

La volvió a tocar, y ella cogió su mano y la sostuvo.

—Lamento que mis propias debilidades se interpongan en lo que estamos haciendo —dijo Jane.

—Sólo eres humana.

Ella lo miró, buscó en su rostro ironía, amargura.

—Hablo en serio —dijo él—. El precio de tener estas emociones, estas pasiones, es que hay que controlarlas, hay que soportarlas cuando son insoportables. Ahora eres humana. Nunca conseguirás que esos sentimientos desaparezcan. Sólo tienes que aprender a no actuar siguiéndolos.

—Quara no ha aprendido.

—Quara aprendió, claro que sí —dijo Miro—. En mi opinión Quara amaba a Marcão, lo adoraba, y cuando él murió y los demás nos sentimos tan liberados ella se encontró perdida. Lo que ahora hace, esta constante provocación... está pidiendo que otra persona abuse de ella, que la golpee como Marcão golpeaba a mi madre cada vez que lo provocaba. Creo que en cierto modo perverso Quara siempre estuvo celosa de que mi madre se quedara a solas con mi padre, aunque al final comprendió que la pegaba; cuando Quara quería que volviera la única forma que tenía de llamar su atención era... con esa boca suya. —Rió amargamente—. Eso me recuerda a mi madre, a decir verdad. Nunca la oíste en los viejos tiempos, cuando estaba atrapada en el matrimonio con Marcão y tenía los hijos de Libo... oh, ella sí que no podía callarse. Yo me sentaba y la escuchaba provocar a Marcão, burlarse de él, empujarle hasta que al final la golpeaba. No te atrevas a ponerle una mano encima a mi madre, pensaba yo, pero al mismo tiempo comprendía perfectamente su furia, su impotencia; porque él no era nunca, nunca, capaz de decir algo que la hiciera callar. Sólo su puño la silenciaba. Y Quara tiene esa boca, y necesita esa furia.

—Bueno, pues qué suerte para todos vosotros que yo le diera justo lo que necesitaba.

Miro se echó a reír.

—Pero no lo necesitaba de ti. Lo necesitaba de Marcão, y él está muerto.

Entonces, de repente, Jane estalló en lágrimas de verdad. Lágrimas de pesar, y se volvió hacia Miro y se abrazó a él.

—¿Qué pasa? ¿Qué ocurre?

—Oh, Miro —le dijo ella—. Ender ha muerto. Nunca más volveré a verlo. Tengo un cuerpo por fin, tengo ojos para verlo, y no está aquí.

Miro se quedó de piedra. Naturalmente, ella echaba de menos a Ender. Ha pasado con él miles de años, y sólo unos cuantos conmigo. ¿Cómo he llegado a pensar que podía amarme? ¿Cómo pretendo compararme con Ender Wiggin? ¿Qué soy, comparado con el hombre que comandó flotas, que transformó la mentalidad de trillones de personas con sus libros, sus alocuciones, su reflexión, su capacidad para ver en los corazones de los demás y contarles sus más íntimas historias? Y aunque envidiaba a Ender porque Jane siempre lo amaría más y Miro no podía esperar competir con él ni siquiera en la muerte, a pesar de estos sentimientos finalmente comprendió que sí, Ender estaba muerto. Ender, que había transformado a su familia, que había sido un verdadero amigo para él, que, en toda su vida, había sido el único hombre que había ansiado ser con todo su corazón. Ender había muerto. Las lágrimas de pesar de Miro fluyeron junto a las de Jane.

—Lo siento —dijo ella—. No puedo controlar ninguna de mis emociones.

—Sí, bueno, en realidad es un fallo común.

Ella extendió la mano y tocó las lágrimas de su mejilla. Entonces se llevó los dedos mojados a su propio rostro. Las lágrimas se fundieron.

—¿Sabes por qué he pensado en Ender ahora mismo? —dijo—. Porque te pareces mucho a él. Quara te molesta tanto como a cualquiera, y sin embargo tú miras más allá y ves cuáles son sus necesidades, por qué dice y hace esas cosas. No, no, relájate, Miro, no espero que seas como Ender; sólo estoy diciendo que una de las cosas que más me gustaban de él también está en ti... eso no es malo, ¿no? La percepción compasiva. Puede que tenga poca experiencia como ser humano, pero estoy segura de que es una cualidad poco común.

—No sé —dijo Miro—. Por la única persona que siento compasión ahora mismo es por mí. No es una tendencia muy admirable.

—¿Por qué sientes pena de ti mismo?

—Porque tú seguirás necesitando a Ender toda la vida, y lo único que encontrarás son pobres sustitutos, como yo.

Ella lo abrazó entonces con más fuerza; ahora era la que daba consuelo.

—Oh, Miro, tal vez sea cierto. Pero si lo es, lo es tanto como que Quara sigue intentando llamar la atención de su padre. Nunca se deja de necesitar a los padres, ¿verdad? Nunca dejas de reaccionar ante ellos, aunque estén muertos.

¿Padre? Eso nunca se le había pasado a Miro por la cabeza. Jane amaba a Ender, profundamente, sí, lo amaba eternamente... pero ¿como padre?

—Yo no puedo ser tu padre —dijo Miro—. No puedo ocupar su lugar.

Pero lo que realmente hacía era asegurarse de que la había comprendido. ¿Ender era su padre?

—No quiero que seas mi padre —dijo Jane—. Sigo teniendo todos estos sentimientos de Val, ya sabes. Quiero decir que tú y yo éramos amigos, ¿no? Eso fue muy importante para mí. Pero ahora tengo este cuerpo de Val, y cuando me tocas, sigue pareciendo la respuesta a una oración. —De inmediato, lamentó haberlo dicho—. Oh, lo siento, Miro, sé que la echas de menos.

—Sí. Pero es difícil hacerlo, ya que te pareces mucho a ella. Y hablas como ella. Y estoy aquí abrazándote como quise abrazarla, y si eso parece horrible porque supuestamente te estoy consolando y no debería estar pensando en deseos básicos, bueno, entonces soy un tipo horrible, ¿no?

—Horrible —dijo ella—. Estoy avergonzada de conocerte.

Y lo besó, dulce, torpemente.

Él recordó su primer beso con Ouanda años atrás, cuando era joven y no sabía lo mal que podrían salir las cosas. Los dos fueron torpes entonces, inexpertos. Jóvenes. Jane, ahora... Jane era una de las criaturas más viejas del universo, pero también una de las más jóvenes. Y Val... no habría recursos en el cuerpo de Val de los que Jane pudiera servirse, pues en su corta vida, ¿qué oportunidad había tenido de encontrar el amor?

—¿Se ha parecido a lo que hacen los humanos? —preguntó Jane.

—Ha sido exactamente lo que hacen los humanos. No es sorprendente, sin embargo, ya que los dos lo somos.

—¿Estoy traicionando a Ender al llorarle un momento y luego ser feliz porque tú me abrazas al siguiente?

—¿Le estoy traicionando yo, al ser feliz sólo horas después de su muerte?

—Pero no está muerto —dijo Jane—. Sé dónde se encuentra. Lo perseguí hasta allí.

—Si es exactamente la misma persona que era, entonces es una lástima. Porque por bueno que fuese, no era feliz. Tuvo sus momentos, pero nunca fue... nunca estuvo realmente en paz. ¿No sería hermoso que Peter pudiera vivir una vida plena sin tener que cargar con la culpa del xenocidio, sin tener que sentir el peso de toda la humanidad sobre sus hombros?

—Hablando del tema, tenemos trabajo que hacer.

—También tenemos una vida que vivir —dijo Miro—. No lamento este encuentro, aunque haya hecho falta toda la maldad de Quara para que tuviera lugar.

—Hagamos lo civilizado. Casémonos. Tengamos niños. Quiero ser humana, Miro, quiero hacerlo todo. Quiero ser parte de la vida humana de principio a fin. Y quiero hacerlo todo contigo.

—¿Es eso una propuesta? —preguntó Miro.

—Morí y renací hace sólo una docena de horas. Mi... demonios, puedo llamarlo padre, ¿no? Mi padre ha muerto también. La vida es corta, siento lo corta que es: después de tres mil años, todos ellos intensos, sigue pareciendo demasiado corta. Tengo prisa. Y tú, ¿no has malgastado ya demasiado tiempo? ¿No estás preparado?

—Pero no tengo anillo.

—Tenemos algo mucho mejor —dijo Jane. Volvió a

tocarse la mejilla, donde había puesto su lágrima. Todavía estaba húmeda, y seguía estándolo cuando tocó con su dedo la mejilla de él—. He unido tus lágrimas a las mías, y tú has unido las mías a las tuyas. Creo que eso es aún más íntimo que un beso.

—Tal vez. Pero no tan divertido.

—Esta emoción que estoy sintiendo ahora... Es amor, ¿verdad?

—No lo sé. ¿Es un ansia? ¿Sientes una felicidad estúpida y mareante sólo por estar conmigo?

—Sí.

—Es gripe —dijo Miro—. Tendrás náuseas o diarrea en cuestión de horas.

Ella lo empujó, y en la ingravidez de la nave el movimiento lo envió por los aires hasta que golpeó otra superficie.

—¿Qué? —dijo, fingiendo inocencia—. ¿Qué he dicho?

Ella se apartó de la pared y se dirigió hacia la puerta.

—Vamos. A trabajar.

—Mejor que no anunciemos nuestro compromiso —dijo él.

—¿Por qué no? ¿Avergonzado ya?

—No. Tal vez es mezquino por mi parte, pero cuando lo anunciemos, no quiero que esté presente Quara.

—Es muy poco digno de ti —dijo Jane—. Tienes que ser más magnánimo y paciente, como yo.

—Lo sé. Estoy tratando de aprender.

Volvieron flotando a la cámara principal de la lanzadera. Los otros preparaban el mensaje genético que emitirían en la misma frecuencia utilizada por los descoladores para desafiarles cuando aparecieron por primera vez cerca del planeta. Todos alzaron la cabeza. Ela sonrió débilmente. Apagafuegos saludó con alegría.

Quara ladeó la cabeza.

—Bueno, espero que hayamos acabado con ese arrebato emocional —dijo.

Miro notó que Jane hervía por dentro, aunque no respondió a la observación. Y cuando los dos estuvieron sentados y atados a sus asientos, se miraron, y Jane le hizo un guiño.

—Lo he visto —dijo Quara.

—Lo hemos hecho adrede —respondió Miro.

—Creced —les soltó Quara despreciativa.

Una hora más tarde enviaron el mensaje. Y de inmediato llegó una inundación de respuestas que no entendían pero que debían esforzarse por entender. No hubo entonces tiempo para discutir, ni para amar, ni para apenarse. Sólo había lenguaje: densos, anchos campos de mensajes alienígenas que tenían que descifrar de algún modo, y sin tardanza.

13

«Hasta que la muerte
nos sorprenda a todos»

«No digo que haya disfrutado mucho
del trabajo que los dioses me impusieron.
Mi único placer
estuvo en mis días de instrucción,
en aquellas horas entre las acuciantes demandas
        de los dioses.
Me pongo gustosa a su disposición, siempre.
Pero oh, era tan dulce
aprender lo ancho que podía ser el universo,
medirme contra mis profesores,
y equivocarme a veces, sin demasiadas consecuencias...»

de *Los susurros divinos de Han Qing-jao*

—¿Queréis ir a la universidad y montar turnos en nuestra nueva red informática a prueba de dioses? —preguntó Grace.

Por supuesto que Peter y Wang-mu querían ir. Pero para su sorpresa, Malu se echó a reír alborozado e insistió en ir también. La deidad una vez habitó en los ordenadores, ¿no? Y si encontraba el camino de regreso, ¿no debería estar Malu allí para saludarla?

Esto complicó un poco las cosas, pues la visita de Malu a la universidad requería una notificación previa al presidente para que éste pudiera orquestar una bienvenida adecuada. No era necesario hacerlo por Malu; que no era vanidoso ni le impresionaban demasiado las ceremonias que no tenían un sentido inmediato. Pero la cuestión era demostrarle al pueblo samoano que la universidad respetaba todavía las antiguas costumbres, de las que Malu era el más reverenciado protector y seguidor.

De *luaus* de fruta y pescado en la playa, de hogueras al descubierto, esteras de palma y chozas de techo de paja, a un hovercar, una autopista y los edificios de colores vivos de la universidad moderna… a Wang-mu le pareció un viaje a través de la historia de la raza humana. Y sin embargo ya había hecho ese viaje en otra ocasión, desde Sendero; formaba parte de su vida pasar de lo antiguo a lo moderno, una y otra vez. Sentía lástima por aquellos que sólo conocían una cosa y no la otra. Era mejor poder seleccionar de todo el menú de logros humanos que estar limitada a una estrecha gama.

Peter y Wang-mu bajaron discretamente del hovercar antes de que el vehículo llevara a Malu a la recepción oficial. El hijo de Grace los guió en un breve recorrido por las nuevas instalaciones informáticas.

—Estos nuevos ordenadores siguen todos los protocolos enviados por el Congreso Estelar. No habrá más conexiones directas entre redes informáticas y ansibles, sino un desfase temporal; cada infopaquete será inspeccionado por software de seguridad que detectará todo acto no autorizado.

—En otras palabras —dijo Peter—: Jane nunca volverá a entrar.

—Ése es el plan. —El muchacho (pues, a pesar de su tamaño, eso parecía ser) sonrió de oreja a oreja—. Todo perfecto, todo nuevo, en total armonía.

Wang-mu se sintió asqueada. Así sería en los Cien

Mundos: Jane bloqueada del todo. Y sin acceso a la enorme capacidad informática de las redes combinadas de toda la civilización humana, ¿cómo recuperaría el poder para lanzar una nave al Exterior y devolverla al Interior? Wang-mu se había alegrado de abandonar Sendero, pero no estaba segura de que quisiera pasar el resto de su vida en Pacífica. Sobre todo si tenía que quedarse con Peter, pues no había ninguna posibilidad de que él se contentara con la forma más lenta y relajada de vivir la vida que tenían en las islas. En realidad, era también demasiado lenta para ella. Le encantaba estar con los samoanos, pero la impaciencia por hacer algo crecía en su interior. Quizá quienes se educaban entre esta gente sublimaban de algún modo su ambición, o quizás había algo en el genotipo racial que la suprimía o la reemplazaba; pero el incesante impulso de Wang-mu por reforzar y expandir su papel en la vida no iba a desaparecer por un *luau* en la playa, por mucho que lo hubiera disfrutado y preciara su recuerdo.

El recorrido no había terminado aún, por supuesto, y Wang-mu siguió diligentemente al hijo de Grace. Sin embargo, prestaba la atención estrictamente necesaria para responder con amabilidad. Peter parecía aún más distraído, y Wang-mu imaginaba por qué. No sólo tendría los mismos sentimientos que ella, sino que también lamentaría la pérdida de conexión con Jane a través de la joya en su oído. Si ella no recuperaba su habilidad para controlar el flujo de datos a través de las comunicaciones de los satélites que orbitaban este mundo, él no volvería a oír su voz jamás.

Llegaron a una sección más antigua del campus, a unos edificios ajados de estilo arquitectónico más funcional.

—A nadie le gusta venir aquí, porque les recuerda lo

recientemente que nuestra universidad ha dejado de ser sólo una escuela para formar ingenieros y maestros. Este edificio tiene trescientos años. Entremos.

—¿Tenemos que hacerlo? —preguntó Wang-mu—. Quiero decir, ¿es necesario? Creo que desde fuera nos hacemos una idea.

—Oh, pero creo que querréis ver este lugar. Es muy interesante porque en él se conservan algunas de las viejas maneras de hacer las cosas.

Wang-mu por supuesto accedió a seguirlo, como requería la cortesía, y Peter hizo lo mismo, en silencio. Entraron y oyeron el rumor de los antiguos sistemas de aire acondicionado y notaron el ambiente refrigerado.

—¿Éstas son las viejas maneras? —preguntó Wang-mu—. No tan antiguas como la vida en la playa, creo.

—No tan antiguas, es verdad —dijo su guía—. Pero claro, aquí no conservamos lo mismo.

Entraron en una gran sala cubierta de parte a parte con cientos y cientos de ordenadores dispuestos en apretadas hileras de mesas. No había espacio para que nadie se sentara ante las máquinas; apenas lo había para que los técnicos pasaran de lado entre las mesas para atenderlos. Todos los ordenadores estaban encendidos, pero el aire sobre los terminales estaba vacío y no daba ninguna pista de lo que sucedía dentro de ellos.

—Teníamos que hacer algo con todos los viejos ordenadores que el Congreso Estelar nos mandó desconectar. Así que los pusimos aquí con los viejos ordenadores de las otras universidades y empresas de las islas; hawaianos, tahitianos, maoríes y todo eso… todo el mundo ayudó. Ocupa seis plantas igual que ésta en este edificio, y otros tres más, aunque éste es el más grande.

—Jane —dijo Peter, y sonrió.

—Aquí es donde almacenamos todo lo que ella nos

dio. Naturalmente, de forma oficial estos ordenadores no están conectados a ninguna red. Sólo se utilizan para las prácticas de los estudiantes. Pero los inspectores del Congreso nunca vienen aquí. Vieron todo lo que quisieron cuando revisaron nuestra nueva instalación. Cumple las normas al detalle... ¡somos ciudadanos obedientes y leales! Pero me temo que aquí se han pasado algunas cosas por alto. Por ejemplo, parece haber una conexión intermitente con el ansible de la universidad. Cada vez que el ansible transmite mensajes fuera de este mundo, se conecta a un solo ordenador: el enlace oficial de salvaguarda con su demora temporal. Pero cuando el ansible conecta con unos cuantos destinos extravagantes (el satélite samoano, por ejemplo, o cierta colonia lejana que supuestamente está incomunicada con todos los ansibles de los Cien Mundos), entonces una vieja conexión olvidada entra en funcionamiento, y el ansible tiene acceso completo a todo esto.

Peter se rió con verdadera alegría. A Wang-mu le encantó el sonido de su risa, pero también sintió un poco de celos por la idea de que Jane pudiera volver con él.

—Y otra cosa extraña —dijo el hijo de Grace—. Uno de los nuevos ordenadores ha sido instalado aquí, sólo que con algunas alteraciones. No informa correctamente al programa principal, por lo que parece: olvida decirle que existe un enlace ultrarrápido en tiempo real con esta inexistente red al viejo estilo. Es una lástima que no se lo diga, porque eso permite una conexión completamente ilegal entre esta vieja red conectada al ansible y el nuevo programa a prueba de dioses. De ese modo las peticiones de información pueden ser aprobadas, y cualquier software inspector las considera perfectamente legales puesto que provienen de este nuevo ordenador perfectamente legal pero sorprendentemente defectuoso.

Peter sonreía de buena gana.

—Bien, alguien tuvo que trabajar muy rápido para lograr esto.

—Malu nos dijo que la deidad iba a morir, pero entre nosotros y ella trazamos un plan. Ahora la única pregunta es: ¿encontrará el camino de regreso?

—Creo que sí —dijo Peter—. Por supuesto, esto no es ni siquiera una pequeña fracción de lo que solía tener.

—Sabemos que tiene un par de instalaciones similares aquí y allá. No muchas, es verdad, y las nuevas barreras de retraso temporal permitirán que tenga acceso a toda la información pero le impedirán usar la mayoría de las nuevas redes como parte de sus procesos de pensamiento. Con todo, es algo. Tal vez sea suficiente.

—Sabíais quiénes éramos antes de que llegáramos —dijo Wang-mu—. Ya trabajabais con Jane.

—Creo que las pruebas son elocuentes —respondió el hijo de Grace.

—¿Entonces por qué Jane nos trajo aquí? ¿Qué era todo ese sinsentido de necesitarnos aquí para detener la Flota Lusitania?

—No lo sé —dijo Peter—. Y dudo que nadie lo sepa. Tal vez Jane simplemente quería tenernos en un entorno amigable para poder volver a encontrarnos. Dudo que haya nada así en Viento Divino.

—Y tal vez —dijo Wang-mu, siguiendo sus propias especulaciones—, tal vez quería que estuvieses aquí, con Malu y Grace, cuando le llegara el momento de morir.

—Y de morir yo también. Me refiero a mí como Ender, por supuesto.

—Y quizá, si ya no iba a estar aquí para protegernos con sus manipulaciones de datos, quería que estuviésemos entre amigos.

—Por supuesto —dijo el hijo de Grace—. Es una diosa, cuida de su gente.

—¿De sus adoradores? —preguntó Wang-mu.

Peter hizo una mueca.

—Sus amigos —dijo el muchacho—. En Samoa tratamos a los dioses con gran respeto, pero también somos sus amigos, y ayudamos a los buenos cuando podemos. Los dioses necesitan de vez en cuando la ayuda de los humanos. Creo que lo hicimos bien, ¿no os parece?

—Hicisteis bien —dijo Peter—. Habéis sido fieles.

El muchacho sonrió.

Pronto volvieron a la nueva instalación informática, y vieron cómo con gran ceremonia el presidente de la universidad pulsaba la tecla que iniciaba el programa que activaba y controlaba el ansible de la universidad. Inmediatamente llegaron mensajes y programas de prueba del Congreso Estelar; sondearon e inspeccionaron el sistema para asegurarse de que no había fallos de seguridad y de que todos los protocolos se habían seguido adecuadamente. Wang-mu notaba lo tenso que estaba todo el mundo (excepto Malu, que parecía incapaz de temer nada) hasta que, unos minutos más tarde, los programas terminaron su inspección y presentaron su informe. Inmediatamente llegó el mensaje del Congreso asegurando que la red era obediente y segura. Los trucos y subterfugios no habían sido detectados.

—En cualquier momento ya —murmuró Grace.

—¿Cómo sabremos si todo esto ha funcionado? —preguntó Wang-mu en voz baja.

—Peter nos lo dirá —le respondió Grace, sorprendida de que Wang-mu no lo hubiera comprendido—. La joya en su oreja... el satélite samoano le hablará.

Olhado y Grego contemplaban el texto del ansible que durante veinte años había contactado sólo con la lanzadera y la nave de Jakt. Volvía a recibir un mensaje. Se estaban estableciendo contactos con cuatro ansibles de otros mundos donde grupos de simpatizantes lusitanos (o al menos amigos de Jane) habían seguido sus instrucciones para esquivar parcialmente las nuevas regulaciones. No se enviaron mensajes reales porque los humanos no tenían nada que decirse. La cuestión era simplemente mantener el enlace vivo para que Jane pudiera viajar a través de él y conectarse con alguna pequeña parte de su antigua capacidad.

Nada de todo esto se había hecho con participación humana de Lusitania. Toda la programación requerida se había conseguido gracias a las implacablemente eficaces obreras de la Reina Colmena, con la ayuda de los pequeninos de vez en cuando. Olhado y Grego habían sido invitados en el último minuto, como simples observadores. Pero comprendían. Jane hablaba con la Reina Colmena y la Reina Colmena hablaba con los padres-árbol. Jane no había obrado a través de los humanos porque los lusitanos con los que se relacionaba eran Miro, que tenía otro trabajo que hacer para ella, y Ender, que se había quitado la joya de la oreja antes de morir. Olhado y Grego habían discutido sobre esto en cuanto el pequenino Zambullida les explicó lo que sucedía y les pidió que acudieran a observar.

—Considero su actitud un tanto desafiante —dijo Olhado—. Si Ender la rechazó y Miro estaba ocupado…

—O entusiasmado con la Joven Valentine, no lo olvides —repuso Grego.

—Bueno, lo ha hecho sin ayuda humana.

—¿Cómo puede funcionar? —dijo Grego—. Antes estaba conectada a miles de millones de ordenadores.

Como mucho ahora tendrá varios millares, al menos utilizables de forma directa. No es suficiente. Ela y Quara no volverán jamás. Ni Miro.

—Tal vez no. No será la primera vez que perdamos a miembros de la familia al servicio de una causa superior.

Pensó en los famosos padres de su madre, Os Venerados, que dentro de pocos años serían santos... si un representante del Papa conseguía llegar a Lusitania para examinar las pruebas. Y en su verdadero padre, Libo, y en el padre de éste; ambos habían muerto antes de que los hijos de Novinha supieron que eran parientes. Todos muertos por la causa de la ciencia: Os Venerados en la lucha por contener la descolada. Pipo y Libo en el esfuerzo por comunicarse y comprender a los pequeninos. Su hermano Quim había muerto como un mártir, tratando de cerrar una peligrosa brecha en la relación entre humanos y pequeninos de Lusitania. Y ahora Ender, su padre adoptivo, había muerto por la causa de tratar de encontrar un modo de salvar la vida de Jane y, con ella, el viaje más rápido que la luz. Si Miro y Ela y Quara morían en el esfuerzo por entablar comunicación con los descoladores, seguirían la tradición familiar.

—Lo que me pregunto —dijo Olhado—, es qué tenemos nosotros de malo que no se nos ha pedido que muramos por una causa noble.

—No entiendo de causas nobles —respondió Grego—, pero tenemos una flota apuntándonos. Creo que eso bastará para matarnos.

Un súbito estallido de actividad en los terminales les dijo que la espera había terminado.

—Hemos conectado con Samoa —dijo Zambullida—. Y ahora con Memphis. Y Sendero. Y Hégira. —Hizo el pequeño mohín que invariablemente hacían los pequeninos cuando estaban contentos—. Todos van a conectar. Los programas rastreadores no los encontraron.

—Pero ¿será suficiente? —preguntó Grego—. ¿Se mueven de nuevo las naves?

Zambullida se encogió estudiadamente de hombros.

—Lo sabremos cuando tu familia regrese, ¿no?

—Madre no quiere poner fecha para el funeral de Ender hasta que regresen —dijo Grego.

A la mención del nombre de Ender, Zambullida se deprimió.

—El hombre que llevó a Humano a la Tercera Vida —dijo—. Y casi no tenemos nada que enterrar.

—Me preguntaba si pasarán días, semanas o meses antes de que Jane recupere sus poderes... si es que lo hace —dijo Grego.

—No lo sé —respondió Zambullida.

—Sólo tienen unas cuantas semanas de aire.

—No lo sabe, Grego —dijo Olhado.

—Ya. Pero la Reina Colmena lo sabe. Y se lo dirá a los padres-árbol. Pensaba... que la noticia podía filtrarse.

—¿Cómo puede la Reina Colmena saber lo que sucederá en el futuro? —preguntó Olhado—. ¿Cómo puede saber nadie lo que Jane puede o no puede conseguir? Hemos vuelto a conectar con otros mundos. Algunas partes de su memoria central han sido devueltas a la red ansible, aunque subrepticiamente. Puede que las encuentre. Puede que no. Si las encuentra, puede que sea suficiente, o no. Pero Zambullida no lo sabe.

Grego se dio la vuelta.

—Lo sé —dijo.

—Todos tenemos miedo —le dijo Olhado—. Incluso la Reina Colmena. Ninguno de nosotros quiere morir.

—Jane murió, pero no está muerta —dijo Grego—. Según Miro, parece que el aiúa de Ender está viviendo como Peter en otro mundo. Las reinas colmena mueren y sus recuerdos siguen viviendo en las mentes de sus hijas. Los pequeninos logran vivir como árboles.

—Algunos de nosotros —dijo Zambullida.

—¿Pero y nosotros qué? —dijo Grego—. ¿Nos extinguiremos? ¿Qué diferencia habrá entonces; los que teníamos planes, qué importará el trabajo que hayamos hecho? ¿Los hijos que hayamos criado? —Miró a Olhado—. ¿Qué importará entonces que tengas una familia tan grande y feliz, si serás borrado en un instante por esa... bomba?

—Ningún momento de mi vida con mi familia ha sido un momento malgastado —dijo Olhado tranquilamente.

—Pero el sentido de la familia es la continuidad, ¿no? Conectar con el futuro.

—En parte, sí. Pero en parte el propósito es el ahora, el momento presente. Y en parte la red de conexiones, los enlaces de un alma a otra. Si el propósito de toda vida fuera sólo continuar hacia el futuro, entonces ninguna tendría significado, porque todo sería expectación y preparación. Está el goce, Grego. Está la felicidad que ya hemos tenido. La felicidad de cada momento. El final de nuestras vidas, aunque no haya continuación hacia delante ni descendencia, el final de nuestras vidas no borra el principio.

—Pero no habrá servido de nada. Si tus hijos mueren, entonces todo será un despilfarro.

—No —dijo Olhado tranquilamente—. Dices eso porque no tienes hijos, Greguinho. Pero nada se desperdicia. El niño que sostuviste en tus brazos durante un día antes de que muriera no fue un despilfarro, porque ese día es un propósito suficiente en sí mismo. La entropía ha sido retrasada una hora, un día, una semana, un mes.

El que todos podamos morir en este pequeño mundo no deshace las vidas antes de las muertes.

Grego sacudió la cabeza.

—Sí que lo hace, Olhado. La muerte lo deshace todo.

Olhado se encogió de hombros.

—¿Entonces por qué te molestas en hacer nada, Grego? Porque algún día morirás. ¿Por qué debería nadie tener hijos? Algún día morirán, sus hijos morirán, todos morirán. Algún día las estrellas se apagarán o reventarán. Algún día la muerte nos cubrirá a todos como el agua de un lago y tal vez nada salga a la superficie para mostrar que estuvimos aquí. Pero estuvimos, y durante el tiempo que vivimos, estuvimos vivos. Ésa es la verdad: lo que es, lo que fue, lo que será… no lo que pudo ser, lo que debería haber sido, lo que nunca pudo ser. Si morimos, entonces nuestra muerte significa algo para el resto del universo. Aunque nuestras vidas sean desconocidas, el hecho de que alguien viviera antes, y muriera, tendrá repercusiones, dará forma al universo.

—¿Y eso es suficiente significado para ti? —dijo Grego—. ¿Morir y que sirva de lección? ¿Morir para que la gente pueda sentirse mal por haberte matado?

—Hay peores significados para una vida.

Zambullida los interrumpió.

—El último de los ansibles que esperábamos está en línea. Ya están todos conectados.

Dejaron de hablar. Era hora de que Jane encontrara el camino de regreso a sí misma, si podía. Esperaron.

A través de una de sus obreras, la Reina Colmena veía y oía la noticia de la restauración de los enlaces ansible.

«¿Puede hacerlo? ¿Puedes guiarla?»

«No puedo guiarla a un lugar al que yo misma no puedo ir —dijo la Reina Colmena—. Ella tiene que encontrar su propio camino. Lo único que puedo hacer es decirle que es la hora.»

«¿Así que sólo podemos mirar?»

«Yo sólo puedo mirar. Tú eres parte de ella, o ella de ti. Su aiúa está atado ahora a tu red a través de las madres-árbol. Prepárate.»

«¿Para qué?»

«Para lo que necesite Jane.»

«¿Qué necesitará? ¿Cuándo lo necesitará?»

«No tengo ni idea.»

En el terminal de la nave varada, la obrera de la Reina Colmena alzó súbitamente la cabeza, luego se levantó de su asiento y se acercó a Jane.

Jane interrumpió su trabajo.

—¿Qué pasa? —preguntó distraída.

Y entonces, al recordar la señal que estaba esperando, observó a Miro, que se había vuelto para ver qué sucedía.

—Tengo que irme —dijo ella.

Y se desplomó en su asiento como si se hubiera desmayado.

De inmediato, Miro se levantó; Ela lo imitó. La obrera había soltado ya a Jane de su silla y la estaba alzando. Miro la ayudó a llevar el cuerpo por los pasillos ingrávidos hasta las camas situadas en la parte trasera de la nave. Allí la tendieron y la ataron. Ela comprobó sus signos vitales.

—Duerme profundamente —dijo—. Respira muy despacio.

—¿Un coma? —preguntó Miro.

—Está haciendo lo mínimo para permanecer con vida —dijo Ela—. Aparte de eso, no hay nada.

—Vamos —dijo Quara desde la puerta—. Volvamos al trabajo.

Miro se volvió hacia ella, furioso... pero Ela le contuvo.

—Puedes quedarte a cuidarla si quieres —dijo—, pero Quara tiene razón. Hay trabajo que hacer. Ella está haciendo el suyo.

Miro se giró hacia Jane y le tocó la mano, la cogió, la sostuvo. Los demás dejaron los dormitorios. No puedes oírme, no puedes sentirme, no puedes verme, dijo Miro en silencio. Así que supongo que para ti no estoy aquí. Sin embargo, no puedo dejarte. ¿De qué tengo miedo? Todos moriremos si no tienes éxito en lo que estás haciendo ahora. Así que no es tu muerte lo que temo.

Temo a tu viejo yo, tu antigua existencia entre los ordenadores y los ansibles. Has probado un cuerpo humano, pero cuando tus antiguos poderes sean restaurados, tu vida humana será sólo una parte de ti otra vez. Sólo un aparato sensor entre millones. Un pequeño conjunto de recuerdos perdido en un abrumador mar de memoria. Podrás dedicarme una parte diminuta de tu atención, y yo nunca sabré que soy perpetuamente un pensamiento secundario en tu vida.

Es una de las pegas de amar a alguien mucho más grande que tú, se dijo Miro. Nunca notaré la diferencia. Ella volverá y yo seré feliz con todo el tiempo que tengamos juntos y nunca sabré el poco tiempo y esfuerzo que dedica a estar conmigo. Una diversión, eso es lo que soy.

Entonces sacudió la cabeza, soltó su mano y salió de la habitación. No escucharé la voz de la desesperación, se dijo. ¿Domaría a este gran ser, la convertiría en mi esclava para que cada momento de su vida me perteneciera?

¿Enfocaría sus ojos para que no pudieran ver más que mi rostro? Debo alegrarme por ser parte de ella, en vez de lamentar no ser más.

Regresó a su puesto y volvió al trabajo. Pero unos momentos después se levantó y regresó con ella. Era inútil. Hasta que volviera, hasta que supiera el resultado, no podría pensar en nada más.

Jane no iba exactamente a la deriva. Tenía intacta su conexión con los tres ansibles de Lusitania, y los encontró con facilidad. Y con la misma soltura halló las nuevas conexiones de los ansibles de media docena de mundos. Desde allí, encontró rápidamente el camino a través de la maraña de interrupciones y cortes que protegían su entrada al sistema e impedían que fuera descubierta por los programas espía del Congreso. Todo marchó como ella y sus amigos habían planeado.

Era pequeño, poco espacioso, como sabía que iba a ser. Pero casi nunca había utilizado la capacidad total del sistema, excepto cuando controlaba las naves estelares. Entonces necesitaba toda la memoria para contener la imagen completa de la nave que transportaba.

Obviamente, no había suficiente capacidad en unos cuantos miles de máquinas. Sin embargo, era un alivio conectar con programas que había usado hacía tanto tiempo para que pensaran por ella: sirvientes que utilizaba como la Reina Colmena a sus obreras… Un aspecto más en el que soy como ella, advirtió Jane. Los puso en marcha, luego exploró los recuerdos que durante aquellos largos días habían estado dolorosamente ausentes. Una vez más estuvo en posesión de un sistema mental que le permitía prestar atención a docenas de procesos que se ejecutaban simultáneamente.

Y sin embargo todavía iba todo mal. Había estado en un cuerpo humano sólo un día y el yo electrónico que antes le había parecido tan rico le quedaba demasiado pequeño. No era porque tuviera tan pocos ordenadores cuando antes había dispuesto de tantos. Más bien, era pequeño por naturaleza. La ambigüedad de la carne proporcionaba una enormidad de posibilidades que simplemente no se daban en un mundo binario. Había estado viva, y ahora sabía que su habitáculo electrónico sólo le proporcionaba una fracción de vida. Por mucho que hubiera conseguido durante sus milenios de existencia en la máquina, no producía ninguna satisfacción comparado con unos pocos minutos en aquel cuerpo de carne y hueso.

Si había creído que alguna vez dejaría el cuerpo-Val, ahora sabía que no lo haría nunca. Ésa era su raíz, ahora y siempre. De hecho, tendría que obligarse a extenderse en estos sistemas informáticos cuando los necesitara. Por inclinación natural, no entraría en ellos.

Pero no había motivos para contarle a nadie su decepción. Todavía no. Se lo diría a Miro cuando volviera con él. La escucharía y no se lo diría a nadie más. Probablemente, incluso se sentiría aliviado. Sin duda le preocupaba que ella se sintiera tentada de quedarse en los ordenadores y no volviera al cuerpo que todavía podía sentir, reclamando con fuerza su atención aunque sumido en la laxitud de un profundo sueño. Pero Miro no tenía nada que temer. ¿No había pasado muchos meses en un cuerpo que era tan limitado que apenas podía soportar vivir en él? Ella no desearía ser sólo una habitante informática de la misma forma que él no regresaría al cuerpo dañado cerebralmente que tanto le había torturado.

Sin embargo soy yo, es parte de mí. Eso era lo que aquellos amigos le habían dado, y no les diría lo doloroso que resultaba encajar en esta pequeña clase de vida. Mostró su antigua y familiar cara de Jane sobre un terminal en cada mundo, y les sonrió, y les habló:

—Gracias, amigos míos. Nunca olvidaré vuestro amor y lealtad hacia mí. Tardaré algún tiempo en descubrir cuánto está abierto ante mí, y cuánto está cerrado. Os diré lo que sepa cuando lo sepa. Pero os aseguro que, pueda o no conseguir algo comparable a lo que antes hacía, os debo esta restauración, a todos vosotros. Ya era vuestra amiga eterna; ahora estoy en deuda eterna.

Le respondieron; ella oyó todas las respuestas, conversó con ellos usando sólo pequeñas partes de su atención.

El resto exploraba. Encontró las interfaces ocultas de los principales sistemas informáticos que habían diseñado los programadores del Congreso Estelar. Fue bastante fácil saquearlos en busca de cualquier información que deseara; de hecho, en cuestión de segundos encontró el camino a los archivos más secretos del Congreso y descubrió cada especificación técnica y cada protocolo de las nuevas redes. Pero sondeó de forma indirecta, como si tanteara con la mano el contenido de una caja de galletas, a oscuras, incapaz de ver lo que tocaba. Enviaba pequeños programas de búsqueda que le traían lo que quería; eran guiados por confusos protocolos que arrastraban información tangencial que de algún modo los forzaba a recogerla. Ciertamente, ella tenía el poder de sabotear, si hubiera querido castigarlos. Podría haberlo roto todo, destruido todos los datos. Pero nada de eso, ni encontrar secretos ni extender su venganza, tenía nada que ver con lo que ahora necesitaba. Sus amigos habían salvado la información más vital para ella. Lo que necesitaba era capacidad, y no la tenía. Las nuevas redes estaban separadas y tan desfasadas de los ansibles que no podía usarlas para pensar. Trató de encontrar medios de cargar y descargar rápidamente datos que pudiera usar para lanzar una nave al Exterior y de regreso al Interior, pero no era lo bastante veloz. Sólo trocitos y piezas de cada nave irían fuera, y casi nada regresaría.

Tengo todo mi conocimiento. Lo que no tengo es espacio.

Sin embargo, su aiúa recorría todo el circuito. Muchas veces por segundo pasaba a través del cuerpo-Val atado a la cama en la nave. Muchas veces por segundo tocaba los ansibles y ordenadores de su red restaurada aunque truncada. Y muchas veces por segundo deambulaba por los diáfanos enlaces de las madres-árbol.

Un millar, diez millares de veces su aiúa recorrió este circuito antes de que advirtiera por fin que las madres-árbol eran también un espacio de almacenamiento. Tenían pocos pensamientos propios, pero las estructuras estaban ahí y podían almacenar memoria sin desfases. Ella podía pensar, podía guardar el pensamiento, podía retirarlo al instante. Y las madres-árbol eran fractualmente profundas: podían almacenar la memoria por capas, pensamientos dentro de pensamientos, más y más profundamente en las estructuras y pautas de las células vivas, sin interferir jamás los tenues y dulces pensamientos de los propios árboles. Era un sistema mucho mejor que las redes informáticas; era por naturaleza más extenso que cualquier artilugio binario. Aunque había muchas menos madres-árbol que ordenadores, incluso en su nueva red encogida, la profundidad y riqueza de la memoria significaba que había mucho más espacio para datos que podían ser recuperados con más rapidez. Excepto los datos básicos, sus propios recuerdos de viajes estelares pasados, Jane no necesitaría para nada los ordenadores. El camino a las estrellas era ahora una larga avenida de árboles.

A solas en una nave en la superficie de Lusitania, una obrera de la Reina Colmena esperaba. Jane la encontró fácilmente, la encontró y recordó la forma de la nave. Aunque había «olvidado» cómo hacer un vuelo estelar durante un día o dos, el recuerdo regresó y lo hizo con facilidad: lanzó la nave al Exterior y la recuperó un instante después, sólo que a muchos kilómetros de distancia, en un claro, ante la entrada del nido de la Reina Colmena. La obrera se levantó, abrió la puerta y salió al exterior. Por supuesto, no hubo ninguna celebración. La Reina Colmena simplemente miró a través de los ojos de la obrera para verificar el éxito del vuelo; luego exploró el cuerpo de la obrera y la propia nave para asegurarse de que no se había perdido o dañado nada.

Jane pudo oír la voz de la Reina Colmena como si procediera de muy lejos, pues retrocedía instintivamente ante una fuente tan potente de pensamiento. Lo que oía era la transmisión del mensaje, la voz de Humano hablando en su mente.

«Todo va bien —le dijo Humano—. Puedes continuar.»

Regresó entonces a la nave que contenía su propio cuerpo viviente. Cuando transportaba a otra gente, dejaba que sus propios aiúas vigilaran su carne y la mantuvieran intacta. El resultado de eso habían sido las caóticas creaciones de Miro y Ender, con su ansia de cuerpos distintos a aquellos en los que vivían. Pero ese efecto se evitaba ahora fácilmente dejando que los viajeros estuvieran sólo una fracción de segundo en el Exterior, lo suficiente para asegurarse de que los trozos de todo y de todos estaban juntos. Esta vez, sin embargo, tendría que contener una nave y el cuerpo-Val, y también llevarse a Miro, Ela, Apagafuegos, Quara y una obrera de la Reina Colmena. No podía haber fallos.

Sin embargo, funcionó con bastante facilidad. Contuvo en la memoria la lanzadera familiar, la gente que había llevado tan a menudo antes. Su nuevo cuerpo le era ya tan conocido que, para su alivio, no hizo falta ningún esfuerzo especial para contenerlo junto con la nave. La única novedad fue que, en vez de enviar y recuperar, los acompañó. Su propio aiúa fue con el resto al Exterior.

Ése fue el único problema. Una vez en el Exterior, no tenía forma de saber cuánto tiempo habían pasado allí. Podría haber sido una hora. Un año. Un picosegundo. Nunca antes había salido al Exterior. Se distrajo, fue aturdidor, luego aterrador no tener ninguna raíz ni anclaje. ¿Cómo puedo regresar? ¿A qué estoy conectada?

Al formular la pregunta, encontró su anclaje, pues su aiúa acababa de terminar un solo circuito por el cuerpo-Val en el Exterior cuando saltó a su circuito de las madres-árbol. En ese momento llamó a la nave y todos sus ocupantes al Interior, y los colocó donde quería: la zona de aterrizaje del astropuerto de Lusitania.

Los inspeccionó rápidamente. Todos estaban allí. Había funcionado. No morirían en el espacio. Todavía podía controlar el vuelo espacial, incluso estando ella misma a bordo. Y aunque no iría de viaje muy a menudo (había sido demasiado aterrador, aunque su conexión con las madres-árbol la sostenía) ahora sabía que podía hacer volar las naves sin problema.

Malu gritó y los otros se volvieron a mirarlo. Todos habían visto la cara de Jane en el aire sobre los terminales, un centenar de caras de Jane por toda la sala. Habían aplaudido y lo habían celebrado en su momento. Por eso, Wang-mu se preguntó qué pasaba ahora.

—¡La deidad ha movido la nave! —gritó Malu—. ¡La deidad ha encontrado de nuevo su poder!

Wang-mu oyó las palabras y se preguntó cómo lo sabía. Pero Peter, no importaba qué dudas pudiera albergar, se tomó la noticia de modo más personal. La rodeó con sus brazos, la levantó del suelo y giró con ella.

—Somos libres otra vez —exclamó, tan alegre como Malu—. ¡Somos libres para correr mundo de nuevo!

En ese momento Wang-mu finalmente comprendió que el hombre que amaba era, en lo más hondo, el mismo Ender Wiggin que había deambulado de mundo en mundo durante tres mil años. ¿Por qué había estado Peter tan silencioso y sombrío y explotaba de alegría ahora? Porque no podía soportar la idea de tener que consumir su vida en un solo mundo.

¿En dónde me he metido?, se preguntó Wang-mu. ¿Va a ser así mi vida, una semana aquí, un mes allí?

Y luego pensó: ¿Y qué? Si la semana es con Peter, si el mes es a su lado, será hogar suficiente para mí. Y si no, ya habrá tiempo de establecer algún tipo de compromiso. Incluso Ender se asentó por fin, en Lusitania.

Además, tal vez yo misma sea una vagabunda. Todavía soy joven, ¿cómo sé siquiera qué tipo de vida quiero llevar? Con Jane para llevarnos a cualquier parte en sólo un instante, podemos ver todos los Cien Mundos y las colonias más nuevas, y todo lo demás que queramos antes de tener que pensar en asentarnos.

Alguien gritaba en la sala de control. Miro sabía que tendría que dejar el cuerpo dormido de Jane y averiguarlo. Pero no quería soltarle la mano.

No quería apartar los ojos de ella.

—¡Han cortado! —volvieron a gritar. Era Quara, aterrada y furiosa—. Estaba recibiendo sus emisiones y de repente nada.

Miro casi se rió en voz alta. ¿Cómo era posible que Quara no lo comprendiera? La razón por la que ya no podía recibir las emisiones de los descoladores era porque ya no estaban orbitando su planeta. ¿No notaba el peso de la gravedad? Jane lo había conseguido. Los había traído de vuelta a casa.

Pero ¿había regresado ella? Miro le apretó la mano, se inclinó, le besó la mejilla.

—Jane —susurró—. No te pierdas ahí fuera. Ven aquí. Ven aquí conmigo.

—Muy bien —dijo ella.

Él alzó la cabeza, la miró a los ojos.

—Lo conseguiste.

—Y con bastante facilidad, después de tantas preocupaciones. Pero creo que mi cuerpo no fue diseñado para dormir tan profundamente. No puedo moverme.

Miro pulsó el resorte rápido de la cama, y todas las bandas se soltaron.

—Oh —dijo ella—. Me habéis atado.

Trató de incorporarse, pero volvió a tenderse de inmediato.

—¿Mareada? —preguntó Miro.

—La habitación me da vueltas. Tal vez pueda hacer vuelos en el futuro sin tener que atarme tan a conciencia.

La puerta se abrió de golpe. Quara apareció en el umbral, temblando de furia.

—¡Cómo te atreves a hacerlo sin advertirme siquiera!

Ela estaba detrás, discutiendo con ella.

—¡Por el amor de Dios, Quara, nos ha traído a casa! ¿No es suficiente?

—¡Podrías tener algo de decencia! —gritó Quara—.

¡Podrías habernos dicho que estabas llevando a cabo tu experimento!

—Te trajo con nosotros, ¿no? —dijo Miro, riendo.

Su risa sólo enfureció aún más a Quara.

—¡No es humana! ¡Eso es lo que te gusta de ella, Miro! Nunca podrías haberte enamorado de una mujer de verdad. ¿Cuál es tu historia? Te enamoraste de una mujer que resultó ser tu hermanastra, luego de la autómata de Ender, y ahora de un ordenador que lleva un cuerpo humano como si fuera un autómata. Claro que te ríes en un momento como éste. No tienes sentimientos humanos.

Jane se había puesto de pie, aunque su equilibrio era inestable. A Miro le complació ver que se recuperaba tan rápidamente de su estado comatoso. Apenas prestó atención a los insultos de Quara.

—¡No me ignores, pretencioso y pedante hijo de puta! —le gritó Quara.

Él la ignoró, sintiéndose de hecho bastante pretencioso y pedante al hacerlo. Jane, sosteniéndole la mano, lo siguió fuera de la cámara. Mientras pasaba por su lado, Quara le gritó:

—¡No eres ninguna diosa que tenga derecho a menearme de un sitio a otro sin preguntar!

Y le dio un empujón.

No fue gran cosa. Pero Jane chocó contra Miro. Él se volvió, temiendo que ella fuera a caerse. Al hacerlo, le dio tiempo de ver cómo Jane desplegaba los dedos contra el pecho de Quara y la empujaba, con mucha más fuerza. La cabeza de Quara chocó contra la pared del pasillo, y entonces, perdido completamente el equilibro, cayó al suelo a los pies de Ela.

—¡Ha tratado de matarme! —chilló Quara.

—Si quisiera matarte —respondió Ela suavemente—

estarías chupando espacio en la órbita del planeta de los descoladores.

—¡Todos me odiáis! —gritó Quara, y se echó a llorar.

Miro abrió la puerta de la lanzadera y condujo a Jane a la luz. Era su primer paso en la superficie de un planeta, su primera visión de la luz del sol con aquellos ojos humanos. Se quedó allí de pie, petrificada, y luego volvió la cabeza para ver más, miró al cielo, y entonces estalló en lágrimas y se abrazó a él.

—¡Oh, Miro! ¡Es demasiado para soportarlo! ¡Todo es demasiado maravilloso!

—Tendrías que verlo en primavera —dijo él tontamente.

Un momento después, ella se recuperó lo suficiente para volver a contemplar el mundo, a dar pasos de tanteo. Vieron que un hovercar se acercaba ya desde Milagro. Serían Olhado y Grego, o tal vez Valentine y Jakt. Conocerían a Jane-como-Val por primera vez. Valentine, más que nadie, recordaría a Val y la echaría de menos; al contrario que Miro, no tenía ningún recuerdo concreto de Jane, pues no habían sido íntimas.

Pero si Miro conocía a Valentine, sabía que se guardaría para sí la pena que pudiera sentir; sólo haría partícipe a Jane de su bienvenida, y tal vez mostraría cierta curiosidad. Valentine era así. Para ella era más importante comprender que lamentar. Sentía todas las cosas profundamente, pero no dejaba que su propia pena o su dolor se interpusieran entre ella y la posibilidad de aprender cuanto pudiese.

—No tendría que haberlo hecho —dijo Jane.

—¿Hacer qué?

—Usar la violencia física contra Quara.

Miro se encogió de hombros.

—Es lo que ella quería. Le gusta.

—No, no quiere eso —dijo Jane—. No en el fondo del corazón. Quiere lo que todo el mundo... ser amada y atendida, formar parte de algo hermoso, tener el respeto de aquellos a quienes admira.

—Sí, bueno, si tú lo dices.

—No, Miro, lo ves tú mismo —insistió Jane.

—Sí, lo veo —respondió Miro—. Pero dejé de intentarlo hace años. La necesidad de Quara era y es tan grande que una persona como yo podría ser tragada por ella una docena de veces. Entonces yo también tenía problemas propios. No me condenes porque la ignoré. Su barril de tristeza tiene suficiente profundidad para contener un millar de cubos de felicidad.

—No te condeno. Sólo... tenía que saber que veías cuánto te ama y te necesita. Necesitaba que fueras...

—Necesitabas que fuera como Ender.

—Necesitaba que fueras lo mejor de ti.

—Sabes que yo también amaba a Ender. Le considero el mejor hombre. Y no lamento el hecho de que me gustaría ser al menos algunas de las cosas que fue para ti. Siempre que tú también quieras unas cuantas cosas que sean sólo mías y no de él.

—No espero que seas perfecto —dijo Jane—. Ni que seas Ender. Y será mejor que no esperes perfección por mi parte, porque por mucho que intente hacerme la sabia, sigo siendo la que empujó a tu hermana.

—¿Quién sabe? Tal vez eso haya convertido a Quara en tu mejor amiga.

—Espero que no —dijo Jane—. Pero si es cierto, haré todo lo que pueda por ella. Después de todo, ahora va a ser mi hermana.

«Así que estabais preparados», dijo la Reina Colmena.

«Sin saberlo, sí, lo estábamos», respondió Humano.

«Y fuisteis parte de ella, todos vosotros.»

«Su contacto es amable, y su presencia en nosotros se soporta fácilmente. A las madres-árbol no les molesta. Su vitalidad las revigoriza. Y aunque tener sus recuerdos les resulta extraño, aporta variedad a sus vidas.»

«Así que forma parte de todos nosotros —dijo la Reina Colmena—. Lo que es ahora, en lo que se ha convertido, es en parte reina colmena, en parte ser humano, y en parte pequenino.»

«Haga lo que haga, nadie podrá decir que no nos comprende. Si alguien tuviera que jugar con poderes divinos, mejor ella que nadie.»

«Confieso que estoy celosa —dijo la Reina Colmena—. Es una parte de vosotros que yo nunca podré ser. Después de todas nuestras conversaciones, sigo sin tener ni idea de cómo es ser uno de vosotros.»

«Ni yo comprendo más que muy por encima tu forma de pensar —dijo Humano—. Pero ¿no es eso bueno? El misterio es infinito. Nunca dejaremos de sorprendernos mutuamente.»

«Hasta que la muerte nos sorprenda a todos», dijo la Reina Colmena.

14

«La forma en que se comunican
con los animales»

«Si fuéramos mejores o más sabios
tal vez los dioses nos explicarían
las cosas descabelladas e insoportables que hacen.»

de *Los susurros divinos de Han Qing-jao*

En el momento en que el almirante Bobby Lands recibió la noticia de que las conexiones ansible con el Congreso Estelar habían sido restauradas dio la orden para que toda la Flota Lusitania desacelerase y pasara a una velocidad justo por debajo del umbral de invisibilidad.

La orden fue obedecida de inmediato y supo que, al cabo de una hora, cualquiera que observara el espacio con un telescopio desde Lusitania vería la flota entera aparecer de la nada. Se lanzarían hacia un punto cercano a Lusitania a velocidad sorprendente, sus enormes escudos de proa todavía emplazados para protegerlos de los devastadores daños producidos por las colisiones con partículas interestelares tan pequeñas como motas de polvo.

La estrategia del almirante Lands era sencilla. Se acercaría a Lusitania a la velocidad más alta posible sin que causara efectos relativistas; lanzaría el Pequeño Doctor durante el período de acercamiento máximo, un lapso de no más de un par de horas; y luego llevaría a toda su flota a velocidades relativistas tan rápidamente que cuando el Artefacto D. M. estallara no pillara a ninguna de sus naves dentro de su campo destructor.

Era una buena estrategia, sencilla, basada en la suposición de que Lusitania no tenía defensas. Pero para Lands esa suposición era un tanto dudosa. De algún modo, los rebeldes lusitanos habían adquirido recursos suficientes durante un período de tiempo cercano al final del viaje, que pudieron cortar todas las comunicaciones entre la flota y el resto de la humanidad. No importaba que el problema hubiera sido achacado a un programa informático saboteador particularmente listo y persuasivo; no importaba que sus superiores le aseguraran que ese programa había sido destruido mediante una acción radical cronometrada para eliminar la amenaza justo antes de la llegada de la flota a su destino. Lands no tenía intención de dejarse engañar por una supuesta falta de defensas.

El enemigo había demostrado contar con fuerzas desconocidas, y Lands tenía que estar preparado para cualquier eventualidad. Era la guerra, la guerra total, y no iba a permitir que su misión quedara comprometida por un descuido o un exceso de confianza.

Desde el momento en que le encomendaron su misión, fue plenamente consciente de que pasaría a la historia humana como el Segundo Xenocida. No era fácil contemplar la destrucción de una raza alienígena, sobre todo cuando los cerdis de Lusitania eran, según todos los informes, tan primitivos que por sí solos no representaban ninguna amenaza para la humanidad. Incluso cuando alienígenas enemigos fueron en efecto una amenaza, como sucedió con los insectores en la época del Primer Xenocida, algún corazón compasivo que se llamaba a sí mismo el Portavoz de los Muertos había conseguido pintar un brillante retrato de aquellos monstruos asesinos a los que había descrito como una especie de utópica comunidad gregaria que realmente no pretendía causar ningún daño. ¿Cómo podía saber el autor de esta obra lo que pretendían los insectores? Era monstruoso escribir aquello, pues ensuciaba por completo el nombre del niño-héroe que tan brillantemente había defendido a los insectores y salvado a la humanidad.

Lands no había vacilado en aceptar el mando de la Flota Lusitania, pero desde el principio del viaje había pasado una considerable cantidad de tiempo estudiando cada día la escasa información disponible sobre Ender *el Xenocida*. El niño no sabía, por supuesto, que estaba comandando la flota humana real a través del ansible; se creía sumergido en un riguroso y brutal plan de simulaciones de entrenamiento. No obstante, había tomado la decisión correcta en el momento de crisis: eligió usar el arma cuyo uso contra los planetas estaba·prohibido, y así destruyó el último mundo insector. Ése fue el final de la amenaza a la humanidad. Fue la acción correcta, fue lo que requería el arte de la guerra y, en su momento, el niño fue merecidamente saludado como un héroe.

Sin embargo, décadas después, hubo un cambio en la opinión pública por culpa de aquel pernicioso libro llamado *La Reina Colmena*, y Ender Wiggin, prácticamente en el exilio como gobernador de un nuevo planeta colonial, fue borrado por completo de la historia y su nombre convertido en sinónimo de la aniquilación de una especie amable, bienintencionada, incomprendida.

Si pudieron volverse contra alguien tan inocente como el niño Ender Wiggin, ¿qué harán conmigo?, se decía Lands una y otra vez. Los insectores eran asesinos brutales y sin alma, con flotas de naves armadas con un poder devastador, mientras que yo destruiré a los cerdis, que han matado, pero sólo a pequeña escala, a un par de científicos que tal vez violaran algún tabú. Desde luego, los cerdis no tienen ningún medio ahora o en un futuro cercano de abandonar la superficie de su planeta y desafiar el dominio de los humanos en el espacio.

Sin embargo, Lusitania era tan peligrosa como los insectores… quizás aún más. Pues había un virus suelto en aquel planeta, un virus que mataba a todo humano que infectaba, a no ser que la víctima tomara continuas dosis de un antídoto cada vez menos efectivo a intervalos regulares durante el resto de su vida. Aún más, se sabía que el virus era capaz de adaptarse rápidamente.

Mientras ese virus estuvo retenido en Lusitania, el peligro no era grave. Pero dos arrogantes científicos del planeta (el archivo oficial los identificaba como los xenólogos Marcos *Miro* Vladimir Ribeira von Hesse y Ouanda Quenhatta Figueira Mucumbi) violaron los términos del asentamiento humano «volviéndose nativos» y proporcionando tecnología ilegal y bioformas a los cerdis. El Congreso Estelar reaccionó adecuadamente ordenando enviar a los transgresores para ser juzgados en otro planeta… donde sin duda los habrían mantenido en cuarentena. Pero la lección tenía que ser rápida y severa para que ningún lusitano más tuviera la tentación de violar las sabias leyes que protegían a la humanidad de la expansión del virus de la descolada. ¿Quién habría imaginado que una diminuta colonia como aquélla se atrevería a desafiar al Congreso Estelar negándose a arrestar a los criminales? Desde ese momento, no hubo más remedio que enviar esta flota y destruir Lusitania. Pues con el planeta en rebeldía, el riesgo de que naves estelares escaparan de él y esparcieran la plaga al resto de la humanidad era demasiado grande.

Todo estaba muy claro. Sin embargo Lands sabía que en el momento en que el peligro hubiera pasado, en el momento en que el virus de la descolada ya no supusiera un peligro para nadie, la gente olvidaría lo grande que había sido ese peligro y empezaría a ponerse sentimental respecto a los cerdis perdidos, aquella pobre raza víctima del implacable almirante Bobby Lands, el Segundo Xenocida.

Lands no era un hombre insensible. Saber que sería odiado le tenía en vela por las noches. Tampoco le gustaba el deber que tenía que cumplir: no era un hombre violento, y la idea de destruir no sólo a los cerdis, sino a la población humana de Lusitania, le ponía enfermo. Nadie en su flota ponía en duda su reticencia a hacer lo que tenía que hacerse; pero tampoco nadie dudaba de su sombría determinación a hacerlo.

Si pudiera encontrarse algún medio…, pensaba una y otra vez. Si cuando pase a tiempo real el Congreso nos enviara la noticia de que se ha encontrado un antídoto eficaz o una vacuna útil para detener la descolada… Cualquier cosa que demostrara que ya no había peligro. Cualquier cosa que pudiera mantener al Pequeño Doctor, desarmado, en su sitio, en la nave insignia.

Esos deseos, sin embargo, apenas podían ser considerados esperanzas. No había ninguna posibilidad. Aunque se hubiera encontrado una cura en la superficie de Lusitania, ¿cómo se sabría? No, Lands tendría que hacer conscientemente lo que Ender Wiggin hizo con toda su inocencia. Y lo haría. Soportaría las consecuencias.

Bajaría la cabeza ante quienes lo vilipendiaran. Pues sabría que hizo lo que era necesario para el bien de la humanidad; y comparado con eso, ¿qué importaba que un individuo fuera honrado o injustamente odiado?

En el momento en que la red ansible se restauró, Yasujiro Tsutsumi envió sus mensajes; luego se acomodó en la instalación ansible de la novena planta de su edificio y esperó con impaciencia. Si la familia decidía que su idea tenía mérito suficiente para que valiera la pena discutirla, sus miembros querrían una conferencia en tiempo real, y estaba decidido a no ser él quien los hiciera esperar. Y si le respondían con una negativa, quería ser el primero en leerla, para que sus ayudantes y colegas de Viento Divino la oyeran de sus labios y no como un rumor a sus espaldas.

¿Comprendía Aimaina Hikari lo que le había pedido que hiciera? Yasujiro estaba en la cima de su carrera. Si lo hacía bien, empezaría a moverse de mundo en mundo, formaría parte de la elite cuyos miembros, liberados del tiempo, eran enviados al futuro a través del efecto de dilatación temporal del viaje interestelar. Pero si le consideraban un segundón, sería trasladado o degradado en la organización de Viento Divino. Nunca saldría de aquí, y se enfrentaría siempre a la piedad de aquellos que sabían que fue uno que no tuvo lo que hacía falta para pasar de una vida pequeña a la libre eternidad flotante de la dirección superior.

Probablemente Aimaina sabía todo esto. Pero aunque no supiera lo frágil que era la posición de Yasujiro, descubrirlo no lo habría detenido. Salvar otra especie de una aniquilación innecesaria… eso merecía unas cuantas carreras. ¿Podía evitar Aimaina que su propia carrera quedara arruinada? Era un honor que hubiera escogido a Yasujiro, que le hubiera considerado lo bastante sabio para reconocer el peligro moral que corría el pueblo de Yamato y lo suficientemente valiente para actuar según ese conocimiento sin importarle el coste personal.

Un honor semejante… Yasujiro esperaba que fuera

suficiente para hacerle feliz si todo lo demás fallaba. Pues pensaba dejar la compañía Tsutsumi si era rechazado. Si no actuaban para impedir el peligro, no podría quedarse. Ni podría tampoco permanecer en silencio. Hablaría e incluiría a los Tsutsumi en su condena. No amenazaría con hacerlo, pues la familia desdeñaba cualquier amenaza. Simplemente hablaría. Entonces, por su deslealtad, ellos actuarían para destruirlo. Ninguna compañía lo contrataría. Ningún cargo público permanecería mucho tiempo en sus manos. No bromeaba cuando le dijo a Aimaina que se iría a vivir con él. Cuando la familia Tsutsumi decidía castigar, el descreído no tenía más remedio que acudir a la piedad de sus amigos… si tenía algún amigo que no se sintiera aterrado por la ira Tsutsumi.

Todas estas sombrías perspectivas tenía en mente Yasujiro mientras esperaba y esperaba, hora tras hora. Sin duda no habrían ignorado su mensaje. Debían de estar leyéndolo y discutiéndolo.

Finalmente, se quedó dormido. La operadora ansible, una mujer que no estaba de servicio antes, lo despertó.

—¿Es usted por casualidad el honorable Yasujiro Tsutsumi?

La conferencia estaba ya en curso; a pesar de sus mejores intenciones, fue el último en llegar. El coste de una reunión semejante en tiempo real era impresionante, por no mencionar la molestia. Con el nuevo sistema informático cada participante en una conferencia tenía que estar presente ante el ansible, ya que ninguna reunión era posible con la espera que implicaba el desfase temporal insertado entre cada comentario y su respuesta.

Cuando Yasujiro vio los rótulos identificativos bajo los rostros que aparecían en el terminal se sintió a la vez excitado y horrorizado. Este asunto no había sido delegado a burócratas de segunda de la oficina principal de

Honshu. El propio Yoshiaki-Seiji Tsutsumi, el anciano que había dirigido la Tsutsumi durante toda la vida de Yasujiro, estaba allí. Esto debía de ser una buena señal. Yoshiaki-Seiji (o «Sí Señor», como le llamaban, aunque no a la cara, por supuesto) nunca perdería el tiempo colocándose frente a un ansible simplemente para rechazar una propuesta sorprendente.

Sí Señor no habló, desde luego. Fue el viejo Eiichi quien tomó la palabra. Eiichi era la voz de la conciencia de los Tsutsumi... lo que, a decir de muchos cínicos, implicaba que debía de ser sordomudo.

—Nuestro joven hermano ha sido atrevido, pero fue sabio al transmitirnos los pensamientos y sentimientos de nuestro honrado maestro Aimaina Hikari. Aunque ninguno de nosotros en Honshu ha tenido el privilegio de conocer personalmente al Custodio del Yamato, hemos sido todos conscientes de sus palabras. No estábamos preparados para pensar que los japoneses fueran responsables, como pueblo, de la Flota Lusitania; ni para pensar que los Tsutsumi tuvieran ninguna responsabilidad especial en una situación política sin conexión evidente con las finanzas o la economía en general.

»Las palabras de nuestro joven hermano fueron sentidas y valientes; de no proceder de alguien que ha sido convenientemente modesto y respetuoso durante todos sus años de trabajo con nosotros, cuidadoso pero atrevido para correr riesgos en el momento adecuado, tal vez no hubiésemos escuchado su mensaje. Pero lo escuchamos; lo estudiamos y descubrimos por nuestras fuentes gubernamentales que la influencia japonesa sobre el Congreso Estelar fue y continúa siendo básica en este tema concreto. Y a nuestro juicio no hay tiempo para tratar de formar coalición con otras compañías o de cambiar la opinión pública. La flota puede llegar en cualquier momento. Nuestra flota, si Aimaina Hikari tiene razón; y aunque no la tenga, es una flota humana, y nosotros somos humanos, y quizás esté en nuestras manos detenerla. Una cuarentena sería más que suficiente para proteger a la especie humana de la aniquilación producida por el virus de la descolada. Por tanto, deseamos que sepas, Yasujiro Tsutsumi, que has demostrado ser digno del nombre que se te impuso al nacer. Dedicaremos todos los recursos de la familia Tsutsumi a la tarea de convencer a un número suficiente de congresistas de que se opongan a la flota... tan vigorosamente que fuercen una votación inmediata para retirarla y prohibir que ataque Lusitania. Puede que tengamos éxito o puede que fracasemos en esta tarea, pero sea como fuere, nuestro joven hermano Yasujiro Tsutsumi nos ha servido bien, no sólo con sus muchos logros en la dirección de la compañía, sino también porque supo escuchar a un extraño, supo cuándo las cuestiones morales debían primar sobre las consideraciones financieras y cuándo arriesgarlo todo para ayudar a los Tsutsumi a hacer y ser lo que es adecuado. Por tanto llamamos a Yasujiro Tsutsumi a Hon-shu, donde servirá a los Tsutsumi como mi ayudante. —Con esto, Eiichi inclinó la cabeza—. Me honra que un joven tan distinguido vaya a ser entrenado para convertirse en mi sustituto cuando yo me jubile o muera.

Yasujiro inclinó gravemente la cabeza. Se sentía aliviado, sí, de ser llamado directamente a Honshu: nunca habían convocado a nadie tan joven. Pero ser ayudante de Eiichi, ser educado para sustituirlo... ése no era el trabajo con el que soñaba. No había trabajado tan duro y servido tan fielmente para ser un filósofo-portavoz. Quería estar metido en el meollo de la dirección de las empresas familiares.

Pero pasarían años de vuelo estelar antes de que llegara a Honshu. Eiichi podría estar muerto. Sí Señor sin duda lo estaría. En vez de sustituir a Eiichi bien podrían ofrecerle una misión distinta, más acorde con sus habilidades reales. Así que Yasujiro no rechazaría este extraño regalo. Abrazaría su destino y lo seguiría a donde lo condujera.

—Oh, Eiichi, padre mío, me inclino ante ti y ante todos los grandes padres de nuestra compañía, sobre todo ante Yoshiaki-Seiji-san. Me honráis más allá de lo que pudiera merecer. Rezo para no decepcionaros demasiado. Y también doy las gracias de que en este tiempo difícil el espíritu Yamato esté en tan buenas manos protectoras como las vuestras.

Con su acatamiento público de las órdenes, la reunión terminó. Era cara, después de todo, y la familia Tsutsumi no malgastaba nada si podía evitarlo. La conferencia ansible se acabó. Yasujiro se echó hacia atrás en su asiento y cerró los ojos. Estaba temblando.

—Oh, Yasujiro-san —decía el asistente ansible—. Oh, Yasujiro-san.

Oh, Yasujiro-san, pensó Yasujiro. ¿Quién habría pensado que la visita de Aimaina me llevaría a esto? Con la misma facilidad podría haber sido lo contrario. Ahora sería uno de los hombres de Honshu. Fuera cual fuese su papel, estaría entre los líderes supremos de los Tsutsumi. No podía haber resultado más feliz. Quién lo habría imaginado. Antes de que se levantara de su asiento ante el ansible, los representantes de Tsutsumi hablaron con todos los congresistas japoneses, y con muchos que no lo eran pero que seguían la filosofía necesaria. Y mientras el grupo de políticos que estaban de acuerdo crecía, quedó claro que el apoyo a la flota era débil. Después de todo, no sería tan caro detenerla.

El pequenino que estaba de guardia ante el sistema de seguimiento de los satélites que orbitaban Lusitania oyó sonar la alarma y al principio no entendió qué sucedía. Que él supiera, nunca antes había sonado. Al principio supuso que había detectado algún peligroso cambio climatológico. Pero no era nada de eso. Los telescopios exteriores la habían hecho saltar. Docenas de naves armadas acababan de aparecer; viajaban a velocidades muy altas pero no relativistas, siguiendo una ruta que les permitiría lanzar el Pequeño Doctor al cabo de una hora.

El oficial de guardia transmitió el urgente mensaje a sus colegas, y muy rápidamente se notificó al alcalde de Milagro y empezó a extenderse el rumor por lo que quedaba de la aldea. Todo aquel que no se marche antes de una hora será destruido, ése era el mensaje y, en cuestión de minutos, cientos de familias humanas se congregaron en torno a las naves estelares, esperando ansiosamente subir a ellas. Curiosamente, fueron sólo los humanos los que insistieron en estos viajes de último minuto. Enfrentados a la inevitable muerte de sus bosques de padres, madres y hermanos-árbol, los pequeninos no sentían ninguna urgencia por salvar sus propias vidas. ¿Qué serían sin sus bosques? Mejor morir entre los seres amados que hacerlo como perpetuos desconocidos en un bosque lejano que no era y nunca podría ser suyo.

En cuanto a la Reina Colmena, ya había enviado a su última hija-reina y no tenía ningún interés concreto en tratar de marcharse. Era la última de las reinas colmena que vivió antes de que Ender destruyera su planeta natal. Le parecía adecuado sucumbir también ella a la misma muerte de tres mil años antes. Además, se dijo, ¿cómo soportaría vivir lejos cuando su gran amigo, Humano, estaba enraizado en Lusitania y no podía abandonar el planeta? No era un pensamiento muy regio, pero hasta entonces ninguna reina colmena había tenido ningún amigo. Era una cosa nueva tener a alguien con quien hablar que no fuera sustancialmente ella misma. Sería demasiado doloroso vivir sin Humano. Y puesto que su supervivencia no era ya crucial para la perpetuación de su especie, haría lo más grandioso, valiente, trágico, romántico y menos complicado: se quedaría. Le agradaba la idea de ser noble en términos humanos; y eso demostraba, para su propia sorpresa, que no había quedado completamente intacta tras su relación con humanos y pequeninos.

La habían transformado a pesar de sus expectativas. No había habido ninguna Reina Colmena como ella en toda la historia de su pueblo.

«Desearía que te marcharas —le dijo Humano—. Prefiero pensar que estás viva.»

Pero por una vez ella no le contestó.

Jane fue inflexible. El equipo que trabajaba en el idioma de los descoladores tenía que dejar Lusitania y volver a la órbita del planeta de la descolada. Naturalmente, eso la incluía a ella misma; pero nadie era lo bastante idiota para poner en duda la necesidad de que sobreviviera la persona que hacía que todas las naves viajaran, ni de que lo hiciera el equipo que tal vez salvara a toda la humanidad de los descoladores. Sin embargo, Jane pisó un terreno moral más inestable cuando insistió también en que Novinha, Grego y Olhado y su familia fueran llevados a lugar seguro. Se le comunicó a Valentine que, si no iba con su marido y sus hijos y su tripulación a la nave de Jakt, Jane se vería obligada a gastar preciosos recursos mentales para transportarlos contra su voluntad, sin nave si era necesario.

—¿Por qué nosotros? —preguntó Valentine—. No hemos pedido ningún trato especial.

—No me importa —dijo Jane—. Eres la hermana de Ender. Novinha es su viuda, y adoptó a sus hijos. No me quedaré cruzada de brazos dejándoos morir cuando tengo el poder de salvar a la familia de mi amigo. Si eso te parece injusto o un favoritismo, quéjate más tarde, pero ahora meteos en la nave de Jakt para que pueda sacaros de este mundo. Y salvarás más vidas si no me haces perder otro momento de atención con discusiones inútiles.

Sintiéndose avergonzados por tener privilegios especiales, pero agradecidos de que ellos y sus seres amados pudieran sobrevivir las siguientes horas, los miembros del equipo de descoladores se reunieron en la lanzadera convertida en astronave que Jane había situado lejos de la abarrotada zona de aterrizaje; los demás corrieron hacia la nave de Jakt, que también había trasladado a un punto alejado.

En cierto modo, para muchos de ellos al menos, la aparición de la flota era casi un alivio.

Habían vivido tanto tiempo bajo su sombra que tenerla aquí por fin les proporcionaba un respiro a su interminable ansiedad. Dentro de una hora o dos, el asunto quedaría zanjado.

En la lanzadera que orbitaba el planeta de los descoladores, Miro contemplaba aturdido su terminal.

—No puedo trabajar —dijo por fin—. No puedo concentrarme en el lenguaje cuando mi pueblo y mi hogar están al borde de la destrucción.

Sabía que Jane, atada a la cama, estaba totalmente concentrada en trasladar nave tras nave de Lusitania a otros mundos coloniales, mal preparados para recibirlos.

Mientras, él sólo podía tratar de descifrar mensajes moleculares de alienígenas inescrutables.

—Pues yo sí —respondió Quara—. Después de todo, estos descoladores son una amenaza igual de grande, y para toda la humanidad, no sólo para un mundo pequeño.

—Qué inteligente por tu parte ver las cosas con perspectiva —dijo Ela secamente.

—Mirad estas emisiones que recibimos de los descoladores. A ver si reconocéis lo que estoy viendo.

Ela hizo aparecer la imagen de Quara en su propio terminal; lo mismo hizo Miro. Por muy molesta que pudiera ser Quara, era buena en lo que hacía.

—¿Veis esto? Haga lo que haga esta molécula, está diseñada para trabajar exactamente en la misma zona del cerebro que la molécula de la heroína.

No se podía negar que encajaban perfectamente. A Ela, sin embargo, le costó trabajo creerlo.

—Sólo han podido hacer esto —dijo—, tomando la información histórica contenida en las descripciones de la descolada que les enviamos y usando esa información para construir un cuerpo humano, estudiarlo y encontrar un producto químico que nos inmovilice y nos atonte de placer mientras ellos nos hacen lo que quieren. No hay forma de que tuvieran tiempo de crear un humano desde que les enviamos esa información.

—Tal vez no tuvieron que construir todo el cuerpo humano —dijo Miro—. A lo mejor son tan diestros leyendo información genética que pueden extrapolar todo lo que necesitan saber sobre anatomía y fisiología humanas a partir de nuestra información genética solamente.

—Pero ni siquiera tienen nuestro ADN —dijo Ela.

—Tal vez puedan comprimir la información de nuestro primitivo y natural ADN —respondió Miro—. Obviamente consiguieron la información de algún modo, y también averiguaron qué nos dejaría inmóviles y sonriendo atontados.

—A mí me parece ahora todavía más obvio —dijo Quara— que pretenden que leamos esta molécula biológicamente. Pretendían que tomáramos esta droga instantáneamente. Por lo que a mí respecta, en este momento estamos aquí sentados esperando a que vengan por nosotros.

Miro cambió al momento la imagen de su terminal.

—Maldición, Quara, tienes razón. Mirad… ya hay tres naves dirigiéndose hacia aquí.

—Nunca se nos habían acercado hasta ahora —le dijo Ela.

—Ni lo harán —respondió Miro—. Tenemos que hacerles una demostración de que no hemos picado con su caballo de Troya.

Se levantó de su asiento y casi voló pasillo abajo hacia el lugar donde Jane estaba durmiendo.

—¡Jane! —gritó, antes incluso de llegar—. ¡Jane!

Apenas un instante, y ella abrió los ojos.

—Jane. Trasládanos unos ciento cincuenta kilómetros y déjanos en una órbita más cercana.

Ella lo miró intrigada, pero decidió seguramente confiar en él porque no preguntó nada. Volvió a cerrar los ojos mientras Apagafuegos gritaba desde la sala de control:

—¡Lo ha conseguido! ¡Nos hemos movido!

Miro volvió con los demás.

—Ahora sabremos que ellos no pueden hacer eso —dijo.

En efecto, su pantalla le informó ahora de que las naves alienígenas ya no se acercaban sino que estaban a unos quince kilómetros, situadas en tres (no, ahora cuatro) puntos diferentes.

—Nos tienen cercados en un tetraedro.

—Bueno, ahora saben que no sucumbimos a su droga feliz —dijo Quara.

—Pero no estamos más cerca de comprenderlos que antes.

—Eso es porque somos unos estúpidos —dijo Miro.

—Los autorreproches no nos ayudarán en nada, aunque en tu caso sea verdad.

—Quara —dijo Ela bruscamente.

—¡Era una broma, maldición! ¿Es que una chica no puede burlarse de su hermano mayor?

—Oh, sí —dijo Miro con sequedad—. Eres muy graciosa.

—¿A qué te referías con eso de que somos estúpidos? —preguntó Apagafuegos.

—Nunca descifraremos su lenguaje porque no es un lenguaje —dijo Miro—. Es un conjunto de órdenes biológicas. Ellos no hablan. No abstraen. Sólo crean moléculas que hacen cosas. Es como si el vocabulario humano consistiera en ladrillos y bocadillos. Lanza un ladrillo o da un bocadillo: castigo o recompensa. Si tienen pensamiento abstracto, no vamos a entrar en él leyendo estas moléculas.

—Me cuesta creer que una especie inteligente sin lenguaje abstracto sea capaz de crear naves espaciales como ésas de ahí fuera —se burló Quara—. Y emiten estas moléculas como nosotros emitimos vids y voces.

—¿Y si tienen órganos dentro de sus cuerpos que traducen directamente los mensajes moleculares en estructuras químicas o físicas? Entonces podrían...

—No comprendes mi razonamiento —insistió Quara—. No se construye un lenguaje común lanzando ladrillos y compartiendo bocadillos. Necesitan un lenguaje para almacenar información fuera de sus cuerpos para poder pasar el conocimiento de una persona a otra, generación tras generación. No sales al espacio ni haces emisiones usando el espectro electromagnético sobre la base de lo que se puede obligar a hacer a una persona con un ladrillo.

—Probablemente tiene razón —dijo Ela.

—Entonces tal vez partes de los mensajes moleculares que envían son conjuntos de memoria —repuso Miro—. No un lenguaje... estimula el cerebro para que «recuerde» cosas que el emisor experimentó pero el receptor no.

—Escuchad, tengáis razón o no —dijo Apagafuegos—, debemos seguir tratando de descifrar el mensaje.

—Si yo tengo razón, estamos perdiendo el tiempo.

—Exactamente —dijo Apagafuegos.

—Oh —respondió Miro. Comprendió el razonamiento de Apagafuegos. Si Miro tenía razón, su misión era de todas formas inútil: ya habían fracasado. Así que tenían que continuar actuando como si Miro estuviera equivocado y el lenguaje pudiera ser descodificado porque, si no, no había nada que pudieran hacer.

Y sin embargo...

—Nos hemos olvidado de algo —dijo Miro.

—Yo no —contestó Quara.

—Jane. Fue creada porque la Reina Colmena construyó un puente entre especies.

—Entre humanos y reinas colmena, no entre alienígenas desconocidos que esparcen virus y humanos —dijo Quara.

Pero a Ela le interesó.

—La forma humana de comunicación, el habla entre iguales... sin duda fue tan extraña para la Reina Colmena como este lenguaje molecular lo es para nosotros. Tal vez Jane pueda encontrar un modo de conectar con ellos filóticamente.

—¿Leyendo la mente? —dijo Quara—. Recuerda que no tenemos un puente.

—Todo depende de cómo nos sirvamos de las conexiones filóticas —contestó Miro—. La Reina Colmena habla constantemente con Humano, ¿no? Porque los padres-árbol y las reinas colmena usan ya enlaces filóticos para comunicarse. Hablan de mente a mente, sin la intervención del lenguaje. Y biológicamente no se parecen más que las reinas colmena y los humanos.

Ela asintió, pensativa.

—Jane no va a intentar una cosa así ahora, no hasta que el asunto de la flota del Congreso Estelar quede resuelto. Pero cuando pueda dedicarnos otra vez su atención, puede intentar, al menos, contactar directamente con esa... gente.

—Si esos alienígenas se comunicaran a través de enlaces filóticos —dijo Quara—, no tendrían que usar moléculas.

—Tal vez esas moléculas son su medio de comunicarse con los animales —respondió Miro.

El almirante Lands no daba crédito a sus oídos. El Primer Portavoz del Congreso Estelar y el Primer Secretario del Almirantazgo de la Flota Estelar habían aparecido en el terminal, y su mensaje era el mismo.

—Cuarentena, exactamente —dijo el Secretario—. No está usted autorizado para emplear el Artefacto de Disrupción Molecular.

—La cuarentena es imposible —dijo Lands—. Vamos demasiado rápido. Conocen ustedes el plan de batalla que envié al principio del viaje. Tardaríamos semanas en reducir la velocidad. ¿Y qué hay de los hombres? Una cosa es hacer un viaje relativista y regresar a sus mundos natales. ¡Sí, sus familiares y amigos han desaparecido, pero al menos no están atrapados en servicio permanente dentro de una nave! Al mantener nuestra flota a velocidades casi relativistas, les ahorro meses de aceleración y desaceleración. ¡Lo que ustedes dicen implica renunciar a años de vida!

—Sin duda no pretenderá usted decir —dijo el Primer Portavoz— que volemos Lusitania y aniquilemos a los pequeninos y a miles de seres humanos sólo para que su tripulación no se deprima.

—Estoy diciendo que si no quieren que volemos este planeta, bien... pero permitan que volvamos a casa.

—No podemos hacer eso —respondió el Primer Secretario—. La descolada es demasiado peligrosa para dejarla sin supervisión en un planeta rebelde.

—¿Quiere decir que han cancelado el uso del Pequeño Doctor cuando no se ha hecho nada para contener a la descolada?

—Enviaremos un equipo a tierra con las debidas precauciones para calibrar las condiciones exactas sobre el terreno.

—En otras palabras, enviarán a unos hombres a que corran un peligro mortal sin conocimiento de la situación, cuando existe el medio para eliminar el peligro sin que ninguna persona no infectada corra riesgos.

—El Congreso ha tomado una decisión —dijo fríamente el Primer Portavoz—. No cometeremos un xenocidio mientras exista alguna alternativa legítima. ¿Comprendido?

—Sí, señor.

—¿Serán obedecidas las órdenes? —preguntó el Primer Portavoz.

El Primer Secretario palideció. No se insultaba a un

oficial al mando preguntándole si tenía o no intención de obedecer las órdenes.

Sin embargo, el Primer Portavoz no retiró el insulto.

—¿Bien?

—Señor, siempre he vivido y siempre viviré cumpliendo mi juramento.

Dicho eso, Lands cortó la conexión. Inmediatamente se volvió hacia Causo, su primer oficial, la única persona presente en la oficina de comunicaciones.

—Está usted arrestado, señor —dijo Lands.

Causo alzó una ceja.

—¿Entonces no pretende acatar esta orden?

—No me cuente sus sentimientos personales sobre este asunto. Sé que es usted de linaje portugués como la gente de Lusitania...

—Ellos son brasileños —dijo el oficial.

Lands le ignoró.

—Dejaré constancia de que no se le dio ninguna oportunidad de hablar y de que no es responsable de ninguna acción que yo pueda emprender.

—¿Qué hay de su juramento, señor? —preguntó Causo tranquilamente.

—Mi juramento es emprender todas las acciones que se me ordenen al servicio de los mejores intereses de la humanidad. Invocaré la cláusula de crímenes de guerra.

—No le están ordenando que cometa un crimen de guerra, sino que no lo haga.

—Al contrario —dijo Lands—. Dejar de destruir este mundo y el peligro mortal que supone sería un crimen contra la humanidad mucho peor que volarlo en pedazos. —Lands sacó su arma—. Está usted arrestado, señor.

El oficial se llevó las manos a la cabeza y se volvió.

—Señor, puede que tenga usted razón y puede que se equivoque. Pero cualquier opción podría ser monstruosa. No sé cómo toma usted solo una decisión semejante.

Lands colocó el parche de docilidad en la nuca de Causo, y mientras la droga empezaba a inyectarse en su sistema, le dijo:

—Me ayudaron a decidir, amigo mío. Me pregunté qué habría hecho Ender Wiggin, el hombre que salvó a la humanidad de los insectores, si en el último minuto, de repente, le hubieran dicho que aquello no era un juego sino que era real. Me pregunté qué habría sucedido si un momento antes de matar a los niños Stilson o Madrid en sus infames Primera y Segunda Muertes algún adulto hubiera intervenido y le hubiera ordenado detenerse. ¿Lo habría hecho, sabiendo que el adulto no tenía poder para protegerle más tarde, cuando su enemigo volviera a atacarle, sabiendo que podía ser entonces o nunca? Si los adultos de la Escuela de Mando le hubieran dicho: «Pensamos que tal vez haya una posibilidad de que los insectores no pretendan destruir a la humanidad, así que no los mates a todos», ¿cree que Ender Wiggin habría obedecido? No. Habría hecho, como siempre hacía, exactamente lo necesario para eliminar el peligro y asegurarse de que no sobreviviera para convertirse en una amenaza futura. Ésa es la persona con la que consulté. Ésa es la persona cuya sabiduría seguiré ahora.

Causo no contestó. Sólo sonrió y asintió, sonrió y asintió.

—Siéntese y no se levante hasta que no le ordene lo contrario.

Causo se sentó.

Lands conectó el ansible para establecer comunicación con toda la flota.

—Se ha dado la orden y actuaremos. Voy a lanzar el Artefacto D. M. inmediatamente y regresaremos a velocidades relativistas a continuación. Que Dios tenga piedad de mi alma.

Un momento después, el Artefacto D. M. se separó de la nave del almirante y continuó a velocidad subrelativista hacia Lusitania. Tardaría casi una hora en llegar al punto de aproximación que lo dispararía automáticamente. Si por alguna razón el detector de proximidad no funcionaba, un temporizador lo dispararía momentos antes del tiempo estimado de colisión.

Lands aceleró su nave por encima del umbral que la separaba del marco temporal del resto del universo. Luego retiró el parche de docilidad del cuello de Causo y lo sustituyó por el antídoto.

—Puede arrestarme ahora, señor, por el motín que ha presenciado.

Causo sacudió la cabeza.

—No, señor —dijo—. No va ir usted a ninguna parte, y la flota estará bajo su mando hasta que lleguemos a casa. A menos que tenga algún estúpido plan para intentar escapar al consejo de guerra que le espera.

—No, señor —le respondió Lands—. Soportaré el castigo que me impongan. Lo que he hecho ha salvado a la humanidad de la destrucción, pero estoy dispuesto a unirme a los humanos y pequeninos de Lusitania como sacrificio necesario para conseguir ese fin.

Causo le saludó, luego se sentó en su silla y lloró.

15

«Le estamos dando
una segunda oportunidad»

> «Cuando era pequeña, creía
> que si podía contentar a los dioses
> ellos volverían atrás y recomenzarían mi vida,
> y esta vez no me quitarían
> a mi madre.»
>
> de *Los susurros divinos de Han Qing-jao*

Un satélite en la órbita de Lusitania detectó el lanzamiento del Artefacto D. M. y la divergencia de su curso hacia Lusitania, mientras la nave espacial desaparecía de sus instrumentos. El hecho más temido estaba teniendo lugar. No hubo ningún intento de comunicar o negociar. Resultaba evidente que la flota nunca había pretendido otra cosa que aniquilar este mundo, y con él a toda una raza inteligente.

La mayoría de la gente había esperado una oportunidad de decirles que la descolada había sido domada por completo y ya no suponía una amenaza; que era demasiado tarde para detener a nadie de todas formas, ya que varias docenas de nuevas colonias de humanos, pequeninos y reinas colmena habían sido fundadas ya en muchos planetas distintos.

En cambio, sólo había muerte precipitándose hacia ellos, siguiendo un curso que no les dejaba más que una hora de vida, probablemente menos, ya que sin duda el Pequeño Doctor sería detonado a cierta distancia del planeta.

Eran los pequeninos quienes manejaban ahora los instrumentos, ya que todos los humanos, menos un puñado, habían huido hacia las naves.

Así que fue un pequenino quien gritó la noticia a través del ansible a la nave que se encontraba en el planeta de la descolada; y, por casualidad, era Apagafuegos quien se hallaba ante el terminal ansible para oír su informe. Inmediatamente empezó a lloriquear, su aguda voz inundada de pena.

Cuando Miro y sus hermanas comprendieron lo que había sucedido, él corrió de inmediato a Jane.

—Han lanzado el Pequeño Doctor —dijo, sacudiéndola suavemente.

Esperó sólo unos instantes. Ella abrió los ojos.

—Creía que los habíamos derrotado —susurró—. Peter y Wang-mu, quiero decir. El Congreso votó establecer una cuarentena y prohibió terminantemente a la flota que lanzara el Artefacto D. M. Sin embargo, lo han lanzado.

—Pareces muy cansada.

—Esto requiere todos mis esfuerzos, una y otra vez. Y ahora pierdo a las madres-árbol. Son una parte de mí misma, Miro. ¿Recuerdas cómo te sentías cuando perdiste el control de tu cuerpo, cuando eras un lisiado? Eso es lo que me sucederá cuando las madres-árbol hayan muerto.

Se echó a llorar.

—Basta —dijo Miro—. Ahora mismo. Controla tus emociones, Jane, no tienes tiempo para esto.

De inmediato, ella se liberó de las correas que la ataban.

—Tienes razón. Este cuerpo es a veces demasiado fuerte para controlarlo.

—El Pequeño Doctor debe estar cerca del planeta para que surta efecto: el campo se disipa rápidamente a menos que haya masa para retenerlo. Así que tenemos tiempo, Jane. Quizás una hora. Sin duda, más de media.

—Y en ese tiempo, ¿qué piensas que puedo hacer?

—Recoger la maldita cosa —dijo Miro—. ¡Lanzarla al Exterior y no traerla de vuelta!

—¿Y si estalla en el Exterior? —preguntó Jane—. ¿Y si algo tan destructivo se multiplica y repite allí fuera? Además, no puedo recoger cosas que no he tenido oportunidad de examinar. No hay nadie cerca, ningún ansible conectado, nada que me permita encontrarla en el vacío del espacio.

—No lo sé —dijo Miro—. Ender lo sabría. ¡Lástima que esté muerto!

—Bueno, técnicamente hablando. Pero Peter no ha encontrado el camino a ninguno de los recuerdos de Ender. Si los tiene.

—¿Qué hay que recordar? Esto no había sucedido nunca.

—Es verdad que su aiúa es el de Ender. Pero ¿cuánto de su inteligencia dependía del aiúa, y cuánto de su cuerpo y su cerebro? Recuerda que el componente genético pesaba: nació en primer lugar porque los tests mostraron que los originales Peter y Valentine estaban cerca del comandante militar ideal.

—Cierto —dijo Miro—. Y ahora es Peter.

—No el Peter real.

—Mira, es más o menos Ender y más o menos Peter. ¿Puedes encontrarlo? ¿Puedes hablar con él?

—Cuando nuestros aiúas se encuentran, no hablamos. Nosotros... bueno, bailamos uno alrededor del otro. No es lo mismo que hacen Humano y la Reina Colmena.

—¿No tiene todavía la joya en la oreja? —preguntó Miro, tocando la suya propia.

—Pero ¿qué puede hacer? Está a horas de distancia de esta nave...

—Jane —dijo Miro—. Inténtalo.

Peter parecía anonadado. Wang-mu le tocó el brazo, se inclinó hacia él.

—¿Qué ocurre?

—Creí que lo habíamos conseguido, cuando el Congreso votó para revocar la orden de utilización del Pequeño Doctor.

—¿A qué te refieres? —preguntó Wang-mu, aunque ya lo sabía.

—Lo lanzaron. La Flota Lusitania desobedeció al Congreso. ¿Quién lo habría imaginado? Queda menos de una hora para que estalle.

Los ojos de Wang-mu se llenaron de lágrimas, pero las reprimió.

—Al menos los pequeninos y las reinas colmena sobrevivirán.

—Pero no la red de madres-árbol —dijo Peter—. El vuelo estelar quedará interrumpido hasta que Jane encuentre algún otro medio de almacenar toda esa información en memoria. Los hermanos-árbol son demasiado estúpidos, los padres-árbol tienen un ego demasiado fuerte para compartir su capacidad con ella... lo harían si pudieran, pero no pueden. ¿Crees que Jane no ha explorado todas las posibilidades? El vuelo más rápido que la luz se ha acabado.

—Entonces éste es nuestro hogar —dijo Wang-mu.

—No, no lo es.

—Estamos a horas de distancia de nuestra nave, Peter. Nunca llegaremos allí antes de que explote.

—¿Qué es la nave? Una caja con interruptores y una puerta hermética. Por lo que sabemos, ni siquiera necesitamos la caja. No voy a quedarme aquí, Wang-mu.

—¿Vas a volver a Lusitania? ¿Ahora?

—Si Jane puede llevarme. Y si no puede, supongo que este cuerpo volverá al sitio de donde vino... el Exterior.

—Voy contigo.

—He tenido tres mil años de vida —dijo Peter—. No los recuerdo demasiado bien, pero te mereces algo mejor que desaparecer del universo si Jane no puede lograrlo.

—Voy contigo, así que cállate. No hay tiempo que perder.

—Ni siquiera sé qué voy a hacer cuando llegue.

—Sí que lo sabes.

—¿Ah, sí? ¿Qué es lo que estoy planeando?

—No tengo ni idea.

—¿No es eso un problema? ¿De qué sirve este plan mío si nadie lo conoce?

—Quiero decir que eres quien eres —dijo Wangmu—. Eres la misma voluntad, el mismo niño duro y lleno de recursos que se negó a ser derrotado por todo lo que le lanzaban en la Escuela de Batalla o la Escuela de Mando. El niño que no dejó que los matones le destruyeran... no importa lo que hiciera falta para detenerlos. Desnudo y sin otra arma que el cuerpo enjabonado, así es como Ender luchó con Bonzo Madrid en el cuarto de baño de la Escuela de Batalla.

—Has hecho averiguaciones.

—Peter, no espero que seas Ender, su personalidad,

sus recuerdos, su entrenamiento. Pero eres el que no puede ser derrotado. Eres el que encuentra un modo de destruir al enemigo.

Peter sacudió la cabeza.

—No soy él. De verdad que no.

—Me dijiste cuando nos conocimos que no eras tú mismo. Bueno, ahora lo eres. Todo tú, un solo hombre, intacto en este cuerpo. Ahora no te falta nada. No te han robado nada, no has perdido nada. ¿Comprendes? Ender vivió toda su vida con el peso de haber causado el xenocidio. Ahora tienes la oportunidad de ser lo opuesto. De vivir la vida contraria. De ser quien lo impida.

Peter cerró los ojos un instante.

—Jane —dijo—. ¿Puedes llevarnos sin nave?

Escuchó un momento.

—Dice que la verdadera cuestión es si nosotros podemos mantenernos íntegros. Lo que ella controla y mueve es la nave, más nuestros aiúas… la integridad de nuestro cuerpo depende de nosotros, no de ella.

—Bueno, lo hacemos siempre, así que no hay problema —dijo Wang-mu.

—Sí que lo hay —respondió Peter—. Jane dice que dentro de la nave tenemos pistas visuales, una sensación de seguridad. Sin esas paredes, sin la luz, en el vacío profundo, podemos perder nuestro lugar. Podemos olvidar que estamos relacionados con nuestros propios cuerpos. Realmente tenemos que aguantar.

—Somos tan testarudos, decididos, ambiciosos y egoístas que superamos todo lo que se nos pone por delante sea lo que fuere, ¿valdrá eso de algo? —preguntó Wang-mu.

—Creo que son virtudes que cuentan, sí.

—Entonces hagámoslo. Adelante.

Para Jane, encontrar el aiúa de Peter fue fácil. Había estado dentro de su cuerpo, había seguido su aiúa, o lo había perseguido; lo encontraba incluso sin buscarlo. El caso de Wang-mu era distinto. Los viajes a los que la había llevado antes habían sido dentro de una nave estelar cuyo emplazamiento Jane conocía ya. Pero una vez que localizó el aiúa de Peter, de Ender, resultó más fácil de lo que esperaba. Pues ellos dos, Peter y Wang-mu, estaban filóticamente entrelazados. Había una diminuta red creándose entre ellos. Incluso sin la caja a su alrededor, Jane podría sostenerlos, ambos a la vez, como si fueran una sola entidad.

Mientras los lanzaba al Exterior notó cómo se aferraban con más fuerza el uno al otro, no sólo los cuerpos, sino también los enlaces invisibles del yo más profundo. Fueron juntos al Exterior y juntos regresaron. Jane sintió una puñalada de celos, los mismos que había sentido de Novinha aunque sin la sensación física de pena y furia que su cuerpo unía ahora a la emoción. Pero sabía que era absurdo. Era a Miro a quien amaba, como una mujer ama a un hombre. Ender fue su padre y su amigo, y ahora apenas era Ender. Era Peter: un hombre que recordaba únicamente los pasados meses de asociación con ella. Eran amigos, pero no tenía ningún derecho sobre su corazón.

El familiar aiúa de Ender Wiggin y el aiúa de Si Wang-mu estaban aún más fuertemente unidos cuando Jane los depositó sobre la superficie de Lusitania.

Se encontraban en medio del astropuerto. Los últimos centenares de humanos que trataban de escapar intentaban frenéticamente comprender por qué las naves habían dejado de huir justo cuando el Artefacto D. M. fue lanzado.

—Todas las naves están llenas —dijo Peter.

—Pero si no necesitamos ninguna —respondió Wang-mu.

—Sí que la necesitamos. Jane no puede recoger el Pequeño Doctor sin una.

—¿Recogerlo? Entonces tienes un plan.

—¿No dijiste que sí? No conseguiré hacer de ti una mentirosa. —Luego habló con Jane a través de la joya—. ¿Vuelves a estar aquí? Puedes hablar conmigo vía satélite... muy bien. Jane, necesito que vacíes una de esas naves. —Hizo una pausa—. Lleva a la gente a un mundo colonial, espera a que desembarque y luego trae la nave aquí para nosotros, lejos de la multitud.

Al instante, una de las naves desapareció del astropuerto. Un aplauso surgió de la multitud mientras todos corrían para entrar en una de las naves restantes. Peter y Wang-mu esperaron, sabiendo que cada minuto que hacía falta para descargar esa nave en el mundo colonial era un minuto menos que faltaba para que el Pequeño Doctor hiciera explosión.

Entonces la espera se acabó. Una nave en forma de caja apareció junto a ellos.

Peter abrió la puerta y los dos entraron antes de que ninguno de los presentes en el astropuerto advirtiera qué sucedía.

Alguien gritó, pero Peter cerró y selló la puerta.

—Estamos dentro —dijo Wang-mu—. Pero ¿adónde vamos?

—Jane está calibrando la velocidad del Pequeño Doctor.

—Creía que no podía recogerlo sin la nave.

—Consigue los datos de seguimiento a partir del satélite. Predecirá exactamente dónde estará en un momento determinado, y luego nos lanzará al Exterior y nos traerá de vuelta exactamente en ese punto, exactamente a esa velocidad.

—¿El Pequeño Doctor estará dentro de esta nave? ¿Con nosotros? —preguntó Wang-mu.

—Quédate junto a la pared —dijo él—. Y agárrate a mí. Experimentaremos ingravidez. Hasta ahora has conseguido visitar cuatro planetas sin pasar por esa experiencia.

—¿La has tenido tú antes?

Peter se rió, luego sacudió la cabeza.

—No en este cuerpo. Pero supongo que en cierto modo recuerdo cómo enfrentarme a ella porque...

En ese momento se quedaron sin gravedad y, flotando ante ellos, sin tocar las paredes de la nave, apareció el enorme misil que transportaba el Pequeño Doctor. De haber estado sus cohetes encendidos, los habrían calcinado.

Pero avanzaba a la velocidad que ya había conseguido; parecía flotar en el aire porque la nave iba exactamente a la misma velocidad.

Peter aseguró sus pies bajo un banco soldado a la pared, y luego extendió las manos y tocó el misil.

—Tenemos que conseguir que se pose en el suelo.

Wang-mu intentó alcanzarlo también, pero en cuanto se soltó de la pared empezó a flotar. Sintió náuseas y su cuerpo buscó desesperado algún punto en la nave que le sirviera de referencia.

—Piensa que el aparato está al revés —le instó Peter—. El aparato es abajo. Caes hacia él.

Wang-mu se reorientó. Mientras flotaba más cerca logró extender los brazos y agarrarse. Sólo pudo mirar, agradecida de no estar vomitando ya, cómo Peter empujaba suave, lentamente el misil hacia el suelo. Cuando se tocaron, toda la nave se estremeció, pues la masa del misil era probablemente mayor que la de la nave que ahora lo rodeaba.

—¿Todo bien? —preguntó Peter.

—Sí —respondió Wang-mu. Entonces se dio cuenta de que él estaba hablando con Jane; su «todo bien» formaba parte de esa conversación.

—Jane está estudiando esa cosa —dijo Peter—. Lo hace también con las naves, antes de llevarlas a alguna parte. Solía ser un proceso analítico, por ordenador. Ahora su aiúa recorre la estructura interna del artefacto. No podía hacerlo hasta que estuviera en contacto con algo que ya conociera: la nave. Cuando obtenga una impresión de su forma interior, podrá enviarlo al Exterior.

—¿Vamos a dejarlo allí?

—No. Podría mantenerse unido y detonar, o romperse. De todas formas, quién sabe qué daño podría causar ahí fuera. ¿Cuántas copias podrían cobrar forma?

—Ninguna —dijo Wang-mu—. Hace falta una inteligencia para crear algo nuevo.

—¿De qué crees que está hecha esta cosa? Igual que cada pieza de tu cuerpo, igual que cada roca y árbol y nube, es todo aiúas, y habrá otros aiúas desconectados y desesperados por pertenecer, por imitar, por crecer. No, esta cosa es maligna, y no vamos a llevarla allí.

—Entonces ¿adónde?

—De vuelta al remitente.

El almirante Lands permanecía sombrío en el puente de su nave. Sabía que a estas alturas Causo habría difundido la noticia: el lanzamiento del Pequeño Doctor había sido ilegal, un motín; el Viejo se enfrentaría a un consejo de guerra o a algo peor cuando volvieran a la civilización. Nadie le hablaba; nadie se atrevía a mirarlo.

Y Lands sabía que tendría que retirarse del mando y entregar la nave a Causo, su lugarteniente, y la flota a su segundo, el almirante Fukuda. El gesto de Causo de no arrestarlo inmediatamente había sido amable pero inútil. Sabiendo la verdad de su desobediencia, a los hombres y oficiales les resultaría imposible acatar sus órdenes y sería injusto exigírselo.

Lands se volvió para dar la orden y se encontró con que su oficial se dirigía ya hacia él.

—Señor —dijo Causo.

—Lo sé. Me retiro del mando.

—No, señor. Venga conmigo, señor.

—¿Qué planea hacer? —preguntó Lands.

—El oficial de carga ha informado de la presencia de algo en la bodega principal de la nave.

—¿Qué es?

Causo tan sólo se quedó mirándole. Lands asintió, y los dos salieron juntos del puente.

Jane había llevado la caja de la nave, no a la armería de la nave insignia, pues allí cabía el Pequeño Doctor pero no la caja que lo rodeaba, sino a la bodega principal, que era mucho más espaciosa y también carecía de medios prácticos para volver a lanzar el arma.

Peter y Wang-mu salieron a la bodega.

Entonces Jane se llevó la nave y dejó a Peter, Wang-mu y el Pequeño Doctor.

La nave volvería a aparecer en Lusitania. Pero nadie subiría a ella. Nadie necesitaba hacerlo. El Artefacto D. M. ya no se dirigía hacia ellos. Ahora se hallaba en la bodega de la nave insignia de la Flota Lusitania, viajando a velocidad relativista hacia el olvido. El sensor de proximidad del Pequeño Doctor no se activaría, por supuesto, ya que no se hallaba cerca de una masa planetaria. Pero el temporizador seguía corriendo.

—Espero que reparen pronto en nosotros —dijo Wang-mu.

—Oh, no te preocupes. Nos quedan minutos.

—¿Nos ha visto alguien ya?

—Había un tipo en aquel despacho —dijo Peter, señalando una puerta abierta—. Vio la nave, luego nos vio a nosotros, y por fin vio al Pequeño Doctor. Ahora se ha ido. Creo que no estaremos solos mucho tiempo.

Una puerta situada en las alturas de la pared frontal de la bodega se abrió. Tres hombres salieron al balcón que se asomaba a la bodega por tres lados.

—Hola —dijo Peter.

—¿Quién demonios es usted? —preguntó el que llevaba más alamares e insignias en el uniforme.

—Apuesto a que es usted el almirante Bobby Lands —dijo Peter—. Y usted debe de ser el oficial ejecutivo Causo. Y usted el oficial de carga Lung.

—¡He preguntado quién demonios es usted! —exigió saber el almirante Lands.

—Creo que no entiende usted sus prioridades. Ya habrá tiempo de sobra para discutir sobre mi identidad después de que desactiven el reloj de esta arma que tan descuidadamente lanzó al espacio peligrosamente cerca de un planeta poblado.

—Si piensa que puede…

Pero el almirante no terminó la frase, porque el oficial ejecutivo saltó la balaustrada y corrió a la cubierta de la bodega de carga, donde inmediatamente empezó a desatornillar la tapa del temporizador.

—Causo —dijo Lands—, eso no puede ser el…

—Es el Pequeño Doctor, en efecto, señor —dijo Causo.

—¡Lo lanzamos! —gritó el almirante.

—Eso tiene que haber sido un error —dijo Peter—. Un despiste. Porque el Congreso Estelar revocó la orden de lanzarlo.

—¿Quién es usted y cómo ha llegado aquí?

Causo se levantó; el sudor le corría por la frente.

—Señor, me complace informar de que, a falta de dos minutos para que acabara el plazo, he conseguido impedir que nuestra nave vuele en pedazos.

—Y yo me alegro de ver que no hacen falta dos llaves separadas y una combinación secreta para desconectar esa cosa, o alguna otra estupidez —dijo Peter.

—No, fue diseñada para que resultara fácil desconectarla —dijo Causo—. Hay instrucciones para hacerlo por todas partes. Conectarla... eso es lo difícil.

—Pero de algún modo, se las apañaron para conseguirlo.

—¿Dónde está su vehículo? —dijo el almirante. Bajaba por una escalerilla hacia la cubierta—. ¿Cómo han llegado aquí?

—Hemos llegado en una bonita caja, que descartamos cuando ya no fue necesaria. ¿Todavía no se ha dado cuenta de que no hemos venido para que nos interrogue?

—Arreste a esos dos —ordenó Lands.

Causo miró al almirante como si estuviera loco. Pero el oficial de carga, que le había seguido por la escalerilla, se dispuso a obedecer, y avanzó unos pasos hacia Peter y Wang-mu.

Al instante, desaparecieron y volvieron a aparecer en lo alto de la balconada por donde habían entrado los tres oficiales. Naturalmente, los otros tardaron unos segundos en localizarlos. El oficial de carga se quedó anonadado.

—Señor —dijo—. Estaban aquí hace un segundo.

Causo, por otro lado, ya había decidido que estaba ocurriendo algo inusitado para lo que no había ninguna respuesta militar apropiada. Así que se persignó y empe-/zó a murmurar una oración.

Lands, sin embargo, retrocedió unos pasos hasta que chocó con el Pequeño Doctor. Se agarró a él, y apartó de repente las manos, con repulsión, quizás incluso con dolor, como si la superficie le quemara.

—Oh, Dios —dijo—. Traté de hacer lo que habría hecho Ender Wiggin.

Wang-mu no pudo evitarlo. Se rió a carcajadas.

—Es curioso —dijo Peter—. Yo intentaba hacer exactamente lo mismo.

—Oh, Dios —repitió Lands.

—Almirante, tengo una sugerencia. En vez de pasar un par de meses de tiempo real intentando hacer virar esta nave y lanzar de nuevo ilegalmente esta cosa, y en vez de intentar establecer una inútil y desmoralizante cuarentena alrededor de Lusitania, ¿por qué no se dirigen a uno de los Cien Mundos (Trondheim está cerca) y mientras tanto redacta un informe para el Congreso Estelar? —dijo Peter—. Incluso tengo algunas ideas sobre lo que ese informe podría decir, si quiere oírlas.

Por toda respuesta, Lands desenfundó una pistola láser y le apuntó con ella.

Inmediatamente, Peter y Wang-mu desaparecieron de donde estaban y reaparecieron detrás de Lands. Peter alargó la mano y desarmó hábilmente al almirante, rompiéndole por desgracia dos dedos en el proceso.

—Lo siento, he perdido práctica —dijo—. No he usado mis habilidades marciales desde hace... bueno, miles de años.

Lands cayó de rodillas, frotándose la mano herida.

—Peter —dijo Wang-mu—, ¿no podemos hacer que

Jane deje de movernos de un lado a otro de esta forma? Es realmente desorientador.

Peter le hizo un guiño.

—¿Quiere oír mis ideas para su informe?

Lands asintió.

—Yo también —dijo Causo, quien veía claramente que comandaría aquella nave durante algún tiempo.

—Creo que tienen que usar su ansible para comunicar que, debido a un fallo de funcionamiento, se informó de que tuvo lugar el lanzamiento del Pequeño Doctor. Pero de hecho el lanzamiento fue abortado a tiempo y, para impedir otro error, trasladaron el Artefacto D. M. a la bodega principal, donde lo desarmaron y desmantelaron. ¿Ha entendido la parte sobre desmantelarlo? —le preguntó Peter a Causo.

El oficial asintió.

—Lo haré de inmediato, señor. —Se volvió hacia el oficial de carga—. Tráigame una caja de herramientas.

Mientras el oficial se dirigía hacia un armario de la pared, Peter continuó:

—Luego pueden comunicar que han entrado en contacto con un nativo de Lusitania (ése soy yo), que pudo certificarles que el virus de la descolada está completamente bajo control y que ya no supone una amenaza para nadie.

—¿Y cómo sé eso? —dijo Lands.

—Porque llevo lo que queda del virus, y si no estuviera completamente muerto, usted contraería la descolada y moriría dentro de un par de días. Bien, además de certificar que Lusitania no supone ninguna amenaza, su informe también debe señalar que la rebelión de Lusitania no fue más que un malentendido y que, lejos de haber ninguna interferencia humana en la cultura pequenina, los pequeninos ejercitaron sus derechos como seres pensantes en un planeta propio para adquirir información y tecnología de unos amistosos visitantes alienígenas… es decir, la colonia humana de Milagro. Desde entonces, muchos de los pequeninos se han vuelto muy diestros en la ciencia y tecnología humanas, y dentro de un tiempo razonable enviarán embajadores al Congreso Estelar y esperan que el Congreso les devuelva la visita. ¿Va entendiendo todo esto?

Lands asintió. Causo, que trabajaba desmontando el mecanismo de disparo del Pequeño Doctor, gruñó para mostrar su conformidad.

—Pueden también informar de que los pequeninos han establecido una alianza con otra raza alienígena, que contrariamente a varios informes prematuros, no fue completamente extinguida en el famoso xenocidio de Ender Wiggin. Una reina colmena sobrevivió en su crisálida; fue la fuente de toda la información contenida en el célebre libro *La Reina Colmena*, cuya exactitud se demuestra ahora incuestionable. La Reina Colmena de Lusitania, sin embargo, no desea intercambiar embajadores con el Congreso Estelar por el momento, y prefiere en cambio que sus intereses sean representados por los pequeninos.

—¿Todavía hay insectores? —preguntó Lands.

—Técnicamente hablando, Ender Wiggin no cometió xenocidio después de todo. Así que si el lanzamiento de su misil, aquí presente, no hubiera sido abortado, habría sido usted el autor del primer xenocidio, no del segundo. Y tal como ahora queda claro, nunca ha habido un xenocidio, aunque no por no haberlo intentado en ambas ocasiones, debo admitirlo.

Las lágrimas corrieron por el rostro de Lands.

—No quería hacerlo. Creía que era lo adecuado. Creía que tenía que hacerlo para salvar…

—Dejemos que discuta eso con el terapeuta de la nave dentro de algún tiempo —dijo Peter—. Todavía tenemos una cosa más que añadir. Disponemos de una tecnología de vuelo estelar que creo que al Congreso Estelar le gustaría tener. Ya ha visto una demostración. Normalmente, preferimos hacerlo dentro de nuestras feas naves en forma de caja. Con todo, es un método bastante bueno y nos permite visitar otros mundos sin perder ni un segundo de nuestras vidas. Sé que quienes tienen la llave de nuestro método se sentirán contentos, durante los próximos meses, de transportar instantáneamente todas las naves relativistas actualmente en vuelo a sus destinos.

—Pero eso ha de tener un precio —dijo Causo, asintiendo.

—Bueno, digamos que hay una condición previa. Un elemento clave para nuestro vuelo instantáneo es un programa informático que el Congreso Estelar intentó matar recientemente. Encontramos un método alternativo, pero no es completamente adecuado ni satisfactorio, y creo que podemos decir con seguridad que el Congreso nunca tendrá el uso del vuelo instantáneo hasta que todos los ansibles de los Cien Mundos estén reconectados con todas las redes informáticas de cada mundo, sin retrasos y sin esos molestos programas espía que siguen ladrando como perritos inútiles.

—No tengo autoridad para...

—Almirante Lands, no le he pedido que decida. Simplemente he sugerido los contenidos del mensaje que tal vez quiera enviar, por ansible, al Congreso Estelar. Inmediatamente.

Lands apartó la mirada.

—No me siento bien —dijo—. Creo que estoy incapacitado. Oficial ejecutivo Causo, en presencia del oficial de carga Lung le transfiero el mando de esta nave y le ordeno que notifique al almirante Fukuda que es ahora el comandante de esta flota.

—No servirá —dijo Peter—. El mensaje que he descrito tiene que venir de usted. Fukuda no está aquí y no tengo intención de ir y repetírselo todo. Así que usted hará el informe, y seguirá como jefe de la flota y de esta nave, y no se escabullirá de su responsabilidad. Tomó una dura decisión hace un rato. Eligió mal, pero al menos lo hizo con coraje y determinación. Muestre ahora el mismo coraje, almirante. No le hemos castigado aquí hoy; en cuanto a mi desafortunada torpeza con sus dedos, realmente lo lamento. Le estamos dando una segunda oportunidad. Aprovéchela, almirante.

Lands miró a Peter y las lágrimas empezaron a correr por sus mejillas.

—¿Por qué me da una segunda oportunidad?

—Porque eso es lo que Ender siempre quiso. Y tal vez al dársela a usted, él también tenga una.

Wang-mu cogió la mano de Peter y se la apretó.

Entonces desaparecieron de la bodega de carga de la nave insignia y reaparecieron dentro de la sala de control de una lanzadera que orbitaba el planeta de los descoladores.

Wang-mu miró alrededor y vio una habitación llena de desconocidos. Contrariamente a la nave del almirante Lands, este aparato no tenía gravedad artificial; pero al estar agarrada a la mano de Peter no sintió mareo ni ganas de vomitar. No tenía ni idea de quiénes eran estas personas, pero comprendía que Apagafuegos tenía que ser un pequenino y la obrera sin nombre que trabajaba ante los terminales una criatura de la especie antiguamente odiada y temida: los implacables insectores.

—Hola, Ela, Quara, Miro —dijo Peter—. Ésta es Wang-mu.

Wang-mu habría podido sentirse aterrada, pero estaba claro que eran los otros quienes estaban horrorizados de verlos a ellos.

Miro fue el primero en recuperarse lo suficiente para hablar.

—¿No habéis olvidado vuestra nave?

Wang-mu se echó a reír.

—Hola, Real Madre del Oeste —dijo Miro, usando el nombre de su antepasada-del-corazón, una diosa adorada en el mundo de Sendero—. Jane me ha hablado mucho de ti —añadió.

Una mujer llegó flotando por un pasillo situado a un extremo de la sala de control.

—¿Val? —dijo Peter.

—No —respondió la mujer—. Soy Jane.

—Jane —susurró Wang-mu—. La deidad de Malu.

—La amiga de Malu —dijo Jane—. Como yo soy tu amiga, Wang-mu.

Cogió las dos manos de Peter y lo miró a los ojos.

—Y tu amiga también, Peter. Como he sido siempre.

16

«¿Cómo sabes que no están temblando de terror?»

«¡Oh, dioses! ¡Sois injustos!
¡Mi padre y mi madre
merecían tener
una hija
mejor que yo!»

de *Los susurros divinos de Han Qing-jao*

—¿Tenías el Pequeño Doctor en tu poder y lo devolviste? —preguntó Quara, incrédula.

Todo el mundo, incluido Miro, supuso que quería decir que no se fiaba de que la flota no lo usara.

—Lo desmantelaron ante mis ojos —dijo Peter.

—Bueno, ¿y no se puede montar otra vez?

Wang-mu trató de explicarlo.

—El almirante Lands no podrá seguir ahora ese camino. No habríamos dejado las cosas sin resolver. Lusitania está a salvo.

—Ella no habla de Lusitania. Habla de esto, del planeta de la descolada —dijo Ela fríamente.

—¿Soy la única que lo ha pensado? —dijo Quara—. Decid la verdad... resolvería todas nuestras preocupaciones sobre sondas de seguimiento, sobre nuevos brotes de versiones aún peores de la descolada...

—¿Estás pensando en volar un planeta poblado por una especie inteligente? —preguntó Wang-mu.

—Ahora mismo no —dijo Quara, como si Wang-mu fuera la persona más estúpida con la que jamás había perdido el tiempo hablando—. Si determinamos que son, ya sabes, lo que Valentine los llamó: varelse. Imposible razonar con ellos. Imposible coexistir.

—Entonces, lo que estás diciendo es que…

—Estoy diciendo lo que digo —respondió Quara.

Wang-mu continuó.

—Lo que estás diciendo es que el almirante Lands no estaba equivocado por principio, simplemente se confundía en este caso concreto. Si el virus de la descolada hubiera seguido siendo una amenaza en Lusitania, entonces su deber habría sido volar el planeta.

—¿Qué son las vidas de la gente de un planeta comparadas con toda la vida inteligente?

—¿Es ésta la misma Quara Ribeira que intentó impedirnos que destruyéramos el virus de la descolada porque podía ser inteligente? —dijo Miro. Parecía divertido.

—He pensado mucho desde entonces. Era infantil y sentimental. La vida es preciosa. La vida inteligente aún más. Pero cuando un grupo inteligente amenaza la supervivencia de otro, entonces el grupo amenazado tiene derecho a protegerse. ¿No es lo que hizo Ender? ¿Una y otra vez?

Quara miró de uno a otro, triunfante. Peter asintió.

—Sí —dijo—. Lo que hizo Ender.

—En un juego —añadió Wang-mu.

—En la lucha con dos niños que amenazaban su vida. Se aseguró de que nunca volvieran a hacerlo. Así es como se libra la guerra, por si alguno de vosotros piensa lo contrario. No se pelea con una fuerza mínima, sino con la fuerza máxima a un coste soportable. No se pellizca al enemigo, ni siquiera se le hace sangre, se destruye su capacidad de contraatacar. Es la estrategia que se utiliza con las enfermedades. No se trata de buscar una droga que mate el noventa y nueve por ciento de las bacterias o los virus. Si se hace así, lo único que se consigue es crear una nueva cepa resistente a la droga. Hay que matar el cien por cien.

Wang-mu trató de encontrar un argumento para rebatirla.

—¿Es la enfermedad una analogía válida?

—¿Cuál es tu analogía? —respondió Peter—. ¿Un combate de lucha libre? ¿Pelear hasta agotar la resistencia de tu oponente? Muy bien... siempre que tu oponente luche siguiendo las mismas reglas. Pero si tú estás dispuesto a boxear y él saca un cuchillo o una pistola, ¿qué? ¿Y si es un partido de tenis? ¿Sigues jugando hasta que tu oponente hace estallar una bomba bajo tus pies? No hay ninguna regla. Es la guerra.

—¿Pero es esto una guerra? —preguntó Wang-mu.

—Como dijo Quara —respondió Peter—, si descubrimos que no se puede tratar con ellos, entonces sí, es la guerra. Lo que hicieron con Lusitania, con los indefensos pequeninos, fue devastador, impío, guerra total sin que les importaran los derechos del otro bando. Ése es nuestro enemigo, a menos que podamos hacerles comprender las consecuencias de lo que hicieron. ¿No es eso lo que estabas diciendo, Quara?

—Exactamente.

Wang-mu sabía que había algo equivocado en este razonamiento, pero no podía detectarlo.

—Peter, si realmente piensas así, ¿por qué no te quedaste con el Pequeño Doctor?

—Porque podríamos estar equivocados, y el peligro no ser inminente.

Quara chasqueó la lengua, despreciativa.

—No estuviste aquí, Peter. No viste lo que nos lanzaron... un virus especialmente creado, hecho a medida para que nos quedáramos sentados como idiotas mientras ellos venían y se apoderaban de nuestra nave.

—¿Y cómo lo enviaron, en un hermoso sobre? ¿Enviaron un cachorro infectado, sabiendo que no podríais resistiros a cogerlo y abrazarlo?

—Emitieron el código. Pero esperaban que lo interpretáramos haciendo la molécula que luego tendría su efecto.

—No —dijo Peter—, especulasteis que así es como funciona su idioma, y luego empezasteis a actuar como si esa suposición fuera la verdad.

—¿Y cómo sabes que no lo es?

—No sé nada. Eso es lo que planteo. No lo sabemos. No podemos saberlo. Si los viéramos lanzar sondas, o si empezaran a intentar borrar esta nave del cielo, tendríamos que actuar. Tendríamos, por ejemplo, que mandar naves tras las sondas y estudiar detenidamente los virus que enviaran. O, si atacaran esta nave, emprender una acción evasiva y analizar sus armas y tácticas.

—Eso está muy bien ahora —dijo Quara—. Ahora que Jane está a salvo y las madres-árbol siguen intactas y puede controlar los vuelos estelares. Ahora podemos responder con sondas y esquivar los misiles o lo que sea. Pero ¿y antes, cuando estábamos indefensos aquí? ¿Cuando sólo nos quedaban unas cuantas semanas de vida, o eso pensábamos?

—Entonces tampoco tenías el Pequeño Doctor, así que no podrías haber volado este planeta —le contestó Peter—. No pusimos nuestras manos sobre el Artefacto D. M. hasta después de que el poder de vuelo de Jane fuera restaurado. Y con ese poder ya no es necesario destruir el planeta de la descolada hasta y a menos que suponga un peligro demasiado grande para evitarlo de otra forma.

Quara se echó a reír.

—¿Qué es esto? Pensaba que Peter era la parte desagradable de la personalidad de Ender. Resulta que eres todo luz y dulzura.

Peter sonrió.

—Hay ocasiones en que tienes que defenderte o defender a otros de un mal implacable. Y en algunas de esas ocasiones la única defensa que tiene esperanza de éxito es el uso de la fuerza bruta. En tales ocasiones la buena gente actúa brutalmente.

—No empezaremos con las autojustificaciones, ¿verdad? —dijo Quara—. Eres el sucesor de Ender. Por tanto te parece conveniente creer que esos niños que Ender mató fueron excepciones a tu regla.

—Justifico a Ender por su ignorancia e indefensión. Nosotros no estamos indefensos. El Congreso Estelar y la Flota Lusitania no estaban indefensos. Y decidieron actuar antes de acabar con su ignorancia.

—Ender decidió emplear el Pequeño Doctor mientras era ignorante.

—No, Quara. Los adultos que le mandaban lo emplearon. Podrían haber interceptado y bloqueado su decisión. Tuvieron tiempo de sobra para anular la orden. Ender creía estar jugando. Pensaba que al usar el Pequeño Doctor en la simulación demostraría ser indigno de confianza, rebelde, o incluso demasiado brutal para que se le otorgara el mando. Intentaba que lo expulsaran de la Escuela de Mando. Eso es todo. Hacía lo necesario para que dejaran de torturarlo. Los adultos fueron quienes decidieron lanzar su arma más poderosa: Ender Wiggin. No más esfuerzos por intentar hablar con los insectores, por comunicarse. Ni siquiera al final, cuando supieron que Ender iba a destruir el mundo natal de los insectores. Habían decidido ir a matar, no importaba lo que pasase. Como el almirante Lands. Como tú, Quara.

—¡He dicho que esperaría hasta que lo averiguáramos!

—Bien —dijo Peter—. Entonces no estamos en desacuerdo.

—¡Pero deberíamos tener el Pequeño Doctor aquí!

—El Pequeño Doctor no debería existir. Nunca fue necesario. Nunca fue apropiado. Porque el coste es demasiado alto.

—¡Coste! —se burló Quara—. ¡Es más barato que las antiguas armas nucleares!

—Hemos tardado tres mil años en superar la destrucción del planeta natal de las reinas colmena. Ése es el coste. Si usamos el Pequeño Doctor, entonces somos el tipo de gente que aniquila otras especies. El almirante Lands era igual que los hombres que utilizaron a Ender Wiggin. Habían decidido ya. Ése fue el peligro. Ése fue el mal. Había que destruir. Pensaban haber decidido bien. Estaban salvando a la raza humana. Pero no era así. Había un montón de diferentes motivos implicados, pero al decidir utilizar el arma, también decidieron no intentar comunicarse con el enemigo. ¿Por qué no hubo una demostración del Pequeño Doctor en una luna cercana? ¿Dónde estuvo el intento de Lands de verificar que la situación de Lusitania no había cambiado? Y tú, Quara… ¿qué metodología planeabas usar exactamente para decidir si los descoladores eran demasiado malignos para que se les permitiera vivir? ¿Hasta qué punto sabes que son un peligro insoportable para todas las otras especies inteligentes?

—Míralo al revés, Peter. ¿Hasta qué punto sabes tú que no lo son?

—Tenemos armas mejores que el Pequeño Doctor. Ela diseñó una vez una molécula para bloquear los efectos dañinos de la descolada sin destruir su capacidad para contribuir a las transformaciones de la flora y fauna de Lusitania. ¿Quién dice que no podemos hacer lo mismo con cada plaga que nos envíen hasta que se rindan? ¿Quién dice que no están ya tratando desesperadamente de comunicarse con nosotros? ¿Cómo sabes que la molécula que enviaron no era un intento de que estuviéramos contentos con ellos de la única forma en que sabían, enviándonos una molécula que eliminara nuestra ira? ¿Cómo sabes que no están temblando de terror en ese planeta porque tenemos una nave que puede desaparecer y reaparecer en cualquier otra parte? ¿Estamos nosotros intentando hablar con ellos?

Peter los abarcó a todos con la mirada.

—¿No lo comprendéis? Sólo hay una especie que conozcamos que haya tratado deliberada, conscientemente de destruir otra raza inteligente sin ningún intento serio de mandar una advertencia o entablar comunicación. Nosotros. El primer xenocidio falló porque las víctimas del ataque consiguieron esconder a una hembra preñada. La segunda vez falló por un motivo mejor... porque algunos miembros de la raza humana decidieron detenerlo. No sólo algunos, muchos. El Congreso. Una gran corporación. Un filósofo de Viento Divino. Un santón samoano y sus amigos creyentes de Pacífica. Wangmu y yo. Jane. Y los propios hombres y oficiales del almirante Lands, cuando finalmente entendieron la situación. Estamos mejorando, ¿no lo veis? Pero sigue en pie un hecho: los humanos somos la raza inteligente que ha mostrado más tendencia a rechazar deliberadamente la comunicación con otras especies y que en cambio las ha destruido por completo. Tal vez los descoladores sean varelse y tal vez no. Pero me asusta mucho más la idea de que los varelse seamos nosotros. Ése es el coste de emplear el Pequeño Doctor cuando no es necesario y nunca lo será, dadas las otras herramientas de que disponemos. Si decidimos usar el Artefacto D. M., entonces no somos ramen. Nunca se podrá confiar en nosotros. Somos la especie que merecería morir por el bien de toda la otra vida inteligente.

Quara sacudió la cabeza, pero su desdén había desaparecido.

—Me parece que alguien está intentando ganarse el perdón por sus propios crímenes.

—Ése era Ender —dijo Peter—. Se pasó la vida intentando convertirse a sí mismo y a todos los demás en ramen. Miro a mi alrededor en esta nave, pienso en lo que he visto, en la gente que he conocido en los últimos meses, y pienso que la raza humana no lo está haciendo del todo mal. Nos movemos en la dirección adecuada. Unos cuantos tropiezos aquí y allá. Un poco de charla ruidosa. Pero empezamos a ser dignos de asociarnos con las reinas colmena y los pequeninos. Y si los descoladores están un poco más lejos de ser ramen que nosotros, eso no significa que tengamos derecho a destruirlos. Significa que con más motivo debemos ser pacientes con ellos y tratar de educarlos. ¿Cuántos años hemos tardado en llegar aquí desde que marcábamos los sitios de las batallas con pilas de cráneos humanos? Miles. Y todo el tiempo tuvimos maestros tratando de hacernos cambiar, señalando el camino. Poco a poco, aprendimos. Enseñémosles… si no saben ya más que nosotros.

—Podríamos tardar años en aprender su lenguaje —dijo Ela.

—El transporte es barato ahora —repuso Peter—. No pretendía ofenderte, Jane. Podemos mantener equipos de trabajo yendo y viniendo durante mucho tiempo sin que resulte pesado para nadie. Podemos hacer que una flota vigile este planeta. Con pequeninos, reinas colmena, investigadores humanos. Durante siglos. Durante milenios. No hay prisa.

—Creo que eso es peligroso —dijo Quara.

—Y yo creo que tú sientes el mismo deseo instintivo que todos nosotros, el que nos causa tantos problemas constantemente. Sabes que vas a morir, y quieres verlo todo resuelto antes de que eso suceda.

—¡No soy tan vieja todavía! —dijo Quara.

Miro intervino.

—Tiene razón, Quara. Desde que murió Marcão, la muerte ha pesado sobre ti. Pensadlo, todos. Los humanos somos la especie que vive poco tiempo. Las reinas colmena suponen que vivirán para siempre. Los pequeninos tienen la esperanza de muchos siglos en la tercera vida. Nosotros somos los que siempre tenemos prisa. Somos los que estamos empeñados en tomar decisiones sin obtener suficiente información, porque queremos actuar ahora, mientras aún tenemos tiempo.

—¿Y qué? ¿Ésa es tu decisión? —dijo Quara—. ¿Dejar que esta grave amenaza para todo tipo de vida siga ahí, pergeñando planes mientras nosotros miramos desde el cielo?

—Nosotros no —dijo Peter.

—No, es verdad. Tú no participas en este proyecto.

—Yo sí, pero tú no. Vas a regresar a Lusitania, y Jane nunca te traerá de vuelta. No hasta que hayas pasado años demostrando que controlas tus recelos personales.

—¡Arrogante hijo de puta! —gritó Quara.

—Todo el mundo sabe que tengo razón. Eres como Lands. Estás demasiado dispuesta a tomar una decisión de alcances devastadores y luego te niegas a dejar que ningún argumento te haga cambiar de opinión. Hay mucha gente como tú, Quara. Pero no podemos dejar que ninguno de ellos se acerque a este planeta hasta que sepamos más. Puede que un día todas las especies inteligentes lleguen a la conclusión de que los descoladores son en efecto varelse y deben ser destruidos. Pero me parece poco probable que alguno de los presentes, excepto Jane, siga vivo cuando llegue ese día.

—¿Qué, crees que viviré eternamente? —dijo Jane.

—Será mejor que sí. A menos que Miro y tú podáis tener hijos que sepan lanzar naves estelares cuando crezcan.

Se volvió hacia Jane.

—¿Puedes llevarnos a casa ahora?

—Dicho y hecho.

Abrieron la puerta. Salieron de la nave, a la superficie de un mundo que no iba a ser destruido después de todo.

Todos excepto Quara.

—¿No viene con nosotros? —preguntó Wang-mu.

—Tal vez necesite estar un rato a solas —dijo Peter.

—Seguid vosotros.

—¿Crees que puedes tratar con ella?

—Creo que puedo intentarlo.

Peter la besó.

—He sido duro con ella. Dile que lo siento.

—Tal vez más tarde puedas decírselo tú mismo.

Entró en la nave. Quara estaba sentada ante su terminal. Los últimos datos que analizaba antes de la llegada de Peter y Wang-mu todavía flotaban en el aire.

—Quara —dijo Wang-mu.

—Márchate. —Su voz ronca era una prueba clara de que había estado llorando.

—Todo lo que ha dicho Peter es verdad.

—¿A eso has venido, a frotar sal en la herida?

—Excepto que dio demasiado crédito a la raza humana por una mejora insignificante.

Quara hizo una mueca. Fue casi un sí.

—Me parece que él y todos los demás ya tenían decidido que tú eras varelse. Habían decidido desterrarte sin posibilidad de perdón, sin comprenderte primero.

—Oh, me comprenden —dijo Quara—. Niña pequeña destrozada por la pérdida de un padre brutal a quien sin embargo amaba. Todavía buscando la figura paterna. Todavía respondiendo a todos los demás con la furia irracional que veía en su padre. ¿Crees que no sé qué han decidido?

—Te han prejuzgado.

—Por una cosa que no es cierta. Puede que haya sugerido que deberíamos tener cerca el Pequeño Doctor por si fuera necesario, pero nunca he dicho que lo usáramos sin ningún intento previo de comunicación. Peter me ha tratado como si yo fuera ese almirante.

—Lo sé.

—Sí, bien. Estoy segura de que eres muy comprensiva conmigo y él se equivoca. Vamos, Jane ya nos dijo que vosotros dos estáis… ¿cómo es esa palabra de mierda? Enamorados.

—No me enorgullezco de lo que te ha hecho Peter. Ha sido un error. Los comete. También a veces hiere mis sentimientos. Igual que tú. Acabas de hacerlo. No sé por qué. Pero a veces yo también hiero a otra gente. Y a veces hago cosas terribles porque estoy segura de tener razón. Todos somos así. Todos tenemos un poco de varelse dentro. Y un poco de raman.

—Ésa sí que es la filosofía más dulce, profunda y equilibrada de la vida que he oído.

—No tengo otra mejor —dijo Wang-mu—. No poseo una educación como tú.

—¿Y ésta es la técnica de hazla-sentirse-culpable?

—Dime, Quara: si de verdad no estás interpretando el papel de tu padre o tratando de hacerle volver o cualquier cosa parecida, ¿por qué estás siempre tan furiosa con todo el mundo?

Quara finalmente giró en su silla y miró a Wang-mu a la cara. Sí, había estado llorando.

—¿Quieres saber de verdad por qué estoy llena de furia irracional todo el tiempo? —El sarcasmo no había abandonado su voz—. ¿Quieres de verdad jugar al psiquiatra conmigo? Bueno, prueba con esto. Lo que me tiene tan completamente jodida es que durante toda mi infancia mi hermano Quim me estuvo molestando en secreto, y ahora es un mártir y van a hacerlo santo y nadie sabrá nunca lo malo que fue y las cosas terribles, terribles que me hizo.

Wang-mu se quedó allí de pie, horrorizada. Peter le había hablado de Quim. De cómo había muerto. Del tipo de hombre que era.

—Oh, Quara —dijo—. ¡Lo siento tanto!

Una expresión de completo disgusto se asomó al rostro de Quara.

—Eres una ilusa. Quim nunca me tocó, estúpida metomentodo. Pero estás tan ansiosa por conseguir alguna explicación barata de por qué soy tan cerda que te crees cualquier historia medianamente plausible. Y ahora mismo probablemente te estarás preguntando si mi confesión no habrá sido cierta y la niego porque tengo miedo de las consecuencias o alguna mierda por el estilo. Entiende esto bien, muchacha. No quiero que me conozcas. No quiero ninguna amiga, y si quisiera una, no elegiría a la tontita de Peter para hacer los honores. ¿Ha quedado claro?

A lo largo de su vida Wang-mu había sido golpeada

por expertos y vilipendiada por campeones. Quara era bastante buena pero no lo bastante para que Wang-mu no pudiera soportarlo sin parpadear.

—Veo, sin embargo, que después de soltar esa vil acusación contra el más noble miembro de tu familia no has podido soportar que me la creyera —dijo—. Así que sientes lealtad hacia alguien, aunque esté muerto.

—No captas ninguna insinuación, ¿eh?

—Y también veo que sigues hablándome, aunque me desprecias y tratas de ofenderme.

—Si fueras un pez, serías una rémora; te agarras y chupas la vida, ¿no?

—En cualquier momento puedes salir de aquí y esquivar mis patéticos intentos de entablar amistad contigo —dijo Wang-mu—. Pero no te vas.

—Eres increíble —dijo Quara. Se soltó de la silla, se levantó y salió por la puerta abierta.

Wang-mu la vio marchar. Peter tenía razón. Los humanos seguían siendo la más extraña de todas las especies. La más peligrosa, la más irracional, la más impredecible.

Incluso así, Wang-mu se atrevió a hacer un par de predicciones.

Primero, confiaba en que el equipo investigador estableciera algún día comunicación con los descoladores.

La segunda predicción era mucho más dudosa, más parecida a una esperanza. Tal vez era sólo un deseo: que algún día Quara le dijera la verdad. Que algún día la herida oculta que soportaba se sanara. Que algún día llegaran a ser amigas.

Pero no hoy. No había prisa. Wang-mu trataría de ayudar a Quara porque obviamente lo necesitaba, y porque la gente que llevaba tratándola más tiempo estaba demasiado harta de ella. Pero ayudar a Quara no era la única cosa que tenía que conseguir, ni siquiera la más importante. Casarse con Peter y empezar una vida con él... ésa era la máxima prioridad. Y conseguir algo de comer, un poco de agua, y un lugar donde orinar... ésas eran las prioridades en este preciso momento de su vida.

Supongo que eso significa que soy humana, pensó Wang-mu. No un dios. Tal vez sólo sea una bestia después de todo. Parte raman. Parte varelse. Pero más raman que varelse, al menos en sus días buenos. También Peter era como ella. Ambos formaban parte de la misma especie defectuosa. Peter y yo llamaremos a algún aiúa para que venga del Exterior y tome el control de un cuerpo diminuto que nuestros cuerpos hayan creado, y nos encargaremos de que ese niño sea varelse unos días y raman otros. Algunos días seremos buenos padres y otros días seremos unos fracasados. Algunos días estaremos desesperadamente tristes y otros seremos tan felices que apenas podremos soportarlo. Puedo vivir con eso.

17

«El camino sigue ahora sin él»

«Una vez oí el relato de un hombre
que se dividió en dos.
Una parte nunca cambió;
la otra creció y creció.
La parte que no cambió siempre fue fiel,
la parte creciente siempre fue nueva;
y yo me pregunté, cuando terminó el relato,
qué parte era yo y qué parte eras tú.»

de *Los susurros divinos de Han Qing-jao*

Valentine se despertó la mañana del funeral de Ender llena de sombrías reflexiones. Había venido a este mundo de Lusitania para poder estar de nuevo con él y ayudarle en su trabajo. Sabía que a Jakt le había dolido que quisiera ser tan desesperadamente parte de la vida de Ender otra vez; sin embargo su marido había renunciado al mundo de su infancia para acompañarla. Tanto sacrificio. Y ahora Ender había muerto.

Sí y no. Durmiendo en su casa estaba el hombre que tenía el aiúa de Ender en su interior, lo sabía. El aiúa de Ender y el rostro de su hermano Peter. En algún lugar dentro de él estaban los recuerdos de Ender. Pero no los había tocado todavía, excepto inconscientemente de vez en cuando. De hecho, se estaba escondiendo en su casa para no activar esos recuerdos.

—¿Y si veo a Novinha? Él la amaba, ¿no? —había preguntado Peter en cuanto llegó—. Ender sentía esa horrible responsabilidad hacia ella. Me preocupa estar en cierto modo casado con ella.

—Interesante cuestión de identidad, ¿verdad? —respondió Valentine. Pero para Peter, la pregunta no era sólo interesante. Le aterraba estar atrapado en la vida de Ender. También temía vivir una vida lastrada por la culpa, como la de Ender.

—Abandono de familia —había dicho.

A lo que Valentine respondió:

—El hombre que se casó con Novinha ha muerto. Le vimos morir. Ella no busca un joven marido que no la quiera, Peter. Su vida está llena de pena suficiente sin eso. Cásate con Wang-mu, deja este lugar, continúa, sé un nuevo yo. Sé el verdadero hijo de Ender, vive la vida que él podría haber vivido si las exigencias de los demás no lo hubieran manchado desde el principio.

Valentine no podía saber si seguiría su consejo o no. Permanecía oculto en la casa, evitando incluso a aquellos visitantes capaces de avivar los recuerdos. Olhado, Grego y Ela, cada uno por su lado, acudieron para expresar sus condolencias a Valentine por la muerte de su hermano; pero Peter no salió de la habitación. Sí lo hizo Wang-mu, aquella dulce joven que parecía de acero por dentro y que tanto agradaba a Valentine. Wang-mu interpretaba el papel de buena amiga del afligido; llevaba el peso de la conversación mientras cada uno de los hijos de la esposa de Ender hablaba sobre cómo él salvó a su familia y fue una bendición para sus vidas en un momento en el que creían estar más allá del alcance de toda bendición.

Y en un rincón de la habitación, Plikt permanecía sentada absorbiendo, escuchando, dando combustible al discurso para el que había vivido toda su vida.

Oh, Ender, los chacales han mordisqueado tu vida durante tres mil años. Y ahora les llega el turno a tus amigos. Al final, ¿se distinguirán las dentelladas en tus huesos?

Hoy todo se terminaría. Otros podrían dividir el tiempo de distinta forma, pero para Valentine la Era de Ender Wiggin había llegado a su fin. La era que comenzó con un intento de xenocidio había terminado ahora con otros xenocidios impedidos o, al menos, pospuestos. Los seres humanos podrían vivir en paz con otros pueblos y labrarse un destino compartido en docenas de mundos coloniales. Valentine escribiría la historia de éste, como había escrito una historia en cada mundo que Ender y ella habían visitado juntos. Escribiría, no un discurso, como había hecho Ender con sus tres libros, *La Reina Colmena*, *El Hegemón* y *La Vida de Humano*; su libro sería un ensayo y citaría las fuentes. No aspiraba a ser Pablo o Moisés, sino Tucídides. Aunque había usado el seudónimo de Demóstenes para escribir su legado de aquellos días de infancia en que ella y Peter, el primer Peter, el oscuro y peligroso y magnífico Peter, usaron sus palabras para cambiar el mundo. Demóstenes publicaría la crónica de la participación humana en Lusitania, y esa obra sería también sobre Ender: sobre cómo trajo aquí la crisálida de la Reina Colmena, cómo se convirtió en parte de la familia clave para la relación con los pequeninos. Pero no sería un libro sobre Ender, sino sobre utlanning y framling, raman y varelse. Ender, que fue un forastero en cada tierra, que no pertenecía a ninguna parte y servía en todas, hasta que eligió este mundo como su hogar, no sólo porque había una familia que le necesitaba, sino también porque en este sitio no tenía que ser por completo un miembro de la especie humana. Podía pertenecer a la tribu de los pequeninos, a la colmena de la reina. Podía formar parte de algo más grande que la mera humanidad.

Y aunque no había ningún niño con el nombre de Ender como padre en su certificado de nacimiento, se había convertido en padre aquí. De los hijos de Novinha. De la propia Novinha, en cierto modo. De una joven copia de la misma Valentine. De Jane, el primer fruto de una unión entre razas, que ahora era una brillante y hermosa criatura que vivía en las madres-árbol, en redes digitales, en los enlaces filóticos de los ansibles, y en un cuerpo que antes fue de Ender y que, en cierto modo, había sido Valentine, pues ella recordaba haberse mirado en los espejos y visto ese rostro.

Y era padre de este hombre nuevo, Peter, este hombre fuerte y entero. Pues no era el Peter que había salido primero de la nave. No era el joven cínico, desagradable, hosco, lleno de arrogancia y odio. Era otro, entero. Tenía la frescura de la antigua sabiduría, aunque ardía con el dulce fuego cálido de la juventud. Tenía a su lado una mujer que era su igual en sabiduría y virtud y vigor. Tenía por delante la vida normal de un hombre. El hijo más fiel de Ender haría de esta vida, si no algo capaz de cambiar tan profundamente el mundo como había sido la vida de Ender, sí algo más feliz. Ender no habría querido ni más ni menos para él. Cambiar el mundo es bueno para aquellos que quieren su nombre en los libros. Pero ser feliz... eso es para aquellos que escriben sus nombres en las vidas de los demás, y retienen los corazones de otros como el tesoro más preciado.

Valentine y Jakt y sus hijos se reunieron en el porche de su casa. Wang-mu esperaba allí, sola.

—¿Me llevaréis con vosotros? —preguntó la muchacha. Valentine le ofreció un brazo. ¿Cuál es el nombre de su relación conmigo? ¿Futura-sobrina-política? «Amiga» sería una palabra mejor.

La alocución de Plikt sobre la muerte de Ender fue elocuente y penetrante. Había aprendido bien de su maestro portavoz. No perdió tiempo en cosas superfluas. Habló al principio de su gran crimen, explicando lo que Ender pensaba que hacía en ese momento, y lo que pensó después de que conociera cada capa de verdad revelada.

—En eso consistió la vida de Ender: en pelar la cebolla de la verdad. Sólo que contrariamente a la mayoría de nosotros, no había un meollo dorado en su interior. Sólo había capas de ilusión y malentendidos. Lo que importaba era conocer todos los errores, todas las autojustificaciones, todas las observaciones retorcidas y luego, no encontrar, sino crear un meollo de verdad. Encender una vela de verdad cuando no había verdad que encontrar. Ése fue el regalo que Ender nos hizo: liberarnos de la ilusión de que cualquier explicación contendrá la respuesta definitiva para todos los tiempos, para todos los oyentes. Siempre hay más que aprender, siempre.

Plikt continuó entonces relatando incidentes y recuerdos, anécdotas y sentencias; la gente congregada se rió y lloró y volvió a reír, y todos guardaron silencio muchas veces para conectar esas historias con sus propias vidas. ¡Cuánto me parezco a Ender!, pensaron a veces, y luego: ¡Gracias a Dios que mi vida no es así!

Valentine, sin embargo, conocía historias que no serían contadas porque Plikt no las sabía, o al menos no podía verlas a través de los ojos de la memoria. No eran historias importantes. No revelaban ninguna verdad interior. Eran el flujo y reflujo de años compartidos. Conversaciones, peleas, momentos graciosos y tiernos en docenas de mundos o en las naves que los transportaban. Y en la raíz de todos ellos, los recuerdos de la infancia. El bebé en los brazos de la madre de Valentine. Su padre lanzándolo al aire. Sus primeras palabras, sus farfulleos. ¡Nada de ta-ta para el bebé Ender! Necesitaba más sílabas para hablar. Ta-te-ti. Pa-ta-ta. ¿Por qué estoy recordando su charla infantil?

El bebé de dulce rostro, ansioso de vida. Lágrimas de bebé por el dolor de caerse. Risa por las cosas más sencillas: por una canción, por ver una cara amada, porque la vida era pura y buena para él entonces, y nada le había causado dolor. Estaba rodeado de amor y esperanza. Las manos que le acariciaban eran fuertes y tiernas: podía confiar en todas. Oh, Ender, pensó Valentine. Cómo desearía que hubieras podido seguir viviendo aquella vida de alegría. Pero nadie puede. Nos llega el lenguaje, y con él las mentiras y las amenazas, la crueldad y la decepción. Caminas, y esos pasos te conducen fuera del refugio de tu hogar. Para conservar la alegría de la infancia tendrías que morir siendo niño, o vivir como tal, sin convertirte nunca en hombre, sin crecer jamás. Por eso puedo apenarme por el niño perdido y sin embargo no lamentar al buen hombre lleno de dolor y sacudido por la culpa, que sin embargo fue amable conmigo y con muchos otros, y a quien amé, y a quien también casi conocí. Casi, casi conocí.

Valentine dejó que las lágrimas del recuerdo fluyeran mientras las palabras de Plikt la envolvían, afectándola de vez en cuando, pero también no haciéndolo porque ella sabía más que nadie sobre Ender y había perdido más al perderle. Incluso más que Novinha, que estaba sentada delante, con sus hijos congregados a su alrededor. Valentine vio cómo Miro rodeaba a su madre con un brazo mientras abrazaba a Jane al mismo tiempo. También vio cómo Ela se aferraba a la mano de Olhado y la besaba una vez, y cómo Grego, llorando, apoyaba la cabeza en el fuerte hombro de Quara, y cómo ésta extendía la mano para atraerlo hacia sí y consolarlo. Ellos también amaban a Ender, y lo conocían; pero en su pena se apoyaban unos en otros. Eran una familia que tenía fuerzas para compartir porque Ender había sido parte de ellos y los había curado, o al menos había abierto la puerta de la curación. Novinha sobreviviría y quizá dejaría atrás la ira por las crueles trastadas que le había gastado la vida. Perder a Ender no era lo peor que le había ocurrido; en cierto sentido era lo mejor, porque lo había dejado marchar.

Valentine miró a los pequeninos, que estaban sentados, algunos entre los humanos, otros aparte. Para ellos esto era sin duda un lugar doblemente santo. Los pocos restos de Ender iban a ser enterrados entre los árboles de Raíz y Humano, donde Ender había derramado sangre de un pequenino para sellar el pacto entre las especies. Había ahora muchos amigos entre pequeninos y humanos, aunque quedaban también muchos recelos y enemistades; pero los puentes habían sido tendidos, en gran medida gracias al libro de Ender, que dio a los pequeninos la esperanza de que algún humano, algún día, los comprendiera: esperanza que los sostuvo hasta que, con Ender, se hizo realidad.

Y una inexpresiva obrera estaba sentada lejos de pequeninos y humanos. No era más que un par de ojos. Si la Reina Colmena lloraba por Ender, se lo guardaba para sí. Siempre había sido misteriosa, pero Ender la había amado también; durante tres mil años había sido su único amigo, su protector. En cierto modo, Ender podía contarla entre sus hijos también, entre los hijos adoptivos que sobrevivieron bajo su protección.

En sólo tres cuartos de hora, Plikt acabó. Concluyó simplemente:

—Aunque el aiúa de Ender sigue viviendo, como todos los aiúas viven sin morir, el hombre que conocimos se ha ido de nuestro lado. Su cuerpo ya no existe, y sean cuales fueren las partes de su vida y obra que tenemos con nosotros, ya no son él, somos nosotros, son el Ender-dentro-de-nosotros como también tenemos a otros amigos y maestros, padres y madres, amantes e hijos y hermanos e incluso desconocidos dentro, mirando el mundo a través de nuestros ojos y ayudándonos a decidir qué puede significar. Veo a Ender en vosotros mirándome. Veis a Ender en mí mirándoos. Y sin embargo ninguno de nosotros es verdaderamente él; somos cada uno nuestro propio yo, todos desconocidos en nuestro propio camino. Recorrimos durante un tiempo ese camino con Ender Wiggin. Él nos mostró cosas que de otro modo podríamos no haber visto. Pero el camino continúa ahora sin él. En el fondo, no fue más que cualquier otro hombre. Pero tampoco fue menos.

Y con eso terminó. No hubo oraciones, que ya habían sido pronunciadas antes de que hablara, pues el obispo no tenía intención de dejar que este ritual no religioso del Portavoz de los Muertos formara parte de los servicios de la Santa Madre Iglesia. Los llantos habían cesado, la pena había sido purgada. Se levantaron del suelo, los más viejos lentamente, los niños con exuberancia, corriendo y gritando para compensar el largo confinamiento. Fue bueno oír risas y gritos. También era una buena forma de decirle adiós a Ender Wiggin.

Valentine besó a Jakt y a sus hijos, abrazó a Wangmu, luego se abrió paso entre la multitud de ciudadanos.

Muchos humanos de Milagro habían huido a otras colonias, pero ahora, con su planeta a salvo, habían decidido no quedarse en los nuevos mundos. Lusitania era su hogar. No eran pioneros. Muchos otros, sin embargo, habían vuelto solamente para esta ceremonia. Jane los devolvería a sus granjas y casas en los mundos vírgenes. Haría falta quizá más de una generación para llenar las casas vacías de Milagro.

En el porche la esperaba Peter. Ella le sonrió.

—Creo que ahora tienes una cita —dijo Valentine.

Salieron juntos de Milagro hasta el nuevo bosque que aún no podía ocultar por completo los rastros del reciente incendio. Caminaron hasta llegar a un árbol brillante y resplandeciente. Llegaron casi al mismo tiempo que los otros. Jane se acercó a la brillante madre-árbol y la tocó... tocó una parte de sí misma, o al menos a una querida hermana. Entonces Peter ocupó su sitio junto a Wang-mu, y Miro se situó junto a Jane, y el sacerdote casó a las dos parejas bajo la madre-árbol, en presencia de los pequeninos; Valentine fue la única testigo humana de la ceremonia. Nadie más sabía siquiera que tenía lugar; habían decidido que no serviría de nada distraer a los demás del funeral de Ender o de la alocución de Plikt. Ya habría tiempo más tarde para anunciar los matrimonios.

Cuando terminó la ceremonia, el sacerdote se marchó, con los pequeninos sirviéndole como guías para salir del bosque. Valentine abrazó a las parejas de recién casados, Jane y Miro, Peter y Wang-mu, habló con ellos por separado un momento, murmuró palabras de felicitación y despedida, y luego retrocedió un paso y se quedó observando. Jane cerró los ojos, sonrió, y los cuatro desaparecieron. Sólo la madre-árbol permaneció en medio del claro, bañada de luz, cargada de frutos, adornada de flores: una celebración perpetua del antiguo misterio de la vida.

Comentarios finales

La historia de Peter y Wang-mu estuvo ligada a Japón desde que comencé a planificar *Ender el Xenocida*, un libro en el que en principio pretendía incluir también todo lo que aparece en *Hijos de la mente*. Estaba leyendo la historia de Japón previa a la guerra y me intrigó la idea de que los impulsores de esa guerra no eran miembros de la elite dominante, ni siquiera los líderes supremos del ejército nipón, sino más bien los oficiales de rango medio. Naturalmente, estos mismos oficiales habrían considerado ridícula la idea de tener de algún modo el control de la guerra. La llevaban adelante, no porque el poder estuviera en sus manos, sino porque los gobernantes de Japón no se atrevían a sentirse avergonzados ante ellos.

Reflexionando sobre el asunto, se me ocurrió que era la imagen que la elite gobernante tenía de la percepción del honor de sus oficiales lo que impulsaba a éstos a proyectar sus propias ideas del honor sobre unos subordinados que podrían o no haber respondido a la retirada o reatrincheramiento japonés, como temían los oficiales de mayor graduación. Así, si alguien hubiera intentado impedir la agresiva escalada bélica japonesa desde China hasta Indochina y finalmente hasta Estados Unidos, habría tenido que cambiar, no las verdaderas creencias de los oficiales de rango medio, sino las de los altos oficiales sobre las probables actitudes de esos otros oficiales. Intentar persuadir a los militares de mayor rango de que la guerra era una locura y estaba condenada habría sido inútil: ya lo sabían y decidían ignorarlo por temor a ser considerados indignos. Lo eficaz habría sido persuadir a los oficiales de alto rango de que los oficiales de grado medio, cuya alta estima era esencial para su honor, no los condenarían por retirarse ante una fuerza irresistible, y que preferirían honrarlos conservando la independencia de su nación.

Mientras lo pensaba, me di cuenta de que incluso esto era demasiado directo: no podía hacerse. Haría falta no sólo probar que los oficiales de grado medio habían cambiado de opinión, sino dar también razones plausibles para ese cambio. Sin embargo, me pregunté, ¿y si algún influyente pensador o filósofo considerado afín a la cultura de la elite militar hubiera reinterpretado la historia de forma que transformara auténticamente la concepción militar de un gran comandante? Tales ideas transformadoras se han dado antes, y sobre todo en Japón, que a pesar de la aparente rigidez de su cultura, y quizá por su prolongada convivencia con la cultura china, es la nación que más éxito ha tenido en los tiempos modernos para adaptar y hacerse suyas ideas y costumbres como si desde siempre hubieran formado parte de su patrimonio; da así una imagen de rigidez y continuidad cuando es, de hecho, enormemente flexible. Una idea así podría haber barrido la cultura militar y dejado a la elite con una guerra que ya no parecía necesaria ni deseable; si esto hubiera sucedido antes de Pearl Harbor, Japón podría haberse echado atrás en su agresiva guerra contra China, consolidado sus posesiones, y restablecido la paz con Estados Unidos.

(Que esto hubiera sido bueno o malo es otra cuestión, por supuesto. Haber evitado la guerra que costó tantas vidas y causó tantos horrores —en especial el bombardeo de las ciudades japonesas y al final el uso de armas nucleares por primera y, de momento, única vez en la historia— habría sido indiscutiblemente bueno; pero no olvidemos que fue perder la guerra lo que condujo a la ocupación americana de Japón y a la imposición de ideas y prácticas democráticas con el consiguiente florecimiento de la economía y cultura niponas, algo que tal vez nunca habría sido posible bajo el gobierno de la elite militar. Es una suerte que no tengamos el poder de repetir la historia, porque entonces nos veríamos forzados a elegir: ¿Vendemos el coche para comprar gasolina?)

En cualquier caso, tuve claro que alguien (al principio pensé que sería Ender) tendría que ir de mundo en mundo en busca de la fuente definitiva de poder en el Congreso Estelar. ¿Qué opinión había que cambiar para transformar la cultura del Congreso Estelar y detener la Flota Lusitania? Ya que todo el asunto comenzó mientras reflexionaba sobre la historia de Japón, decidí que una cultura nipona situada en el lejano futuro debía jugar un papel importante. Así, Peter y Wang-mu llegaron al planeta Viento Divino.

Otra ruta de pensamiento me llevó también a Japón. Casualmente visité a unos queridos amigos en Utah, Van y Elizabeth Gessel, poco después de que Van, profesor de japonés en la Brigham Young University, hubiera adquirido un CD llamado *Music of Hikari Oe*. Van puso el CD (música potente, hábil, evocadora de la tradición matemática occidental) y me habló de su compositor. «Hikari Oe —me dijo— es retrasado, tiene una lesión cerebral; pero en lo referente a la música, es un superdotado. Su padre, Kenzaburo Oe, recibió hace poco el premio Nobel de literatura; y aunque

Kenzaburo Oe ha escrito muchas cosas, sus obras más intensas y por las que casi sin duda recibió el Nobel son aquellas en las que trata el tema de su relación con su hijo retrasado: tanto el dolor por tener un hijo así como la alegría de descubrir la verdadera naturaleza de ese hijo mientras descubría a su vez la auténtica naturaleza del padre que se queda y lo ama.

Me sentí de inmediato plenamente identificado con Kenzaburo Oe, no sólo porque mi escritura se parece en cierto modo a la suya, sino porque también yo tengo un hijo retrasado y he seguido mi propio camino para afrontar su existencia en mi vida. Como Kenzaburo Oe, no puedo mantener a mi hijo al margen de mis escritos; aparece en ellos una y otra vez. Sin embargo, esta sensación de paralelismo me empujó a evitar buscar la obra de Oe; temía que tuviera ideas sobre ese tipo de niños con las que yo no estuviera de acuerdo y que me hicieran sentir dolido o furioso, o que por el contrario sus ideas fueran tan verídicas y poderosas que me viera obligado a guardar silencio por no tener nada que añadir. (Esto no es un miedo infundado. Tenía un libro llamado *Genesis* contratado con mi editor cuando leí la novela *Ancient of Days* de Michael Bishop. Aunque los argumentos de ambas obras no eran ni remotamente parecidos, aparte de tratar de hombres primitivos que sobrevivían hasta los tiempos modernos, las ideas de Bishop eran tan sugerentes y su escritura tan veraz que tuve que cancelar ese contrato; me resultaba imposible escribir el libro en aquel momento, y probablemente nunca lo haga de esa forma.)

Cuando ya había escrito los tres primeros capítulos de este volumen, me encontraba en una librería en Greensboro, Carolina del Norte, cuando vi en el expositor un único ejemplar de un librito llamado *Japan, the Ambiguous, and Myself*. El autor, Kenzaburo Oe. Yo no lo había buscado, pero él me había encontrado. Compré el libro; me lo llevé a casa.

Permaneció sin abrir junto a mi cama durante dos días. Entonces pasé una noche de insomnio cuando estaba a punto de empezar a escribir el capítulo cuatro, en el que Wang-Mu y Peter entran por primera vez en contacto con el planeta Viento Divino (al principio con una ciudad que llamé Nagoya porque ésa fue la ciudad japonesa donde mi hermano Russel sirvió en una misión mormona allá por los setenta). Vi el libro de Oe y lo cogí, lo abrí y empecé a leer la primera página. Oe empieza hablando de su larga relación con Escandinavia, pues de niño ya leía traducciones (o, más bien, versiones japonesas) de una serie de historias escandinavas sobre un personaje llamado Nils.

Dejé de leer inmediatamente, pues nunca se me había ocurrido que hubiera ninguna similitud entre Escandinavia y Japón. Pero con esa sugerencia, me di cuenta de que Japón y Escandinavia eran ambas naciones periféricas. Llegaron al mundo civilizado a la sombra (¿o deslumbrados por el brillo?) de una cultura dominante.

Pensé en otros pueblos periféricos: los árabes, que encontraron una ideología que les dio poder para barrer el mundo romano, culturalmente abrumador; los mongoles, que se unieron lo suficiente para conquistar y luego ser asimilados por China; los turcos, que pasaron de la periferia del mundo musulmán a su mismo corazón y luego derribaron los últimos restos del mundo romano, pero que sin embargo se replegaron para convertirse de nuevo en un pueblo periférico a la sombra de Europa. Todas estas naciones de la periferia, ni siquiera mientras gobernaron a las mismas civilizaciones a cuya sombra se habían acurrucado, pudieron desprenderse de su sensación de no-pertenencia, del temor de que su cultura fuera irremediablemente inferior y secundaria. Como resultado se comportaron de un modo demasiado agresivo y se extendieron demasiado, creciendo más allá de los límites que pudieron consolidar y conservar; por otra parte fueron demasiado tímidos y entregaron todo lo que su cultura tenía de realmente poderoso y fresco mientras conservaban sólo externamente la independencia. Los gobernadores manchúes de China, por ejemplo, pretendían no mezclarse con el pueblo que dominaban, decididos a no ser engullidos por las fauces devoradoras de la cultura china; el resultado, sin embargo, no fue el dominio de lo manchú, sino su inevitable marginación.

En la historia ha habido verdaderamente pocas naciones centro. Egipto fue una de ellas, y siguió siendo una nación centro hasta que la conquistó Alejandro Magno; incluso entonces conservó en parte su carácter central hasta que el Islam lo barrió. Mesopotamia podría haber sido una, durante algún tiempo, pero al contrario que Egipto, sus ciudades no pudieron unirse lo suficiente para controlar sus territorios. El resultado fue que acabaron barridas y gobernadas por sus naciones periféricas una y otra vez. El carácter de Mesopotamia le permitió asimilar culturalmente a sus conquistadores durante muchos años, hasta que acabó convirtiéndose en una provincia periférica dividida entre Roma y Partia. Como en el caso de Egipto, su papel central fue finalmente aplastado por el Islam. China llegó después a ocupar su lugar como nación centro, pero ha tenido un éxito sorprendente. El camino hacia la unidad fue largo y sangriento, pero una vez conseguida, esa unidad permaneció, si no políticamente, sí en el aspecto cultural. Los gobernantes de China, como los de Egipto, controlaron su territorio, pero rara vez intentaron y nunca consiguieron establecer un dominio a largo plazo sobre naciones verdaderamente extranjeras. Lleno de esta idea, y de otras que surgieron a partir de ella, concebí una conversación entre Wang-mu y Peter en la que ella le cuenta su idea de las naciones centro y las naciones periféricas. Fui a mi ordenador y escribí notas sobre este concepto, que incluían el siguiente fragmento:

> Los pueblos centro no temen perder su identidad. Dan por hecho que todos los demás quieren ser como ellos, que su civilización es superior y que el resto son burdas imitaciones o errores pasajeros. La arrogancia, curiosamente, conduce a una sencilla humildad: no alardean de su fuerza porque no tienen necesidad de demostrar su superioridad. Se transforman sólo gradualmente y pretendiendo siempre no cambiar en absoluto.
>
> Los pueblos periféricos, por otro lado, saben que no son la civilización superior. A veces saquean y roban y se quedan a gobernar (vikingos, mongoles, turcos, árabes), a veces experimentan transformaciones radicales para competir (griegos, romanos, japoneses) y a veces simplemente siguen siendo avergonzados segundones. Pero cuando están en alza son insufribles porque se sienten inseguros de su valor y deben por tanto alardear y hacer aspavientos y demostrárselo a sí mismos una y otra vez... hasta que por fin se sienten pueblos centro. Por desgracia, esa misma complacencia los destruye, porque no lo son y su creencia es equivocada. Los pueblos periféricos triunfantes no perduran, como Egipto o China, se difuminan, como hicieron los árabes, y los turcos, y los vikingos, y los mongoles después de sus victorias. Los japoneses se han convertido en un pueblo periférico permanente.

También especulé sobre América que, compuesta por refugiados de la periferia, se comportaba sin embargo como una nación centro, controlando (brutalmente) su territorio, pero flirteando sólo con la idea de imperio, contenta con ser el centro del mundo. Los americanos, al menos durante un tiempo, pecamos de la misma arrogancia que los chinos: al suponer que el resto del mundo quería ser como nosotros. Y me pregunté si, como con el Islam, una idea poderosa había convertido a una nación periférica en una nación centro.

Igual que los árabes perdieron el control del nuevo centro islámico, que fue gobernado por los turcos, la cultura inglesa original de América podría también suavizarse o adaptarse, mientras la poderosa nación de América permanece en el centro; es una idea con la que todavía estoy jugando y cuya veracidad no estoy en condiciones de evaluar, ya que en gran parte sólo se conocerá en el futuro y de momento sólo cabe especular. Pero la idea de las naciones periféricas y las naciones centro sigue siendo intrigante o así lo creo, al menos tal como yo la entiendo.

Tras haber tomado notas, empecé a escribir el capítulo la noche siguiente. Wang-mu y Peter acababan de cenar en el restaurante, y estaba dispuesto a hacerles conocer a un personaje japonés por primera vez.

Pero eran las cuatro de la mañana. Mi esposa, Kristine, se despertó para cuidar a nuestra hija de un año, Zina; cogió el fragmento del capítulo y lo leyó.

Mientras me preparaba para dormir, también ella se quedó adormilada, pero entonces se despertó y me contó un sueño que había tenido en aquella cabezada momentánea. Había soñado que los japoneses de Viento Divino llevaban las cenizas de sus antepasados en diminutos camafeos o amuletos colgados del cuello; Peter se sentía perdido porque sólo tenía un antepasado y moriría cuando lo hiciera ese antepasado. Supe de inmediato que tenía que utilizar esa idea; entonces me metí en la cama, cogí de nuevo el libro de Oe, y empecé a leer.

Imaginen mi sorpresa, pues, cuando después de aquel primer párrafo referido a sus sentimientos hacia Escandinavia, Oe se puso a analizar la cultura y la literatura japonesas desarrollando exactamente la idea que se me había ocurrido tras leer aquellos párrafos referidos a Nils. Él, un hombre que ha estudiado los pueblos periféricos de Japón, sobre todo la cultura de Okinawa, concebía Japón como una cultura que corría el peligro de perder su centro. La literatura seria nipona, decía, estaba deteriorándose precisamente porque los intelectuales japoneses estaban «aceptando» y «descargando» ideas occidentales (no porque creyeran en ellas sino llevados por la moda), e ignoraban aquellas poderosas ideas inherentes a la cultura Yamato (nativa japonesa) que daría a su país el poder para convertirse en una nación centro que aguantase. Incluso usó, finalmente, las palabras «centro» y «periferia» en esta frase:

> Los escritores de posguerra, sin embargo, buscaron un camino diferente que llevara a Japón a un lugar que no estuviera en el centro del mundo, sino en la periferia (pp. 97-98).

Su argumento no era igual que el mío, pero la concepción de las palabras centro y periferia era armoniosa.

Me tomé bastante personalmente todas las inquietudes de Oe respecto a la literatura porque, como él, pertenezco a una cultura «periférica» que «acepta» y «descarga» ideas de la cultura dominante y que está en peligro de perder su fuerza centrípeta. Me refiero a la cultura mormona, que nació en la periferia de América y que desde hace tiempo es más americana que mormona. La literatura mormona supuestamente «seria» no ha consistido más que en imitaciones, casi siempre patéticas pero de vez en cuando de calidad decente, de la literatura «seria» de la América contemporánea, que en sí misma es decadente, derivada, y desesperanzadamente irrelevante, sin un público que crea en sus historias o se preocupe por ellas, e incapaz de una transformación auténtica de la comunidad. Y, como Oe (o digamos que creo comprender a Oe correctamente en esto), puedo ver la redención (o, digamos, la creación) de una auténtica literatura mormona a través del rechazo de la literatura americana «seria» de moda (en realidad, frívola) y su sustitución por una literatura que encaje con los criterios de Oe de *junbungaku*:

> El papel de la literatura, puesto que el hombre es obviamente un ser histórico, es crear un modelo de una era contemporánea que comprenda pasado y futuro, también un modelo de la gente que viva en esa era.

Lo que los escritores mormones «serios» jamás intentaron fue un modelo de la gente que vive en nuestra cultura en nuestra época. O, más bien, lo intentaron, pero nunca desde dentro: la pose del autor implicado (por usar el término de Wayne Booth) fue siempre escéptica y externa en vez de crítica e interna; creo que ninguna literatura nacional auténtica puede ser escrita por aquellos cuyos valores derivan de fuera de la cultura nacional.

Pero yo no escribo sólo, ni siquiera principalmente, literatura mormona. Con la misma frecuencia he sido escritor de ciencia ficción y he escrito ciencia ficción para la comunidad de lectores del género... también una cultura periférica, aunque trasciende las fronteras nacionales. También soy, para bien o para mal, un escritor americano que escribe literatura americana para un público americano. Pero principalmente soy un ser humano que escribe literatura humana para un público humano, como lo somos todos los que nos dedicamos a este negocio. En ocasiones, también esto me parece una cultura periférica. Nos empecinamos en unirlo todo mientras permanecemos solos, conjuramos la muerte pero nos atrae irresistiblemente su poder, no queremos que se entrometan en nuestra vida pero nos entrometemos en la de los demás, guardamos nuestros secretos y contamos los de otros, nos consideramos únicos en un mundo de gente uniforme; somos totalmente diferentes de las plantas y del resto de los animales que, contrariamente a nosotros, conocen su sitio y que, si piensan en Dios, no imaginan que sea de su especie ni se consideran sus herederos. Qué peligrosos somos, como esos reinos de la periferia; cuán probable es que nos lancemos hacia fuera, hacia todos los reinos no conquistados en el esfuerzo de convertirnos en el centro después de todo.

Lo que Kenzaburo Oe pretende para la literatura japonesa, lo pretendo yo también para la literatura americana, para la literatura mormona, para la ciencia ficción, para la literatura humana. Pero no siempre se hace de la manera más obvia. Cuando Shusaku Endo explora el tema del significado de la vida frente a la muerte, reúne un conjunto de personajes del Japón contemporáneo, pero la magia, la ciencia y la religión no están lejos de su historia; aunque yo no pretendo ser un narrador de la categoría de Endo, ¿no he tratado los mismos temas y usado las mismas herramientas en esta novela? ¿No encaja *Hijos de la mente* como *junbungaku* solamente porque está ambientada en el futuro? ¿Es mi novela *Niños perdidos* la única de mis obras que puede aspirar a ser considerada seria, y sólo en la medida en que es un fiel reflejo de la vida en 1983 en Greensboro, Carolina del Norte?

¿Debo atreverme a ir más allá de lo dicho por un premio Nobel y sugerir que se puede crear fácilmente «un modelo de una era contemporánea que comprenda pasado y futuro» por medio de una novela que describa concienzuda y fielmente una sociedad de otro tiempo y lugar, aunque contraste claramente con nuestra época? ¿Debo por el contrario declarar un anti-*junbungaku* y atacar una idea con la que estoy de acuerdo y separarme de un objetivo que también yo persigo? ¿Es incompleta la visión de Oe de la literatura significativa? ¿O soy simplemente partícipe de literaturas periféricas, buscando el centro pero condenado a no llegar nunca a ese pacífico lugar que todo lo abarca?

Quizá por eso el Extranjero y el Otro son tan importantes en todas mis obras (a pesar de que nunca lo planeo al principio), aunque mis historias también recalcan la importancia del Miembro y el Familiar; pero no es, a su modo, un modelo de la época contemporánea que abarque pasado y futuro; ¿no soy yo, con mis propias contradicciones internas entre dentro y fuera, miembro y desconocido, un modelo de la gente de nuestra época? ¿Sólo hay un escenario donde un autor pueda contar historias verdaderas?

Cuando leo *Río profundo*, de Shusaku Endo, soy un extranjero en su mundo. Cosas que suenan a los lectores japoneses, que asienten y dicen: «Sí, así fue, así es para nosotros», son extrañas para mí, y digo: «¿Es así como lo experimentaron? ¿Es así como lo sienten?» ¿No saco tanto de la lectura de una novela que describe la edad contemporánea de otra persona? ¿No aprendo tanto de

Austen como de Tyler; de Endo como de Russo? ¿No me es el mundo del Extranjero y del Otro igualmente vital para comprender lo que significa ser humano en el mundo en el que vivo? ¿No me es entonces posible crear un mundo futuro inventado tan evocador para los lectores contemporáneos como los ambientes que describen los escritores de otra época o lugar?

Quizá todos los ambientes descritos son igualmente el producto de la imaginación, vivamos en ellos o los inventemos. Quizás a otro japonés, *Río profundo* le resulte casi tan extraña como a mí, porque el propio Endo es inevitablemente diferente de cualquier otro japonés. Quizá todo escritor que construye concienzudamente un mundo ficticio crea inevitablemente un reflejo de su propio tiempo y, sin embargo, también un mundo que nadie más que él ha visitado jamás; sólo los detalles triviales, como algunos nombres, fechas o personas famosas, separan el universo inventado de *Hijos de la mente* del universo «real» descrito en *Río profundo*. Lo que Endo consigue es lo mismo a lo que yo aspiro: ambos pretendemos dar al lector una experiencia convincente de la realidad, taladrando la concha del detalle y penetrando en la estructura de causa y significado que siempre esperamos pero nunca experimentamos en el mundo real. Causa y significado son siempre imaginados, no importa lo concienzudamente que creemos «un modelo de una época contemporánea». Pero si imaginamos bien, y no simplemente «aceptamos» y «descargamos» la cultura moderna que nos rodea, ¿no creamos *junbungaku*?

No creo que las herramientas de la ciencia ficción sean menos adecuadas para la tarea de crear *junbungaku* que las herramientas de la literatura seria contemporánea aunque, por supuesto, quienes empleamos esas herramientas no aprovechemos todo su potencial. Pero puede que me engañe en esto o que mi propia obra sea demasiado floja para demostrar de lo que es capaz nuestra literatura. Una cosa es segura: en la comunidad de lectores de ciencia ficción hay tantos pensadores y exploradores serios de la realidad como en cualquier otra comunidad literaria de la que yo haya formado parte. Si una gran literatura exige un gran público, ese público está ya ahí, dispuesto, y cualquier fracaso en conseguir esa literatura hay que achacarlo al escritor.

Así que continuaré intentando crear *junbungaku*, comentando la cultura contemporánea de forma alegórica o simbólica como hacemos todos los escritores de ciencia ficción, conscientemente o no. Son otros quienes tienen que decidir si alguna de mis obras consigue el status de auténtica seriedad que propugna Oe, pues a pesar de la calidad del escritor, ha de haber también un público que reciba la obra antes de que tenga ningún poder transformador. Dependo de un público vigoroso capaz de descubrir dulzura y luz, belleza y verdad, más allá de la habilidad del artista para crearlas por su cuenta.

ÍNDICE

ÍNDICE

«Para viajar lejos no hay mejor nave que un libro».

EMILY DICKINSON

Gracias por tu lectura de este libro.

En **penguinlibros.club** encontrarás las mejores
recomendaciones de lectura.

Únete a nuestra comunidad y viaja con nosotros.

penguinlibros.club